U0534325

弗吉尼亚·伍尔夫的创伤书写研究

朱艳阳 著

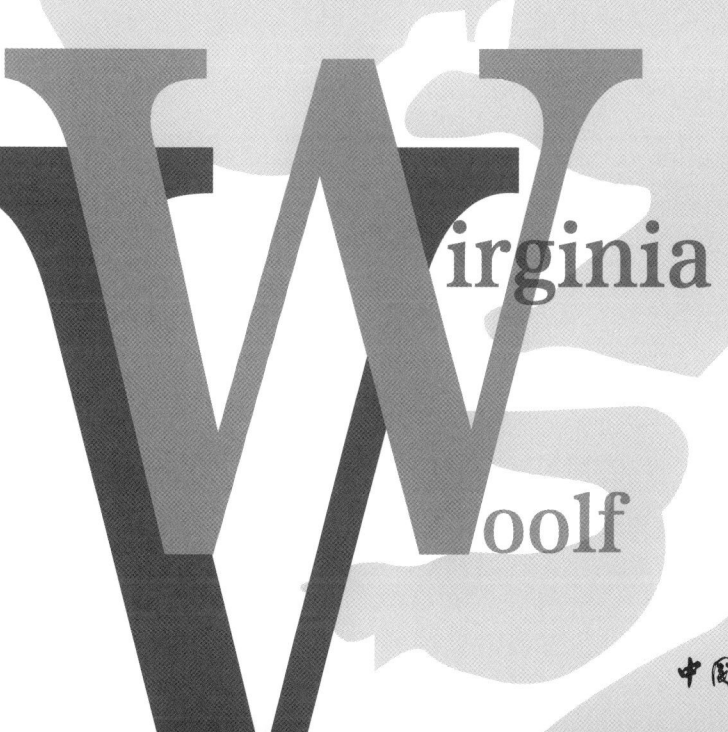

中国社会科学出版社

图书在版编目(CIP)数据

弗吉尼亚·伍尔夫的创伤书写研究/朱艳阳著. —北京：中国社会科学出版社，2021.8
ISBN 978-7-5203-8445-2

Ⅰ.①弗… Ⅱ.①朱… Ⅲ.①伍尔夫(Woolf, Virginia 1882-1941)—小说研究 Ⅳ.①I561.074

中国版本图书馆 CIP 数据核字(2021)第 088743 号

出 版 人	赵剑英
责任编辑	郭晓鸿
特约编辑	杜若佳
责任校对	师敏革
责任印制	戴 宽

出　版	中国社会科学出版社
社　址	北京鼓楼西大街甲 158 号
邮　编	100720
网　址	http://www.csspw.cn
发行部	010-84083685
门市部	010-84029450
经　销	新华书店及其他书店
印　刷	北京明恒达印务有限公司
装　订	廊坊市广阳区广增装订厂
版　次	2021 年 8 月第 1 版
印　次	2021 年 8 月第 1 次印刷
开　本	710×1000　1/16
印　张	19.25
插　页	2
字　数	259 千字
定　价	108.00 元

凡购买中国社会科学出版社图书，如有质量问题请与本社营销中心联系调换
电话：010-84083683
版权所有　侵权必究

目 录

序 ……………………………………………………………（1）

导论 ………………………………………………………（1）
  第一节　伍尔夫生平与创作述略 ……………………（1）
  第二节　心理学视域中的伍尔夫研究述评 …………（6）
  第三节　研究视角、研究方法及研究价值 …………（15）

第一章　伍尔夫的精神创伤 ……………………………（38）
  第一节　伍尔夫精神创伤的形成 ……………………（39）
  第二节　伍尔夫精神创伤的日常释放 ………………（65）
  第三节　伍尔夫的精神创伤与文学创作 ……………（89）

第二章　伍尔夫精神创伤的文本投射 …………………（97）
  第一节　死亡创伤在文本中的投射 …………………（98）
  第二节　性别创伤在文本中的投射 …………………（113）
  第三节　战争创伤在文本中的投射 …………………（133）

第三章　伍尔夫精神创伤的美学呈现 …………………（148）
  第一节　复杂多样的创伤性意象 ……………………（150）

第二节　纷纭散乱的意识之流 …………………………（190）
　　第三节　多元融合的文体叙事 …………………………（205）

第四章　伍尔夫精神创伤的艺术超越 ……………………（221）
　　第一节　向死而生、超越死亡的生命主旋律……………（222）
　　第二节　"雌雄同体"理论的提出及文本实践 …………（237）
　　第三节　灯塔之光:充满爱与和谐的乌托邦境界………（253）

结语　现代语境中的伍尔夫创伤书写 ……………………（278）

参考文献 …………………………………………………………（285）

致谢 ………………………………………………………………（298）

序

弗吉尼亚·伍尔夫是一位杰出的英国现代作家，意识流小说代表作家，也是西方现代女性主义理论的奠基人之一，其小说理论与意识流技巧对推动现代小说的发展功不可没，其性别意识对后世女性写作乃至女性主义文化研究也具有重要价值。

20世纪二三十年代，随着国门的开放，中国文坛掀起了引荐、学习西方现代主义文学的第一次热潮，伍尔夫进入了国内学人的视野。早在1928年，"新月派"领袖徐志摩在重赴英国期间，读了伍尔夫的代表作《到灯塔去》后，专门致信弗莱，表达了自己对伍尔夫的膜拜之情。同年年底，徐志摩回国，将伍尔夫的女权思想和意识流写作技法推介给了国人。1929年，赵景深在《小说月报》上发表文章《二十年来的英国小说》，也把正处于创作巅峰期的伍尔夫介绍给了中国读者。1932年，叶公超在《新月》杂志上发表译作《墙上一点痕迹》，开启了国内伍尔夫文学作品翻译之先河。20世纪40年代，中国处于战争状态，这种社会政治现实促使学者和翻译家们将目光转向了现实主义文学作品。伍尔夫的现代主义美学实践离中国现实相去甚远，因而对伍尔夫的汉译与研究呈衰退趋势，此时的中国学者仅仅将伍尔夫定位于优秀的意识流小说家，既缺乏广度拓展，也无深度推进。中华人民共和国成立后，到"文化大革命"爆发和"四人帮"垮台，在"左"倾力量的影响下，作家们被迫小心翼翼地回避和否定与社会主义现实主义相冲突的文学，介绍苏联文学成为主流，西方文学基本只介绍揭露资本主义黑暗的批判现实主义文学。这样，伍尔夫在中国的传播与研究经历了30年的冷落。至20世纪七八十年代，随着改革开放新时期的到来，国门重新被打开，学者们可以客观地认识与评价西方文学，尤其是现代主义文学。在这种氛围下，袁可嘉、陈琨着力介绍和研究与伍尔夫有关的意识流小说，并使之成为20世纪80年代初期中国现代主义文学研究的热点之一。自此，伍尔夫再度成为受中国学界重点关注的英国作家。30年来，除了对伍尔夫各类作品的大量译介，我国学界的伍尔夫研究主要体现在"现代小说"理论、意识流小说创作实践、女性主义文学批评三个方面，此外，对作为一名出色散文随笔与传记作家的伍尔夫的认识也不断深化。20世纪末——尤其是进入21世纪以后，随着新批评方法与新研究理念的盛行，国内伍尔夫研究空间与领域也不断拓展开来，伍尔夫的生死观、战争观、种族与伦理观等，伍尔夫文学与绘画艺术、空间政治学、精神创伤学等其他学科领域之间的关联也都逐渐得到中国学者的关注，并取得了丰硕成果。

从心理创伤学的角度对伍尔夫进行研究，始自20世纪五六十年代的西方学界。受西方评论界的影响，20世纪80年代末90年代初，中国学者开始以传记的形式探究伍尔夫的心理特征、精神特质和文本创作，还有一些国内研究者也撰写论文对伍尔夫及其作品进行心理创伤学解读。将伍尔夫研究与心理创伤学相结合，相对于现代主义、马克思主义批评等单纯的外部研究，它将向内挖掘与向外拓展结合起来，开辟了伍尔夫研究的新领域。但总体来说，目前伍尔夫的心理创伤研究还存在一些问题。大部分心理分析批评家们对伍尔夫的心理分析研究还停留在浅层，仅仅关注到了伍尔夫心灵创伤与精神疾患的形成以及精神创伤在其作品中的体现，有待进一步深化。

此外，对于伍尔夫的心理分析研究主要在以弗洛伊德学说为代表的精神分析理论视域下进行，缺乏当下创伤理论的支撑和构架。

从以上学术脉络中看朱艳阳的专著《弗吉尼亚·伍尔夫的创伤书写研究》，可以发现不少亮点。首先，本研究成果在当下心理创伤理论的视域下，首次对伍尔夫及其作品展开全面的分析考察，使伍尔夫的心理创伤研究系统化，也弥补了学界没有运用新理论阐发伍尔夫的缺陷。其次，本研究成果细致考察了创伤学研究的兴起、理论基础、影响等，并在此基础上，界定了更为完整的创伤定义，进一步探讨了创伤写作的治疗意义，对我们深刻认识西方创伤理论和对我们的文学理论的建构具有启发性。最后，本研究成果细致探讨了伍尔夫如何通过文学活动实现治疗伤痛并且超越自我的目的，这种研究对处于生存困境中的当代人的人生具有借鉴和教育意义，尤其对于遭受重大创伤事件后的人们的心理朝正性发展有着积极的指导作用，因而具有一定的现实价值与意义。

朱艳阳硕士阶段即开始伍尔夫研究，并完成了以此为选题的硕士学位论文，2010年9月至2013年6月，她考入北京师范大学，在我指导下攻读博士学位。一开始我就鼓励她继续研究伍尔夫，将它做深、做透。读博期间，她勤奋上进，不怕吃苦。2012年10月，她获批国家留学基金委公派出国留学项目。2013年6月，她申报的课题"心理创伤学视域中的弗吉尼亚·伍尔夫研究"获得国家社会科学基金项目资助。也在2013年6月，她顺利通过了博士论文答辩。同年8月，在留学基金委资助下，赴剑桥大学英语系开始为期一年的访学。在英期间，她接触了多名弗吉尼亚·伍尔夫研究专家，搜集到了大量一手的伍尔夫研究资料，阅读了伍尔夫研究最新成果。至今，她已在伍尔夫研究领域主持完成1项国家社会科学基金课题和多项省部级课题，在《学术界》《苏州大学学报》《社会科学论坛》等刊物发表近20篇学术论文。

本书是朱艳阳国家社科基金项目的结题成果，作为导师，我对她的学术追求及其所取得的成绩深感欣慰。在本书即将付梓之际，我欣然应允学生之请求，为之作序，并希冀她以此为新的起点，在未来的学术道路上继续奋进，更上层楼。

刘洪涛
2020 年 4 月 28 日

导 论

第一节 伍尔夫生平与创作述略

弗吉尼亚·伍尔夫（Virginia Woolf, 1882—1941），英国现代小说家、文学批评家和理论家、散文家。她生长在伦敦的一个文学世家，原名弗吉尼亚·斯蒂芬（Virginia Stephen）。祖父詹姆斯·斯蒂芬（James Stephen）爵士是一名睿智和有才干的行政官员，崇尚文学艺术。父亲莱斯利·斯蒂芬（Leslie Stephen）爵士是著名的传记作家、编辑、文学批评家、历史学家，博学多才。母亲朱莉亚（Julia）来自高贵的帕特尔家族，颇有文化修养。父亲广泛结交当时的艺术名流，与文坛大家托马斯·哈代（Thomas Hardy）、亨利·詹姆斯（Henry James）等交情甚笃，家里常常成为文人墨客聚集的地方。这种浓烈的文学氛围深深地惠泽着幼小而聪敏的弗吉尼亚。5岁时，她就每晚给父亲讲一个故事，还用她那可爱的小手写了一封信。囿于维多利亚时代的传统观念，弗吉尼亚没有机会接受正规的学校教育，但却有充分的自由徜徉于父亲藏书丰富的图书室，在这里，她自学完了英国文学，还阅读了柏拉图（Plato）、斯宾诺莎（Spinoza）、休谟（Hume）等人的哲学著作。1891年，弗吉尼亚与兄弟姐妹们创办了家庭刊物《海德公园门新闻周刊》。1901年，她进入伦敦帝王学院主修希腊语和历史。1904年，父亲逝世，弗吉尼亚随家人从肯辛顿的海德公园门迁居布鲁姆斯伯里的戈登广场。通过在剑桥大学上学的哥哥索比，每周四晚，弗吉尼亚参加剑桥学子们举行的聚会，和他们在家里讨论各种学术问题。逐渐地，家里形成了具有最前卫、最敏锐的审美观的"布鲁姆斯伯里集团"这样一个文化艺术中心。随着影响的扩大，它吸引了一群最具智性的人物，美学家罗杰·弗莱（Roger Fry）、作家爱·摩·福斯特（E. M. Foster）、哲学家乔·爱·摩尔（J. E. Moore）……1906年，索比（Thoby）病逝，弗吉尼亚接替哥哥主持周四晚会，在谈话中表现得越来越大胆、活跃，有"布鲁姆斯伯里皇后"之称。她与其他成员一起质疑传统，反对定规，追求自由，推崇精神美，探索艺术发展的新方向。同时，她承担起为《泰晤士报·文学副刊》撰写书评的工作，显示出作为一个批评家的优秀品质。

1912年，弗吉尼亚与剑桥才子，也是布鲁姆斯伯里成员的伦纳德·伍尔夫（Leonard Woolf）结为夫妻，改随夫姓。在丈夫的支持下，她写出了许多享誉世界的文学作品。1917年，夫妻俩创办了霍加斯出版社，出版西格蒙德·弗洛伊德（Sigmund Freud）、艾略特（T. S. Eliot）、陀思妥耶夫斯基（Dostoyevsky）、曼斯菲尔德（Katherine Mansfield）等著名作家以及弗吉尼亚本人的作品。出版社不仅为弗吉尼亚的创作提供了便利条件，而且，出版社的办公室成了青年作家们的聚集地，为伍尔夫夫妇赢得了一个朋友圈子。

童年时代，来自两个同母异父兄长的性侵犯，严重损害了弗吉尼亚的心理健康，再加上她生性细腻、敏感，导致了后来的神经错乱。1895年母亲的去世，给她以巨大的打击，第一次精神病发作。1897年，异父姐姐斯特拉（Stella）突然夭折。1904年，父亲离世，她又一次精神失常，跳窗自杀未遂。1906年，哥哥索比病逝。"一战"时期，不时传来亲友死于战场的消息，她为此痛心不已。"二战"期间，德国飞机轰炸伦敦，伍尔夫夫妇的住宅也没能逃脱厄运。弗吉尼亚·伍尔夫超常焦虑，预感到自己又要发疯了。1941年3月28日，她给丈夫和妹妹留下永别信，衣袋里塞满石头，自沉于乌斯河中。

伍尔夫创作有9部长篇小说和1卷短篇小说集，是欧美现代小说的开拓者，意识流小说的先锋作家。1915年，处女作《远航》问世。1919年，发表了第二部小说《夜与日》。这两部作品在整体上被认为是传统型的，有传统的故事情节，并且按时间顺序发展，还有生动细致的人物形象。但在《远航》中，已经体现出作者反叛传统写作、探索新的小说艺术的趋向。从标题到内容，小说都具有浓厚的象征意义；还充满了人物的种种感受和瞬间印象，传统的作品情节被打乱，情绪、感觉和气氛成为重要的结构因素。短篇小说《邱园记事》（1919）与《墙上的斑点》（1919）是伍尔夫意识流小说的尝试，它们突破了传统小说的情节与叙事，强调外界事物给人的印象与感受，着意于人物对外部世界的主观反应，表现出作者新颖独特的艺术风格，是成功的实验之作。《雅各的房间》（1922）是伍尔夫第一部长篇意识流小说，仍保留着传统小说的故事因素，但只是框架性的，没有了情节，却充满人物的意识断片。《达洛维太太》（1925）被誉为意识流小说的扛鼎之作，标志着伍尔夫个人风格的成熟完美，为她带来了极大的声誉。

1927年，伍尔夫又推出了长篇力作《到灯塔去》，它也是意识流小说的典范。作品以"窗"、"时光流逝"和"灯塔"三部分再现了女作者本人的童年生活以及父母双亲的形象，是一部自传体小说。富于象征意义的结构形式，通过多元视角塑造而成的立体多姿的主人公形象，如行云流水般的诗化语言，都是小说突出的艺术成就。它们一起承载着伍尔夫对生死、爱情、人性、宇宙等宏大问题的思索，体现出她对人生意义的探求，表达了她渴望一个充满爱与美的和谐社会到来的个人乌托邦理想。小说具有浓厚的哲理、象征意味和诗意美，其复杂性超过了作者此前的任何一部作品。

完成《到灯塔去》之后，伍尔夫感到自己过于紧张，有必要写些轻松的东西，于是写下了《奥兰多》（1928）。作品描述的是同名主人公由风度翩翩的少年变成女子的故事，充满了逗乐与幻想色彩，是伍尔夫意识流创作中的插曲。《海浪》（1931）是伍尔夫对意识流小说的又一种全新的尝试。正文内容全部由人物的内心独白组成，没有框架，没有情节，现实主义的因素被彻底抛弃。全书冠以"某某说"的形式，记录了6个主人公从童年到老年的心路历程，体现出作者对于人生意义的深切思考和体悟。《岁月》（1937）是一部历史小说，叙述帕吉特家族几代人的生活，涉及了从1880年到20世纪30年代的重大历史事件，探讨了许多社会历史、政治问题。小说采用了传统的题材与框架，有回归现实主义的一面；但又有探索性的一面，通过采用诗化、散文化的叙述方式表达作者对人生问题的关注。《幕间》是伍尔夫于1940年写成的小说，也是她最后的小说，还没有修改完，她就自杀了。作品讲述的是1939年6月的一天发生在英格兰中部一个有五百多年历史的村庄里的故事。作者设置了两条线索，一条叙述拉特鲁布（Trube）女士指挥村民演出露天历史剧的故事，另一条叙述奥利弗（Oliver）一家的故事。两条线索交错而行，构成错综复杂的图景。作者用这种方法把过去与现在、历史与现实、艺术与人生、舞台戏剧与人生戏剧巧妙地结合在一起。在艺术手法上，伍尔夫综合了她以前先锋派的倾向与回归现实主义传统的倾向，将意识流技巧与小说、诗歌、戏剧的表现手法融为一体。

可见，伍尔夫对待文学艺术的态度是严肃认真的，一方面执着于艺术形式的探索与尝试，一方面又对传统文学进行反复的掂量，终其一生都在传统与创新之间徘徊不定，然而又会取得周期性的突破。她凭借非常自觉的文学意识与锲而不舍的革新精神，为发展20

导 论

世纪小说艺术起了至关重要的作用，不愧为现代主义文学的先驱之一。

除了小说上的成就，伍尔夫还写有350多篇文艺随笔，是重要的散文家、文学评论家和理论家。她的散文创作贯穿于她的整个文学生涯，分为以下集子：《普通读者》（一、二）、《瞬间集》、《飞蛾之死》、《船长临终时》、《花岗岩与彩虹》、《现代作家》、《三枚旧金币》、《自己的一间屋》、《书和画像》。伍尔夫的现代小说理论主要体现在《现代小说》（1919）、《班奈特先生和勃朗太太》（1924）、《小说的艺术》、《狭窄的艺术之桥》等文章中。她的主要观点如下。第一，在批判传统现实主义创作方法的基础上，提出了现代小说的"内心真实观"。她认为，时代变了，生活变了，新的题材需要新的表现手段，旧的小说形式已不能反映当今现实，因此，英国小说应该摆脱传统的创作模式；现代小说的创作基础是人物的灵魂而非肉体，是人物的主观感受而非外部客观事物，小说家应该深入人物的心灵世界，表现纷纭复杂的意识活动；作家只有充分反映人物复杂的心理结构，抓住人物的内在真实，小说才显得真实可信，才能真正反映出生活的真实。第二，她提出了"透视方法"，即多角度的叙述方法。她认为，传统的小说创作采用作者全知全能的叙述视角，作者的视线集中于外部事件，只能表现客观真实；小说家应该采用多焦点的透视法，透过多个人物的视角来表现主观真实。第三，伍尔夫提出了"诗化小说"的理论，认为未来小说应该是一种融会了诗歌、戏剧、散文等因素的综合艺术形式，而要达到这种理想境界，必须通过"非个人化"途径。伍尔夫在多部小说创作中成功地实践了她的上述理论。伍尔夫还非常关注妇女问题，她从自身经验出发，在创作中呼吁女性要争取自己的权利，实现男女平等。《自己的一间屋》（1929）是体现伍尔夫女性意识和女权思想的重要论著，被后来的女权者们奉为女权主义宣言，也奠定了伍尔夫女权主义领袖的地位。

纵观伍尔夫的人生历程，不容否定的是，创伤，几乎伴随了她的全部生涯。她从小容貌姣好，然而，6岁那年，便开始遭受两位同母异父兄长的性骚扰，一直延续到22岁。她的挚爱亲友，他们却或因疾病，或因战争陆续离她而去。她自幼聪敏好学，却未能像家里的男孩一样接受正规的学校教育。她热衷写作，却发现女性没有自己的话语权，没有自己书写的历史。她热爱和平，追求和谐，所耳闻目睹和感同身受的却是两次世界大战的暴虐。家的梦魇，死亡的阴影，世俗的偏见，战争的残酷，让伍尔夫伤痕累累，以致神经衰弱、精神崩溃，多次发作精神病。

伍尔夫的一生，也是从事文学写作、追求文学艺术的一生。5岁时，她便表现出创作的天赋。临死前，她还在书桌上留下了未完成的作品《安农》的草稿。她成果丰硕，成绩斐然，在英国乃至世界文学史上取得了一席之地。优秀的作家总是无可避免地会从自身体验出发，在其创作中书写生活，充分地表达自身对生活与人生的感悟与思考。那么，精神创伤作为伍尔夫人生经历的重要一分子，与她的文学创作必定存在着关联。精神创伤对其文学创作究竟起到了什么样的作用？在其文学作品中有着怎样的体现？反之，文学创作对其精神状态又有着怎样的影响？这些，都值得我们关注和探讨。

第二节 心理学视域中的伍尔夫研究述评

弗吉尼亚·伍尔夫因为其文学思想的深刻性与复杂性、艺术技巧的实验性与革新性而堪称英国文学史上最杰出的女作家。自1915年发表第一部小说起，她便受到了评论界的关注。将近一个世纪以来，学者们对伍尔夫及其作品的评价和阐释见仁见智，他们从生平传记、女性主义、历史主义、心理分析、后殖民主义、伦理学、现代主义等角度来解读、分析她的作品，伍尔夫批评呈现出多元化特征。在21世纪的最初十年中，对伍尔夫的研究更加专业化和理论化。学界从政治、哲学、美学、文化、社会、语言学、叙事学、精神分析以及现代主义、后现代主义、女性主义和解构主义等层面，对伍尔夫的生活和创作及其关系展开了全方位的考察。此外，当代伍尔夫研究也致力于探讨伍尔夫与布鲁姆斯伯里文学集团、现代英国社会、女性主义运动以及现代主义文学的关系。关于伍尔夫的种种考证，如伍尔夫与战争、伍尔夫与同性恋、伍尔夫与科学话语等也正在升起。其中，现代主义和女性主义始终是两个最主要的流派。

从心理学的角度对伍尔夫进行研究，虽然不能与一直占据国内外伍尔夫研究主潮的现代主义和女性主义相媲美，但自从20世纪五六十年代国外学者将伍尔夫研究与心理学相结合，它在国外评论界一直被持续了下来，而且近年来呈现出升温的趋势。

20世纪对伍尔夫的心理分析主要是以传记研究的形式出现的。伍尔夫的日记和书信在50年代和七八十年代的结集出版，1972年伍尔夫外甥昆汀·贝尔（Quentin Bell）所写的《伍尔夫传记》的发表，以及1969年伦纳德·伍尔夫去世后人们在他们夫妇二人留下的材料中发现的许多伍尔夫生平回忆资料，为进行伍尔夫心理传记研究提供了极大的便利，不少学者据此大显身手，以至于形成了伍尔夫研究的心理传记派（psychobiographical studies）。

一部分心理传记派批评家从精神分析的层面关注伍尔夫，从她的生活经历出发探讨她的精神状态及形成原因。这些精神分析传记有：吉恩·拉夫（Jean Love）的《弗吉尼亚·伍尔夫：疯癫与艺术的源泉》、罗杰·普尔（Roger Poole）的《不为人知的弗吉尼亚·伍尔夫》、马克·斯皮尔卡（Mark Spilka）的《弗吉尼亚·伍尔夫与哀伤的争吵》、斯蒂芬·特罗姆伯雷（Stephen Trombley）的《这个夏天她疯了》、路易斯·德沙尔弗（Louis Desalvo）的《弗吉尼亚·伍尔夫：儿童期性伤害对她的生活和作品的影响》、彼得·达利（Peter

Dally)的《弗吉尼亚·伍尔夫：天堂与地狱的结合》。其中，罗杰·普尔的《不为人知的弗吉尼亚·伍尔夫》和路易斯·德沙尔弗的《弗吉尼亚·伍尔夫：儿童期性伤害对她的生活和作品的影响》、马克·斯皮尔卡的《弗吉尼亚·伍尔夫与哀伤的争吵》是这类研究的重要著作，并且体现了两种对立的观点。《不为人知的弗吉尼亚·伍尔夫》披露了伍尔夫幼年时期多次被两个同母异父兄长猥亵的事实，但并不认为伍尔夫有精神异常之处，反之，正是这种不幸的经历使她获得了深刻认识生活的智慧，毅然与生活抗争的勇气，以及艺术地表现生活的动力，她作品的魅力也恰恰源于它们真实、深入地表现了生活中的遭遇和重重矛盾斗争。《弗吉尼亚·伍尔夫：儿童期性伤害对她的生活和作品的影响》也把关注点放在伍尔夫所遭受的家庭性侵犯上，但在德沙尔弗看来，这是导致伍尔夫精神异常的重要原因，并由此阐析伍尔夫文本中的儿童形象。她得出结论，伍尔夫的儿童人物不仅得不到成人世界的关爱与重视，反而常常成为被欺侮与被凌辱的对象，这种凄凉可怖的童年刻画一定程度上就是伍尔夫本人孩提生活的反映。《弗吉尼亚·伍尔夫与哀伤的争吵》同样认为伍尔夫有精神疾患，自幼家庭成员的死亡，给她带来了巨大的精神创伤，她始终摆脱不了这种情感的惶惑和精神的焦躁不安，因而，她笔下的人物也往往不能很好地处理情感的惶惑和精神的焦虑，甚至她对于传统叙述方法的舍弃，不记叙人物一生的故事而采用现代派断裂叙述手法，也根源于此。

另一类心理传记派评论家则聚焦于伍尔夫创作与生活的关联。如林德尔·戈登（Lyndall Gordon）的《弗吉尼亚·伍尔夫：一个作家的生命历程》认为，伍尔夫将自己所有的生存经历和情感体验都倾注在了写作中，她的生活为我们理解她的作品提供了有力的佐证，反之，她的作品也是我们了解她生活的一条重要途径，因而，她的创作与生活是相互参照、互为印证的。约翰·梅彭（John Mepham）

的《弗吉尼亚·伍尔夫:文学生平》是这类研究的另一个代表。在梅彭看来,伍尔夫是一位不断追求艺术创新的作家,她的每一部作品都是一次新的尝试,而她的每一次尝试都是在寻求反映生活和意识的新方式;她的写作生涯始终贯穿着一种力图深刻诠释生活、深入反映生命认识的努力。此外,埃伦·霍克斯(Ellen Hawkes)在1974年发表论文《贝尔的伍尔夫生平研究之方法》,他指出,对于伍尔夫来说,创作是对她的自我以及个人发展的不断探求。金·迪恩(Jin Dien)在1981年发表的文章《对弗吉尼亚·伍尔夫生平研究之方法》中认为伍尔夫的创作是体现她个性的一个方面,是一种能使她一生大多数时间保持情绪平稳的重要活动。

  还有一些学者注意到了弗洛伊德和20年代在英国产生较大影响的梅兰妮·克莱因(Melanie Klein)心理分析理论对伍尔夫的影响以及在她作品中的体现。如有批评家指出,《到灯塔去》中,詹姆斯一旦抑制住了自己与母亲关系的回忆,便获得了对于外部世界的了解,这是弗洛伊德观念的映射;莉莉只有在呼唤出了她视之若母的拉姆齐夫人的形象后才获得了艺术的和谐,完成了她的画作,这是克莱因理论的体现。但从心理学和精神分析的视角解读伍尔夫文学作品的专著并不多见。伊丽莎白·阿贝尔(Elizabeth Abel)的《弗吉尼亚·伍尔夫与精神分析小说》是对伍尔夫作品进行精神分析研究的范例。它论析了伍尔夫作品与同时代的精神分析家弗洛伊德、梅兰妮·克莱因的精神分析理论之间的互文关系,认为伍尔夫的作品是对精神分析成长小说的回应和重写;并且指出,伍尔夫小说《达洛维太太》《到灯塔去》的叙事模式分别对应弗洛伊德和梅兰妮·克莱因的精神分析叙事模式。约翰·梅茨(John Maze)《弗吉尼亚·伍尔夫:女性主义、创造力、无意识》细致分析了伍尔夫作品中的精神病理学主题。

  21世纪以来,仍有不少西方学者将伍尔夫研究与心理学相结合。

代表性著作有3部。斯密斯（S. A. Smith）的《"直到出租车随水仙花起舞"：伍尔夫晚期创作中内部世界与外部世界的融合》是对伍尔夫心理学研究的重要补充。它以《岁月》《幕间》《三枚旧金币》等作品为研究对象，指出对战争的关注促使伍尔夫在小说创作中突出外部事件对人物内心世界的影响；为此，她寻求一种融事实与虚构于一体的表述形式。唯因斯坦（A. L. Weinstein）的著作《找回你的故事：普鲁斯特、乔伊斯、伍尔夫、福克纳和莫里森》表明，通过阅读普鲁斯特等作家，读者往往能够更好地发现那些隐藏于心灵深处的、不易觉察的故事。因为这些作家的名作，往往折射出读者的自我内心世界，使他们直面潜意识自我。在论析《达洛维太太》和《到灯塔去》时，唯因斯坦主要强调了作者在探寻自我时如何突出关系的重要性。施马尔夫斯（J. Schmalfuss）的《弗吉尼亚·伍尔夫与西尔维娅·普拉斯著作中的心理象征主义》，主要聚焦美国女作家普拉斯的《钟形罩》和伍尔夫的代表作《到灯塔去》《达洛维太太》和《海浪》，对她们的心理象征手法进行了比较，认为她们都有意识地把自己的文本与心理分析理论相结合。

具体到精神创伤的角度，专门研究伍尔夫的著作有1部，即苏赛特·亨克（Suzette Henke）等人合著的《弗吉尼亚·伍尔夫与创伤》。它主要论述了性屈辱对伍尔夫美学的影响，以及伍尔夫代表小说《达洛维太太》中的战争创伤症候和《海浪》中关于死亡创伤的表达形式。此外，Tsai 的《创伤与记忆在西格蒙德·弗洛伊德、D. H. 劳伦斯、弗吉尼亚·伍尔夫和马尔茨作品中的融合》，集中探讨了发生在20世纪的世界大战等灾难性历史事件对现代主义作家精神状态造成的强烈影响以及他们如何采用现代主义形式来表达这种精神创伤。这些著作不再囿于以传记方式研究伍尔夫的精神创伤，而转移到了文本分析上，但缺乏当下相关前沿理论的支撑。

受西方评论界的影响，以传记的形式探究伍尔夫的心理特征、

导 论

精神特质和文本创作，从而表达中国学者对伍尔夫文学的理解与阐释，也成为国内伍尔夫研究领域的内容之一。国内学界自20世纪80年代晚期开始了这一方面的工作。

瞿世镜于1989年在上海译文出版社出版了传记类作品《意识流小说家伍尔夫》。该书的第五部分"心理学与哲学的影响"，考察了弗洛伊德的精神分析学说对伍尔夫的影响。他认为，伍尔夫在《班奈特先生和布朗太太》一文中所说的"在1910年12月左右人的性格变了"①，与弗洛伊德学说有密切关系。并且列举了种种理由。首先，在1910年前后，弗洛伊德学说在英国知识界流行开来。伍尔夫也阅读了他的著作，并且在和丈夫创办的霍加思出版社出版了弗氏著作最早的英译本。然后，更为重要的是，在伍尔夫的论文、小说和日记中都可寻觅到弗氏关于人的意识结构分为意识、潜意识和无意识三个层次的观点对她的影响。例如，伍尔夫曾惊呼道："大自然让与人的主要本质迥然相异的本能欲望偷偷地爬了进来，结果我们成了变化多端、杂色斑驳的大杂烩……。"② 在她看来，我们在任何特定场合所显示出来的身份，可能并非"真实的自我"，它不过是我们"为了方便起见"把"我们的多样化的自我杂乱无章的各个平面"凑合到一起罢了。③ 伍尔夫也曾在日记中说，她有二十个自我。④ 在小说《到灯塔去》中，伍尔夫把拉姆齐夫人洞察别人心灵的目光比作一束投入水中的光线，可以照明水中的三个层次，这说明她和弗洛伊德一样，也把人的心灵看作一个多层次结构。在

---

① ［英］弗吉尼亚·伍尔芙：《班奈特先生和布朗太太》，载［英］弗吉尼亚·伍尔芙《伍尔芙随笔全集》（Ⅱ），王义国等译，中国社会科学出版社2001年版，第901页。

② ［英］弗吉尼亚·伍尔夫：《论小说与小说家》，瞿世镜译，上海译文出版社1986年版，第236页。

③ 瞿世镜：《弗吉尼亚·伍尔夫的小说理论》，载［英］弗吉尼亚·伍尔夫《论小说与小说家》，瞿世镜译，上海译文出版社1986年版，第236页。

④ ［英］伦纳德·伍尔夫选编：《一位作家的日记》，转引自瞿世镜《意识流小说家伍尔夫》，上海文艺出版社1989年版，第234页。

小说《奥兰多》里,她写道,一个人可以有两千个自我。由此,作者得出结论,伍尔夫所谓"人性的改变"是受到弗洛伊德影响的,是接受了精神分析学说之后的产物;虽然她拒绝接受弗洛伊德的泛性论,她在小说中总是避免对于性的描写,但她把人当成多层面、多元化的复杂本体,而不再是单一的存在;正是基于这种人性观念,伍尔夫在她的小说中大量使用了多视角、多层次的人物透视法。显然,瞿世镜的这一结论,不同于西方学界关于"人性改变"应归因于后印象派艺术影响的说法,体现了中国学者的独立思考和独到见解。

20世纪90年代至今,中国学界又先后发表了好几部关于伍尔夫的传记作品。有陆扬、李定清的《伍尔夫是怎样读书写作的》(1998)。陆扬在卷首语中写道:"本书是以读书为线索,来给弗吉尼娅·伍尔夫的生平和作品写一部评传。作者有意把伍尔夫从曾经幽闭过她文学形象的象牙塔中请出来,还给读者一个音容笑貌栩栩如生的弗吉尼娅·伍尔夫。"[①] 作者认为,伍尔夫的神经官能症与她幼年遭受的性创伤、父母亲人的离世相关。在"阅读战争"一节中,更是详尽地指出了战争对伍尔夫精神状态及写作的影响。"伍尔夫在战争中读出的是恐怖和精神系统的紊乱。这恐怖和紊乱是刻骨铭心,永远无以排遣的。她相信外部世界的暴力和冲突正是内心小宇宙的一个写真,如是现实世界的战争终有尽时,心灵世界的剧烈冲突永无尽期……她感受到了战争给人心灵上留下的创伤,这创伤将和死亡同归于尽。"[②] 他还说:"弗吉尼娅相信艺术可以穿越战争的劫难而达永恒。这促使她在巨大的精神压力下创作不息,……"[③] 在第四章"意识流说"中,也考证了弗洛伊德精神分析学说对伍尔夫

---

① 陆扬、李定清:《伍尔夫是怎样读书写作的》,长江文艺出版社1998年版,第6页。
② 同上书,第33页。
③ 同上书,第35页。

导 论

及其创作的影响,"不论是对弗吉尼娅·伍尔夫还是对弗洛伊德来说,无意识的动力和欲望,永远是压迫着我们有意识的思想和行为"①。伍厚恺的《弗吉尼亚·伍尔夫:存在的瞬间》(1999)也较为详尽地考察了伍尔夫精神病症的形成过程,认为家族的精神病遗传因素是存在的,而亲人的死亡是直接导致伍尔夫精神疾病的重要因素。还有,两个哥哥的猥亵,极大地影响和扭曲了她的人格构建过程,她的精神疾病无不与此有着深刻的联系。易晓明的《优美与疯癫——弗吉尼亚·伍尔夫传》(2002)以传论的形式抒写了伍尔夫的人生历程、文学发展和艺术追求等。也强调了伍尔夫创作与生活的关系,认为伍尔夫是一位锐意创新的作家,她不仅不愿谨守成规,甚至包括刚建立的新规,她要的是不断地突破,因此,她的作品都是创新之后的再创新,超越之后的再超越;而她的最终目的并不是技巧翻新,而是着意于通过新的规则来逼近生活,力图表现更多的生活内容,更充分地表现人生,更有效地传达出作家本人对人生的感悟与见解。

近年来,一些国内研究者还开始撰写论文对伍尔夫及其作品进行心理学解读。例如,吴艳梅的硕士论文《昨日重现:浅析弗吉尼亚·伍尔夫〈幕间〉的创伤主题》(2010)将受创者的维度,分为个体创伤和群体创伤两个层面,分析了《幕间》的创伤主题。另有10篇以上的期刊文章探讨伍尔夫的文学创作心理、精神病与伍尔夫文学创作以及伍尔夫作品与精神分析学的关系等。但难以发现系统性的、有学术分量的文章。

将伍尔夫研究与心理学相结合,开辟了伍尔夫研究的新领域。相对于现代主义、女性主义、马克思主义批评等研究,这是一种向内的研究,有助于更深入地揭示女作家深邃的精神世界及其文本创

---

① 陆扬、李定清:《伍尔夫是怎样读书写作的》,长江文艺出版社1998年版,第112页。

作的精神特点。同时，对于伍尔夫的心理传记研究，表明人们并没有忽略伍尔夫与社会关系的研究，它将向内挖掘与向外拓展结合起来，也有利于展示出一个立体多姿的伍尔夫形象。

然而，从上述梳理可以看出，伍尔夫心理分析研究还存在一些问题。第一，传记式的精神分析研究占据了伍尔夫心理学研究的主体，研究文学作品的专著则较少，说明学界对伍尔夫文本的心理学关注还远远不够。第二，为数不多的一些专著致力于运用精神分析批评的方法解读伍尔夫创作，但都集中于她的几部重要作品。到目前为止，还没能从心理分析这一视角对伍尔夫的作品展开整体、系统研究。第三，心理分析批评家们从家庭、社会、性别、遗传、文化、战争等因素出发，探讨了伍尔夫心灵创伤与精神疾患的形成，还涉及了精神创伤在伍尔夫作品中的体现，却没有进一步关注伍尔夫是如何力图通过文学创作应对创伤、跨越创伤的。正如批评家奈尔默（James Naremore）对伍尔夫现代主义研究所进行的批判，认为批评界忽略了伍尔夫创作没有终止于"意识"，而是超越于"意识"之上这一重要事实。这一批判同样适用于伍尔夫心理分析批评。也就是说，对伍尔夫的心理分析研究尚停留在浅层，还有待深化。第四，从已有成果来看，绝大多数伍尔夫心理分析研究或者仅仅在以弗洛伊德学说为代表的精神分析理论视域下进行，或者只作一般性的、缺乏理论观照的描述和揭示。然而，弗氏学说中的重要部分——精神创伤理论在当代学术语境中已获得逐步发展和完善，形成了一整套创伤学理论，是迄今可用于分析、解读文学性创伤的重要理论资源。在当今伍尔夫研究界，还鲜有学者利用这一理论研析伍尔夫其人其作。可见，伍尔夫心理分析研究也缺乏当下理论的支撑和构架。

第三节 研究视角、研究方法及研究价值

一 研究视角与研究方法

鉴于上述伍尔夫心理分析研究现状,笔者在本论文研究中,选取心理创伤学视角,依据心理创伤理论,主要运用心理分析的方法研究伍尔夫及其作品,寻找伍尔夫所受的精神创伤与文学创作的对应关系,探讨其创伤书写的作用与功效。

创伤,无时不有,无处不在。在20世纪的人类历史上,现代性暴力更是广泛地渗透于资本主义社会的各个领域,人们不堪重负,伤痕累累。有人说,20世纪是创伤的世纪,把20世纪的文化也相应地称为"后创伤文化"(post-traumatic culture),创伤被用于界定一切、解释一切。目前,创伤已从个体心理疾病发展成为一种普遍的社会症候,从临床医学现象演变为引人关注的社会问题,从医学、精神病临床实践转向了文学、历史、哲学和文化研究等人文领域,从病理学概念扩展为流行的公共政治、学术话语和研究范式。在数次转变中,创伤的研究范围日益广泛,创伤的理论探讨日趋深入和系统。创伤与再现、创伤记忆与历史叙事、创伤与治疗、创伤与文学表达等关系问题成为学界研究和争论的焦点。其中,有关创伤与治疗的理论研究在近二十多年来更可谓多姿多彩,尤其引人注意。

基于本研究的需要,我们择取创伤的定义、创伤与复原、写作与疗伤这三个问题进行梳理、论述和探讨。

(一)创伤的定义

创伤(trauma),原初意义为外部力量所导致的生理、身体损伤,19世纪晚期,获得了精神、心理伤害的含义。因而,它既是一个病理学术语,也是一个心理分析学术语。本文所用的"创伤",指精神创伤或心理创伤。

19世纪末，创伤研究早期最有影响的代表人物、精神病医生、心理分析学家弗洛伊德和当时杰出的内科医生皮埃尔·贾内（Pierre Janet）以发生在女性身上的身心失调症，即"歇斯底里"为基础，对创伤进行了研究。

贾内指出，自我意识是心理健康的核心因素。个人对自己过去的记忆，伴随着对现时的敏锐感知，决定了个人能否对外界压力作出恰当反应。他使用"潜意识"一词来描述记忆的集合，认为对过去经验留下的记忆进行分类、整合有助于人们应对随之而来的挑战。然而，当人们经历创伤事件时，会产生激烈的情绪反应，现有的心灵认知结构往往无法适应所遭受的恐惧体验。这样，创伤记忆游离于意识和自发控制之外。当病人无法将创伤体验整合到整体意识中时，就会"固着"于创伤，这种附着会侵蚀病人的心理能量。它们"虽然越出了意识，但是仍存留在受创伤者的观念范围中，并以某种再现伤害片段的方式（诸如视觉意象、情绪条件、行为重演）继续对他或她的思想、心境和行为施加影响"。[1]

弗洛伊德认为"固着"就是过去经验，尤其是孩提时期的性经验形成的潜意识幻想，创伤发生时的"固着"是创伤性神经症的病源之所在，并且认为，"这些患者在其梦中时常重复这种创伤情境；而对于那些可以分析的癔症来说，似乎其发作就是完全召回这个创伤的情境，好像这些患者没有完成这个创伤的情境一样，好像他们仍然面对着某种没有处理好的任务一样；……我们由此可以明白心理过程的所谓的'经济'的观点"[2]。在此基础上，他阐述了关于创伤的完整观点："'创伤'一词只具有经济意义。某种经验如果在短时期内，给大脑提供强有力的刺激，以致不能用正常的方法应付或

---

[1] Pierre Janet, *L'Automatisme Psychologique*, 转引自卫岭《奥尼尔的创伤记忆与悲剧创作》，中国人民大学出版社2009年版，第27页。

[2] 车文博主编：《弗洛伊德文集》第4卷，长春出版社2010年版，第160页。

适应，从而使大脑能量的分配方式受到永久的干扰，我们把这种经验称为创伤经验。"①虽然并非每一种创伤的"固着"都会导致神经症，但受害人总是生活在过去的阴影中，不能正视现实，无法走向新生，也是可能的情况，"一个人因遭遇到创伤事件而完全动摇了其生活的基础，他放弃了对现在和将来的所有兴趣，并毅然永久地沉迷于对往事的回忆之中"②。

贾内和弗洛伊德都强调了导致创伤事件的高度刺激性和突如其来性、心灵的无力应对和无法适应性、创伤经验的重复再现性，这些论述为当代学界理解创伤、阐释创伤奠定了基石。

美国精神病学协会1994年颁布的《精神紊乱的诊断和统计手册》（第四版），对创伤后应激障碍（PTSD）作出了界定："在受到一种极端的创伤性刺激后连续出现的具有典型性特征的症状③。"2000年，该协会在《心理障碍诊断与分类手册》（第四版，修订版）中，将PTSD的症状分为三大类：创伤事件的再体验，对创伤相关刺激的回避和一般反应的麻木感，以及持续的高唤醒状态。并且对创伤作出了专门的定义："个人直接经历一个涉及死亡，或死亡威胁，或其他危及身体完整性的事件，或目击他人涉及死亡、死亡威胁，或危及身体完整性的一个事件；或经历家庭成员或其他亲密关系者预期之外的或暴力的死亡、严重伤害，或死亡威胁或损害（标准A1）。此人对该事件的反应必须包括强烈的害怕、无助感和恐惧（儿童的表现可能是行为紊乱或激越）（标准A2）。"④

世界卫生组织于1992年出版的《国际疾病分类标准》（Interna-

---

① 车文博主编：《弗洛伊德文集》第4卷，长春出版社2010年版，第160页。
② 同上书，第161页。
③ American Psychiatric Association, *Diagnostic and Statistical Manual of Mental Disorders*, Fourth Edition [DSM-Ⅳ], Washington, D. C.: American Psychiatric Press, 1994, p. 428.
④ 参见［美］约翰·布莱伊尔等《心理创伤的治疗指南》，徐凯文等译，中国轻工业出版社2009年版，第3页。

tional Classification of Disease, ICD-10) 对创伤后应激障碍也有明确的定义和症状诊断标准: "这是对一种（短暂或长期的）具有异乎寻常的威胁性或灾难性应激事件或情境发生的延迟或延长性反应。……典型特征包括在侵入记忆（'闪回'）、睡梦或噩梦中反复再现创伤场面, 在'麻木'感和情感迟钝的背景下发生与他人疏远、对周围环境淡漠无反应、快感缺失以及回避易使人联想起创伤的活动和情境。常有自主神经过度兴奋伴有过度警觉, 一种增强的惊跳反应和失眠。"① 并且将精神创伤及其范围表述为: "某种由非同寻常的威胁或灾难性事件所引发的精神紧张状态……包括自然灾害、人际争斗、严重的外伤、目睹他人死亡或本身被折磨, 以及恐怖、暴力或其他犯罪行为的受害者。"②

哈佛大学著名精神病学教授朱迪思·赫尔曼（Judith Herman）这样描述创伤:

> 心理创伤是一种自己感觉很无力的苦痛。在创伤中, 受害人由于受到强力冲击, 处于无助状态。如果这种强大的力量来自于人, 我们称之为暴行。创伤事件的破坏性往往超出了受害人正常的自我心理防御机制, 使受害人失去正常的自我控制、与人相处以及理解事务的能力……创伤事件之所以异常, 不在于它不常见, 而是因为它超出了人们正常的生活适应能力。与普通的不幸事件相比, 创伤事件一般会威胁到人的生命安全或身体的健全, 或者会使人与暴力和死亡相遇。《精神病学综合教程》中说, 心理创伤的普遍特征是极度恐惧、无助、失控和灭亡感。③

---

① 参见施琪嘉《创伤心理学》, 中国医药科技出版社 2006 年版, 第 11—12 页。
② 同上书, 第 12 页。
③ Judith Herman, *Trauma and Recovery*, London: Pandora, 2001, p. 33.

导 论

中华医学会对PTSD作出如此判定：

经历过严重的创伤［性］事件并具有以下的特征性症状持续一个月以上者：一是重新体验创伤［性］事件（包括梦境中重现全部或部分）。二是回避与事件有关的任何刺激并出现广泛的麻木反应（表现为感觉麻木，情绪麻痹）。三是多种形式的情绪性及生理性唤起（各种形式的睡眠障碍最常见，也表现为作业困难，易激怒及紧张；灾难性事件的滞后或延长反应导致稳态失衡和心身障碍）。常见于残酷的战争、灾难事故、暴力伤害的身受或目击者；表现的症状为反复出现创伤体验，持续的警觉性增高或回避，也可表现为普遍性的反应麻木。①

中国的创伤心理治疗师施琪嘉在《创伤心理学》中写道：

心理创伤在既往常指日常生活中的与精神状态相关的负性影响，常由于躯体伤害或精神事件所导致，它可以事件的当事人为载体，但也可能因目睹事件而诱发。在分类上大致可以将这些来源区分为危及生命的"天灾"与"人祸"。前者如自然灾害（洪灾、火灾、旱灾、飓风、地震等），后者如空难、交通事故或战争等。暴力侵犯、被监禁、被折磨、持久被虐待的经历也常常遗留心理创伤。②

以上由当代中外医学界、精神病学界提出的权威阐释中，对创伤症状的描述大体一致，但存在一个明显的争论点，就是关于一个

---

① 中华医学会精神科学会、南京大学脑科医院：《中国精神疾病分类方案与诊断标准》，东南大学出版社1995年版，第87—88页。

② 施琪嘉：《创伤心理学》，中国医药科技出版社2006年版，第12页。

事件是否满足诊断性定义，是否是"创伤性"的。美国精神病协会在 2000 年的修订版中将创伤定性为"涉及死亡或死亡威胁，或其他危及身体完整性的事件"，此前，即 1980 年和 1987 年的定义中也有这样的表述，即"将对心理完整性的威胁作为有效的创伤形式"[①]。赫尔曼也把创伤局限为威胁人的生命、身体安全的事件。这类说法招致了一些研究者的批评，因为它们将"仅有严重的沮丧但没有受到生命危险的事件——如极严重的情绪虐待、重大的丧失或分离、降级或羞辱、被强迫（但没有受到身体的威胁和迫使）发生的性经历"的创伤性事件给排除掉了，这无疑"会导致一般人群中实际创伤发生的程度被低估，也会降低某些经历了明显的创伤后疾患的个体被诊断为应激性障碍的可能性"[②]。世界卫生组织和中国医学界则将给精神状态带来一定负面影响的事件都纳入创伤事件的范畴。本论文也将采用这一宽泛的界定，即认为，在一定时间内耗尽了人的心理能量，使人的心理完整性遭到威胁的事件都是创伤性事件，因为"经历了其主要心理完整性被威胁的人和身体受到伤害或生命受到威胁的人是一样痛苦的"[③]。

受医学界、心理学界的影响和启发，其他学科领域的学者也对创伤进行了阐释。在《创伤：记忆的探询》中，文学批评家、创伤理论家卡西·克鲁丝（Cathy Caruth）对 1980 年美国精神病协会正式承认的 PTSD 进行了评述：

> 创伤后应激障碍包括了以前被命名为弹震症、战壕压力症、滞后的压力综合症和创伤性神经官能症，以及对人类和自然灾难所产生的反应。一方面，这种分类和对与之相应的病状的正

[①] 参见［美］约翰·布莱伊尔等《心理创伤的治疗指南》，徐凯文等译，中国轻工业出版社 2009 年版，第 4 页。
[②] 同上。
[③] 同上。

导 论

式承认提供了一种有效的分类诊断。它包括了与之相关的一切：根据创伤后应激障碍，战争和自然灾难，强奸、虐待儿童和其他的许多暴力事件所产生的反应都已经被理解，一些分离性紊乱症状也可以归于创伤。另一方面，这一有效的新工具在提供了一切的同时却未能为此疾病提供一种实质的解释……①

基于对广泛意义上 PTSD 诊断类别的认可，克鲁丝提出了自己对创伤的认识："创伤的病理只蕴含在它的经验或接受的结构中：事件在发生的当时没有被透彻理解或体验，只是被延迟，反复控制当事人。准确说来，遭受创伤就是被一种印象或一个事件所控制②。"在《无言的经历：创伤、叙事和历史》中，克鲁丝对创伤作出了更完整的界定："在最广泛的定义上，创伤是突发事件或灾难性事件导致的那种压倒性的经历，其中，人们对于这一事件发生时的反应，常常是延迟的，以幻觉和其他侵入方式反复出现，无法控制。"③ 克鲁丝认为创伤事件在它发生之时没有被充分认识，后来不断侵扰当事人并导致强烈的情绪危机才成为"事件"。显然，她对创伤的时间断裂的强调，吸收了弗洛伊德的概念"延迟行为"（deferred action）或"事后影响"（afterwardsness），从而建构了自己的定义。

此外，耶鲁大学的创伤理论家德瑞·劳伯（Dori Laub）教授也提出了对于创伤的看法："创伤幸存者并不生活在关于往昔的记忆中，而是在不能也没有继续进行到底的事件中生活。事件没有结束或终止，因此，好比幸存者所担心的，它在各方面都持续到当下。实际上，幸存者没有真正触及创伤现实的核心，也没有重演之前的

---

① Cathy Caruth ed., *Trauma: Explorations in Memory*, Baltimore: The Johns Hopkins University Press, 1995, p. 3.
② Ibid., pp. 4 – 5.
③ Cathy Caruth, *Unclaimed Experience: Trauma, Narrative, and History*, Baltimore: The Johns Hopkins University Press, 1996, p. 11.

悲剧命运，于是陷于两者之间。"① 美国历史学家多米尼克·拉卡普拉（Dominick La Capra）在《写历史，写创伤》中写道："创伤是一种经验发生粉碎性断裂或中断的症状，这种经验会发生滞后效应。"②

有关创伤的定义众说纷纭，至今没有达成一种完全一致的说法。目前，人们倾向于接受和引用克鲁丝的定义。但上述种种，从弗洛伊德到克鲁丝，实际上都强调了构成创伤的两个核心要素，即事件本身和主体对于事件的反应，不过存在表述上的差异。值得注意的是，早期的创伤定义侧重于列举创伤事件的类别，后来，研究者越来越关注主体对于创伤事件的症候性反应，而不是事件本身。这些症候性反应就是创伤事件造成的影响，即"事后性"。综合上述定义，具体说来，"事后性"就是创伤事件发生一段时间后，当时的情形会以记忆、"闪回"（flashback）、"侵入的幻觉"（intrusive hallusinations）、"噩梦"（nightmare）等形式反复骚扰受创主体，使其不得安宁，形成精神创伤，表现为"极度沮丧"（extreme distress）、"被击垮"（overwelmed）、"强烈的恐惧"（intense fear）、"彻底的无助感"（complete helplessness）等。因此，创伤是主体遭受的创伤事件，更主要的是蒙受事后影响而导致的极端不良的心灵状态或精神状态。创伤的特质在于，它基于真实而残酷的事实，更存在于对该事实的反复体味中，但由于主体不可能真正回到该事件中，因此，它也基于不完全真实的事实体验，形成一种存在的悖论。

创伤还具有强烈的个人化色彩。事件与主体对于事件的反应，作为形成创伤的两个要件，一是客观性的，一是主观性的。一个事件是否为创伤性事件，是否会形成心理创伤，除了它本身的性质，

---

① Dori Laub, "Bearing Witness or the Vicissitudes of Listening", In Shoshana Felman and Dori Laub, ed., *Testimony*: *Crises of Witnessing in Literature*, *Psychoanalysis*, *and History*, New York and London: Rutlede, 1992, p. 69.

② Dominick La Capra, *Writing History*, *Writing Trauma*, Baltimore: The Johns Hopkins University Press, 2001, p. 186.

导 论

还取决于主体对客观事件的体验。弗洛伊德说:"症状具有意义,它与病人的体验有关。"① 面对同一个事件,有人一触即溃,有人却安然无恙。对前者来说,这个事件就是创伤事件,它导致了心理创伤;对后者来说,这一事件不是创伤性事件,没有形成心理创伤。这种迥然不同的结果,与个体的心理因素等相关。心理素质差的人相对心理素质良好的人,易于产生创伤体验,形成创伤经历。虽然诸多创伤定义没有对此进行比较、分析,但不难发现,学者们常用这些词语来描述受创主体的心理素质:"无力应对"(inability to cope)、"脆弱不堪"(vulnerability)、"无法抗拒"(overwelming)、"无能为力"(powerless)等;还对他们的心理机制进行了剖析,克鲁丝说:"创伤就是遭遇某一无法预料或极其恐怖的事件,先前的知识没能为它做好准备。"② 此外,个体不同的生活经历、文化程度,甚至所处的不同文化环境等因素也会影响创伤体验的形成与否。例如小手术这种事件,对一位缺乏人生经验的儿童可能会造成很大的伤害,但对屡受挫折的成人也许算不上一回事儿。因此,创伤带有相当的私人维度。如乔恩·艾伦(Jon Allen)所说,"正是对客观事件的主观体验,构成了创伤。……你越相信你身处险境,你的创伤就越严重"。③ 也如卡鲁丝所说:"在简朴的创伤定义中隐藏着一个特别的事实:创伤的病理无法定位于事件本身,事件也许是、也许不是灾难性的,也许并非对每一个人都具有同等的创伤性……在某种程度上,创伤的病理仅仅在于创伤经验的结构或接受中……"④

---

① Sigmund Freud, *A General Introduction to Psychoanolysis*, New York: Boni and a liverinight, 1920, p. 221.
② Cathy Caruth, *Trauma: Explorations in Memory*, Baltimore: The Johns Hopkins University Press, 1995, p. 153.
③ Jon Allen, *Coping with Trauma: A Guide to Self-understanding*, Washington: American Psychiatric Press, 1999, p. 14.
④ Cathy Caruth, *Trauma: Explorations in Memory*, Baltimore: The Johns Hopkins University Press, 1995, p. 4.

可见，当代学者在借鉴弗洛伊德有关精神创伤看法的基础上，强调了构成创伤的两个基本要素，同时，也对弗氏定义进行了创造性的发展。一方面，不再将精神创伤现象局限于人类童年甚至更早时期的经验，而将其扩展到威胁人的心理完整性的一切经历；另一方面，不再认为心理创伤只是个体被动地接受某种经验从而给大脑造成强有力刺激的结果，而认为精神创伤具有一定的主观性，是"由创伤情境作用于主体，经由主体条件的过滤、选择而成的反应"[①]。

鉴于以上的分析、理解，我们认为，精神创伤是创伤事件作用于主体，使主体蒙受事后影响而导致的极端不良的心灵状态或精神状态；它是经由主体条件的过滤、选择而成的一种主观体验的结果，具有个人性特征。

应该注意的是，当创伤事件关涉一个整体，如国家、民族和集体的时候，受创主体就要推及群体，从而有了"集体创伤""种族创伤""文化创伤"等概念。因而，创伤的定义虽然基于个体的人提出，但并不影响我们对群体创伤的理解，因为不管受创主体是个体还是群体，首先必定是单一的个体。

（二）创伤与复原

在明确了创伤定义的基础上，值得我们进一步关注的是，作为体现精神创伤的创伤后症状，是受创主体为应对创伤经历而发展的一种适应性和康复性症状，即心灵自身具有适应创伤事件并且从中复原（recovery）的能力，虽不一定总能成功；此外，导致精神创伤的事件给人带来不幸的同时，也能促进人的精神成长甚至超越。长期以来，受弗洛伊德影响，研究者局限于将精神创伤当作一种消极的、病理性的现象进行探讨，而忽略了心灵对创伤事件所作出的这种积极反应和创伤产生的正性效应。

众所周知，面临外在事件和环境，人类心灵具有内在的自我调

[①] 唐晓敏：《精神创伤与艺术创作》，百花文艺出版社1991年版，第9页。

节、适应和更新的机制和功能。心理学家将这种内在的适应机制和自我调节过程表述为"自发性"（spontaneity），它通常"会在外在世界和内在世界之间斡旋，并且负责一个人的情绪平衡"①。每一个个体在遭遇创伤事件后，都会动员自己的全部能量，去适应创伤情境，调整心理结构。对创伤性事件的侵入性的再体验是受创者心灵的一种自然自发形式。大脑中以闪回、噩梦或其他形式重现的创伤经历都源于人们对促进创伤事件的现实适应能力、系统地对情绪进行消除所作出的尝试。"这些复活的体验的内在功能是去处理和整合令人沮丧的材料。这说明出现与创伤相关的症状，在某种意义上是人们试图去'代谢'或者内在地解决痛苦的思维、感受和记忆的努力"，在此意义上，那些重现或复活的创伤后应激症状可以被看作是人类心灵应对创伤经历的"一种适应性和康复性症状而非内在的病理性症状"②。这种机制一定程度上解释了为什么有些受害者在没有进行任何治疗的前提下，几个月就能从创伤情境中恢复过来。事实上，很多早期的创伤后症候反应，其实就代表了个体正在进行自我治愈的努力。治疗师格林（Green）发现，一般来说，经历创伤事件后，只有四分之一的人会发展出全面的"创伤后应激障碍"（Post-traumatic Stress Disorder）症状，而其中的半数哪怕没有接受治疗，其症状也会在一段时间后消退。

然而，有些创伤经历是如此令人痛苦，它们所激发的负面情绪远远超出了受害者的承受能力，以至于不能被轻易击退，只会让人们反复体验却无法经历一个"正常"的创伤恢复过程，最终使人失去心理平衡，陷于混乱和绝望状态中，出现各种精神症状，甚至导致精神崩溃。Moreno将此状态称为"失去自发性"（loss of spontane-

---

① ［瑞典］彼得·费列克斯·凯勒曼、［美］M. K. 赫金斯：《心理剧与创伤——伤痛的行动演出》，陈信昭等译，高等教育出版社2007年版，第4页。
② ［美］约翰·布莱伊尔等：《心理创伤的治疗指南》，徐凯文等译，中国轻工业出版社2009年版，第65页。

ity)。在这种情况下，受害者就必须接受心理治疗。有学者曾说："创伤经验是被囚禁的人生旋律，它们必须被演奏，必须在人类生命的乐团中被表现出来，而且每一个人都会在这世界的乐团中演奏属于自己的音乐（1980）。"① 如果创伤经验是"被囚禁的人生旋律"，那么必须"被演奏""被表现"就是创伤的治疗。

  由于创伤具有个人化特征，创伤的症状复杂多样，治疗方法也有许多种，如暴露疗法、认知疗法、内隐感受疗法等。但不管采取哪种方法，创伤治疗都应该在和谐的人际关系中进行。因为，创伤与人际关系存在双向联系：创伤影响人际关系；人际关系反过来能够冲击创伤。首先，创伤常常发生在人与人的交往当中，受创者对他人失去信任，会导致自我与他人的疏离，如赫尔曼所认为的那样，"幸存者对基本的人际关系的质疑……打破了家庭、友谊、爱以及对共同体的依赖……打碎了在与他人关系中形成和保持的自我建构"②。其次，对于一个已经有了创伤经历的人来说，其人际关系极有可能受到影响。因为受害者通常会感觉无能为力、无助、不能自主，丧失自我感觉能力、独立能力等，包括形成健康的人际交往能力。用 Lindemann 的话来说，就是"创伤可以定义为一种亲密联结的破坏"③。最后，遭遇创伤后，最先要恢复的是基本能力，这些能力在与人相处中形成，也要在人际交往中恢复。如果当事人能获得更多的人际关系或支持，那么也能更快地从创伤中恢复过来。由于创伤与人际关系的这种复杂联系，帮助受害者改进和建立和谐的人际关系，了解那些有风险的人际关系，对于其从创伤中复原、找到创伤后的新生活变

---

  ① ［瑞典］彼得·费列克斯·凯勒曼、［美］M. K. 赫金斯：《心理剧与创伤——伤痛的行动演出》，陈信昭等译，高等教育出版社2007年版，第60页。
  ② ［美］朱迪斯·赫尔曼：《创伤与复原》，杨大和译，台北时报文化出版公司1995年版，第5页。
  ③ ［瑞典］彼得·费列克斯·凯勒曼、［美］M. K. 赫金斯：《心理剧与创伤——伤痛的行动演出》，陈信昭等译，高等教育出版社2007年版，第78页。

得十分重要。所以,创伤不能独自面对,只有"在关系中"才有康复的可能。中国学者李桂荣也认为:"心理创伤的核心问题是患者能力的丧失和与他人的疏离。所以,创伤治疗的根本途径是患者能力的恢复和新的人际关系的建立。"① 此外,社会文化环境也有助于受创者走出创伤,"在个体如何应对潜在的创伤经验方面,文化起着关键作用。文化提供了背景。在这一背景中,可以体验到社会援助和其他积极的、振奋的事件"。② 赫尔曼、拉厄(Rahe)、拉撒路(Lazarus)等理论家,在创伤、个体和文化的关系上做了许多的研究工作。他们认为,个体与其所生活的环境或社区之间的相互作用非常重要,这种互动决定着个体能否应对潜在的创伤经验。

恢复与外界的联系、重建人际关系是创伤复原的根本途径,而创伤叙述又是这一途径中的关键环节,因为叙述是人与人交流的主要方式。创伤叙述包括口头讲述和书面表达,书面表达又有证词、电影、历史、文学等表现形式。受创者通过讲述或写作创伤经历,将零散的创伤记忆整合成创伤事件,能够释放情绪,缓解症状。早在19世纪90年代中期,贾内和弗洛伊德对歇斯底里症做完各自的研究后,就得出了这个非常惊人的相似的结论:当创伤记忆及其引发的剧烈情绪被复原,且通过言语表达时,歇斯底里的症状就会减缓。在《关于歇斯底里的研究》(1895)中,弗洛伊德也主张:"当病人最大可能详细地描述事件,将情感放入词语中时,每一个个体的歇斯底里症状都会立即而永久地消失……"③ 弗洛伊德把这一过程称为"宣泄"(catharsis)或"净化"(abreaction),并且发展出

---

① 李桂荣:《创伤叙事:安东尼·伯吉斯创伤文学作品研究》,知识产权出版社2010年版,第32页。
② Marten W. De Vries, *Trauma in Cultural Perspective*, N.Y.: The Guilford Press, 1996, p. 3.
③ Sigmund Freud and Joseph Breuer, *Studies on Hysteria*, London and New York: Penguin, 1991, p. 57.

"精神分析"的治疗方法。这种方法成为现代精神治疗的基础。普林斯顿大学的精神病学教授斯宾塞·唐纳德（Spencer Donald）把弗洛伊德称为"叙事传统"的"大师"，因为他善于将当事人"支离破碎的联想、梦和回忆的片段"编织成连贯完整的故事，"让我们认识到连贯的叙事的说服力量……似乎毫无疑问，一个建构得很好的故事包含一种叙事真理，它是真实地、直接的，对于治疗性的转变有重要意义"。① 贾内把对创伤的叙述称为"叙述记忆"，对"叙述记忆"和"创伤记忆"作出了区分，认为创伤记忆是对历史的重演，精确而又僵硬，叙述记忆却能够临时制作历史，正是二者的转换表现了从创伤中康复的过程。拉卡普拉回应了弗洛伊德和贾内的主张，提出"通过"（working-through）概念来描述文学文本在表现创伤时的作用，认为写作"必须暗示着与创伤的距离，必须内在的是一种治疗过程"②，从而重申了对叙述作为治疗的强调。在现代心理治疗中，已经有了专门的叙事治疗（narrative therapy）法。叙事治疗就是当事人通过叙说，把事件"外化"，即把人与事件分开，不把它当成自己的一部分，通过把它放在一个故事情境中，当成文化和历史的产物，当事人就可以从抑郁的状态中解脱出来。如台湾研究者周志建所论述的那样："叙事治疗透过所谓的'外化'，将人与问题分开，问题不等于人，问题的本身才是问题（吴熙琄，民90）。这样外化的观念源自迈克尔·怀特（Michael White）（1991），他将问题视为一个分离、存在于个人之外的实体，以将它客观化的方式，让人可以跳出原来'人等于问题'的框架，重新看待问题的本质，让人可以有新的选择，避免被问题所压迫。"③ 大陆学者也说，"无论

---

① Spencer Donald, *Narrative Truth as Historical Truth*, New York: Norton, 1982, p.21.
② ［英］安妮·怀特海德：《创伤小说》，李敏译，河南大学出版社2011年版，第99页。
③ 周志建：《叙事治疗的理解与实践》，硕士学位论文，台北："国立"台湾师范大学，2002年，第3页。

如何，叙事都是个人精神创痛得以救治和疗效的必经途径"。①

其实，创伤叙述不仅仅是需要接受治疗的受创者的必由之路，对于那些通过自我心理调节而复原的受创者，也能够将他们已经做出的康复努力最优化。具体体现在，受创者通过叙说，还能够对创伤事件产生新的体验，对人生形成新的、积极的认识。如周志建所总结的那样："透过叙说，叙事者在不断地叙说自己生命历程中，会将过去零散的记忆与经验做一个统整，藉此理解自我的生命意义，并重新对自我生命得到新的体验与领悟，进而发展自己生命意义的图像……。"②

我们还应该进一步认识到的是，通常，从创伤中走出，受害人对自我的认识会有所增加，对人生、生命的看法会更为深广，从而实现精神的飞升。换句话说，创伤性经历除了引发人们的痛苦情绪外，也能促进成长。"我们发现不幸和痛苦——除了会导致混乱和伤害之外——时常也会推动人们发展出更积极方式。……这可能包括新的心理复原的水平、更多的生存技能、更好的自我了解和自我欣赏、共情能力增加、对生命的看法更广泛和全面……"③ 例如，经历过自然灾害和重大疾病的人，会倍加珍惜生命。失去亲人尤其是丧失配偶的人，会变得更加独立和坚强。诚如巴尔扎克所说，创伤体验"对于天才是一块垫脚石，对于能干的人是一笔财富"。

（三）写作治疗及其心理机制

写作是创伤叙述的重要形式之一，具有治疗作用。作者通过语言文字这一载体，将自己的创伤经验诉诸笔端，能够舒缓或消除精神紧张、心理压力，释放负面情绪，促进身心健康。写作式样很多，

---

① 李明、杨广学：《叙事心理治疗导论》，山东人民出版社2005年版，第120—121页。

② 周志建：《叙事治疗的理解与实践》，硕士学位论文，台北："国立"台湾师范大学，2002年，第3页。

③ ［美］约翰·布莱伊尔等：《心理创伤的治疗指南》，徐凯文等译，中国轻工业出版社2009年版，第66页。

有日记、书信、博客、传记和诗歌、小说、散文、戏剧等。而且，写作有着口头表达所不具备的便利性和安全性。创伤性经历都由负面、痛苦的事件构成，引发出的是消极的情绪体验。所以，当事人的感受和看法更具有私密性，不便于公开谈论或讲述。书面表达则是一个相对的安全地带。例如，日记作为一种最普及的写作方式，它的读者仅仅是作者本人，作者可以将自己不愿公开的情感体验尽情地、毫无顾忌地、畅快淋漓地倾诉出来，达到彻底的"宣泄"。博客是网络时代出现的一种新型日记，或称网络日志，相比传统日记，有一定的公开性，又有一定的私密性，它既是一种社交工具，也是人们表达情感的天地。日志者可以有选择性地释放创伤，并且在与人的交流中得到进一步疏通、缓解。在诗歌、小说等写作中，作者也可以自由地控制情感的表露程度，根据自己的意愿，或直接抒发，或通过象征、隐喻等艺术形式隐晦地表达。

  目前，在心理学界，关于心理创伤治疗的理论派别有很多，主要的有精神分析理论、认知加工理论、情感压抑理论、暴露与情绪加工理论等。这些理论派别，从各自的角度出发，阐述了写作活动是如何在个体的心灵层面产生治疗效应的。

  情感压抑理论认为，写作通过把受压抑的情感释放出来，发生治疗效应。这一观点源于精神分析鼻祖弗洛伊德对宣泄效果的解释。弗洛伊德晚年论述了本能与文明的关系，这一研究成果中蕴含着写作治疗的思想。他指出，"在艺术活动中，精神分析学一再把行为看作是想要缓解不满足的愿望——这首先体现在创造性艺术家本人身上"，"艺术家的第一个目标是使自己自由，并且靠着把他的作品传达给其他一些有着同样被压抑的愿望的人们，使这些人得到同样的发泄"[1]。那么，作为艺术活动之一的文学创作，其治疗效能就体现

---

[1] ［奥］西格蒙德·弗洛伊德：《精神分析学在美学上的应用》，载［奥］西格蒙德·弗洛伊德《弗洛伊德论美文选》，张唤民、陈伟奇译，知识出版社1987年版，第139页。

导 论

为将作者现实中未满足的、被压抑的愿望释放出来，同时在虚构的世界中获得补偿。当然，弗洛伊德也论及了文学的读者治疗功能。后来的许多医学家和心理学家都认同他的观点，并且作出了补充，认为被压抑的心理负荷得不到释放，长期积于心中，会带来不良后果，如果把它们发泄出来，可以减少压抑造成的紧张，调节身体与心理的平衡，改善多项健康指标。

在认知加工理论看来，创伤写作通过整合创伤事件，可以减少或消除由创伤带来的无意记忆，同时赋予事件以新的意义，从而消除创伤症状，帮助个体恢复。认知加工理论的代表人物 Janoff-Bulman（1992）认为，一切个体都持有三个核心假设：我们是不会受到伤害的；世界是有意义和可以理解的；我们都从积极的角度看我们自己。[①] 然而，由于创伤体验与这些假设的心理图式完全不相匹配，所以一旦发生创伤事件，原有的假设就被统统打破，转而认为世界没有意义，人生没有安全感，也对自我产生怀疑。这时，受创个体就要改变已有的心理图式去适应创伤体验，或者把创伤体验整合为连贯的叙事，与原有图式相匹配。在创伤写作中，一方面，受创者可以把零散的创伤记忆整合为系统、连贯的叙事，从而消除创伤带来的负面情绪，减少对创伤事件的再体验。"这个整合过程通过减少负面情感的唤醒，最终导致身心症状的减少[②]。"另一方面，受创者将曾经经历的富于积极意义的生活片段整合到创伤叙述中，构造出与创伤记忆中的事件具有相反意义而与原有心理图式相吻合的新故事，无疑有助于自我复原。

依据暴露与情绪加工理论，受创者遭遇创伤后，常常会力图逃避生活中那些与创伤事件相关的刺激。这种逃避行为，阻碍着他们

---

① 张信勇：《写作疗伤——表达性写作对创伤后应激反应的影响及其机制》，博士学位论文，华东师范大学，2009 年，第 15 页。
② 同上书，第 72 页。

去适应创伤经历，也阻碍着他们对创伤事件的重新认识以及采取新的应对措施，因为创伤性情境得不到再现和加工。PTSD 的相关症状就是由这种逃避引发的。有研究者将 PTSD 的暴露疗法分为两步："首先是对创伤有关的最痛苦的记忆、画面和情绪反复地自我面质，从而通过对他们达到适应而减少 PTSD 症状。这个过程可以通过想象暴露或实体暴露来实现。接着是让个体挑战对创伤不合理的认知和想法，对创伤事件做出崭新的诠释和理解，并评价他们的应对策略。"[①] 据此观点，多次创伤性写作使受创者反复暴露于创伤情境中，不断接受也不断适应相关刺激，并且在想象和虚构的世界中放弃对于创伤的不合理认知和想法，形成新的理解和积极的认识，逐渐排除创伤事件留下的阴影。

上述理论都对创伤写作的影响机制作出了解释。这些解释各有侧重，也有交叉，且互为补充，说明心理学界对写作的心理治疗功能有了全面、充分的认识。综合起来，就是写作者在创作的过程中，通过回忆创伤经历，激活与创伤有关的各种负面情绪，重构和加工创伤事件，把它整合为连贯的叙事，与原有认知图式相匹配，使个体受压抑的潜意识欲望得到宣泄，或者使个体完成对创伤刺激的适应，减少对创伤经历的再体验，从而消除创伤症状，调节身心平衡，并且激发心灵对自身价值的认识和生命活力，使作者在生活中无法实现的、被压抑的愿望在想象的世界中获得补偿。

20 世纪末，随着文学治疗的理念被译介到国内，中国学者对写作治疗及其发生原理也有着自己的理论阐述。叶舒宪先生提出，文学活动能满足人的高级需要。它们是：符号（语言）游戏的需要、幻想补偿的需要、排解释放压抑和紧张的需要、自我确证的需要和

---

① 张信勇：《写作疗伤——表达性写作对创伤后应激反应的影响及其机制》，博士学位论文，华东师范大学，2009 年，第 86 页。

自我陶醉的需要。①并且认为，每个个体都有这些需要，不过不同的个体会有各自不同的侧重；这五个方面相互作用、彼此交织；某一方面或几个方面的需要不能满足，整个精神生态系统就会失衡，导致精神疾病。正是这些内在需要为写作治疗"提供了精神生态上的依据"②。因为文学创作作为一种叙事活动，便于创作者倾诉自己的心绪和体验；作为一种审美想象活动，能够充分调动创作者的想象和幻想能力，在虚构的文学世界中憧憬未来，重建自我，确立新的人生目标，找到自信和自我价值。个体由于遭遇创伤事件而产生的某些需要可以在写作中获得满足，使受损的精神生态系统得到修复，回归正常状态。

中外学者的种种研究和论述表明，写作可以疗伤。事实上，目前，写作治疗已经被广泛地运用于心理医学领域，成为心理医生对病人进行治疗的重要方法，也成了作家们发泄情绪，以达到养生目的的一种手段。

翻开古今中外文学史，不难发现，无数作家由于个人的、家庭的、社会的原因，心中充塞着积怨、痛楚或悲愤，于是诉诸笔端，以求一吐为快。比如，村上春树说："我认为，写小说更多的是自我治疗的行为。有人也许会说，由于有了某一信息才将其写成小说，但至少我不那么认为。我倒感到：是为了找出在自己心中有怎样的信息才去写小说的"③，写小说的过程"对我来说，是最终的游戏，是自我治愈"④。中国当代作家史铁生在有人问他为什么要写作时，也回答说："去除种种表面上的原因看，写作就是要为生存找一个到一万个精神上的理由，以便生活不只是一个生物过程，更是一个充

---

① 叶舒宪：《文学治疗的原理及实践》，《文艺研究》1998年第6期。
② 同上。
③ ［日］河合隼雄、村上春树：《村上春树拜谒河合隼雄》，（东京）岩波书店1996年版，第66—67页。
④ 同上书，第69页。

实、旺盛、快乐和镇静的精神过程。……这道理真简单，简单到容易被忘记。"①

许多作家的创作经历表明，写作的治疗作用是客观地存在着的。但应该特别注意的是，写作治疗并非在所有作家身上都会产生同等效应。万事万物都有两面性，文学也不例外。罗兰·巴特曾说，词语既可以充当药物，又可以成为毒物②。写作到底是发挥"药"的功效，还是产生"毒"的副作用，在于作家本人的自我把握。如但丁、狄更斯和鲁迅等，利用想象和虚构的文字世界重新构筑出自己的人生故事，并对它们产生新的认识和理解，一方面及时释放了创伤情怀，另一方面改变了对于生活和自我的看法，建构起一个新的、积极的自我，从而成功地保护了自己。而川端康成，由于没能处理好"幻游治疗"与"走火入魔"之间的矛盾，敌不过"药与毒之间的张力"③，最终选择了自杀。这类作家也不在少数，还有海明威、普拉斯、三毛等。所以，我们在谈论写作的治疗功效时，要因人而异，不可随意夸大。此外，作家的治疗性写作，有出于自我抚慰的动机，有时也不外乎社会的需要，例如鲁迅。其实，不管作家的创作动机如何，其作品客观上都会对读者产生治疗作用。读者在阅读过程中，通过调动自己的审美想象能力，与作品世界接轨，并产生认同，进行自我反省和自我建构，由此实现心灵的净化与情感的升华。

二 研究价值

心理创伤学视角的选择，当代心理创伤理论与方法的应用，为研究伍尔夫文学提供了一种更为全面、深入的解读方式，为伍尔夫研究注入了一股新鲜的血液。这种研究具有极大的价值。

---

① 史铁生：《史铁生作品集》第2卷，中国社会科学出版社1995年版，第408页。
② [法]罗兰·巴特：《罗兰·巴特随笔选》，怀宇译，漓江出版社1997年版，第268页。
③ 叶舒宪：《文学治疗的原理及实践》，《文艺研究》1998年第6期。

导 论

第一，进行伍尔夫精神创伤研究具有十分重要的学术价值。

主要体现为两方面。

首先，本选题基于伍尔夫的生平与创作，伍尔夫研究现状，以及笔者长期以来对伍尔夫的阅读与思考，提出运用心理创伤学理论对伍尔夫及其作品进行审视和研究。这种研究将伍尔夫的生平经历、文学创作和文学理论以及她的政治意识与文化思想进行综合考察，有助于伍尔夫研究的更加全面化、系统化，也有助于将伍尔夫心理分析研究推向纵深层面，是对伍尔夫研究的极具意义的补充。

其次，本选题也针对当前文学中的创伤研究状况提出。关于创伤问题的研究可谓由来已久。对创伤的系统性研究则始于19世纪末弗洛伊德及其精神分析学派成员，他们发表的系统性研究成果，对其他许多学科领域的学术研究和实践都产生了巨大影响。创伤往往由外部事件引发，外部事件使人遭受创伤后，创伤会内化于人的心灵世界，变成人的一种内在体验，于是促使人们思考如何应对创伤。这种思考始于创伤，围绕创伤，其结论也涉及创伤。这样，创伤成为我们思考暴力、体验伤痛和反思文化伦理的有力工具。自进入频遭创痛的现代社会以来，几乎所有的文化史都会论及创伤。文学作为文化的重要构成部分，自然也在书写着创伤、思考着创伤。今天，现代性语境下的创伤问题研究在哲学、心理学、社会学领域已成系统，硕果累累。而从创伤的角度研究文学作品，是国际文学界进入21世纪以来才出现于文学研究中的一种新动向，显得十分零散、缺乏系统性，在国内文学批评中则更为少见。在文学领域系统地研究创伤问题显得十分迫切。因此，本选题也有利于深化文学中的创伤研究，尤其是有助于促进国内创伤文学研究。

第二，进行伍尔夫精神创伤研究具有积极的现实意义和应用价值。

主要体现为三点。

首先，在现当代英国乃至整个西方文化这一大的背景之中，在心理创伤理论的视域下，对伍尔夫及其作品展开全面、系统的分析考察，指出伍尔夫创伤经历与文学创作的紧密关联，认为其作品是对英国现代社会问题以及西方创伤文化最为全面、最为丰富，也是最为复杂地揭示和表现，这种研究有助于我们更深入地理解伍尔夫文学和西方文学的本质特征，也有助于我们更全面地了解伍尔夫在西方文学史上的重要地位及影响。

其次，也对伍尔夫创伤体验的由来、释放、治疗和超越进行了细致的描述、阐析和评判，这种研究具有强烈的现实针对性。众所周知，创伤是人类生活无法回避的一部分。人类历史是文化艺术的历史，也是应对暴力、战争和自然灾难的历史。人类从苦难中走过了20世纪，经历了两次世界大战、惨绝人寰的大屠杀和此起彼伏的种族冲突。进入21世纪以来，人类依然面临着各种天灾人祸。在中国，先后经历了洛阳12·25特大火灾（2000—2001）、大连5·7空难（2002）、非典型性肺炎（2003）、汶川大地震（2008）、幼儿园事件（2010）、校车事件（2011）等。逝者已远行，生者乃长痛。如何有效地抚慰伤者，治疗创伤？除了千百年来人们积累的非科学的、迷信的仪式，以及医学的治疗方法，文学疗伤也日益成为题中之义。因而，探讨伍尔夫如何通过文学活动实现治疗伤痛并且超越自我的目的，无疑对处于生存困境中的当代人的人生具有借鉴和教育意义，尤其对于遭受重大创伤事件后的人们的心理朝正性发展有着积极的指导作用，从而也体现出学术与现实相结合和学术为现实服务的品格。

最后，本研究还对伍尔夫的创伤写作作出了价值判断，认为她的作品准确传达了个体创伤经验，并且将个体经验上升为普遍的人类经验，表达了对于生命的热爱和关注，确立了生命的维度。与之对照的是，新中国在经历了史无前例的"文革"浩劫之后，虽然中国文坛涌现出了以热烈讨论文革创伤、全面反思政治的"伤痕文学"

和"反思文学"的创作浪潮；但中国的"伤痕"和"反思"文学中的创伤讲述为呈现"政治创伤"而刻意遮蔽了对个体创伤体验的表达，为国家意识形态所规训和征用，这种为特定意识形态而建构的叙事由于偏离了个体创伤记忆而缺乏生命的维度，不能有效地抚慰创伤，也有悖于创伤的生命本质。因此，本研究对于反省我们已有的创伤书写，以及对于我们今后的创伤性表达写作均具有启发性和借鉴作用。

第一章　伍尔夫的精神创伤

在文学史上，存在一个非常普遍的现象，即许多优秀的作家都有过创伤体验，这些创伤性体验往往激发了他们的创作欲望，影响着他们的创作，也成就着他们的创作。

伍尔夫作为西方文学史上的重要作家之一，不容置疑，其创作的成功一定程度上取决于她的天才以及家庭环境的熏陶。但值得我们更加关注的是，她的成功还与她运用了自己的创伤体验与记忆密切相关。正是创伤性经验的长期积淀，促使她对人生、对社会进行深入思考，从而留下了许多独具魅力的传世之作。

精神创伤的症候多样，表现复杂，医学领域往往据此将其分成许多不同的类别。在文学作品中，作者出于表达自身情感的需要，所创造的创伤同样纷繁复杂。研究者从各自的研究出发，依据不同的角度和标准，也可以作出不同的划分。例如，依据受害对象的不同，可以将创伤分为个体创伤与群体创伤。依据创伤发生的场所、环境，可以将创伤分为家庭创伤、战争创伤和社会创伤等。依据创伤的形成原因，可以将创伤分为死亡创伤、宗教创伤、种族创伤、文化创伤、性别创伤、战争创伤等。

本章主要根据伍尔夫生平经历，考察其精神创伤的形成与类别。由此，进一步关注伍尔夫如何在日常生活中应对创伤、释放创伤；

第一章 伍尔夫的精神创伤

并且,指出其精神创伤与文学创作的关联,从而为下文的文本分析作铺垫。

第一节 伍尔夫精神创伤的形成

伍尔夫既遗传了父系斯蒂芬家族情绪不稳定的血缘特质,也遗传了母系帕特尔家族的忧郁性格,天性脆弱、敏感、细腻。伍尔夫还深受布鲁姆斯伯里集团蔑视传统、大胆质疑、倡导自由的人生态度和学术精神的影响,是一位关爱生命、关注人性,对人生、对社会负有高度责任感的贵族精英知识分子。先天的气质和后天的教养,使她对身边的一切都怀有极强的感受能力。尤其是,童年时代开始,不平等的家庭教育,父母亲人的相继去世,同母异父哥哥的多次猥亵,不公平的男权制压迫,两次世界大战的暴虐,在她身上都构成了强烈的精神创伤,以致多次神经崩溃。

在这一节里,笔者根据伍尔夫的主要人生经历和创伤的成因,大致上把她所遭遇的精神创伤分为三类:死亡创伤、性别创伤和战争创伤。

一 死亡创伤

在短暂的生命过程中,伍尔夫亲历了不少死亡事件,家人的死,朋友的死,陌生人的死,他们死于疾病、战争、饥饿,或死在集中营里。尤其是从1895年至1905年,母亲朱莉亚、父亲莱斯利、同母异父姐姐斯特拉和兄长索比等至亲的不幸去世,使恰逢成长时期的弗吉尼亚受到极大的伤害,最直接的后果是导致她发作程度不同的三次精神疾病。

1895年5月5日,伍尔夫年仅49岁的母亲去世。时常复发的流感是朱莉亚的直接死因。她在长期料理病人的工作中耗尽了自身的抵抗能力，本质原因则在于过度劳累。早在1879年，她遭遇一次难产，身子尚未恢复就去护理一位高烧不退的病人，这个状况延续了好几个月，此后留下难于根治的风湿病后遗症。过世这年，流感反复发作，却一如既往地外出护理病人，最终没能敌过疾病的袭击。

1895年，弗吉尼亚13岁。对弗吉尼亚来说，母亲之死，是她短暂人生中的第一场灾难，也是所有可能发生的灾难中最为深重的，"它好比在某个明媚的春日里，奔走的云朵突然停了下来，变得黑暗，聚集成团；风减弱了，地上所有的动物都在呻吟或漫无目的地游荡寻找"。① 服丧期间，莱斯利爵士沉溺于极度悲恸中，不停叹息、哭泣、呻吟，恨不得自己也死掉。父亲的表现促使这一摧毁性的丧亲发展到愈加糟糕的地步。孩子们"不仅被要求去感受那种自然的悲伤，还被要求去感受他们不可能有的虚假的、夸张的、难以置信的做作的情感"②。整个家庭气氛变得特别沉郁，阴暗的房间、黑色的墙壁、镶着黑边的书写纸、黑色的丧服，无不昭示着母亲的亡故。一切孩童时的欢快似乎都随着母亲的离去而终结了。这段日子被弗吉尼亚和瓦尼莎（Vanessa）称为"东方式的阴暗"③。弗吉尼亚在晚年写道："尽管我没有完全意识到母亲的死意味着什么，我也曾经有过长达两年的时间无意识地沉浸在那种含义之中——通过斯特拉无言的忧伤，通过父亲表露出来的悲痛；还通过所有已变化和停止的事物；社交活动的终结；快乐的终结；对于圣·埃维斯的放弃；黑色的服装；压抑的感情；她的卧室被上了锁的门。所有这些定下了我精神的基调，使它变得忧虑重重……"④

---

① Jeanne Schulkind ed., *Virginia Woolf, Moments of Being*, London: The Hogarth Press, 1985, p. 40.
② ［英］昆汀·贝尔：《伍尔夫传》，萧易译，江苏教育出版社2005年版，第45页。
③ Jeanne Schulkind ed., *Virginia Woolf, Moments of Being*, London: The Hogarth Press, 1985, p. 40.
④ Ibid., p. 124.

第一章 伍尔夫的精神创伤

母亲之死直接导致了弗吉尼亚的第一次精神疾病，在阴沉的家庭氛围的笼罩下，那种忧虑的情绪延续了两年多。从斯特拉于1896年写下的日记里可以发现，她陪弗吉尼亚去家庭医生那儿看过好几次。弗吉尼亚被禁止阅读和上课。1897年春天，她的精神状况日趋糟糕，被送到正在怀孕的斯特拉家里。而姐姐在1896年也患过一场具体叫作"内脏风寒"的风湿病，于1897年结婚以后，更加恶化。这种情况下，姐妹俩互相安慰、彼此照顾。在斯特拉状态有所好转的时候，姐妹俩就坐上马车去海德公园游逛。过了6月，斯特拉的病况特别严重，不得不躺到沙发上，弗吉尼亚就坐在沙发旁边陪伴，她们无话不聊。每当夜晚，弗吉尼亚都在姐夫的更衣室睡觉，正对着斯特拉的寝卧。7月14日这天，弗吉尼亚的"躁狂"发作，而且很严重，斯特拉尽力安慰她、抚摸她，晚上11点多时烦躁终于消失。过了三天，弗吉尼亚回到海德公园门22号，之后姐妹俩没能再会面。

1897年7月19日，斯特拉不幸夭折。她的死，对每个人都是非常沉重的打击。自从母亲过世后，她接管了一切事务。对于兄弟姐妹们，更是呵护备至。她不厌其烦地照料智力迟缓的姐姐劳拉（Laura），给弗吉尼亚和艾德里安洗澡，还从抠门的父亲那儿为妹妹们争取足够的服装津贴……总之，弗吉尼亚和其他的兄弟姐妹们就像不能思考、缺乏独立能力的人一样依赖着斯特拉。在弗吉尼亚的心中，斯特拉无比纯洁，如雪绒花，如明月："她老是让我想起那些大大的白花——雪绒花、欧芹，那些可以在六月的田野里看到的花朵……或者，她还使我想起一轮挂在蓝色天幕上方的洁白朦胧的月亮。或者那些长有许多花瓣、呈半透明状的肥硕的白玫瑰。"[①]

斯特拉的死，对弗吉尼亚的打击，更甚于母亲之死，导致了她第二次精神崩溃。母亲在她13岁那年去世，她还不能完全领会死亡

---

① Jeanne Schulkind ed., *Virginia Woolf*, *Moments of Being*, London: The Hogarth Press, 1985, p. 97.

的个中含义,还不能面对它、把握它、正视它。两年后,她对人生已经有所感悟,用她自己的话来说,斯特拉之死所带来的打击则"落在一个不同的实体上","一个特别没有受到保护的、未成形的、毫无掩护的、忧虑的、善于领悟的、满怀期待的精神实体和生命实体上"①。她把自己比喻为一只"破碎的蛹蝶","我记得在她死后我对自己说:'但这是不可能的,事情不会、也不可能会这样。'这个打击,第二次死亡的打击,击中了我;我颤抖着,眼睛尚未完全睁开,翅膀还有褶皱,坐在那儿,处于破碎的蛹蝶的边缘"。② 面对死亡,弗吉尼亚意识到了生命的黯淡,想得出关于命运残酷性的答案,最后,瓦尼莎告诉她,命运在自己手中。

1904年2月22日,父亲莱斯利备受癌症的折腾后,迎来死神的光顾。第三次失去亲人,这种打击相应地导致了弗吉尼亚第三次精神崩溃,也是最严重的一次。

随着年龄的增长,虽然弗吉尼亚对于父亲的家长制作风感到越来越不满意,特别是他晚年的粗暴言行及病态情感。然而,父亲一旦离去,弗吉尼亚就立刻忘记了他的暴行,脑子里浮现的是他的和蔼、敏锐、学识、鄙视世俗及其学者风度,还有他的熏陶、激励和教诲。而且这一切引发了她的哀痛,一种痛彻心扉的哀痛,以及深深的负罪感与内疚感。印象中,父亲是很爱他们的,因为每次外出散步,她总发现他会耐心地等待他们回家。尤其在1895年的夏天,他虽然自怨自艾,但也曾想方设法让女孩子们从失去母亲的悲伤中走出。他们去怀特岛的弗雷什沃特海湾度过了整个夏天。父亲的这种提议和激励,让他们呼吸到了海岛的新鲜空气,使他们的情绪也从中振作起来。其实他根本不想死,只想好好地活着,看着孩子们

---

① Jeanne Schulkind ed., *Virginia Woolf, Moments of Being*, London: The Hogarth Press, 1985, p. 124.
② Ibid.

第一章 伍尔夫的精神创伤

相继成家立业。不过,他是寂寞的,可弗吉尼亚从来都没想过要跟父亲说,她爱他,并会尽力珍惜他。她清楚地记得父亲对自己有一种特别的温情,曾经夸赞她是一个很好的女儿。"弗吉尼娅一直对我很好",他写道,"是我很大的安慰",并且认为,"她会是非常迷人的"①;弗吉尼亚过 22 岁生日时,父亲还送给她一枚很好看的戒指。父亲的辞世,没有人比她更难受了。幼小时,弗吉尼亚就与瓦尼莎有过交流,在父母亲当中,更喜欢谁。妹妹喜欢母亲一些,而她自己更喜欢父亲。父亲的死,使瓦尼莎感受到的是一种前所未有的解脱感,她甚至表现得兴高采烈,因为没有了父亲的坏情绪和坏脾气,就能够随心所欲地干自己喜欢干的事儿,过自己愿意过的生活。这件事没有给索比造成很大的打击,因为他生性乐观,其实内心里对父亲也是满怀爱与内疚的。跟瓦尼莎一样,他向来不喜欢父亲,而非常留恋母亲,并且曾经有过坚定反抗父亲的举动。甚至弗吉尼亚本人,对 13 岁那年朝父亲张开双臂渴望拥抱却受到的冷遇,也曾耿耿于怀,她也同瓦尼莎一样,对父亲的压迫有过反抗,成为弟妹们的同谋犯。

忆及父亲的温情与慈爱,以及自己对父亲的愤慨与憎恨,弗吉尼亚总为负罪感和悲痛感所纠缠,陷入巨大的精神煎熬中,以致神经崩溃、疯狂。实际上,早在父亲人生的最后几个月中,当弗吉尼亚最初意识到父亲的生命可能即将结束,就已暗自悔恨,耐心陪伴他,与他交谈文学,有时止不住为他掉泪,安慰他的情感压力日趋增大。最后,弗吉尼亚终于不堪负荷,病情发作,精神彻底崩溃。她进入了恐怖的梦魇期,在她眼里,三个看护人全都变成了魔鬼。瓦尼莎感到力不从心之时,弗吉尼亚的密友瓦奥莱特·迪金森(Violet Dickinson)慷慨地提供了帮助,把她领到了自己在伯汉森林的住处,注意与她进行情感交流,并督促她呼吸新鲜空气。但就是在那

---

① [英]昆汀·贝尔:《伍尔夫传》,萧易译,江苏教育出版社 2005 年版,第 91 页。

儿，弗吉尼亚头一回尝试了自杀，打开窗户跳了出去，所幸窗户与地面的距离不高，身体损伤不大。

1906年秋天，斯蒂芬家的兄弟姐妹们与瓦奥莱特·迪金森去希腊进行了一次远走。11月1日回到伦敦后，索比一病不起，被诊断为伤寒高热，身子日益虚弱、疲倦，只剩下直面死亡的勇气，于11月20日死去。

这无疑又是一次巨大的打击。在弗吉尼亚看来，它击倒了所有的人，剥夺了所有人生活之意义。索比英俊、优雅、才华横溢，是年轻人心中的偶像，曾获得所有人的钦羡与崇拜。他的死，对整个世界来说都不失为一种损失。瓦尼莎绝望至极，索比死后两天，就向追求自己的克莱夫·贝尔（Clive Bell）寻求安慰，并且答应嫁给他。弗吉尼亚同样对索比充满了爱与崇拜，不过，在经历了此前的三次丧亲事件之后，她的承受能力已超出了人们的预测，出乎意料地显得冷静和自制。但创痛是必然的，她并没有轻而易举地获得平复。贝尔说："两年后，她还是能尖锐地感受到自己的损失；生活在一个没有他的世界上是古怪的，甚至在二十年后她还是觉得自己延续下来的生命仅仅是一次没有他参加的远足，而死亡将只不过是回到他的身边。"①

一连串的死亡事件，分别发生在弗吉尼亚13岁、15岁、22岁和24岁的年龄上。"死亡"，这个巨大而不可解的、令人恐怖的字眼过早地、无可回避地横陈在她的面前，给她留下了永久的精神创伤，成为她反复发作精神疾病的一个重要诱因；另一方面，又迫使她不得不深入思索生与死这一宏大问题，从而形成了独特的生死观念，并将其凝练在作品人物身上、贯穿在自己的人生实践当中。

二 性别创伤

英国维多利亚时期，尤其是19世纪八九十年代，有着鲜明的社

---

① ［英］昆汀·贝尔：《伍尔夫传》，萧易译，江苏教育出版社2005年版，第121页。

第一章 伍尔夫的精神创伤

会特征：无比强大的父权制社会规范，盛行的理想女性典范，为男孩们所保留的受教育的特权，教养良好的男人们背地里的性生活。所有这些，为出生、成长于此一时期的弗吉尼亚所耳闻目睹和深切体会，纯洁的少女心灵被抹上了创伤的阴影。

（一）"巨大的父权制机器"①

居住在伦敦肯辛顿区的海德公园门 22 号的斯蒂芬家，是维多利亚时代典型的"知识贵族"之家，或者说，是典型的维多利亚式家庭，它与贵族阶级的高尚体面紧密相连。

海德公园门 22 号，朝向一条幽静安谧的死胡同的尽头。从这处寓所所能看到的仅仅是对门雷德格雷夫太太的家，隔着被放下来的玻璃窗，常常可以瞧见她坐在一张巴斯椅子上，如同博物馆里的展览框。从这儿所能听到的，也仅仅是肯辛顿附近街道上传来的马蹄声和车轮声。这是维多利亚时代贵族小姐们生活环境的缩影。弗吉尼亚在这儿出生并生活了 22 年。

斯蒂芬家也遵循着维多利亚时代中产阶级家庭的生活程式。每天早晨，吃过早餐，杰拉尔德·达克渥斯（Gerald Duckworth）和乔治·达克渥斯（George Duckworth）分别去出版社、财政部上班，索比、阿德里安（Adrian）各自前往克利夫顿学院和西敏寺学校上学。而弗吉尼亚和瓦尼莎回自己的房间学习希腊文或绘画。午餐过后，自由活动一段时间，就得注意着装，以便于在下午的家庭应酬中为客人们斟茶。晚上，如有宾客来临，必须穿上晚装，气温再低，臂膀也得裸露于外。当客人们聊天时，她们也务必做到言行举止优雅得体，气质高雅而又谦卑，还要注意隐匿自己的情感。

伍尔夫在晚年回忆往昔时写道："1900 年的海德公园门是维多利亚社会的一个完整模型。如果我有力量揭开我们大约在 1900 年所

---

① 伍厚恺：《弗吉尼亚·伍尔夫：存在的瞬间》，四川人民出版社 1999 年版，第 20 页。

经历的过去的哪怕仅仅一天，它就会呈现出上层中产阶级维多利亚生活方式的一个横断面，就像呈现玻璃罩子下蚂蚁和蜜蜂们正忙碌于它们的生计的那种横断面一样。"①

弗吉尼亚和她的姐妹们就在这种封闭的环境中，依照固有的生活方式，日复一日地成长起来。知识渊博、经验丰富的莱斯利先生对女儿们的礼节要求非常严格，固然也常常亲自过问她们的教育，并且给她们以充分的选择自由。弗吉尼亚爱上了文学，能够自由出入于父亲藏书丰富的图书室，在那里尽情地翻阅书架上的每一本书，认真地阅读柏拉图、斯宾诺莎和休谟等人的哲学著作以及各国文学作品。

然而，随着年岁的增长，敏感的弗吉尼亚逐渐不满意于父母男女有别的教育方式。兄弟们一个个接受正规、系统的学校教育，然后被相继送往令人艳羡的剑桥学府，并且被认为是理所当然的事情。女孩们却只能待在家里，接受家庭教育，以各种得体的方式变得多才多艺，然后等待出嫁的命运。弗吉尼亚满怀嫉妒，就像她在《往事杂记》（*A Sketch of the Past*）中所回忆的那样，自己和姐姐不得不接受严格的训练，"被动地坐着，为维多利亚时代的男人们通过智力磨难喝彩"②。除了接受细心的教育，弗吉尼亚也非常恼怒地注意到了家里专为男孩们准备的各种高智力水平运动项目。"家里大多数男性亲戚都是这种游戏能手"，她说，"他们懂得规则，并对获胜者附加上重大意义。比如父亲非常重视校方所作的报告、学习成绩、荣誉学位考试和研究员职位。费希尔家的男孩子们完美地通过了那些项目。他们荣获了所有奖学金和荣誉"。③

很显然，莱斯利没有能够摆脱维多利亚时代男权中心的社会规范，他依照男子独享特权的教育制度来对待儿女们的教育问题：

---

① Jeanne Schulkind ed., *Virginia Woolf, Moments of Being*, London: The Hogarth Press, 1985, p.147.
② Ibid., p.154.
③ Ibid., p.153.

第一章　伍尔夫的精神创伤

在理论上,莱斯利·斯蒂芬相信妇女教育的重要性。而实际上,他大体遵循着那个时代习俗惯例的指令,要把多得多的金钱与关注花费在男孩子而不是女孩子身上。弗吉尼亚日后非常愤慨于全部家庭资金都用来给男孩子提供"良好"教育,却撇下她和瓦尼莎去接受父亲和杂七杂八的家庭教师的仁慈施舍。①

林德尔·戈登在写伍尔夫传记时也认为:"在莱斯利·斯蒂芬身上奇特地混合着对女性享有学识的矛盾态度。"② 表面上,莱斯利是一位自由主义者,强调男女平等,重视女性教育,要求他的女儿们最大限度地发挥和展示自己的才能。实际上,却无法摆脱那个时代的男权主义偏见。他指导弗吉尼亚阅读并为激起她的兴趣而感到高兴,对于她的天资禀赋却似乎从未有所察觉,从不给予鼓励与肯定。他希望儿子索比当上一流的大法官,而女儿弗吉尼亚可以当一个作家,因为在他看来,作家是一种上流妇女的职业,言下之意,体面的女性就不应该涉足男性的专门领域。甚至每有女性想要表达自己的思想、见解时,莱斯利便会无比气愤和恼怒。据弗吉尼亚记载,1887年,女性小说家奥莉弗·施赖纳(Olive Schreiner)与莱斯利会面时,由于说了一些批评性的话语,为莱斯利所反感。他表示,她不是自己所喜欢的那种年轻女人,尽管她的《非洲农场》写得不错。他也曾因为侄女凯瑟琳·斯蒂芬(Katherine Stephen)(后来成为剑桥大学纽南姆学院的院长)自称为知识分子而懊恼不已。

英国学者约翰·梅彭对维多利亚时期的男性家庭模式进行了概括:

---

① 伍厚恺:《弗吉尼亚·伍尔夫:存在的瞬间》,四川人民出版社1999年版,第20页。

② [英]林德尔·戈登:《弗吉尼亚·伍尔夫:一个作家的生命历程》,伍厚恺译,四川人民出版社2000年版,第103页。

维多利亚式的家庭就是一个庞大的父权制机构……妻子和母亲的角色是充当繁重的家庭经济事务的管理者,她极少有指望过任何别的生活。统治整个机构的是维多利亚时代的父亲,他拥有不容置疑的权力,毫不迟疑地把事物强加于他的儿女。①

身为一家之长,莱斯利不管是对待女儿还是妻子,表面上温和、尊重,甚至钟爱、崇拜,实际上居高临下,时时处处注意行使自己的父亲权力,却又寄予着无尽的依赖和贪婪的索取。他对待妻子的态度,有学者这样描述:

　　他对待她却有几分像对待一位仆人,一个应该可以随时得到、随时支撑他、随时为安排他的生活而操劳的人。他对照顾他的女性极其严苛,把一种对女性的理论上的崇敬与实际上的屈尊恩赐和折腾骚扰相结合,要求对他自己的需求作出全部奉献。②

为莱斯利写作传记的诺埃尔(Noel)也描述了丈夫和妻子的关系,昆汀·贝尔转述道:

　　他渴望把她改造成母亲的完美典范,可是在家里却把她当成一个应该惟命是从的人来对待,应该在他每次出现情感危机的时候无条件地支持他,帮他处理生活中的琐事;甚至在那些本来由她负责的家庭事务方面,也都得听他指手划脚。……他总是无视她的感情,伤害关爱他的人,他没有完全意识到自己

---

①　John Mepham, *Virginia Woolf, A Literary Life*, 转引自伍厚恺《弗吉尼亚·伍尔夫:存在的瞬间》,四川人民出版社 1999 年版,第 18 页。
②　Phyllis Rose, *Woman of Letters: A Life of Virginia Woolf*, Oxford: Oxford University Press, 1979, pp. 158–9.

第一章　伍尔夫的精神创伤

的愚蠢，也就不能有所收敛，克制自己。①

妻子死后，莱斯利失去了精神支柱。在朱莉亚去世的床前，13岁的弗吉尼亚张开双臂，渴望他的拥抱，他却视而不见，不耐烦地擦身而过。这一情景让弗吉尼亚终生难忘。自此，她感觉父亲越来越自私，越来越像一位暴君。在绝望、压抑中，他就像一头饥饿的狮子寻找着猎物，转而将女儿们作为情感捕食的对象，贪婪地从她们身上获取同情，带给她们的是一种残酷的、自怜自怨的情感折磨。莱斯利首先急不可耐地抓住了继女斯特拉，把她当作自己的靠山。斯特拉默然地接受了一切：安抚、慰藉和照料家人，管理家务，安排社交事宜。她最不乐意又不得不为之的是，聆听继父对于母亲的忏悔，并赦免他的过错。回忆起与朱莉亚之间发生的一些琐事，莱斯利总感觉自己对待妻子不够和善和体贴。每当这时，他总会充满内疚，由低声呻吟而发展为放声哭泣，以释放良心上的负担。斯特拉尽管从没有同继父非常亲近过，甚至对他怀有一种仇恨，也只好大度宽容，力图用保证和赞扬平复他不安的情绪和心灵。

斯特拉出嫁后，莱斯利将大女儿——瓦尼莎作为自己新的依靠，也紧紧地抓住了弗吉尼亚。关于莱斯利对瓦尼莎的训诫，弗吉尼亚回忆说："当他悲伤时，她也该悲伤；当她向他要支票时他照例生起气来，她就该哭泣。"② 瓦尼莎虽然乐意承担自己的职责，但对于职责有着自己的理解和看法。父亲要求她拥有的是朱莉亚和斯特拉那种完全牺牲女性自我的奉献。瓦尼莎却偏偏有着非女性化的率直、冒失和固执，缺乏对于父亲的同情。每周礼拜三下午，总是要核查账目。瓦尼莎对每笔账目都记得很详细，可是几乎每次都要超出父

---

① ［英］昆汀·贝尔：《隐秘的火焰：布鲁姆斯伯里文化圈》，季进译，江苏教育出版社2006年版，第25页。
② ［英］昆汀·贝尔：《伍尔夫传》，萧易译，江苏教育出版社2005年版，第67页。

亲规定的11英镑。每当这时，莱斯利就会被一种经济无保障感所包围，首先是摇头叹息，接着是表达愤怒，认为自己的负担应该得到体贴，随之是青筋暴凸，满脸通红，大发雷霆，一边哭泣，一边使劲捶打自己的胸脯，声称自己要破产了。对于父亲的"暴烈"表现，瓦尼莎总是冷冰冰地毫无反应。莱斯利越发气愤："而你就站在那儿像一块石头。你不同情我吗？"目睹父亲的野蛮，弗吉尼亚觉得无法理解，也没法用语言来表达，只是充满了默然的怨恨与愤怒。与同性别的人在一起时，他谦逊、温文尔雅、通情达理。他为什么要把粗暴和歇斯底里发泄给自己的女儿？纯然是为了攫取女性的同情。

约翰·梅彭对丧妻后莱斯利的表里不一、性格恶化进行过详细的描述：

> 在楼上的书斋里，莱斯利是个冷静的、激进的怀疑论者，在功利主义理论的错综缠结中推演他的思路，并悄悄支持弗吉尼亚用他的书籍努力进行自我教育。可是在楼下，当朱莉亚去世了，他会演出他那情节剧式夸张的痛苦。他会通过对每周账目显示愤怒来粗暴伤害他的女儿。然而在别的时间，在同客人喝茶时，他又可以魅力十足，还喜欢同女性调调情。弗吉尼亚被迫扮演多种角色——女主人、社交界新手、看护和学生。①

莱斯利是个性格复杂的人物，伍尔夫一生都对他怀有矛盾的情感态度。一方面，父亲才华横溢、学识过人，令她敬佩不已，她说："女儿总是为自己的父亲感到自豪②。"可是另一方面，她越来越强

---

① John Mepham, *Virginia Woolf, A Literary Life*, 转引自伍厚恺《弗吉尼亚·伍尔夫：存在的瞬间》，四川人民出版社1999年版，第56页。
② ［法］莫尼克·纳唐：《布卢姆斯伯里》，载瞿世镜编选《伍尔夫研究》，上海文艺出版社1988年版，第196页。

第一章　伍尔夫的精神创伤

烈地意识到掩藏在父亲内心深处的男权意志和家长制作风。她不无愤懑地写道："他在家庭中处于一种神明般的，但又如孩子般的地位。他享有一种与众不同的特权。"① 尤其令她耿耿于怀的是，父亲未能将她送往公立学校，接受正规的训练。对于这种男子独享教育权利的制度，弗吉尼亚认为就是男权体制的产物，并且满怀嘲讽地把它称为"巨大的父权制机器"："我们的每一个男性亲戚都在10岁时被投进那架机器，然后在60岁时成为一位校长、一位海军将军、一位内阁大臣或者一位大学的院长。"②

不能忽略的是，弗吉尼亚姐妹除了承受父亲的暴政，还得接受兄长乔治的压制。朱莉亚和斯特拉过世后，实际上由乔治接管了父亲的权力，成了家庭主脑。他先后把瓦尼莎和弗吉尼亚带入社交圈，周旋于上流社会，其初衷并非为了她们的幸福与快乐，而是为了让她们认真地经营找丈夫这一职业，这样，他自己就可以获得丰厚的社会资产，巩固在上流社会中的地位。他把上层社会的模式强加于她们，反对瓦尼莎与姐夫杰克·希尔斯（Jack Hills）的恋爱，认为这是违背法律和习俗，有损家庭体面的；对她们吹毛求疵，对她们的穿着打扮、参加每一项娱乐活动的任何表现都要进行细致的评判和裁决，稍不符合社会规范，就会无比粗鲁、怒气冲冲地大声训斥。弗吉尼亚把这段生活比作希腊奴隶般的日子。

这种家庭统治，直到1904年莱斯利去世后斯蒂芬家的兄弟姐妹们移居布鲁姆斯伯里才得以摆脱。

（二）家的梦魇：性侵犯

除了"巨大的父权制机器"，年幼的弗吉尼亚还开始承受来自家庭的另一类更大的精神伤害——性侵犯。许多资料表明，家中有三

---

① Jeanne Schulkind ed., *Virginia Woolf, Moments of Being*, London: The Hogarth Press, 1976, p. 111.
② 参见伍厚恺《弗吉尼亚·伍尔夫：存在的瞬间》，四川人民出版社1999年版，第20页。

个男人，即两位同母异父的哥哥杰拉尔德、乔治和斯特拉的丈夫希尔斯对弗吉尼亚都有过猥亵行为。

从出生到12岁前每年夏天，弗吉尼亚总要随同家人去西海岸的康沃尔郡圣·艾维斯度假。可是，6岁那年，正是在圣·艾维斯，她就遭受了18岁的杰拉尔德的骚扰。多少年来，她从未提及，直到1939—1940年间，她才在《往事杂记》中写道：

> 餐厅门外有一块用于放置餐具的厚平板。当我还很小的时候，有一次，杰拉尔德·达克渥斯把我举起来放在这上面。我坐在这儿时，他就开始探及我的身体。我能够记起他把手伸进我衣服里面时的感觉，越来越坚定，越来越往下触摸。我记得当时我多么希望他能够停止。当他的手接近我私处的时候，我僵硬地扭动。但是它没有停下来。他的手也探及到了我的私处。我记得我反感、讨厌它——什么词语可以描述这种哑然与情绪的混杂？它应该是强有力的，因为我依然能够回忆起来。它看上去似乎显示出身体某一部位的感觉；它们如何不应该被触摸；允许它们被触摸是多么错误；它应该是出自本能的。①

自从这种事情发生以后，弗吉尼亚非常害怕照镜子。她说：

> 塔兰德屋的大厅里有一面镜子。我记得它有一个壁架，上面放着一把刷子。踮起脚尖，我能从镜子里看见自己的脸。那时，我大约六七岁，养成了从镜子里看自己的脸的习惯。但是，我只有确信自己孤单时才会这样做。我为它感到羞耻。一种强烈的内疚感似乎自然而然地与这种行为联系在了一起。可是为

---

① Jeanne Schulkind ed., *Virginia Woolf*, *Moments of Being*, London: The Hogarth Press, 1985, p. 69.

第一章　伍尔夫的精神创伤

什么会这样呢？①

这种"害臊"和"罪孽感"持续于她的整整一生。1941年，在自杀前夕，她给埃塞尔·史密斯（Ethel Smyth）写信说："一想起我的异父哥哥，我仍然羞耻得发抖，大约6岁时，他让我站在一个壁架上，然后探触我的私处。"②

根据现有资料，杰拉尔德对弗吉尼亚的性侵扰到底有过多少次，持续到什么时候，找不到明确的答案。可以肯定的是，乔治对弗吉尼亚的猥亵时间延续到她22岁那年。乔治是达克渥斯家最大的孩子，对待两位异父妹妹，他不仅慷慨大度，而且时常陪她们玩乐，称得上模范兄长，一度赢得她们的信任。然而，母亲过世后，他就假借安慰之名，朝妹妹们张开了双臂，昔日的兄长之情被发展成一种淫秽的感情暴行。与妹妹们讨论问题、发生争吵时，他总会打断话题，说自己不能与所爱的人争执，而且大声地要求："吻我，吻我，你心爱的人③。"每当弗吉尼亚上课时，他会公然地、肆无忌惮地抚摸她。特别是父亲患病期间，年长的乔治俨然成了一家之长。为了日后将瓦尼莎和弗吉尼亚推入婚姻市场，他强行把她们带入社交圈。他对弗吉尼亚的过分亲密，更是从教室转移到了卧室。据弗吉尼亚回忆，有一天晚上：

睡意将要朝我袭来时。房子是黑暗的。屋子里一片静寂。接着，随着嘎吱一声，房门被偷偷地打开了；有人小心翼翼地

---

① Jeanne Schulkind ed., *Virginia Woolf, Moments of Being*, London: The Hogarth Press, 1985, pp. 67-8.
② Nigel Nicolson and Joanne Trautmann, eds., *The Letters of Virginia Woolf*, Vol.4 (1936—1941), New York: Harcourt Brace Jovanovich, 1982, p. 460.
③ Jeanne Schulkind ed., *Virginia Woolf, Moments of Being*, London: The Hogarth Press, 1985, p. 169.

走了进来。"谁呀?"我大声叫道。"不要害怕,"乔治低声地说,"也不要亮灯,噢,亲爱的。亲爱的——",然后纵身扑到我的床上,用胳膊抱住了我。

是的,肯辛顿和贝尔格拉维亚的老太太们从来不知道,对于可怜的斯蒂芬家的女孩子们,乔治·达克渥斯不仅仅是父亲和母亲,兄弟和姐妹;他也是她们的情人。[①]

没有了朱莉亚和斯特拉的保护,乔治在妹妹们面前越发变得像一头怪兽。她们无法抵抗,也无处诉说。因为他的侵犯总是以慰藉或关爱开始,让她们无法拒绝。在维多利亚时代,奉行虚伪的道德习俗,性是禁忌,不能公开化,也使得她们只能选择沉默,甚至与索比也缺乏沟通。若是找别人诉说,定会引起公众对自己纯洁性的谴责,反而遭致一场更大的丑闻。况且,说出来还不一定能取得人家的信任。因为乔治总是善于利用得体的外部举止掩盖自己潜藏于内的淫欲,是一位地道的伪君子。在外人眼里,他风度翩翩,教养良好,细致入微,品行端正,直到结婚还是童男,因而颇受上流社会贵妇人的青睐,是当时完美的社会形象的代表。在家里,莱斯利生病后,他成了主管。就年龄来说,开始性侵犯的那年,他36岁,弗吉尼亚才15岁,后者处于被控制地位。在经济上,他每年有1000英镑的进款,而弗吉尼亚只有50英镑,必须依附于他。这些,为他的自我掩饰提供了坚强后盾。

直到1920年3月,布鲁姆斯伯里"回忆俱乐部"(The Memoir Club)要求其成员以"绝对坦率"的态度写作回忆录,弗吉尼亚·伍尔夫才披露了有关乔治的事情:"当他的情欲增长、欲望变得越来越强烈的时候,……我觉得自己如同一条不幸的小鱼,和一条发威

[①] Jeanne Schulkind ed., *Virginia Woolf, Moments of Being*, London: The Hogarth Press, 1985, p.177.

第一章　伍尔夫的精神创伤

的、骚动的鲸鱼关在同一只水罐里。"①

除了达克渥斯兄弟，姐夫杰克在斯特拉去世后，也曾挑逗过弗吉尼亚姐妹俩。他勾引瓦尼莎，发展到了热恋的地步，按照当时的英国法律，男人不能娶他的亡妻的姐妹，后来，这种关系不了了之。在弗吉尼亚的记忆中，有一次度假期间，杰克把她带到一间幽静的房子里，抓住她的手，呻吟着说："它把人分裂了"，显然处于剧烈的生理痛苦中，"但是你不能理解。""能，我能理解"，她回答说。②对此，弗吉尼亚作出如此分析："在潜意识深处，我明白他的意思，即他的性愿望把他给撕裂了，同时，还有斯特拉的死让他遭受的痛苦。两种痛苦同时折腾着他。在有点亮光的八月夏天，花园外面的那棵树，在我看来，便象征着她的死亡使他承受的痛苦；还有我们的痛苦；所有的一切。"③

瓦尼莎婚后不久，杰克前往菲茨罗伊广场会见弗吉尼亚，告诉她，一个男人可以占有许多个女人，男人的性与名誉毫无关系，因此，"在一个男人的生活中拥有许多女人纯粹是微不足道的小事"④。维多利亚时代这种虚伪的道德习俗，无疑为杰克的挑逗提供了堂而皇之的理由。

朱莉亚和斯特拉生前都不使之发生的感情逾越，随着她们的离世，全都被突破了。姐妹俩被家中男人们恣意放纵的情欲之海所包围，唯一能做的就是缄默或退缩，或逃到肯辛顿公园，彼此寻求安慰。这种梦魇般的生活状态，也直到迁往布鲁姆斯伯里后才告结束。

来自家庭的性屈辱极大地损毁了弗吉尼亚的心理健康乃至她以

---

① Jeanne Schulkind ed., *Virginia Woolf, Moments of Being*, London: The Hogarth Press, 1985, p. 169.
② Ibid., p. 141.
③ Ibid.
④ Ibid., p. 104.

后的婚姻生活。她于1904年发生的精神疾病尤其严重,与乔治不无关系。当父亲躺在楼下房间里痛苦呻吟,在死亡线上挣扎的时候,弗吉尼亚却受到乔治的热情拥抱和亲吻,这就加重了她对父亲死亡所产生的负罪感。有一些资料记录,乔治的行为多数发生在弗吉尼亚上希腊文课程或躺在床上阅读古希腊书籍的时候。患精神病期间,弗吉尼亚也时常产生关于希腊文与性的幻觉。例如,她听见小鸟在窗户外用希腊语唱歌,幻想爱德华七世在杜鹃花丛里说淫秽的话。由此可以断定,她的精神疾病与遭受性猥亵时正在读希腊文存在关联。所以,除了父亲的死亡,导致弗吉尼亚这一次精神严重崩溃的另一个重要原因是乔治的性压迫。这种体验使弗吉尼亚对两性之事产生强烈的厌恶和反感,以致给她日后的婚姻生活也抹上了一层浓重的阴影,毁损了她本该拥有的美好人性本能。她与伦纳德夫妻生活的不和谐,可以追溯至此。

三 战争创伤

弗吉尼亚·伍尔夫度过了"大战"年代,主要是从第一次世界大战到第二次世界大战前期。然而,这一点却常常为人们所忽略。她的丈夫伦纳德曾写道,伍尔夫是"最少有政治性的动物,自从亚里士多德发明这一定义以来"[1]。伍尔夫的外甥昆汀·贝尔也随之认为她对世界大战以及其他战争几乎没有什么兴趣。这种观点被普遍接受,"不仅仅因为伍尔夫被认为是'疯狂的',或因为她是一位女人,而且也因为她是一位普通公民,如 Lord Northcliffe 在《在战争中》(1917) 所说,战争是军人的'一种正规的职业',平民则是外来闯入者或局外人"[2]。

---

[1] Leonard Woolf, *Downhill All the Way: An Autobiography of the Years 1919—1939*, New York: Harcourt, Brace and World, 1967, p. 27.

[2] Karen L. Levenback, *Virginia Woolf and the Great War*, New York: Syracuse University Press, 1999, p. 1.

第一章　伍尔夫的精神创伤

可事实上，伍尔夫对战争极其敏感，她对于战争的反应是"强烈和带有个人性"①的。虽然，作为一名女性，伍尔夫不必直面死于战场的事实，但直到1914年"一次"大战爆发，她已经先后失去了四位深爱的亲人。曾经的死亡事件所带来的创痛经验使得她对那些在战争中失去性命的朋友及其家庭满怀痛惜之情。而且，家人的死亡也使她深深地认识到生命是如此宝贵而又脆弱，生命之火轻而易举地就被熄灭了。因此，在她这儿，"战争是一场不尊重生命之脆弱的混乱的噩梦"②。

1915年4月23日，鲁珀特·布鲁克③（Rupert Brooke）战死在希腊战场上。在此之前，伍尔夫作为一位非战斗人员，确实还没有获得真实的战争体验。尤其是在宣战前，她对于战争的反应是"困惑和好奇"④的。

8月3日，伍尔夫还以轻松的语气给瓦尼莎写信，询问关于房租的事，"如果战争爆发，我们也许将陷入筹钱的困境中"，并且评论说当时的氛围使她想起了"拿破仑时代"，"今天早上没有早餐，但邮差带来了谣言，我们有两艘军舰被击沉了——然而，当购买纸张时，我们发现和平依然存在——除了有一条短新闻报道说英格兰已经参战。我胆敢说现在与拿破仑时代很像，并且由于银行放假，与以往相比，我们离生活更遥远了"⑤。

随后，伍尔夫很注意接收和打听有关战争的信息：

---

① Mark Hussey ed., *Virginia Woolf and War: Fiction, Reality, and Myth*, New York: Syracuse University Press, 1991, p.14.
② Ibid., p.15.
③ 英国诗人，曾在王家学院学习，在剑桥上学时，当选为"新异教徒"成员。第一次世界大战爆发后，他积极响应战争，加入了英国海军，不幸死于希腊战场。
④ Mark Hussey ed., *Virginia Woolf and War: Fiction, Reality, and Myth*, New York: Syracuse University Press, 1991, p.41.
⑤ Nigel Nicolson and Joanne Trautmann, eds., *The Letters of Virginia Woolf*, Vol.2 (1912—1922), New York: Harcourt Brace Jovanovich, 1978, p.50.

一星期前，我们离开了阿希姆，实际上，它处于军事法律的控制之下。士兵们在沿线行进，男人们在挖掘渠道，听说阿希姆仓库将被当作医院使用。所有人都预料到一场侵袭将会到来——然后我们穿过伦敦——哦，上帝！人们有许多的议论。当然，罗杰从海事法庭带来了秘密消息，他必定见过了德国大使夫人，也见到了克莱夫正在与奥托林喝茶，他们不停地谈论着，认为这是文明社会的结束，我们的余生没有任何价值。我真的希望你们把自己所听到的事情写下来并告诉我们——他们说一定会发生一场巨大的战役，我们所在之处，距离北海15英里，他们预料将在这一中间区域，但最后在海滩附近发起了战役。①

甚至直到1915年2月1日，伍尔夫还在日记中写道，"有人会受到伤害，看上去是完全不可能的"②。

然而，好朋友布鲁克的死亡使伍尔夫直面战争的残酷，产生了与以往不一般的感受。"任何现世中的死亡现实都不会比大战中的死亡更为显著，伍尔夫任何时候的无助感也不会比这一事实导致的这种情绪更为沮丧。"③ 伍尔夫与布鲁克从小就是好朋友，年幼时一起在康沃尔的圣·艾维斯度过假。他们有着共同的文学爱好，并且被认为具有共同的文学"疾患"——"敏感和内省"。布鲁克与布鲁姆斯伯里也过从甚密。可是后来，由于他与利顿·斯特雷奇（Lytton Strachey）之间的嫌隙，以致影响了他与整个布鲁姆斯伯里的关系，

---

① Nigel Nicolson and Joanne Trautmann, eds. , *The Letters of Virginia Woolf*, Vol. 2 (1912—1922), New York: Harcourt Brace Jovanovich, 1978, p. 51.

② Anne Olivier Bell ed. , *The Diary of Virginia Woolf*, Vol. 1 (1915—1919), New York: Harcourt Brace Jovanovich, 1979, p. 32.

③ Mark Hussey ed. , *Virginia Woolf and War: Fiction, Reality, and Myth*, New York: Syracuse University Press, 1991, p. 44.

第一章　伍尔夫的精神创伤

让伍尔夫感到非常遗憾和难受。在他与布鲁姆斯伯里交往的最后阶段，发生了许多不愉快的争执，其中最重要的一点就是他们对战争的分歧。布鲁姆斯伯里在总体上是反对战争的。而这时，布鲁克"对人生的看法早已从理性转向了直觉"①。他认为，如果一个人发现了生活中的邪恶，就必须马上出击；而对于邪恶的认识，有赖于直觉。他的直觉告诉他，唯有男性才能拯救这个世界，男人的男性气概是世界的希望。所以，他在战前就已经开始亮剑了，1914年9月，以海军军官的身份参战。

继布鲁克之死，传来了大量关于朋友和亲属死亡的战争报道。1917年，伦纳德的两个兄弟塞西尔·伍尔夫（Cecil Woolf）和菲利普·伍尔夫（Philip Woolf）被同一颗炸弹击中，结果塞西尔被炸死，菲利普被炸伤。伍尔夫真切地体会到，战争已经无情地威胁到了自己的家庭。在1917年12月3日的日记中，她以新闻业的风格简短地写下了伍尔夫兄弟的遭遇："星期六那天，我听到了塞西尔死亡和菲利普受伤的消息②。"在研究者看来，伍尔夫对于死亡事件的缩写，甚至对布鲁克之死不作任何记录，"暗示着她不愿意通过书写它们赋予死亡以真实性"③。伍尔夫已然意识到了战争的潜在危险，她的安全感受到了持续不断的挑战。她"似乎怀疑政府和新闻界在共构阴谋，力图欺瞒那些轻率的或敏锐的青年，比如她的朋友布鲁克，她的姻亲兄弟塞西尔·伍尔夫和菲利普·伍尔夫，成为富于戏剧性战争中的游戏者……"④。

事实上，战争对伍尔夫本人也并非仁慈。她于1913年开始发

---

① ［英］昆汀·贝尔：《隐秘的火焰：布鲁姆斯伯里文化圈》，季进译，江苏教育出版社2006年版，第71页。

② Anne Olivier Bell ed., *The Diary of Virginia Woolf*, Vol.1 (1915—1919), New York: Harcourt Brace Jovanovich, 1979, p.83.

③ Mark Hussey ed., *Virginia Woolf and War: Fiction, Reality, and Myth*, New York: Syracuse University Press, 1991, p.50.

④ Ibid., p.43.

作,之后有所缓和的抑郁症和精神崩溃延续到了1915年的夏天。一个重要的原因,就是布鲁克的死深深地刺激了她,因为她非常喜欢他。布鲁克死前的两个月里,伍尔夫夫妇还与他一同喝过茶。1919年1月22日,她在日记里写道:"我有了多少位朋友?"① 问题表明,一系列的死亡消息使她不得不压抑自己的感情。她列出了三十多个名字,布鲁克就是其中之一。在1920年的日记中,她又写道:"我们这一代人每天都被充满血腥的战争所折磨②。"伍尔夫对战争的认识日趋深刻,它威胁着人类的生存,造成了普遍的精神创伤,而且,还远远没有结束,尽管这时第一次大战已经熄火。

  1933年,希特勒开始执政,与此同时,日本人占领了中国的东北三省。1934年,法国出现法西斯革命的症候。1935年,意大利侵略阿比西尼亚。1936年,西班牙爆发了内战。1937年,日本侵占了北京和上海。1938年,纳粹分子先后吞并了奥地利和捷克的苏台德区。其中,1936年,是让伍尔夫痛彻心扉的又一个年头。她的外甥、瓦尼莎的儿子、在中国武汉大学教授英语的朱利安·贝尔(Julian Bell),应征去西班牙为共和国而战,3月份回到英国,6月7日去了西班牙。7月18日,他的救护车遭到德国飞机的轰炸,他本人也被炸死。朱利安是伍尔夫最心疼的孩子,他的死让她感到万分惊骇,仿佛回到了30年前面对索比之死的那种状态中。而且,伍尔夫还得安慰悲痛欲绝的瓦尼莎。她本来在顺利地写作《三枚旧金币》,在这种情况下,接连好几个星期都没法写下去了。在与伦纳德的朋友罗伯逊(W. A. Robertson)评论朱利安的行为时,伍尔夫说:"有一种伟大……它偶尔以某种方式安慰着一个人。只是看到她不得不忍受的东西,我怀疑是否这个世界上有任何

---

  ① Anne Olivier Bell ed., *The Diary of Virginia Woolf*, Vol. 1 (1915—1919), New York: Harcourt Brace Jovanovich, 1979, p. 234.
  ② Anne Olivier Bell ed., *The Diary of Virginia Woolf*, Vol. 2 (1920—1924), New York: Harcourt Brace Jovanovich, 1980, p. 51.

第一章　伍尔夫的精神创伤

事值这个价儿。"①

1938年，随着希特勒入侵奥地利，伍尔夫在日记里愤怒地写道："当那只老虎，希特勒，消化完他的晚餐后，将会再次发起突然袭击。"② 8月17日，她又写道：

> 希特勒的百万大军已经处于战备状态中。难道它仅仅只是一次夏季演习或是——？哈洛德在广播中以他的风度暗示它也许就是战争。这不仅是社会文明的彻底毁灭，在欧洲、而且也是我们最后行程的彻底毁灭。③

不出所料，1939年9月1日，德国以闪电战的方式入侵波兰，两天后，不列颠王国与法兰西共和国对德宣战，第二次世界大战正式开始。1940年5月10日，德国入侵比利时和荷兰，14日，荷兰军队投降，28日，比利时投降。面临日趋恶化的战争威胁，人们几乎很难集中精力去干别的事。伦纳德和伍尔夫除了对法西斯入侵的焦虑，还得面对更为糟糕的事情。伦纳德在自传的最后一卷里进行了描述：

> 在城里的街道上，犹太人到处都被公开穷追不舍，直到逮到为止，还遭到痛打和羞辱。我看到一张照片，在柏林的一条主要街道上，一个犹太人被冲锋队员从店里拖出来。这个裤子上的纽扣被扯开，显示他被割过包皮，因而是一个犹太人。这人的脸上流露着可怕的表情，是一种茫然的痛苦和绝望，自从人类历史肇始以来，人们就已经在荆棘冠下遭到他们迫害和侮

---

① [英]昆汀·贝尔：《伍尔夫传》，萧易译，江苏教育出版社2005年版，第419页。
② Anne Olivier Bell ed., *The Diary of Virginia Woolf*, Vol. 5 (1936—1941), New York: Harcourt Brace Jovanovich, 1985, p. 132.
③ Ibid., p. 162.

辱的受害人脸上看到这种表情了。在这张照片上,更可怕的是那些可敬的男女们脸上的神态,他们站在人行道上,嘲笑着那个受害人。①

伦纳德告诉伍尔夫,自己作为犹太人,至少要遭到法西斯的"毒打"。他们并不知道,伦纳德作为一位犹太社会主义者,伍尔夫作为一位犹太社会主义者的妻子,已经上了希姆莱计划立即实施逮捕的黑名单。不过,他们已经敏锐地察觉到了这种危险,不希图得到法西斯的任何仁慈或宽恕。5月中旬,他们讨论了自杀的事情,如果希特勒登陆,犹太人只好束手待毙,还有什么好等待的呢?伦纳德准备了一些汽油,一旦危险到来,就关上停车房的门,利用汽车排放的烟雾毒杀自己。他还从军医那里弄到了致命剂量的吗啡。伍尔夫也认为战争必输无疑,看不到前景,从5月到6月,经常考虑采用什么方式、选择什么时间了断自己的生命。6月14日,巴黎沦陷。接下来,德军的炸弹直接投向了南部英格兰内陆,尤其是苏塞克斯(Sussex)、肯特(Kent)和其他英国城市。8月底,又把目标对准了航空公司、飞机场和英国城市。伦敦成为首要目标。为躲避轰炸,伍尔夫夫妇于1939年就从居住了15年的塔维思托克广场52号搬出,租住到布鲁姆斯伯里地区梅克伦堡广场37号房,1940年又被迫离开伦敦,将家搬到了乡下罗德梅尔的僧侣屋。8月18日,德军战机在伦纳德和伍尔夫头顶上方盘旋,吓得他们跑到树下,俯卧在草地上。伍尔夫在《往事杂记》里记录了这段插曲:"昨天(1940年8月18日)5架德国歼击机那么近地从僧侣屋的上空飞过,它们竟擦到了门口的树。不过今天总算还活着……"② 9月上旬,梅克伦堡

---

① [英]昆汀·贝尔:《伍尔夫传》,萧易译,江苏教育出版社2005年版,第433页。
② [英]弗吉尼亚·伍尔夫:《往事杂记》,转引自伍厚恺《弗吉尼亚·伍尔夫:存在的瞬间》,四川人民出版社1999年版,第353—354页。

第一章 伍尔夫的精神创伤

广场遭遇轰炸,伍尔夫的房子没有被炸毁,可不到一星期遭遇了又一次炮轰,窗户全部破碎了,天花板掉落下来,大部分中国瓷器也被震碎。瓦尼莎的画室则被彻底摧毁。9月29日,有一个炸弹落在了僧侣屋的附近,震动了窗户玻璃。令伍尔夫十分气恼。10月,塔维思托克广场52号被炸毁。据有关资料记载,从1940年到1941年,法西斯对伦敦进行了三次集中轰炸,投下炸弹15万吨,死伤人数达数万,5万幢房屋被夷为平地,整座城市饱受摧残。

在战火纷飞、硝烟弥漫的岁月里,伍尔夫设法通过写作来转移自己的注意力。尤其是1940年11月23日,她完成了小说《幕间》,在接下来的12月份一直很高兴。但快慰是短暂的,由于法西斯力量过于强大和暴虐,哪怕是伍尔夫生平最喜欢的写作也无法平衡战争所带来的那种巨大的心灵伤害。1941年年初,她的健康状况开始令人担忧。3月份,伦纳德明显地感觉到,她的情况已经变得非常糟糕。3月28日,她投河自尽。从她临死前写下的日记里,我们可以探寻到她的精神状态。

1940年圣诞节前夕,她写道:

> 伦敦的炸弹使我们被围困在这儿……据说德国人正在派遣军队占领意大利。希特勒接下来会采取什么行动呢?——我们不由自问。老年人所具有的某种特定感觉有时使我认为我不能像往常那样耗费精力。我的手在发抖。否则,我们会像平常一样呼吸。[①]

1940年,她在写给埃塞尔·史密斯的一封信里说:"我生命的激情,就是伦敦城——看到它被全部炸毁,这太刺痛我的心了。"[②]

[①] Anne Olivier Bell ed., *The Diary of Virginia Woolf*, Vol.5 (1936—1941), New York: Harcourt Brace Jovanovich, 1985, pp.344-5.

[②] Nigel Nicolson and Joanne Trautmann, eds., *The Letters of Virginia Woolf*, Vol.4 (1936—1941), New York: Harcourt Brace Jovanovich, 1982, p.431.

尽管伦敦被轰炸，伍尔夫与伦纳德于 1941 年 2 月上旬回到了那儿。在 1 月 15 日的日记中，她对当时的伦敦景象作了详细的描述：

> 我来到伦敦桥。看着河水；模糊不清；一缕缕青烟，或许是从正在燃烧的房子里冒出来的。星期天又失火了。然后去外面吃饭，我看到一个角落处的悬崖，一处巨角全都破碎了；河岸；矗立着纪念碑；我力图搭上公交车，但是太拥挤，我只好下车；下一趟公交建议我步行。这是一次严重的交通阻塞，因为街道被堵得水泄不通。乘坐地铁来到了寺庙；我徘徊在已成为废墟的古老的广场：它受了重创；被夷平了；那些老旧的红色砖块全都变成了白色的粉末，有些像建筑者的院落。满是灰尘的破旧窗户；前来观光的客人；这一切都遭到了完全彻底的强制性的毁坏。①

1 月 26 日，伍尔夫又写道："我发誓，不要被这种失望的低落情绪所淹没。"② 2 月 7 日，她问自己："我为什么沮丧？"③

伍尔夫生于伦敦，长于伦敦，深爱着伦敦。在法西斯的暴戾蹂躏下，它支离破碎、混乱不堪，昔日繁荣不再。她不由为之叹息，为之痛心，为之抑郁。

从"一战"时期布鲁克等亲朋好友的死亡到"二战"初期伦敦城的破败，伍尔夫历尽刺激和折磨，发作了两次严重的神经崩溃。临终前，她在写给伦纳德和瓦尼莎的遗书里，反复提及自己听到了幻音，永远都不可能再康复，最终走上自杀之路。这就表明，战争与伍尔夫的精神状态存在紧密联系，法西斯暴行对伍尔夫的精神损

---

① Anne Olivier Bell ed., *The Diary of Virginia Woolf*, Vol. 5 (1936—1941), New York: Harcourt Brace Jovanovich, 1985, p. 353.
② Ibid., p. 354.
③ Ibid., p. 355.

第一章 伍尔夫的精神创伤

伤也是至为巨大、不容忽略的。

第二节 伍尔夫精神创伤的日常释放

创伤常常无可回避，但也不能执着于创伤。持续不断的创伤事件给伍尔夫带来的最直接的后果就是数度神经崩溃。通常，在人们眼里，伍尔夫总是极度悲伤和郁郁寡欢。然而，纵观她的人生历程，尤其是婚后1915年从神经症中恢复至1941年自杀的这26年间，没有发作过严重的精神病。其实，很多时候，她是快乐的。据她的外甥塞西尔（Cecil）的说法：

> 在人们的印象中，她是一位悲伤和严重抑郁的妇女，这种形象是不真实的。她有些时候确实显得抑郁，但并不总是悲伤。恰恰相反。据伦纳德回忆，第一次世界大战期间，当他们在伦敦寓所的地下室里躲避敌人的轰炸时，弗吉尼亚把仆人们逗得捧腹大笑，以致他抱怨说，他没有办法睡着。在我的记忆里，她是一个快乐、可爱、诙谐、而且偶尔还有点蓄意的人。[①]

伍尔夫显然不满于维多利亚时代虚伪的道德习俗和性别压迫，不满于血腥的纳粹战争。不过，在日常生活中，她总是能够以不同寻常的方式宣泄自己的压抑情绪，释放着心灵的创痛。由于释放本身就是一种治疗，所以面对接二连三的打击，伍尔夫依然能够保持乐观开怀的情绪。这些方式主要有：同性恋、性冷淡和自杀。

---

① Cecil Woolf, "Back to Bloomsbury", In Gina Potts and Lisa Shahriari, eds., *Virginia Woolf's Bloomsbury*, New York: Palgrave Macmillan, 2010, p. 3.

一 同性恋

这里的"同性恋",指的是女性同性恋。西方女权主义者在如何界定女性同性恋这一问题上,存在争论,有狭义与广义之分。狭义上,女性同性恋是两个女人之间的性关系;广义上,女性同性恋不一定包含女人之间的性关系,只是放弃了与异性的性关系,它"是反对男性统治的政治选择"①。阿德里亚纳·里奇(Adrienne Rich)在广义的定义基础上,提出了"女同性恋连续体"概念:

> 我所指的"女同性恋连续体"包括广泛的女性认同经历,从每个妇女的生活到全部的人类历史。我并未简单地指出事实,即两个女人之间已经发生或希望发生的性关系。如果我们将女同性恋的概念放大,使其能够包含女性之间的密切联系,如共享丰富的内心生活,反对男性专制,给予和获得实际支持与政治支持,等等,那么我们便能掌握大量的女性历史学知识。如果我们对"女性同性恋"的界定过于狭隘,过于严格,那么我们便无法获得这些知识。②

里奇反对仅根据性行为来界定女性同性恋,她的"女同性恋连续体",既包括性行为,也包括"广泛的女性认同经历"。本文从伍尔夫的经历出发,倾向于采用广义的女性同性恋定义。

伍尔夫从小亲历了父权制统治和来自家庭的性骚扰,对维多利亚时代的女性地位和处境深有感触,对处于统治地位的男性社会极为反感。她把自己的感情倾注于同性身上,也习惯于从同性那里寻

---

① [英]简·弗里德曼:《女权主义》,雷艳红译,吉林人民出版社2007年版,第79页。

② 同上。

第一章　伍尔夫的精神创伤

求精神抚慰。她与许多女性建立了非常亲密的感情，这种感情有时甚至超越了一般的同性之爱，成为同性之恋。

姐姐瓦尼莎是弗吉尼亚的第一个同性密友。姐妹俩从小就互相欣赏，一生都迷恋着对方。瓦尼莎觉得弗吉尼亚聪明早慧，富有才华，尤其具有惊人的美貌。弗吉尼亚也意识到了姐姐的诚实、稳重、讲求实际，以及对年幼者的无比关爱。童年时期，她们常常结伴而行，逃离同母异父兄长的压迫。在公园的草地上，她们一起打滚，或者弗吉尼亚朗读精彩的小说片段，瓦尼莎画画。在那个由男性占统治地位的家庭氛围中，姐妹俩互相倾诉，发展出了一种异乎寻常的亲密关系。瓦尼莎结婚后，姐妹俩不见面的日子里，几乎每天都会有书信往来，而且那些书信颇有情书的味道。1908 年，弗吉尼亚给姐姐写信说："你明天会亲吻我吗？……没有你我无法生存。"[①] 瓦尼莎回应："是的，是的，会的！"1909 年 8 月 10 日，她也给姐姐写道："啊哈！毫无疑问，我爱你胜过世上任何其他人。"[②] 16 日，她又说："与你重逢会多么幸福！这些书信看起来将会很荒唐。你也想要我吗？如果我现在悄悄地潜入（你的房间），会是多么美妙。……类人猿将亲吻你。"[③] 可见，弗吉尼亚在姐姐面前，自小就表现出了一种"强烈的色欲"。林德尔·戈登认为，同姐姐一起时，弗吉尼亚"更具生理性——'Ape'（类人猿）热切地希望被抚摸和亲吻"。[④] 这种感情，使她一度嫉妒瓦尼莎与克莱夫的幸福婚姻，认为克莱夫根本配不上姐姐，甚至想方设法与克莱夫调情，力图夺回姐姐。

16 岁那年，弗吉尼亚爱上了年长的玛奇·西蒙斯（March Simo-

---

① Nigel Nicolson and Trautmann Joanne, eds., *The Letters of Virginia Woolf*, Vol.1 (1888—1912), New York: Harcourt Brace Jovanovich, 1975, p.355.
② Ibid., p.406.
③ Ibid., p.408.
④ ［英］林德尔·戈登：《弗吉尼亚·伍尔夫：一个作家的生命历程》，伍厚恺译，四川人民出版社 2000 年版，第 190 页。

nds）。玛奇是诗人约翰·艾丁顿·西蒙斯（John Addington Simonds）的女儿。在弗吉尼亚眼里，她是一个富于传奇色彩的、生机勃勃的女性。她在瑞士那种自由的氛围中长大，热爱生活，且有些孩子气；爱好写作，具有高雅的审美趣味；也喜好冒险，活泼好动而又浪漫。弗吉尼亚为她的个性所吸引，对她充满了强烈的激情。有一次，她在海德公园门顶层的房间里，手握水壶手柄，想起玛奇，难以自持。她在心里呼唤："玛奇在这里"，感觉玛奇真的就站在屋顶房间里。后来，弗吉尼亚回忆说，那一刻对玛奇产生的强烈感情是她前所未有的。弗吉尼亚也对维塔·萨克维尔·韦斯特（Vita Sackville West）谈起过与玛奇的恋爱，还以玛奇为原型塑造了《达洛维太太》中的萨利·塞顿。

1902年，对弗吉尼亚来说也是较为重要的一年，瓦奥莱特·迪金森成为她又一个亲密的女性朋友。瓦奥莱特与达克渥斯有过多年的交情，曾经是斯特拉的密友，比弗吉尼亚年长17岁。她活泼、热心、坦率、快乐，广交人缘。她非常喜欢女孩子们，成天与她们讨论文学和许多其他方面的事情，赞赏弗吉尼亚的聪明才智。弗吉尼亚也常常为她那种极富朝气的热情所感染。在莱斯利看来，她唯一的缺点是身高有6英尺。莱斯利一家都很喜欢她。她与弗吉尼亚的感情维持了多年。1902年至1907年，弗吉尼亚写给她的信件多达300多封。弗吉尼亚也曾把自己的手稿寄给她，期望她提出批评意见。她也给予弗吉尼亚许多情感上的支持。她们之间的深厚情谊就是在莱斯利病重期间建立起来的。莱斯利去世后，弗吉尼亚精神病严重发作期间，瓦奥莱特把弗吉尼亚带到自己的寓所进行疗养，更成为她的情感依赖和精神支柱。在她们亲昵的、富有想象性的游戏玩耍中，弗吉尼亚扮演宠物的角色，是瓦奥莱特的"kangaroo"（袋鼠）、"wallaby"（沙袋鼠）或"sparroy"（麻雀和猴子的混合物）；弗吉尼亚也将瓦奥莱特亲切地称为"我的瓦奥莱特"。许多弗吉尼亚·伍尔

第一章 伍尔夫的精神创伤

夫传记家们认为她们之间的这种"浪漫的友谊"也是一种"天真的爱情",不过没有肉欲色彩。昆汀·贝尔说:"我们得把这种友谊看成是一种恋爱,我想它其实是限于精神上的;这种恋爱在高潮期的时候(也就是说从1902年到1907年)是激烈的。"①

维塔,对弗吉尼亚·伍尔夫来说,除了家人之外,就数她与自己的关系最为亲密。维塔出身于名门望族,有着西班牙吉卜赛人的血统,长着一双纯粹的黑眼睛,而且仪态优雅,气质高贵。她的诗人和小说家身份,显示出她的才智和浪漫情趣。她的一生中有过许多浪漫的同性恋故事。1923年,伍尔夫与维塔在克莱夫家的餐桌上相识,维塔立刻就喜欢上了弗吉尼亚。伍尔夫固然仰慕维塔高贵的出身和漂亮的容貌,也知道她是一个不折不扣的女同性恋者,并且对她的感情流露有所察觉,但考虑到自己已经走进了婚姻的殿堂,对这种感情显得极为谨慎。昆汀·贝尔对此进行了描述和分析:

> 维塔在场时她感到害羞,几乎跟处女似的,我猜想,维塔激起了她的危险感。自结婚以来,除了凯瑟琳·曼斯菲尔德,从没有人打动过她的心灵,凯瑟琳也只不过是稍微触动了一下。她仍旧爱着伦纳德。可假使如今,年届中旬,她将爱上另外一个人,这不会导致可怕的和灾难性的事情吗?在这种情形下,她对维塔的魅力必然会显得无动于衷、冷漠,甚至怀有敌意。②

尽管如此,伍尔夫还是愿意与维塔见面。除了她的魅力和特点,还有一个重要的原因,就是她非常爱读伍尔夫的小说。1924年上半年,伍尔夫夫妻与维塔、哈罗德·尼科尔森(Harold Nicolson)夫妻有过四次会面。1924年,他们见面的次数更多。1925年9月,伍尔

---

① [英]昆汀·贝尔:《伍尔夫传》,萧易译,江苏教育出版社2005年版,第91页。
② 同上书,第324页。

夫在书信中称呼对方为"我们（克莱夫和我）的维塔"。这时，她们的感情不再只是出于维塔的一厢情愿。伍尔夫对维塔最初的不友好态度发生了改变，转而萌生出情人般的依恋和暧昧之情，"当她觉得自己被忽视时，她感到沮丧，当维塔不在身边时，她感到绝望，她焦急地等待着信件，需要维塔的陪伴，生活在那种恋人们能体验到的欣喜和绝望的奇怪杂糅中（人们本以为只有恋人们才能体验到）"①。随着感情的发展，伍尔夫不再有任何担心，从1925年到1928年，她毫无顾忌地沉浸在与维塔的恋情中。

不同于伍尔夫以往的女性密友，维塔激起了她的性欲渴求。随着她们关系的日趋亲昵，伍尔夫有时会在维塔面前卖弄风骚，表现出强烈的肉体激情："当我在床上坐起来，我非常非常迷人；维塔像一只可爱的外表粗糙的老牧羊犬，或者交替吊着紫葡萄，戴着光亮的珍珠，然后点燃蜡烛……啊哈，但是我喜欢跟维塔在一起②。"1927年12月5日，伍尔夫又给维塔写道："如果我打电话问你，你会不会说你喜欢我？如果我见到你，你会吻我吗？如果我躺在床上，你会——"③ 维塔这一方面也不必说，昆汀·贝尔写道："维塔深爱着弗吉尼娅，我想，她性情热烈，在很大程度上就像男人本可能地那样爱着她，她有一种男性的急不可耐，想要获得某种肉体的满足……"④ 根据这些表述，伍尔夫与维塔的恋情，带有强烈的性欲色彩，这一点是确定无疑的。尽管已婚的伍尔夫也爱着丈夫伦纳德，并且认为自己的同性之爱有一点点不明智，但不再像以往那样严肃地对待这样的"越轨行为"。她迷醉于其中，反而认为，对瓦尼莎这样的女性来说，没有这种爱，世界就会少一些精彩和快乐。

---

① ［英］昆汀·贝尔：《伍尔夫传》，萧易译，江苏教育出版社2005年版，第325页。
② Nigel Nicolson and Joanne Trautmann, eds., *The Letters of Virginia Woolf*, Vol. 3 (1923—1928), New York: Harcourt Brace Jovanovich, 1980, p. 224.
③ Ibid., p. 443.
④ ［英］昆汀·贝尔：《伍尔夫传》，萧易译，江苏教育出版社2005年版，第325页。

第一章 伍尔夫的精神创伤

她向瓦尼莎表达了自己的观点:"你会永不屈服于你的任何同性所具有的魅力,世界对你来说必然是一座不毛的花园!铺满石头的街道和铁栏杆!"①

不过,在伍尔夫与维塔的关系中,精神层面的爱情依然是主要的。维塔本人在写给丈夫哈罗德·尼科尔森的信中坦承自己与伍尔夫上过床,同时,又含糊地说,不过仅此而已。许多研究者也强调了这一点。昆汀·贝尔一方面认为伍尔夫与维塔"也许有过……一些爱抚,一起上过床",但另一方面,他又怀疑,"它只能勉强算是激发了弗吉尼亚或使维塔得到满足"②。同样地,维塔的儿子奈杰尔·尼科尔森(Nigel Nicolson)在描述有关父母的婚姻时提出,"肉体的成分"在维塔和伍尔夫的友情中"是短暂的,而且很失败,仅仅维持了几个月,或许一年时间"③。在《维塔、弗吉尼亚和瓦奈萨》一文中,奈杰尔分析了她们肉体关系失败的原因:

> 弗吉尼亚异常平静地看待她们之间长达三年的这段感情,她不觉得意外,也不觉得羞耻,更不畏惧任何后果。可是维塔很害怕,她强烈地感觉到自己也许会引发弗吉尼亚的癔症,这将会直接导致她再次神经错乱。尽管这样的担心从来没有成为事实,但是却一直萦绕在她的心头。所以就维塔而言,她完全是出于对弗吉尼亚的为人和创作天赋的崇拜才一直保持着这种关系的。④

---

① Nigel Nicolson and Joanne Trautmann, eds., *The Letters of Virginia Woolf*, Vol. 3 (1923—1928), New York: Harcourt Brace Jovanovich, 1976, p. 381.

② Quentin Bell, *Virginia Woolf: A Biography*, New York: HBJ, 1972, p. 119.

③ Nigel Nicolson, *Portrait of a Marriage: V. Sackville-West and Harold Nicolson*, New York: Atheneum, 1990, p. 207.

④ [英] 奈杰尔·尼科尔森:《维塔、弗吉尼亚和瓦奈萨》,载 [加拿大] S. P. 罗森鲍姆编《回荡的沉默:布鲁姆斯伯里文化圈侧影》,杜争鸣、王杨译,江苏教育出版社2006年版,第42页。

确实，维塔的顾虑完全是多余的，恰恰相反，伍尔夫不只是在精神上，在肉体上也同样需要维塔。伍尔夫自小所受到的性欺侮，使她对异性的肉体之爱异常反感，同时，发自人性本能的冲动又是如此强烈和难以抑制，她寻求从同性身上获得释放，获得补偿。显然，维塔远远没有意识到这一点，要不，她定然能给伍尔夫身心带来彻底的愉悦和满足。尽管伍尔夫在肉体方面未能完全地如愿以偿，但维塔的担心也是源于对她的真诚关爱。无论如何，维塔是伍尔夫生命中重要的同性情侣之一，她写给维塔的书信数量仅次于写给瓦尼莎的。奈杰尔说："她们的爱美丽而纯洁，只要和对方在一起，彼此便能感受到发自内心的快乐。"① 甚至在爱情结束以后，她们依然维持着良好的关系。

二 性冷淡

除了同性恋，伍尔夫也有过多次与异性之间的"调情"或恋爱。如果说，在同性恋中，伍尔夫与瓦尼莎、瓦奥莱特之间的嬉戏耍闹充满了野兽般的性欲色彩，与维塔的接触一度激发起她强烈的肉体欲望；在与异性的接触中，她却常常徘徊在性的外围，哪怕是她深爱着的丈夫伦纳德也未能使她的情欲之泉喷涌而出。通读她的日记和书信，我们会发现，没有任何一处文字暗示出曾有某个异性激起过她的性兴奋。因而，许多人认为伍尔夫是一个性冷淡者。值得强调的是，伍尔夫把所有的激情都奉献给了同性，她的性冷淡只是相对异性而言的；这种性冷淡，并非与生俱来，而是社会形成。

少女时期，伍尔夫对爱情有着美好的憧憬，认为它是一种能给人带来持久幸福的东西。她从父母尤其是斯特拉的婚姻中得出这一

---

① [英]奈杰尔·尼科尔森：《维塔、弗吉尼亚和瓦奈萨》，载[加拿大]S.P.罗森鲍姆编著《回荡的沉默：布鲁姆斯伯里文化圈侧影》，杜争鸣、王杨译，江苏教育出版社2006年版，第45页。

第一章 伍尔夫的精神创伤

观点。父母亲的婚姻无疑是幸福的，它建立在相互了解的基础上。斯特拉与杰克的婚姻则充满了爱的激情。这种激情使得订婚前后的斯特拉判若两人，她老是对弗吉尼亚强调，世界上绝没有任何东西能与之相比。斯特拉的幸福是有目共睹的。昆汀·贝尔详细地描述了弗吉尼亚眼中的斯特拉：

> 对她来说，失去一位姐姐几乎就和莱斯利失去一个女儿同样重要，然而她感到开心。一种新发现的快乐源泉有助于她那缓慢的康复——即斯特拉再次恢复生机的情景。过去苍白、麻木、沮丧的斯特拉如今变得容光焕发、满脸微笑，流露着喜悦。弗吉尼娅以前从不曾目睹过这样的幸福；在后来的岁月里，她以记忆中的斯特拉的爱情为一种计量杆。如果有人说一对夫妻在热恋中，她会琢磨是否她们的爱情能与斯特拉和杰克之间的爱情相提并论；那是真实发生过的事情。她从不曾想过人类能品尝到这样的欢乐；她猜想这是一种特殊的、一种完全不同寻常的爱的表现形式。①

当弗吉尼亚羞涩地向斯特拉表达自己的看法时，斯特拉笑着说，许多人都拥有她这种幸福的婚姻，弗吉尼亚和瓦尼莎以后也会有同样感受的。从斯特拉的经历中，弗吉尼亚明白了幸福的婚姻以爱的激情为条件。

18岁那年，乔治把她带入上流社会，她与瓦尼莎有着同样的发现，这里的人们无聊透顶，男人们虚伪、傲慢，尤其令人恐惧和痛恨。基于此，她不愿苟同时事，把婚姻当成一种职业。

然而，弗吉尼亚对爱情、婚姻的美好想望，在才过了20岁的年龄，就遭到了乔治的亵渎："爱或被爱的初次经历可以是迷人的、沮

---

① [英]昆汀·贝尔：《伍尔夫传》，萧易译，江苏教育出版社2005年版，第52页。

丧的、窘迫的，甚至乏味的，可它不该是令人恶心的。爱神扇着蝙蝠翅膀飞来了，一个令人作呕的乱伦性欲的形象。"① 乔治的行为直接导致了弗吉尼亚日后对男女性事的厌恶，"弗吉尼娅觉得自己的生活还没有真正开始就已经被乔治毁掉了。天生对跟性有关的事情感到害羞，从这个时候起，她因受到恐吓而缩成了一种冷淡、自卫的惊恐姿态"②。紧接着给弗吉尼亚以打击的，是杰克关于一个男人可以占有多个女人的言论。而此前，弗吉尼亚一直相信，男人与女人一样遵循同样的标准，忠贞不贰。她对男性愈加反感，对男性统治有了更为全面、充分的认识。

所以，弗吉尼亚在二十多岁的年龄里，一直反对婚姻。索比去世、瓦尼莎结婚后，她和弟弟搬到了费兹洛伊广场 29 号。她的朋友们认为，她需要有人照顾，而艾德里安不负责任，不能担当此任，所以，她必须找一个丈夫，然后结婚。弗吉尼亚非常生气，向多年的密友瓦奥莱特倾诉说："要是没人叫我去结婚就好了。这是粗鄙人性的爆发吗？我说这是令人作呕的。"③

然而，瓦尼莎婚后一段时间，弗吉尼亚的想法发生了很大的转变，由拒绝婚姻到开始考虑与自己理想中的男人谈情说爱。发生这种转变的重要原因，在于弗吉尼亚对布鲁姆斯伯里成员的逐步了解与肯定、赞赏。布鲁姆斯伯里崇尚思想自由，信奉宽容和怀疑精神，鄙视维多利亚时代的传统道德，推崇男女平等。因而，弗吉尼亚和瓦尼莎常常能够与集团男性一起平等地讨论文学、哲学和艺术。他们有时甚至会谈论性、婚外情和同性恋等在当时被认为是猥亵的话题。例如有一次，当利顿·斯特雷奇看到瓦尼莎白衣服上的一个污点时，竟然张口就问："精液吗？"弗吉尼亚后来回忆说，她与利顿

---

① ［英］昆汀·贝尔：《伍尔夫传》，萧易译，江苏教育出版社 2005 年版，第 48 页。
② 同上。
③ 同上书，第 127 页。

第一章 伍尔夫的精神创伤

熬夜讨论伊丽莎白女王、爱情、鸡奸、奥瑟罗等。无论是在与布鲁姆斯伯里集团的集体聚会还是私下的会话中，弗吉尼亚都能够无所顾忌、畅所欲言，她被集团成员的自由精神尤其是倡导妇女权利的思想深深打动。她认识到，布鲁姆斯伯里的异性成员不同于她在社交舞会上遇到的那些表面斯文、实质傲慢的家伙，他们有脑子，也有心肝，在他们当中最有可能出现自己的意中人。此外，令弗吉尼亚愿意考虑婚姻的直接原因则是她姐姐的婚姻，她觉察到了姐姐的幸福，充满了羡慕和嫉妒；同时，亲爱的人被抢走，她难以容忍却又无可奈何，备感孤独。还有，瓦奥莱特与她的感情也在这时趋向冷淡。在这种情况下，用昆汀·贝尔的话来说，虽然她"还远谈不上爱哪个男人，她至少乐意调调情了"①。

在布鲁姆斯伯里集团中，最先与弗吉尼亚发生恋爱关系的是利顿。由于写作方面的情投意合，弗吉尼亚非常喜欢他。双方也都有过婚嫁的意图。利顿是同性恋者，弗吉尼亚认为，作为丈夫，他不会出现性饥饿的现象，不必担心他的纠缠，他们可以以友爱的方式发展出稳定、深厚的感情，这正是她所追求的婚姻。所以，1909年2月，利顿向她求婚，她马上接受了。而利顿，本想通过与弗吉尼亚的婚姻来解决自己复杂的私生活，可就在求婚的那一刻，立即意识到这根本就不是个办法。"他发现自己对她的性别和童贞感到惊恐，被她可能会亲吻他的念头吓坏了。他认识到自己幻想的'婚后的安宁天堂'是不可能的事，它根本行不通。他对他把自己置于的处境感到恐惧，他相信她爱他，就更害怕了。"② 对此，弗吉尼亚有所觉察。不久，他们心平气和地解除了婚约。

弗吉尼亚与利顿恋爱的同时，也开始了与姐夫克莱夫的调情，而且持续了很多年。弗吉尼亚并不真正喜欢克莱夫，她的目的是要

---

① ［英］昆汀·贝尔：《伍尔夫传》，萧易译，江苏教育出版社2005年版，第127页。
② 同上书，第150页。

通过这种离间的手段夺回自己亲爱的姐姐。克莱夫则认为弗吉尼亚比瓦尼莎更漂亮，完全陷入了与小姨子调情的狂热状态中。弗吉尼亚从来没有满足过克莱夫的要求，每次把他挑逗到接近上床的地步，然后抽身离去。多年以后，弗吉尼亚将他比拟为一只企图在其他鸟的巢穴里下蛋的杜鹃，他回应说她从来不让自己在她的巢穴里下蛋。

1911年，弗吉尼亚和布鲁克在格兰彻斯特（Grantchester）同住，在月光沐浴下的剑河里裸体游泳，这是大家都知道的事情，可从没有人认为他们存在过肉体关系。同一年，弗吉尼亚在布伦斯威克广场38号同梅纳德·凯恩斯（Maynard Keynes）、邓肯·格兰特（Duncan Grant）和伦纳德·伍尔夫等几个单身男子租住在同一栋房子里。这一举动不仅招致乔治的反对，也引起瓦奥莱特的不满并导致她们关系的淡化。可事实证明，他们担心的事情并未发生。

利顿与弗吉尼亚分手后，伦纳德接受了利顿的建议，追求弗吉尼亚。几经考虑，弗吉尼亚答应了，但她担心伦纳德是否有足够的激情唤起她。当伦纳德第一次吻她时，她表现得"异常地文静"。在1912年5月1日的信中，弗吉尼亚表明了自己的担心：

> 我有时想如果我与你结婚，我会拥有一切——那么——发生在我们之间的会是性事吗？正如我前几天残忍地告诉你的那样，在你身上我感受不到肉体的吸引力。有些时候——前几天你吻我时，就是这样的时刻之一——我的感受如同一块石头。①

1912年8月，弗吉尼亚与伦纳德步入婚姻的殿堂。他们婚后的最初几天是在萨拉戈萨的一家旅店里度过的。人们本来指望热情洋溢的伦纳德可以改变弗吉尼亚不敏感的肉体。可是弗吉尼亚写给凯

---

① Nigel Nicolson and Joanne Trautmann, eds., *The Letters of Virginia Woolf*, Vol.1 (1888—1912), New York: Harcourt Brace Jovanovich, 1975, p.496.

第一章　伍尔夫的精神创伤

瑟琳·考克斯（Catherine Cox）的一封信件打破了他们的期望，暗示了她的性冷淡：

> 你认为人们为什么会对婚姻和性交如此大惊小怪？为什么我们有些朋友一旦失去贞洁就发生了变化？也许是我的大龄使灾难性有所减少；但显然，我发现那种高潮被无限夸大了。除了一种持续的好心情（伦纳德将不会知道这事儿），这种好心情是由于每一阵恼怒立刻降临在我丈夫身上，我可能还是斯蒂芬小姐。①

度完蜜月，伍尔夫夫妇认真地向瓦尼莎讨教性的问题。瓦尼莎批评弗吉尼亚："在我看来，她从不理解或同情男人的性激情，这种说法也许会使她恼怒，但可能安慰了他。显然，她仍然没有能够从性行为中获得任何快感，我认为是很奇怪的。"② 伦纳德后来则写下小说《智慧的童贞女》，"智慧的童贞女"卡米拉·劳伦斯（Camilla Lawrence）由于体质瘦弱而不能进行性交，无疑是对弗吉尼亚的影射和指责。维塔也跟她的丈夫哈罗德说过这件事儿，认为弗吉尼亚与伦纳德的性关系是一场严重的失败，而且不久就被放弃了。维塔的儿子据此把弗吉尼亚·伍尔夫描述为"性冷淡"。此后，关于弗吉尼亚性无能和伦纳德英勇般地抑制正常性欲、成为受难者和圣人的说法被流传开来。例如，1967年，伍尔夫夫妇的好朋友杰拉尔德·布伦兰（Gerald Brenan）透露：

> 伦纳德告诉我，当他们在度蜜月的时候，他试图和她做爱，

---

① Nigel Nicolson and Joanne Trautmann, eds., *The Letters of Virginia Woolf*, Vol. 2 (1912—1922), New York: Harcourt Brace Jovanovich, 1978, pp. 6–7.

② Hermione Lee, *Virginia Woolf*, New York: Alfred A. Knopf, 1998, p. 326.

她进入了一种如此剧烈的受刺激状态以致他不得不停止下来，他知道自己的行为所引发的状况会成为她发作疯病的前兆。……因此，尽管我该说伦纳德是一个性欲很强的男人，也不得不放弃从前所产生过的任何关于性满足的念头。①

人们倾向于认同瓦尼莎对于弗吉尼亚的谴责，认为她的性失败在于她不体谅男人的性激情。昆汀首先认为弗吉尼亚因受到乔治的恐吓而退缩成了一种冷淡、自卫的姿态，后来在另一处又写道："她与其说是害怕性，不如说是不理解性。"② 可是，我们不妨再次回顾一下，斯特拉去世后的一天，杰克曾对弗吉尼亚倾诉他被某种东西"撕裂"了，弗吉尼亚回答说她能理解，她所能理解的一点就是他被性欲撕裂了。当时，她才十五六岁。据此，我们完全可以排除弗吉尼亚不理解男人性激情的说法。我要指出的是，为什么同类间的恋爱引发了弗吉尼亚的性渴求，而她在与多个异性的亲密交往中没有能够产生性的要求，甚至新婚期间与丈夫都没有过性兴奋现象？她的性失败无疑与性别因素存在因果联系。

有些西方女权主义者认为，社会性别概念和性行为概念之间不是割裂的，性行为建构了社会性别，也就是说，在男女性关系中，性生活的支配与从属造就男性和女性；因而，性行为成为男人统治女人的关键。凯瑟琳·麦金侬（Catharine Mackinnon）坚持说：

性行为就是一种权力。作为社会化的建构，社会性别体现了性行为，而不是性行为体现了社会性别。社会性别区分了男人和女人，男女根据我们的了解，根据异性爱的社会需要被加工成男性和女性。男性的性行为支配与女性的性行为从属因此

---

① Hermione Lee, *Virginia Woolf*, New York: Alfred A. Knopf, 1998, p. 326.
② ［英］昆汀·贝尔:《伍尔夫传》，萧易译，江苏教育出版社2005年版，第209页。

第一章 伍尔夫的精神创伤

制度化了。如果一切属实，那么性行为就是导致性别不平等的关键。①

这种观点固然有失偏颇，因为男性的权力并非主要通过性行为取得，但我们至少可以认为，性行为是男权社会中男性压迫女性的主要形式之一。结合弗吉尼亚的切身体会，我们甚至可以引入性暴力的概念。"女权主义者历来认为性暴力是一个连续体，从性骚扰、强奸到谋杀，都可以归入其中。"② 弗吉尼亚从小承受了同母异父兄长的性暴力，对这种性别压迫极为敏感，也极为反感，她对于异性的性冷淡反应也就不足为奇了。20世纪最伟大的女性心理学家卡伦·霍妮（Karen Horney）不主张把性冷淡当作一种疾病，她说，"就其全部的形成阶段而言，性冷淡应被视为有教养女性的正常的性态度"③，"无论我们是否把性冷淡看成是一种受器官或心理条件束缚的现象，它都是女性性功能的一种压抑"④。在此基础上，霍妮进一步指出：

> 大量既定的事实表明，性冷淡的女性有更强烈的性反应和性要求……实际上，在更深层的水平上，我们一般情况下都没有遇到过性厌恶的女性，而是遇到过那种不愿意扮演女性特定角色的女性。如果这种厌恶达到意识水平的程度，它通常是以对女性的社会歧视或对丈夫或一般男性的谴责等因素而被合理化。⑤

由此，我们认为，弗吉尼亚的性冷淡是一种"正常的性态度"，

---

① 参见［英］简·弗里德曼《女权主义》，雷艳红译，吉林人民出版社2007年版，第76—77页。
② 同上书，第85页。
③ ［美］卡伦·霍妮：《女性心理学》，许科、王怀勇译，上海锦绣文章出版社2009年版，第28页。
④ 同上书，第30页。
⑤ 同上书，第31页。

是她不愿意扮演女性特定角色的体现,是她对于男性以及男性社会歧视女性所作出的反抗举动。用维塔的话来说,就是"她不喜欢男性的占有和控制欲"①。所以伦纳德与她做爱时,感觉到她身上"有某种东西似乎在起来抵抗他",而他唯一的办法就是"以更加震耳欲聋的吼叫来发泄欲望,反复呼唤上帝来作证"②。罗杰·普尔(Roger Poole)在《不为人知的弗吉尼亚·伍尔夫》中,联系弗吉尼亚的性经历,也指出了她性冷淡的实质:

> 在弗吉尼亚写给伦纳德的信里提到,当她被吻的时候,她的感觉"只不过是一块石头",我们可以显而易见地指出,她并非没有能力对男性的欲望作出反应,而是拒绝作出反应。在某种程度上,变成一块石头是有意从吻的暗示中退出的结果;它与对性的拒绝相联系,而不是对性的无知,而是对性的缺乏信任以及不愉快的记忆。③

弗吉尼亚总是自觉不自觉地从性创伤经历出发,把性与男性统治相关联,这就使得她哪怕在面对欲火炎炎的爱人时,也会表现出石头般的冷漠。男权统治是导致她性冷淡的罪魁祸首,反过来说,她以性冷淡的姿态反抗男权压迫,在反抗中释放创伤和抑郁。

三 自杀

弗吉尼亚一生有过三次自杀行为,每一次自杀都发生在严重的

---

① 参见[英]昆汀·贝尔《伍尔夫传》,萧易译,江苏教育出版社2005年版,第208—209页。
② [英]林德尔·戈登:《弗吉尼亚·伍尔夫:一个作家的生命历程》,伍厚恺译,四川人民出版社2000年版,第211页。
③ Roger Poole, *The Unknown Virginia Woolf*, Cambridge: Cambridge University Press, 1995, pp. 96-97.

第一章 伍尔夫的精神创伤

精神崩溃期间。她的自杀行为与精神创伤有紧密的关联。

1904年5月，随着斯蒂芬去世，弗吉尼亚陷入失去父亲的悲恸中不能自拔，发作了一次彻底的神经崩溃，甚至进入了梦魇状态，变得疯狂。她从瓦奥莱特的窗台上跳了下去。有人甚至怀疑她早在1895年，即母亲过世的那一年，第一次神经崩溃时就尝试过自杀，不过找不到可靠的证据。但她在1904年之前对自杀的话题显示出兴趣，倒是可以确定。参加维多利亚女王的葬礼时，她问姐夫："杰克，你觉得我会自杀吗？"据此，我们可以推断，弗吉尼亚自发作第一次精神疾病，就产生过自毁的念头，这是极有可能的。心理学家说："可将许多患者的自伤、自我毁灭行为视为释放张力的形式。"[①]弗吉尼亚在遭遇丧失双亲的巨大打击下，不堪重负，力图通过自我毁灭的办法释放压抑和悲伤。那时，她敏感而脆弱，才22岁。

1912年，弗吉尼亚婚后不久，又开始出现精神病症。1913年，病情恶化，表现出自杀倾向。9月9日，趁伦纳德外出之机，她服下了致命剂量的安眠药巴比妥。医生给她进行了洗胃手术，并且通宵监护。这次精神紊乱一直延续到1915年夏天才彻底恢复。

弗吉尼亚的这次病症发生在蜜月之后。根据杰拉尔德·布伦兰的回忆，新婚期间，伦纳德与弗吉尼亚进行性事的时候，弗吉尼亚受到了强烈的刺激，这是她疯病发作的前奏。伦纳德还在日记里写道："假如人们触摸她，她会变得疯狂，就像某些女人在摸到毛毛虫时发疯一样。"[②] 他们于1912年8月结婚，随之，弗吉尼亚的健康状况很差，显然与伦纳德的性刺激有直接关系。

弗吉尼亚虽然性冷淡，但她像所有正常的新娘一样，兴奋地期待着能够怀上孩子。在1912年5月1日写给伦纳德的书信中，她清

[①] 施琪嘉：《创伤心理学》，中国医药科技出版社2006年版，第47页。
[②] 参见伍厚恺《弗吉尼亚·伍尔夫：存在的瞬间》，四川人民出版社1999年版，第95页。

楚地表明，如果结婚，她就想要孩子。蜜月结束后，瓦奥莱特送给她一个摇篮，她略显尴尬而又自信地说："我的宝贝将在这个摇篮里睡觉。"① 她一向很喜欢孩子，尤其擅长和孩子们交流。对于这一点，奈杰尔·尼科尔森（Nigel Nicolson）颇有感受：

> 我很喜欢弗吉尼亚像小孩子一般的天性，甚至在我看来，她也像个孩子。和孩子们在一起的时候，她真是棒极了。只有过了十七八岁，你才会觉得她有些让人畏惧。我很怀念我们在老家隆巴恩（Long Barn）的时光，那时她经常过来看我们。她会对我的母亲说："维塔，你站一边去，没看见我在跟本尼迪克特和奈杰尔说话吗？"还有什么比这更能赢得十岁或十一二岁的小孩子的欢心的呢？她是她那个时代最重要的小说家，"天才"这个词伴随了她一生。我永远不会忘记她乐意花很多时间和我们这两个小男孩一起玩，并借机了解我们心里的想法。她这么做的动机并不十分单纯，因为这也是在搜集素材。她曾经问我："小孩子是什么样子的？"我说："弗吉尼亚，你应该知道小孩子是什么样子的，因为你也曾经是个小孩子。但是我却不知道长大是什么样子的，因为我还没有长大呢。"她告诉我长大是每个人都要经历却无法经历两次的那件事。然后她要我回忆今天都干了什么："你是怎么醒来的？""你是怎么穿衣服的？""你穿的是哪一双袜子？先穿左脚还是右脚？""早饭吃的是什么？"她详细询问每一个细节，一直问到我走进房间看见她那一刻为止。②

---

① Nigel Nicolson and Joanne Trautmann, eds., *The Letters of Virginia Woolf*, Vol. 2 (1912—1922), New York: Harcourt Brace Jovanovich, 1978, p. 9.

② ［英］奈杰尔·尼科尔森：《维塔、弗吉尼亚和瓦奈萨》，载［加拿大］S. P. 罗森鲍姆编著《回荡的沉默——布鲁姆斯伯里文化圈侧影》，杜争鸣、王杨译，江苏教育出版社2006年版，第43页。

第一章 伍尔夫的精神创伤

然而，弗吉尼亚的身体条件引起了伦纳德的顾虑，暗地里做出了不要孩子的决定，尽管当时他并不知晓她严重的精神病史。1913年初，他咨询了好几位医生，以证实自己考虑的正确性。昆汀·贝尔作出了详细的描述：

> 伦纳德和萨维奇医生（如今是乔治爵士了）谈了话，乔治爵士以他那种轻快的方式嚷嚷说这对她将会是大有好处的；可伦纳德不相信乔治爵士，他咨询了其他人，包括瓦奈萨的专门医生莫里斯·克雷格、T. B. 西斯勒，还有琼·托马斯，她开设了一家疗养院，对弗吉尼亚很了解；他们的观点各不相同，但是最后，伦纳德做出了决定，他说服弗吉尼亚同意——尽管他俩都想要孩子——让她去生孩子会是太危险的。在这一点上我认为伦纳德是对的。①

看过医生，弗吉尼亚也很清楚自己的情形。如布伦兰所说："对她来说，要孩子没有一点儿可能性，尽管她不时地做着关于孩子的白日梦。她知道自己的疯病使她有别于其他女人。"② 然而，不要孩子的决定，对弗吉尼亚来说，不管怎样都是一个沉重的打击。昆汀·贝尔写道："很难想像弗吉尼亚会是一位母亲。可对她来说，这将是一个永远的痛苦源头，后来，她一想到瓦奈萨儿女成群的情形就感到伤心和羡慕。"③ 假设弗吉尼亚有了孩子，她也许不能照顾他们，也许不能写作，身心健康也许会遭到损害。但即使成为伟大作家以后，她也从不拿作品安慰自己，从不认为她的作品可以替代孩子。每当她充满忧郁或失败感的时候，她总会念叨着"没

---

① [英]昆汀·贝尔：《伍尔夫传》，萧易译，江苏教育出版社2005年版，第211页。
② Brenan Gerald, "To Rosemary Dinnage", *Academy and Literature*, No. 6, 1967, pp. 162–3.
③ [英]昆汀·贝尔：《伍尔夫传》，萧易译，江苏教育出版社2005年版，第211页。

有孩子"①,"渴望有孩子"②。她也常常拿自己与瓦尼莎作对比,在20世纪30年代,她以自己赚了更多的钱来谋求心理平衡:"我把一生的心血倾注在写作当中,而她有孩子们。"③ 可比较的结果,往往是伤害了自己。然后她又会毫不留情地自我反省:"从来不要假装认为你没有得到的就不值得拥有。"④

1913年春天,弗吉尼亚的病情趋向恶化,就是在做出不要孩子这一决定后。伦纳德采纳了了解弗吉尼亚病史的医生乔治·萨维奇(George Savage)爵士的建议,和以往一样实施"静养疗法"(rest cure)。这种疗法由美国医生塞拉斯·韦尔·米切尔(Silas Weir Mitchell)首创,尤其针对女性神经病患者。它要求对患者进行隔离,使之静止不动,摄入过量食物,禁止一切脑力活动,强迫抑制情感表达。7月,弗吉尼亚去了在琼·托马斯的特威肯哈姆疗养院。然而,这种治疗几乎是致命的,反而助长了她自杀的冲动。"少许几封当时写给伦纳德的可怜的、打颤的短信被保留了下来",昆汀·贝尔写道:"它们使人联想到一个被父母送到某所冷酷学校里的孩子。她抱怨说,一切事物似乎都那么冷,那么不真实。她像孩子似的嚷嚷着责怪她丈夫,他把她丢在这个可怕的地方。但另一方面,看到他那张疲倦、哀伤的脸,她被内疚和苦恼压垮了。"⑤ 8月,她离开了疗养院。回到伦敦后,有两位曾经给她看过病、熟悉她病情的医生又建议她重返疗养院,可以完全得到恢复。而弗吉尼亚认为自己不过是有些失眠和焦虑而已,无须医学治疗。伦纳德和瓦尼莎却愿

---

① Anne Olivier Bell ed., *The Diary of Virginia Woolf*, Vol. 2 (1920—1924), New York: Harcourt Brace Jovanovich, 1980, p. 72.

② Ibid., p. 221.

③ Anne Olivier Bell ed., *The Diary of Virginia Woolf*, Vol. 5 (1936—1941), New York: Harcourt Brace Jovanovich, 1985, p. 120.

④ Anne Olivier Bell ed., *The Diary of Virginia Woolf*, Vol. 2 (1920—1924), New York: Harcourt Brace Jovanovich, 1980, p. 221.

⑤ [英]昆汀·贝尔:《伍尔夫传》,萧易译,江苏教育出版社2005年版,第216页。

第一章 伍尔夫的精神创伤

意采纳医生的方案。弗吉尼亚不愿接受但又无力反抗众人的一致决定,服药自杀。被救起后,又被送回特威肯哈姆疗养院。

弗吉尼亚的这一自杀行为,固然与疗养院的禁闭和强制忍受措施有关。根据弗洛伊德的观点,将内心郁结的情绪宣泄出来有利于病人恢复健康,否则,会导致更严重的后果。疗养院的做法却与此背道而驰,其结果有时比不起作用还要糟糕。心理学家们提出:"在缺乏充分的情感调节技能的情况下,创伤个体可能不得不依靠其他的办法来减轻被激活的与虐待相关的病痛,并以此促使紧张行为减少(Briere,1996,2002a)。这些方法包括……自我伤害(Briere & Gil,1988)、自杀(Zlotnick, Donaldson, Spirito, & Pearlstein, 1997)以及其他冲动控制问题(Herpert et al.,1997)。"[1]

然而,弗吉尼亚的这次自杀与伦纳德更难脱关系。伦纳德是爱她的,他对她的诚意和尽职尽责毋庸置疑。但他有时候也体现出专制的一面,是他做出不要孩子的决定,"他对她的看法已在相当程度上压倒了她本人的看法"[2]。伦纳德出于对弗吉尼亚精神状况的考虑,也许是对的。但对弗吉尼亚来说,意味着伦纳德剥夺了她的女性权利——生育权。她觉得自己"放弃了一项女性的主要功能,无法完成女性进入成人期的通过礼仪(rite of passage)中的规定行动"[3]。作为一个女人,无儿无女,尤其对弗吉尼亚这样一个喜爱孩子的女人来说,不能不说是一块终生的心病,每每与瓦尼莎相比,她更是满怀嫉妒和痛苦。"有很多情形中爱的名义可以篡夺一个女人对自己人生的责任,削弱她,并毁灭她"[4],伦纳德坚持不要孩子以及这一

---

[1] [美]约翰·布莱伊尔等:《心理创伤的治疗指南》,徐凯文等译,中国轻工业出版社2009年版,第30页。
[2] [美]伊莱恩·肖瓦尔特:《她们自己的文学》,韩敏中译,浙江大学出版社2012年版,第259页。
[3] 同上书,第254页。
[4] 同上书,第260页。

决定给弗吉尼亚带来折磨就是这些情形之一。伦纳德还无视弗吉尼亚本人的意愿，几次与医生结成同盟，把她送入疗养院。对此，伊莱恩·肖瓦尔特（Elaine Showalter）总结道："于是，伍尔夫就成了真实生活中'疯妻'这个女性原型的缩影。"① 罗杰·普尔也说："在真实生活（我们采用伦纳德自己重复过的这一词语）中，在弗吉尼亚看来，伦纳德好像参与了与她作对的阴谋，成为医生和护士们的共谋者。"② 弗吉尼亚显然意识到了伦纳德这些决定的专横，在1913年至1915年的发病期间，她的主要症状之一就是对伦纳德的暴怒，并且还出现了拒绝与他见面的现象。罗杰·普尔回忆道："伦纳德告诉我们，1915年他的妻子向他发起过猛烈攻击。"③ 如果伦纳德的决定施加于其他女性身上，也许不会引起如此强烈的反感，而被理解为来自丈夫的真诚关爱，从而被满怀感激地接受。发生在弗吉尼亚身上，就是另外一种情形了。她的创伤经历和良好教养，使得她对男性社会非常敏感。伦纳德坚持不要孩子，坚持把她送进疗养院的做法在她看来就是男性专断作风的体现，令她极为反感，并由此憎恨所有的男性。如罗杰·普尔听到瓦尼莎说的那样："她根本不愿见伦纳德，并且反对所有的男人。"④ 所以，她1913年至1915年间的精神疾病与她的婚姻不无联系，她的自杀企图就是她对丈夫乃至整个男性社会的抗议。

1941年3月28日，弗吉尼亚给伦纳德和瓦尼莎留下书信，然后带上手杖，悄悄地来到乌斯河边。她把衣服外套的口袋里塞满石头，将手杖留在河岸上，朝水中央走去，成功地实施了自杀。这是一种

---

① ［美］伊莱恩·肖瓦尔特：《她们自己的文学》，韩敏中译，浙江大学出版社2012年版，第256页。

② Roger Poole, *The Unknown Virginia Woolf*, Cambridge: Cambridge University Press, 1995, p. 100.

③ Ibid.

④ Ibid., p. 101.

第一章 伍尔夫的精神创伤

她将永远不会描述的经历,诚如她对维塔所说。

伍尔夫在写给伦纳德的信里提到,她听到了幻音,不可能再康复。她最后阶段的崩溃,如前文所述,与法西斯的专制有着千丝万缕的联系。当她在伦敦的住宅和霍加思出版社被炸毁,当整个伦敦城被蹂躏,当文明被破坏,伍尔夫陷入了深深的精神痛苦中而自杀。

对于伍尔夫的最终自杀,有些批评家认为她的心理过于脆弱,无法直面战争的真相。鲍维娜就说过,伍尔夫"天生脆弱的性格和后天战争环境的压力导致了这场人生悲剧"[①],在同一本书的另一处,她又作了较为详细的阐述:"另一位英国女作家伍尔芙也是这样敏感、脆弱的作家。她是一个难于忍受压力的人,在错综复杂、艰难困苦的现实生活面前显得力不从心、难于忍受。尤其是战争爆发后,她天生脆弱纤细的性格和后天环境压力的积淀,错综复杂地交织在一起,从而导致了这场人生悲剧。"[②] 言下之意,伍尔夫的自杀意味着对战争的怯懦和逃避。

伍尔夫果真如此吗?这种评价未免太过肤浅。我们重读伍尔夫在"二战"期间写下的关于战争的日记和书信,就会发现,法西斯战争摧毁了她的住宅,摧毁了她深爱的伦敦城,也就意味着摧毁了她的自尊心和帝国自豪感。尤其当我们重温伍尔夫与伦纳德"二战"期间关于实施自杀计划的谈话,也不难发现,希特勒的种族灭绝政策更是直接威胁到他们的生命安全,挫伤了他们作为人的存在的尊严感。与其屈辱地死在敌人的手里,不如自行了断,以自毁的方式维护自我尊严。"美国存在心理学之父"、人本主义心理学的杰出代表罗洛·梅(Rollo May)说:

[①] 鲍维娜:《从川端康成到三毛——世界著名作家自杀心理探秘》,陕西旅游出版社1998年版,第38页。

[②] 同上书,第245页。

有一些人宁可死也不会放弃一些其他的价值。对于生活在欧洲专制之下的人们来说，心理和精神自由的剥夺通常是比死亡更大的威胁。"给我自由，不然就让我死"并不是只会出现在戏剧中，或者是作为一种神经症态度的证据。实际上，正如我们在后面将要观察到的，我们有理由相信，这可能代表了人类特有行为的最为成熟的形式。事实上，尼采、雅斯贝斯（Jaspers）以及其他一些造诣更深的存在主义者已经指出，物质生活本身并不能让人们充分地感到满足和有意义，直到人们能够有意识地选择另一种他看得比生命本身更为珍贵的价值观，才可以充分地感到满足和有意义。①

伍尔夫意识到自己又将陷入严重的精神紊乱状态，即使在神志清醒时也无法逃避战争胁迫所导致的黑暗前景。她将自我尊严看得高于一切，她的自杀远非出于对战争的怯懦与逃避，相反，是对战争的挑战，对法西斯专制违背人性的强烈抗议。她以这种无声而决断的抗议方式释放精神负荷，寻求自我疗救。昆汀·贝尔颇有见地地说："……在1941年，当神经错乱的声音向她说话时，她采用了所剩的唯一疗法，就是死亡疗法。"② 费尔巴哈也有过论断：

人自愿地抛弃生命，拒绝一切——只是追求幸福的愿望的最后表现。因为自杀者所以希望死，不是因为死是一种祸害，而是因为死是祸害和不幸的终结，他希望死并选择与追求幸福相矛盾的死，只是因为死是唯一的（虽然只在他的观念里是唯

---

① ［美］罗洛·梅：《心理学与人类困境》，郭本禹、方红译，中国人民大学出版社2010年版，第88—89页。
② ［英］昆汀·贝尔：《伍尔夫传》，萧易译，江苏教育出版社2005年版，第49页。

第一章 伍尔夫的精神创伤

一的）良药，可以治疗已经存在的或是只是带威胁性的，难以忍受和忍耐的、与他的追求幸福不相符合的那些矛盾。①

自杀，是弗吉尼亚释放各种情绪、寻求自我解脱的又一种手段。如果说，少女时期，弗吉尼亚由于无法承受失去父母双亲的悲痛，自杀未遂，她是脆弱的、不堪一击的；那么，她在新婚蜜月后和老年时期主要针对男性统治和法西斯专权的自杀行为，已经具有了与社会体制相抗衡的性质，显示出形而上的意义，是她在社会压制下采取的一种生存方式、一种傲然姿态，她是顽强的、无所畏惧的。

综上所述，伍尔夫的一生，饱受死亡、性别和战争伤害，是不幸、痛苦的；然而，另一方面，她以同性恋、性冷淡和自杀等经典的女性形式释放张力，调解情绪，疗治创伤，正因如此，她的生活中也不失快乐与幸福。

第三节 伍尔夫的精神创伤与文学创作

伍尔夫非常注意在日常生活中调解情绪，舒缓创伤，也十分擅于将精神创伤艺术化、审美化。在她这里，精神创伤与文学创作存在双向联系：精神创伤是文学创作的重要源泉和驱动力，文学创作则是治疗创伤、超越自我的良药。

磨难和不幸是艺术创作的动力。在西方古代，人们就有所察觉。例如，天才往往是怪癖的，天才总带有几分癫狂的说法，就包含着对精神创伤的理解。法国现代主义作家普鲁斯特说："所有杰作都出自精神病患者之手。"生活中，我们也常常听到有关伟大艺术家在

---

① [德] 路德维希·费尔巴哈：《费尔巴哈哲学著作选集》上卷，荣震华等译，商务印书馆1984年版，第540页。

"疯癫"中挣扎但却由此获得独特体验和创作灵感的故事。这些表明，精神创伤与艺术创作的关系，已成为一种共识。中国古代文论中也有许多论述。司马迁从自身体验出发，在《史记·太史公自序》里，对从《周易》到《诗》三百篇的古代著作家的情况进行了概述："昔西伯拘羑里，演《周易》；孔子厄陈、蔡，作《春秋》；屈原放逐，著《离骚》；左丘失明，厥有《国语》；孙子膑脚，而论兵法；不韦迁蜀，世传《吕览》；韩非囚秦，《说难》、《孤愤》；《诗》三百篇，大抵贤圣发愤之所为作也。"这段话显然强调了作者的创伤体验对于创作的重要影响。白居易在《序洛诗》中对自《风》、《骚》以来至李白、杜甫的诗歌作出分析后总结道："文士多数奇，诗人尤命薄"，因而"愤忧怨伤之作，通计今古，什八九焉"，实际上也指出了精神创伤是文学创作的素材。钱钟书先生在他的著名论文《诗可以怨》中，对前人的阐发进行了概括："苦痛比欢乐更能产生诗歌，好诗主要是不愉快、烦恼或'穷愁'的表现和发泄。"

　　精神创伤与创作活动的关系问题，在弗洛伊德的精神分析学中也得到了专门的探讨。他认为，个体的创伤体验常常形成于童年时期，并被压抑到无意识深处成为"情结"；儿童与成人一样也有性的兴奋和冲动，由于受挫被压抑到无意识深处，形成"俄狄浦斯情结"；艺术家都是在性欲的强烈驱使下进行创作的，因而，"俄狄浦斯情结"是艺术家创作的真正动力，或者说，文艺创作是艺术家们"性压抑"升华的结果。弗洛伊德完全不顾文艺创作的社会历史因素，从最本源的生理性着眼看待创作现象，无疑是错误的，但对于我们从心理学的角度认识文艺创作的起源不无启迪作用。唯物论的反映论认为，艺术起源于劳动，社会生活是艺术创作的源泉。但如果外在的社会生活不能转化为艺术家的内在欲望，就不能产生出创作的激情，必然创造不出动人的艺术作品。因此，有学者说："这种具有社会内容的欲望的存在和它们的迫切要求实现，就形成了深藏

第一章 伍尔夫的精神创伤

于作家艺术家心底的创作原动力。从心理学角度揭示文艺创作的心理机制,与从社会学角度阐释艺术起源于劳动、创作源泉来自生活,二者之间的关系是统一的,是主观与客观的统一,是内因和外因的统一。"① 弗洛伊德的欲望升华说在文艺缘起的主客统一和内外统一中体现出合理性。

厨川白村是深受弗洛伊德影响的日本学者,在《苦闷的象征》中,提出了"人间苦与文艺"的关系问题:

> 我们的生活愈不肤浅,愈深,便比照着这深,生命力愈盛,这苦恼也不得不愈加其烈。在伏在心的深处的内底生活,即无意识心理的底里,是蓄积着极痛烈而且深刻的许多伤害的。一面经验着这样的苦闷,一面参与着悲惨的战斗,向人生的道路进行的时候,我们就或呻,或叫,或怨嗟,或号泣,而同时也常有自己陶醉在奏凯的欢乐和赞美里的事。这发出来的声音,就是文艺。对于人生,有着极强的爱慕和执著,至于虽然负了重伤,流着血,苦闷着,悲哀着,然而放不下,忘不掉的时候,在这时候,人类所发出来的诅咒,愤激,赞叹,企慕,欢呼的声音,不就是文艺么?在这样意义上,文艺就是朝着真善美的理想,追赶向上的一路的生命的进行曲,也是进军的喇叭。响亮的闳远的那声音,有着贯天地动百世的伟力的所以就在此。②

在厨川白村这里,性的内驱力被扩展为"生命力",不仅仅指肉体的欲望,也包括各种精神追求。当生命力遭受挫折,就会生出苦恼、形成创伤,蓄积在无意识深层,拿不起、放不下,在作家身上,以文艺的形式表现出来。这种认为生命力受到压抑而产生苦恼是创

---

① 吴立昌:《精神分析与中西文学》,学林出版社1984年版,第86页。
② [日] 厨川白村:《苦闷的象征》,鲁迅译,北新书局1930年版,第26—27页。

作缘由的看法无疑是对弗洛伊德压抑、升华学说的加工、改造。在《出了象牙之塔》中,厨川白村作了具体的阐发:

> 生命力旺盛的人,遇着或一"问题"。问题者,就是横在生命的跃进的路上的魔障。生命力和这魔障相冲突,因而发生的热就是"思想"。生命力强盛的人,为了这思想而受碟刑,被火刑,舍了性命的例子就很不少。而这思想却又使火花迸散,或者好花怒开,于是文学即被产生,艺术即被长育了。①

"人间苦"之于伍尔夫,郁结在心,便成创伤,创伤又表现为忧郁与疯癫的症候。"我是一艘漂浮在感觉之上的渗水的小船",伍尔夫写道:"也是一片暴露于不可见射线中的敏感光板……呼吸着航程中这些声音的气息,抢着风头往这儿、往那儿地驶过日常生活,我听任它们的摆布。"② 然而,正是忧郁与疯癫的来临,使伍尔夫产生出一种异乎寻常的想象能力,如她自己所说:"作为一种经历,我可以向你保证,疯癫是了不起的,不应蔑视它;在疯癫的熔岩中,我仍能找到许多可供写作的事情。疯癫的熔岩从一处喷出,造成一切,最后成形,而不会像神智正常时,只出现少许零星的想法。我躺在床上的6个月——不是3个月——教会了我许多关于自身的事情。"③ 伍尔夫总是能够把灵魂中激烈的情绪、"支离破碎且互相对立"的感知方式转成流畅的声音表达出来,赋予混乱的思想和感受以意义。"带着航程中拂过的声音,伍尔夫的一生就像从一个伟大时刻驶向另

---

① 鲁迅先生纪念委员会编著:《鲁迅全集》第13卷,人民文学出版社1973年版,第202页。

② Jeanne Schulkind ed., *Virginia Woolf, Moments of Being*, London: The Hogarth Press, 1985, p. 133.

③ 参见[美]凯·雷德菲尔德·贾米森《疯狂天才——躁狂抑郁症与艺术气质》,刘建周等译,上海三联书店2007年版,第212页。

第一章　伍尔夫的精神创伤

一个伟大时刻的旅行","她就像许多其他反复无常的作家,学会吸收她暴躁、阴郁的情绪所教导的事情。在这些情绪的对照下,她看到了不同的真理,并且为了寻求它们的和谐而将一种独特的次序和韵律引入文学中"。①

根据上述精神创伤与艺术创作的观点,基于伍尔夫人生经历中的多重磨难和写作体会,我们完全可以认为,创伤体验是伍尔夫创作的基本动力之一。伤害愈多,苦恼愈深,压抑愈大,表现欲愈强,创作的愿望也愈加浓烈。伍尔夫不断从自己的创伤阅历中发掘和提炼素材,丰富自己的文学视角,建构自己的文学世界,形成一道独特的文学景观。人生不幸诗家幸。没有伤害,没有苦恼,没有压抑,就会缺乏想象力与灵感的源泉,也许就没有创作的欲望。那样的话,作为文学家的伍尔夫将是难以想象的。她写出来的作品可能会缺乏思想深度,也可能是媚俗的、没有品位的。我们依然可以引用厨川白村的陈述作为印证:

> 我对于说什么文艺上只有美呀,有趣呀之类的快乐主义底艺术观,要竭力地排斥他。而于在人生的苦恼正甚的近代所出现的文学,尤其深切地感到这件事。情话式的游荡记录,不良少年的胡闹日记,文士生活的票友化,如果全是那样的东西在我们文坛上横行,那毫不容疑,是我们的文化生活的灾祸。因为文艺决不是俗众的玩弄物,乃是该严肃而且沉痛的人间苦闷的象征。②

创伤体验是伍尔夫的心灵之痛,却也是一笔丰富的精神资源,推动、刺激了她的文学活动。反之,文学创作是伍尔夫治疗创伤的

---

① 参见［美］凯·雷德菲尔德·贾米森《疯狂天才——躁狂抑郁症与艺术气质》,刘建周等译,上海三联书店2007年版,第210页。
② ［日］厨川白村:《苦闷的象征》,鲁迅译,北新书局1930年版,第28—29页。

重要方式。她通过文学创作倾诉创伤过去，抒发痛苦情怀，以达到减轻心理压力、寻求心理平衡的目的。

伍尔夫非常热爱写作。伦纳德在《弗吉尼亚·伍尔夫》一文中对此进行了记述："写作主宰着她的生活，对她而言，这成了最为重要的工作，因而所有的一切都得为此而变得井井有条"①，"不过我相当确信，她是非常喜爱写小说的，这是她生命中最大的快乐"②。爱·摩·福斯特也这样评价她："她喜欢写作，并且带着一种专心致志的狂热来写作，很少有作家具有或者企求这种品格。……她的目的专一。在未来的很多年内，这种情况在这个国家里是不会再出现的了。在各个时代中，象她那样热爱写作的作家，确实是非常罕见的。"③ 这些说法都指出了一个事实，却没有触及伍尔夫写作的内在动机。从她本人的日记中，我们可以找到问题的答案。

伍尔夫在 1929 年 6 月 23 日的日记中写道："我是天生的忧郁症患者。我维持下去的唯一办法就是工作。"④ 她把写作当成生命的一部分，认为写作使生命完整，给生命带来极大的乐趣，在《往事杂记》里，进行了清楚的表述：

> 只有将其付诸语言，我才能让它变得完整；这种完整性意味着它已失去了伤害我的力量。也许通过这样的方式，我消除了痛苦，所以将分离的部分聚合成整体能给我带来极大的乐趣。也许这是我所能感受的最强烈的快乐。当我写作时获得的正是

---

① ［英］伦纳德·伍尔夫：《弗吉尼亚·伍尔夫》，载［加拿大］S.P. 罗森鲍姆编著《岁月与海浪：布鲁姆斯伯里文化圈人物群像》，徐冰译，江苏教育出版社 2006 年版，第 145 页。

② 同上书，第 147 页。

③ ［英］爱·摩·福斯特：《弗吉尼亚·伍尔夫》，载瞿世镜编选《伍尔夫研究》，上海文艺出版社 1988 年版，第 5 页。

④ Anne Olivier Bell ed., *The Diary of Virginia Woolf*, Vol. 3 (1925—1930), New York: Harcourt Brace Jovanovich, 1981, p. 235.

第一章　伍尔夫的精神创伤

这种狂喜……①

1923年9月5日,她在日记里表示,自己的写作也许会招致一些批评,但马上又自我安慰:"……'哦,那好吧,我写作是为了自我愉悦',因此要继续写下去。同时,它会使我变得更自信、更直率,我把这一切都想象得很好。"② 1930年12月30日,在谈到《海浪》的创作时,她说:"……整个世界变得清晰起来,只有写作才能给我带来心理平衡。"③ 1933年10月29日,论及《岁月》,她写道:

……要更坚定地面对生活。我不会"著名"或"伟大"。我将继续冒险,继续改变,继续打开胸襟、开阔视界,拒绝被人践踏,拒绝固守成规。重要的是要释放自我:让它不受妨碍地找到自己的空间。④

1934年7月28日,她谈到《狒拉西》的构思:

我的意思是有一个擅长表达的头脑——不,我的意思是,我已将整个身心都调动起来了——学会了将它彻底地宣泄出来,结果——我是说在某种程度上,我不得不自己打破了所有的套路,以发现一种新颖的存在方式即将我所感受到的和想到的一切表达出来的方式。因此当这种方式开始运转时,我感到全身

---

① Jeanne Schulkind ed., *Virginia Woolf, Moments of Being*, London: The Hogarth Press, 1985, p. 72.
② Anne Olivier Bell ed., *The Diary of Virginia Woolf*, Vol. 2 (1920—1924), New York: Harcourt Brace Jovanovich, 1980, p. 265.
③ Anne Olivier Bell ed., *The Diary of Virginia Woolf*, Vol. 3 (1925—1930), New York: Harcourt Brace Jovanovich, 1981, p. 343.
④ Anne Olivier Bell ed., *The Diary of Virginia Woolf*, Vol. 4 (1931—1935), New York: Harcourt Brace Jovanovich, 1983, p. 187.

充满了活力，不受任何阻碍。①

1934年11月15日，提及小说《帕吉特家族》的修改时，她感觉："无论如何，这部小说释放了我心中时常涌起的思绪，它证明唯有创作才能带来平衡②。"

伍尔夫自己的诸多表述，清楚地表明，写作提供给她释放自我的空间，缓解了她的忧郁症状，宣泄了她的复杂思绪，维持了她的心理平衡，使她获得"极度的欣喜"，也使她的生命更为丰富、完善。写作对于她的治疗意义，也为许多传记家和研究者所认识、肯定。Ruth Webb 在《弗吉尼亚·伍尔夫》中，记叙伍尔夫在父亲逝世，从严重的神经症中恢复过来时，如此强调："她这一次的真正复原，始于写作。"③ Grace Radin 也说过，"对于（伍尔夫）来说，（关于《岁月》的）初稿写作是她发泄愤怒和沮丧情绪的途径，比写作定稿更为理性地释放了她自己"。④

---

① Anne Olivier Bell ed., *The Diary of Virginia Woolf*, Vol. 4 (1931—1935), New York: Harcourt Brace Jovanovich, 1983, p. 233.
② Ibid., p. 261.
③ ［英］Ruth Webb:《弗吉尼亚·伍尔夫》，上海外语教育出版社2009年版，第13页。
④ Grace Radin, *Virginia Woolf's The Years: The Evolution of a Novel*, Knoxville: University of Tennessee Press, 1981, pp. 4–5.

第二章 伍尔夫精神创伤的文本投射

创伤，作为制约和影响作家创作的重要心理因素之一，常常成为作家们进行文学创作的直接经历和素材。因而，创伤，如同爱与恨、生与死，不仅是我们绕不过的人生话题，也是文学作品永恒的表现对象。

李桂荣把病理学意义上的心理创伤称为医学性创伤，把作者据此在文学作品中创造出来的创伤称为文学性创伤。她说："'创伤'既有真正的病理意义上的创伤，也有类比意义上的创伤，即借病理意义上的创伤的特征，来进行作品的构思或表达深刻的思想或感情。……本人把病理意义上的创伤称为医学性创伤，把类比意义上的创伤称为文学性创伤。"① 她对二者的关系作了具体、明晰的阐述："对文学性创伤来说，医学性创伤是元创伤，是文学性创伤的原型和根基。对医学性创伤来说，文学性创伤是医学性创伤的文学表现，是医学性创伤的生动变形和扩展。"② 她还补充说："文学作品中的文学性创伤是以医学性创伤为基础而延伸出来的创伤，是凭作者的无限想象而创造出来的，在医学科学上未必有记录

---

① 李桂荣：《创伤叙事：安东尼·伯吉斯创伤文学作品研究》，知识产权出版社 2010 年版，第 16 页。
② 同上书，第 27 页。

的创伤。"① 文学总是源于现实而又高于现实的，文学性创伤是基于病理学意义上的创伤，却又经过作者无限想象、发挥而成的产物。或者说，文学性创伤是医学性创伤的改造、变形、延伸、升华。因而，我们在寻找、分析文学性创伤时，不必拘泥于与医学性创伤的一一照应。例如，医学性创伤的通常症状是焦虑、抑郁，或严重的人格障碍等，而与之对应的文学性创伤则有可能表现为受害者对生活、对社会等的各种反应。我们不妨引用国外学者的话来认识文学性创伤："威尔·赛尔夫（Will Self）的创作体现了创伤小说的一些典型特征。这些典型特征是：对不确定状况的感应，历史动荡感，对社会动荡、威胁的反应，对思想和生态意义上社会退化的表现等。"②

　　精神创伤是伍尔夫人生的重要组成部分，像其他许多作家一样，她将自己的创伤性体验作变形处理投射在文学作品中，以构筑文学故事，塑造人物形象，使其文学内容具有了强烈的自传色彩。值得我们注意的是，由于伍尔夫是一位审美的、追求和谐的作家，她的精神创伤的文学表现并不限于其精神病症候，也不总是沉溺于对创伤事件和创伤性记忆的描述、呈现。她有时将创伤事件简化，而借助文学人物或场景着力表达自己对事件的认识、感受和反应；有时甚至将创伤记忆升华为一种美好的人类情感，使创伤表达审美化。在这一章中，笔者主要选取那些与伍尔夫死亡创伤、性别创伤和战争创伤体验有明显关联的文本进行阐析。

第一节　死亡创伤在文本中的投射

　　在伍尔夫的创伤经历中，亲人的死亡是她最先遭受的巨大精神

---

① 李桂荣：《创伤叙事：安东尼·伯吉斯创伤文学作品研究》，知识产权出版社 2010 年版，第 28 页。
② Philip Tew, *The Contemporary British Novel*, London: Continuum International Publishing Group, 2007, p. 220.

第二章 伍尔夫精神创伤的文本投射

伤害。1895年，母亲病逝，引发了她的首次精神疾病，之后数回复发。幼小的弗吉尼亚好比一株"生长的幼树"，从13岁开始，这株幼树就几度经历失去至亲的残酷斫伤，成为一棵"伤残的幼树"。亲人的不幸，是深埋在伍尔夫心中永久的痛。她常常想念和追怀他们，并且在写作中寄托对他们的深切哀思。死亡，成为伍尔夫笔下的重要主题之一，几乎贯穿在她的全部小说创作里。其中，《到灯塔去》中拉姆齐夫人、普鲁的死，《海浪》中的波西弗之死，以及《雅各的房间》中雅各的死，与伍尔夫家人的死亡都有显在关联。此外，《到灯塔去》中有关拉姆齐夫妇的性格刻画及其关系的叙述，虽然不涉及直接的死亡事件，却也同样表现出伍尔夫对父母离世留给她的创伤体验的一种回忆、一种宣泄。

《到灯塔去》是一部典型的自传性小说。拉姆齐先生和拉姆齐夫人过世所导致的那种无法抹去的创伤情结是作者写作这部小说的一个直接动因。它再现了双亲拉姆齐夫妇的形象与作者本人的童年生活。1925年5月14日，伍尔夫在日记里写道："这部作品会非常短，将把父亲的性格全部写进去，还有母亲、圣·艾维斯岛、童年，还有我试图写进小说中的通常的一切——生与死等等。但中心是父亲的性格……"[①] 6月20日，她在日记中再次提及，准备到达僧侣屋的头一天就开始写作《到灯塔去》，打算写父亲、母亲和死亡，还有曾经到灯塔的航程。

父亲是伍尔夫一生中，对她产生影响最早、最深的人。当伍尔夫创作《到灯塔去》时，莱斯利爵士已经去世多年。出于对父亲的尊重、思念、同情和内疚，她满腹忧伤地创作出一部以父亲为中心的挽歌式的作品。她基于自身的创伤体验，成功地塑造出一位性格复杂的、发展着的父亲形象——拉姆齐先生。

---

① Anne Olivier Bell ed., *The Diary of Virginia Woolf*, Vol. 3 (1925—1930), New York: Harcourt Brace Jovanovich, 1981, p. 18.

拉姆齐先生是一位聪颖的剑桥型知识分子,一位成功的哲学教授。作品以字母作比,描述其智慧:"如果思想就像钢琴上的键,分为这么多的音符,或者像字母表,二十六个字母按顺序排列,那么他那聪颖的大脑便会毫不费力地经过这一个个字母,坚定而准确,最后到达,比方说吧,字母 Q。他到达了 Q。全英格兰能到达 Q 的人寥寥无几。"① 拉姆齐先生凭借自己的良好素质,不盲目乐观,也不听天由命,总是冷静地面对现实。可是,理性化的思维模式,加上维多利亚式的专制家长作风,导致他时常为了严格、准确地追求事实却完全不顾他人的感情,乃至苛刻到了野蛮、粗暴的程度。作品开端,拉姆齐夫人向儿子詹姆斯许诺,如果第二天天气好,准会去灯塔。然而正好走到窗口的拉姆齐先生停住了脚步,果断地认定:"明天天气不会好②。"他固然从自己的理性出发,作出事实判断,但在嘲讽夫人的同时更是无情地击碎了孩子的期冀,而且颇有些"为自己的料事如神而沾沾自喜","而幸灾乐祸"③。詹姆斯无疑被父亲激怒了,倘若当时有一把凶器在手,他一定会毫不迟疑地把父亲干掉。对于拉姆齐先生的过于理性化,作品中有明显的表述:"他说的是实话。他说的总是实话。他从来不会说谎;从不颠倒黑白;从不为了取悦或迁就某位凡夫俗子而不讲逆耳的话,尤其是对他的几个孩子;他们虽说是他的亲骨肉,却应该从小就懂得人生充满艰辛;事实毫不留情;……最关键的是需要有勇气、真理和承受力。"④ 孩子们对父亲这种冷酷无情的性格、专制的思想言行与家长制作风极为反感,他的出现,总会在他们心中激起非常强烈的反感情绪。

---

① [英]弗吉尼亚·吴尔夫:《到灯塔去》,马爱农译,人民文学出版社 2003 年版,第 28—29 页。
② 同上书,第 2 页。
③ 同上。
④ 同上。

第二章 伍尔夫精神创伤的文本投射

可是，在内心深处，拉姆齐先生时常又极度自卑。本质上，他渴求在知识领域获得巨大成功，能够成为出类拔萃者。他把成功人物分成两类，并区分出他们的不同之处："一种是具有超人力量的坚定的跋涉者，历尽艰辛，百折不回，按顺序一个一个地经过整个字母表，从头至尾，二十六个字母一个不少；另一种是具有天赋和灵感的人，他们能够奇迹般地将所有字母一览无余，那是天才的风格①。"他当然想要成为天才人物，不过也清楚地知道自己天资平平，显然不能以天才自居，只能选择另一种成功的方式，作品写道："但是他具有，或者应该具有，那种准确地依次经过由A到Z的字母表中每个字母的能力。这会儿，他咬住了Q。接下来，他向R进军。"②

然而，他一旦想到自己可能活不了多久，意味着永远不能到达R，就马上变得情绪低落、颓废，为挫折感所掌控。尽管妻子十分仰慕和崇拜他，尽管学生查尔斯·坦斯利认为他是当时最了不起的玄学家，可是他依然不满足，仍旧不停地在妻子面前倾诉自己是一位"失败者"。拉姆齐先生需要从别人那里得到更多的肯定，以确信自己的确具有天赋。他无比自私，以自我为中心，力图从他人尤其是夫人那儿攫取尽量多的同情与安慰。他的过激情绪及戏剧性表演进一步加深了他与儿女们的隔阂。詹姆斯对父亲的所有行为都表现出反感，"他讨厌他走到他们身边，停下来低头望着他们；他讨厌打扰他们；他讨厌他兴奋而庄严的姿势；讨厌他才华横溢的脑袋；讨厌他的一丝不苟和自私自利……但是他最讨厌的，是他父亲情绪激动时发出的哆里哆嗦的颤音，……"③

拉姆齐先生无论在身份、复杂矛盾性格还是心态方面都与伍尔

---

① ［英］弗吉尼亚·吴尔夫：《到灯塔去》，马爱农译，人民文学出版社2003年版，第30页。
② 同上。
③ 同上书，第31页。

夫的父亲莱斯利·斯蒂芬爵士存在惊人的契合之处。他也与伍尔夫在散文《往事杂记》里概括的父亲形象如出一辙：

> 这种想成为天才人物而又被挫败了的欲望，还有他事实上并非处于最前沿地位的认识，导致了他极度的灰心失望，也导致了那种以自我为中心的态度，以致在以后的生活中，至少使他如此孩子气般地渴求赞美，如此心理失衡地一味沉溺于思考自己的失败，以及失败的程度和失败的理由——正是这些品质打破了典型的剑桥知识分子那种精美的钢板雕刻画似的形象。①

伍尔夫在另一处也写道：

> 他总是能够准确地表达自己的思想，不管它有多么麻烦、复杂；他也做自己所喜欢做的事儿。他具有明晰的、直截了当的感受力。他还具有相当程度的支配欲望。他会带上三明治，大步走出家门，去做长途散步。他会直接说出某个事实或者观点，不管有谁在场。而且他有非常坚定的立场；他知识渊博，见多识广。他说出来的话总是被最大程度地洗耳恭听。在家庭中，他处于一种神明般的、然而又如孩子般的地位。他享有一种与众不同的特权。②

随着时光流逝，一切都在发生变化，拉姆齐先生也不例外。小说第三部，出现在读者眼前的，不再是那个曾经思想偏激、脾性粗暴、以自我为中心的专制暴君。拉姆齐夫人过世后的第十个年头，

---

① Jeanne Schulkind ed., *Virginia Woolf, Moments of Being*, London: The Hogarth Press, 1985, p. 110.
② Ibid., p. 111.

第二章 伍尔夫精神创伤的文本投射

拉姆齐先生携同儿女们抵达灯塔，终于实现了他们许多年以来的夙愿。灯塔之行，是拉姆齐先生对妻子的悼念，也体现出他对儿女们的关切。他跟同行的老麦卡利斯特说，他们自己的日子所剩不多了，而孩子们还能经历一些新鲜的事情。当他们的船只航行到曾经有好几个男人出事的地点，孩子们以为父亲肯定会像往常一样止不住激情爆发，脱口吟出十分感伤的诗句，让他们无法忍受。出乎意料，他仅仅平静地"啊"了一下，暗自思忖："为什么要惊惊咋咋的？人在风暴中丧生是很自然的，是一件浅显明了的事情，幽深的海底……也不过是海水而已。"① 随后，他对儿子的能干感到非常得意，"干得漂亮！"② 他发自内心地夸赞詹姆斯犹如一位老练的水手为他们掌舵。此刻，詹姆斯多年来对父亲所抱有的反感和憎恶跑得无影无踪，父子之间终于达成和解。小说从小女儿卡姆的视角揭示了这一点：

> 你听！卡姆在心中暗暗对詹姆斯说。你终于得到了。她知道这一直是詹姆斯想要得到的，她还知道，他既然如愿以偿，一定会高兴得不再看她、看父亲、看任何人。他手握舵柄正襟危坐，微蹙着眉头，显得一本正经。他太高兴了，不愿意让任何人分享他的喜悦。父亲夸奖了他。他们一定会以为他满不在乎，无动于衷。但是我知道你终于如愿以偿，卡姆想。③

刚上船时，詹姆斯和卡姆还在内心暗暗发誓，要"抵抗暴君，宁死不屈"④。灯塔之旅，却颠覆了他们对父亲的成见，有了一种完全不同的看法。世事沧桑，磨平了拉姆齐先生曾经锐利的棱角。他

---

① ［英］弗吉尼亚·吴尔夫：《到灯塔去》，马爱农译，人民文学出版社2003年版，第182页。
② 同上。
③ 同上书，第182—183页。
④ 同上书，第145页。

不再专横自私，也不再过度地从他人身上攫取怜悯。他敦厚、仁爱，懂得自制。儿女们对他充满了尊敬与体贴。航船上岸前，他静静地站立着，眺望着前方的岛屿。"你想要什么？"姐弟俩都不约而同地要问："问吧，不管问我们要什么，我们都会给你的。"① 拉姆齐先生什么也没说，他"也许在想：我们死去，在孤独中死去。或者在想：我终于到达了。我终于到达了；但是他什么也没有说"。②

小说临近结尾，拉姆齐先生的个性特征得到全面展现。整部作品对这一形象的刻画始终渗透着伍尔夫对于父亲矛盾的情感态度。

"女儿总是为自己的父亲感到自豪"③，伍尔夫曾写道。安德烈·莫洛亚却认为，"要做莱斯利爵士的一个女儿，真是桩既高尚而又困难的事"④。的确，作品前一部分对拉姆齐先生的否定性描写和讽刺，透露了一位年轻女儿对父亲的满腹牢骚与抱怨，真实地反映出莱斯利爵士与儿女之间的隔阂。

可是，随着岁月流逝和阅历的增长，伍尔夫也不再像早年那样对父亲存在粗浅、片面的认识与理解。1903年，莱斯利的身体状况进一步恶化，医生诊断他活不了多久。这时，斯蒂芬家的孩子们都真切感受到了某种爱和内疚。他们终于明白，父亲是深爱他们的。他们都已长大成人，他根本不想死，想看看儿女们的未来会怎样。每次他们出去散步又回到家里时，总是发现父亲在等他们。他不会再是过去的那个暴君，他们也会把他的暴政和过失统统遗忘，余下的是他的敏锐、睿智、和蔼。然而，父亲与孩子之间新的、愉悦的关系才开始，他却要永远地离去。如前所述，在他们当中，最难受

---

① ［英］弗吉尼亚·吴尔夫：《到灯塔去》，马爱农译，人民文学出版社2003年版，第183页。
② 同上。
③ 参见［法］莫尼克·纳唐《布卢姆斯伯里》，载瞿世镜编选《伍尔夫研究》，上海文艺出版社1988年版，第196页。
④ ［法］安德烈·莫洛亚：《伍尔夫评传（节选）》，载瞿世镜编选《伍尔夫研究》，上海文艺出版社1988年版，第94页。

第二章　伍尔夫精神创伤的文本投射

的是弗吉尼亚。父亲去世后,她的内疚感与负罪感更是与日俱增。她反省自己,对父亲的关心远远不够。当他寂寞时,她从不告诉他、安慰他,她多么爱他,多么珍视他。尤甚的是,她曾暗地里与瓦尼莎合计怎样对付父亲。

写作《到灯塔去》时,伍尔夫已年届四十。很明显,她创作这部小说的动机和目的,并非仅仅表达对父亲的一些牢骚,主要是出于对父亲的愧疚和哀伤之情。作品里的卡姆一定程度上就是作者本人的化身。伍尔夫从卡姆的视角展现出自己对父亲的复杂情感。刚上船时,卡姆对父亲非常不满,她把此次灯塔旅行习惯性地看作父亲的又一次暴行,她在想:

> 他们的怨愁深重。他们的意志受到强迫;他们被吆来喝去。他利用他的忧郁情绪和做父亲的权威压制他们,使他们俯首听命,为了服从他的意愿,不得不在这个晴朗的上午带着大包小包到灯塔去;为了满足他的快慰,不得不和他一起去凭吊死去的亡灵,他们不愿意那么做,所以懒洋洋地跟在他身后,这样就败坏了这一天的全部兴致。①

在这样的意识支配下,卡姆不由与詹姆斯一起抵制父亲的暴政,拒不回答父亲的问话,但又总觉得自己对他存有"暗藏的柔情",从而感觉到一种"压力和情感的矛盾"②:

> 他对她具有无人能比的吸引力;他的美丽的双手,他的脚,他的声音,他的话语,他的轻率,他的暴躁,他的怪癖,

---

① [英]弗吉尼亚·吴尔夫:《到灯塔去》,马爱农译,人民文学出版社2003年版,第146—147页。
② 同上书,第150页。

他的热情,他当着众人的面说:我们死去,我们在孤独中死去,还有他的淡漠,都令她心动。……最让人难以忍受的是他的蒙昧无知和粗暴专横,摧残了她的童年,害得她心惊肉跳,甚至现在还常常从梦中惊醒,瑟瑟发抖地想起他在发号施令:"这么做!""那么做!"还有他的盛气凌人:他那"顺从我"的表情。①

看着眼前坐在船上盘腿读书的父亲,卡姆不由想起他无数次看她读书的情景以及他在书房里写字的情形,他总是那么和蔼可亲。于是,她又想,现在"他并不自负,也不专横,也不希望获取别人的怜悯"②。她真想朝詹姆斯大声地说,"你现在再看看他"。③ 不出所料,拉姆齐先生接下来的行为证实了卡姆的判断,形成了女儿对父亲的新的看法。

卡姆对拉姆齐先生的这种重新认识,也折射出莱斯利在临死前乃至以后伍尔夫对他的重新审视。正是因为伍尔夫出于对父亲的内疚、同情和哀思,也正是因为她出于试图分析、理解父亲的愿望,使得她能够客观地给予父亲一个全面而公允的评价。伍尔夫对父亲的看法不再如从前那般片面和偏激。于她来说,对拉姆齐先生形象的成功刻画,是一次彻底的精神疗治,一次心灵的涤荡和净化。

除了刻画父亲的形象,伍尔夫的另一创作目的,是把母亲的性格写入《到灯塔去》。小说里的女主人公拉姆齐夫人与现实生活中的朱莉亚存在明显的对应关系。拉姆齐夫人照管着8个孩子,恰好伍尔夫的母亲也有8个孩子。伍尔夫家的8个兄弟姐妹中,包括朱莉亚与莱斯利所生的4个儿女,朱莉亚与前夫所生的3个孩子,以及

---

① [英]弗吉尼亚·吴尔夫:《到灯塔去》,马爱农译,人民文学出版社2003年版,第150—151页。
② 同上书,第168页。
③ 同上。

第二章　伍尔夫精神创伤的文本投射

莱斯利与前妻的1个女儿。朱莉亚是典型的贤妻良母，管理家庭，教育孩子，尤其是要为莱斯利先生而活。她不仅伺候他的身体，分担他在工作和名望方面的种种忧虑，还得安抚他的自怨自艾，满足他的精神需求。与朱莉亚一样，拉姆齐夫人也尽职尽责地承担着为人妻母的角色，操持家务，疼爱孩子，爱慕丈夫，也得倾听且抚慰他的内心诉求。在詹姆斯眼里，母亲与父亲，完全是一种奉献与索取的关系。作品写道，当他站在母亲的两膝之间：

> 感到她全部的力量都燃烧起来，被那只铜壶嘴吮吸和遏制，被那男性干枯的半月形镰刀无情地撞击着，一次又一次，要求得到同情。……她自恃有能力环绕和呵护别人，却没有给自己剩下半点躯壳以便认清自己；一切都慷慨地给了出去；……她升华为一棵果实累累、枝繁叶茂、开满红花的果树，而那个铜壶嘴——他父亲，那个自私小人的干枯的半月形镰刀插入着、撞击着，要求得到同情。①

拉姆齐夫人与朱莉亚的另一个重要的共同点，是她们的热心助人、仁爱无边。为护理病人，朱莉亚顾不上自己虚弱的身体，终因猝劳而死。昆汀·贝尔这样评价她："她总是匆匆忙忙，越来越想亲自动手做事以便节省时间，越来越急于让别人闲下来，于是搞得自己精疲力竭。年纪虽然不大，她在利他的工作中匆匆度过一生，最终燃尽了自身的抵抗力。"② 同朱莉亚一样，拉姆齐夫人也热衷慈善工作，时常去探访各村的女病人，关心年轻人的婚姻大事，悉心倾听乡邻们的种种心事，还为灯塔看守人的孩子编织长袜。她的举动，

---

① ［英］弗吉尼亚·吴尔夫：《到灯塔去》，马爱农译，人民文学出版社2003年版，第32—33页。

② ［英］昆汀·贝尔：《伍尔夫传》，萧易译，江苏教育出版社2005年版，第43页。

引来了许多人的赞美,甚至常有知名人士慕名拜访。拉姆齐夫人如同灯塔之光,普照众人,是典型的圣母形象。

拉姆齐夫人也像朱莉亚一样,由于劳累过度,在某个夜晚溘然去世。关于她的死亡,伍尔夫只作了简单交代,但特意加上了方括号,以示突出。显然,寄寓着作者对母亲的哀思与尊重。

在伍尔夫这里,虽然对父亲的爱胜过母亲,但并不能由此否定母亲在她心中的重要位置。朱莉亚的去世,是一次摧毁性的丧亲。在年幼的弗吉尼亚看来,它是可能发生的灾难中最深重的,她感到自己的世界缺失了一大块。这种打击直接导致了她的第一次神经崩溃。此后,再也无法抹去关于母亲的死亡记忆。根据伍尔夫自己的说法,从1895年母亲病逝到1926年写完《到灯塔去》,她的脑海里不时浮现母亲的幽灵,"而当它写成时,我便不再被母亲纠缠了。我不再听见她的声音;我不再看见她了"①。把母亲的形象勾勒出来,同样使伍尔夫如释重负。对此,她作出了进一步的解释:"我猜想,我为自己做了精神分析学家为他们的病人所做的事。我披露了某种感受非常久远和深刻的感情。在披露它的时候,我便解释了它,然后让它宁息了。"②

小说也着力描述了拉姆齐先生与拉姆齐夫人的关系,第一部分就有不少场景展现了这一点。第12节开端,拉姆齐夫人披上一块绿色围巾,随后挽起丈夫的胳膊。夫妇俩一边散步,一边聊着各种琐细的人与事。当拉姆齐夫人提及儿子贾斯帕打鸟的事情,拉姆齐先生立即安慰她说,男孩儿打打鸟再正常不过了,也许过不了多久,他就能找到别的消遣方式。夫人不由叹服丈夫的"明智"和"公允"。再如,第19节中,拉姆齐先生在专心致志地阅读,拉姆齐夫

---

① 伍厚恺:《弗吉尼亚·伍尔夫:存在的瞬间》,四川人民出版社1999年版,第214页。

② 同上书,第214—215页。

第二章 伍尔夫精神创伤的文本投射

人坐在丈夫旁边编织长袜，不时打量他读书的神情。过了一会儿，她停下手中的编织活，读莎士比亚的十四行诗。结尾处，拉姆齐夫人继续编织长袜，默默对视中，拉姆齐先生明白，她是爱他的。伍尔夫把这一时刻写得尤其动人：

> 她知道他在观察自己，却什么也没有说，而是转过身来看着他，手里仍然拿着长袜。她看着他，脸上渐渐露出微笑：虽然她没有说一个字，但他知道，他当然知道，她是爱他的。他不能否认这一点。于是她面带微笑望着窗外，说道（心中自语：世上的一切都不能与这份喜悦相比）——
>
> "对，你说得对。明天是阴雨天。你们去不成了。"她看着他微笑。她又一次取得了胜利。她什么也没有说：而他心中已经明白。①

这些场景表明，拉姆齐先生与太太之间有一种深深的默契，他们夫唱妇随，和谐幸福。最终，即使是在第二天能否去成灯塔这一存在争议的事情上，也达成了一致。在伍尔夫的其余小说中，几乎找不到这种美满的婚姻。《到灯塔去》中的年轻夫妇保罗和明塔，结婚一年左右，感情就趋向冷淡，保罗常出入咖啡店，跟另一位女人发展成情人关系，他们的婚姻并不幸福。拉姆齐夫妇的大女儿普鲁·拉姆齐虽然与丈夫很般配，但婚后不久就夭折了。另一部小说《达洛维太太》中，达洛维先生与妻子克莱丽莎的关系也不和谐，克莱丽莎时常思念往日情人彼得·沃尔什，彼得的来访更搅乱了她的心境。在伍尔夫全部小说中，拉姆齐夫妇算得上是独一无二的幸福夫妻。无疑，他们是作者自己父母的艺术画像。昆汀·

---

① ［英］弗吉尼亚·吴尔夫：《到灯塔去》，马爱农译，人民文学出版社2003年版，第111页。

贝尔说:"斯蒂芬家的幸福本质上源于这样的事实,就是孩子们知道他们的父母深切、快乐地相爱着。"① 拉姆齐夫妇是伍尔夫对孩提时温馨家庭的回顾,对童年记忆里父母形象的呈现,也是她对父母故去的哀伤记忆的艺术化表达。

此外,作品还提到了普鲁的死亡。她的一切本来都很美满,可惜好景不长,死于难产。普鲁的死显然照应着斯特拉的死,流露出伍尔夫对同母异父姐姐的痛切怀念。

家人的死亡,形成了伍尔夫对死亡的创伤性体验;反之,对死亡的创伤性体验,又引发了伍尔夫对父母亲人的感伤回忆,沉沉地压抑在她的心头,从而成为她写作《到灯塔去》的情绪触动点。所以,于伍尔夫而言,写作《到灯塔去》是一次自我排遣和心灵解脱。

哥哥索比的死,也是滞留在伍尔夫心底永远的痛。她爱他、崇仰他,对他的了解却不算多。部分原因在于他性格的矜持,很多事情没能坦率透露;部分原因则在于当时的传统习俗——兄弟们通常不便于与姐妹们讨论某些事情。所以,关于他的智性生活和私生活,伍尔夫一无所知。1940年,她在《传记手稿》中刻画了哥哥的肖像:

> 索比。他的沉默,含蓄。……在克利夫顿学院"是学校里相貌最出众的男孩子。"……他的从容与自信……他对于法律的热情。他的强硬……他的男子气概……具有保护性。羞怯。敏感。……能统率朋友。相信朋友。对我们缄口不谈性的问题……古怪地内向。绝不讨论家庭感情。②

---

① [英]昆汀·贝尔:《伍尔夫传》,萧易译,江苏教育出版社2005年版,第42页。
② [英]弗吉尼亚·伍尔夫:《僧舍文件》,转引自[英]林德尔·戈登《弗吉尼亚·伍尔夫:一个作家的生命历程》,伍厚恺译,四川人民出版社2000年版,第296页。

第二章　伍尔夫精神创伤的文本投射

伍尔夫本指望他的剑桥朋友们也采取文字的方式使索比全面复活，克莱夫、利顿和伦纳德却都没有能够帮上忙。她只好凭借自己对于哥哥仅有的这些了解进行推断，在写作中两度塑造出他的形象，用昆汀的话来说，"她两度苦乐交织地回想起那位我们在想像中重塑的逝者——ex pede Herculem——即从雅各布的房间推想雅各布，从珀西瓦尔身边朋友的感受推想珀西瓦尔"。①

《雅各的房间》是伍尔夫尝试用意识流手法创作的一部作品，保留了传统小说的故事因素，但只是框架性的，人物的意识断片取代了情节。因而，对于主人公雅各的描绘显得较为单薄：童年时代，失去了父亲，调皮的他由母亲抚养长大；少年时代，独自去剑桥求学，热爱文学和法学，喜爱交友；青年时代，积极追求知识，从多个女性身上寻找爱情和乐趣，还去过希腊旅行，富于浪漫和传奇色彩。正值青春年华时，死于第一次世界大战。他本人始终保持着缄默，读者倒是能够从他朋友口里获悉：他极具魅力，颇有人缘，在他的圈子里是一个了不起的人物。

雅各与现实生活中的索比有许多相同点：都长得魁梧、英俊，性格内敛，都有在剑桥求学、去希腊旅行的经历，都爱好文学和法学，都赢得了世人的崇仰，也都是在年纪轻轻的时候夭折了。《雅各的房间》以索比为原型塑造雅各，被认为是一部挽歌式的作品。其哀伤、怅惘的基调从伍尔夫对雅各房间的描写中可见一斑。房间里极为简陋：一张圆桌，两把矮椅，一个广口花瓶，一张母亲的照片和几张名片，几个烟斗，一些书籍。不只如此，"空荡荡的房间里，空气也懒洋洋的，刚刚能把窗帘鼓起；广口瓶里的花儿常换常新。藤椅上的一根筋在嘎吱作响，尽管上面没有坐人"。② 这些描写，暗

---

① ［英］昆汀·贝尔：《伍尔夫传》，萧易译，江苏教育出版社2005年版，第121页。
② ［英］弗吉尼亚·吴尔夫：《雅各的房间》，蒲隆译，人民文学出版社2003年版，第33页。

示着房间里没有发生过任何重大的事件,也没有任何重要的人物活动。小说结尾,又重复道:"空荡荡的房间里,空气也懒洋洋的,刚刚能把窗帘鼓起;广口瓶里的花儿常换常新。藤椅上的一根筋在嘎吱作响,尽管上面没有坐人。"① 唯有博纳米的声音在回荡:"雅各!雅各!"② 却听不到应答。雅各的母亲贝蒂·佛兰德斯推开卧室的门,一边惊叫,一边拎出雅各的一双旧鞋。暗示雅各已死,将不再回来。睹物思人,触景生情!小说在无限哀婉的氛围中结束。伍尔夫想要通过房间来推想哥哥索比的完整形象显然是失败的,却成功地表达了她对他英年早逝的无比痛惜和深切缅怀之情。

"死亡"的记忆令人痛苦,"死亡"的记忆却也可以成为一座丰富的写作矿源。1929—1931 年间,伍尔夫创作了《海浪》,再次以索比为原型塑造了作品中心人物波西弗。波西弗是一个英雄,在印度赛马中摔死。尽管他从未露面,却成了其他六个主人公凝聚力的核心,吸引他们参加了在伦敦的聚餐会。去世后,他依然作为领袖人物永远活在他们的记忆中,在他的精神感召下,他们举行了第二次聚会。索比的宏伟气质和领导素质在波西弗身上得到了再现。而且,他是永垂不朽的,如同他活着时与姐妹们在希腊度假时见到的雕像。伍尔夫曾在《国外旅行日记》中如此写道:"美丽的雕像具有一种在活人面孔上看不到的或者罕见的模样,即静谧的永不变易的表情。"③ 她将对于哥哥逝去的创伤性记忆永远地定格为一座"美丽的雕像"波西弗。

伍尔夫是一位感受力很强的女性作家,她的小说中充满死亡,反映了她内心世界里浓重的死亡阴影。她用众多的文学形象倾诉了

---

① [英]弗吉尼亚·吴尔夫:《雅各的房间》,蒲隆译,人民文学出版社 2003 年版,第 174 页。
② 同上。
③ [英]弗吉尼亚·伍尔夫:《国外旅行日记》,转引自[英]林德尔·戈登《弗吉尼亚·伍尔夫:一个作家的生命历程》,伍厚恺译,四川人民出版社 2000 年版,第 297 页。

第二章 伍尔夫精神创伤的文本投射

对于死亡的创伤性体验,对于已故亲人的怀念之情,使长期以来郁结的情结得以释怀。

第二节 性别创伤在文本中的投射

伍尔夫自小就承受了来自男性社会的种种歧视、不公平待遇甚至压迫和凌辱,潜意识里滋生出强烈的反感,并且在文学的世界里进行控诉和反抗。她的性别思想备受学术界关注,成为伍尔夫研究的重头戏。这里,笔者在借鉴前辈学人已有成果的基础上,结合伍尔夫本人的经历,运用创伤这一新的视角,从如下三个层面阐析伍尔夫所受性别创伤在其小说文本中的体现。

一 对性与婚姻的畏惧

《远航》是伍尔夫的第一部小说,主要讲述了女主人公雷切尔·温雷克从伦敦到圣马里诺的旅行经历。她出生于富有家庭,是航船"欧佛洛绪号"船主的女儿,11岁时失去了母亲,由在伦敦的两个姑妈抚养长大。她爱好音乐,擅长弹钢琴,但自我封闭、不谙世故,成年后,对爱情、道德、婚姻、政治、社会等依然一无所知。24岁那年,终于获得了一次乘父亲的航船前往南美洲的机会。在舅父雷德利·安布罗斯和舅母海伦·安布罗斯的陪同下,她来到了当时英国中产阶级聚集的度假胜地——南美圣马力诺。

在航程中和度假区,雷切尔接触、了解了许多不同身份、不同性格的人物,形成了许多新的人生体验。最为重要的是,她结识了青年作家特伦斯·黑韦特。交往中,两人彼此爱慕,碰撞出爱情的火花,不久以后就宣布订了婚。然而,好景不长,雷切尔与特伦斯在一次前往热带河流的航程中染上流感死去。

贯穿小说始终的线索是雷切尔的心灵成长。其中,爱情、婚姻和性,又是小说的核心主题。

与 19 世纪末许多有钱人家的女儿一样,雷切尔接受的是那种不完全的教育。她的教师都是博士或教授,但从来不会教给她关于历史、经济、法律等真正的学科知识,只是让她单一地练习音乐。她的姑妈们主要照料她的身体健康,对其他方面则关注不多。而且,她的同龄朋友也很少,因为她所住的地方里士满位置偏远,鲜有人问津。所以,直到 24 岁,她对世事依然一无所知。在轮船上,与洛维太太聊天时,她表现出对婚姻的困惑与畏惧,她问:"人为什么要结婚?"① 并且表示,她将永远不结婚。但发乎自然的人性本能令她无法抗拒,也无法否认。作品写道:"一种强烈的欲望想要驱使她告诉达洛维太太她从来没有和任何人说过的事情——在此之前她自己也不曾意识到的事情。"② "我很孤独",她说,"我想要——"③ 她很激动,可是她对于自己所想要的东西,甚至都不知道该用什么词语来表达。

而船上的人们,比如达洛维夫妇,他们阅历丰富、见多识广。雷切尔渴望从他们那儿学到许多,包括生活、社会、人生,尤其是爱情。她认真地倾听达洛维先生谈论国家机器和爱情,甚至对他产生了一种浪漫的幻想。可是,有一天,他非常冲动地拥抱和亲吻了她,她却被吓坏了,有一种浑身透凉的感觉:"她的头冰冷,双膝在发抖,情感引起的身体疼痛是如此强烈,她只能让自己压在狂跳的心上。她靠在船舷的栏杆上,逐渐恢复了意识,身体和内心的寒冷正在向她袭来。"④ 当天晚上,她噩梦不断,她梦见自己在一条长长的、湿漉漉的隧道里走着,然后被困在一个地窖里,怎么走

---

① [英]弗吉尼亚·吴尔夫:《远航》,黄宜思译,人民文学出版社 2003 年版,第 62 页。
② 同上书,第 63 页。
③ 同上。
④ 同上书,第 81 页。

第二章 伍尔夫精神创伤的文本投射

都走不出去,却发现一个畸形小男人与自己待在一起,他长着动物的脸,而且布满了麻子,在叽里呱啦地说着什么。第二天,雷切尔精神不振,"满脑子想的是理查德、发生的如此奇怪的事情,以及过去她一直没有明确意识到的万种情思"①。敏感的海伦察觉到她一定遇上了什么事,雷切尔将先天的事情一五一十地告诉了她,并且坦承自己很喜欢达洛维先生。这就说明,达洛维的激吻和拥抱在她身上所激起的恐惧反应并非出于厌恶他的原因,相反,她对他心怀好感,她也急切地想要了解爱情、向往得到爱情;可是,一旦发生两性的身体接触,她就被吓坏了,退缩了,甚至在梦里将男人与丑陋的动物相联系,她还说:"我恨男人!因为男人是禽兽!"②

海伦舅妈显然注意到了雷切尔的懵懂无知,同时,也意识到这是由于雷切尔缺乏社会生活经验造成的,她需要得到充分发展个性的机会。于是,她把雷切尔留在自己南美洲的别墅中长期居住,实施对她的教育方案,特别强调与异性间的接触。南美洲是一个远离当时英国社交规范的地方,在这里,雷切尔见识到了各式各样的婚姻生活,如年轻恋人间的幸福甜蜜、已婚夫妻的相互折磨、厚颜无耻的婚外情,等等。雷切尔也开始懂得了爱情。海伦又给她的朋友写道:"我把教育、点化她视为己任,到现在为止,尽管她还仍然常抱有偏见,并有夸大的倾向,她已经差不多是一个正常人了。"③ 之后,雷切尔与特伦斯·黑韦特互相爱慕,产生了恋情。

特伦斯接受过完整的学校教育,有丰富的人生经验,比雷切尔成熟很多。他们之间有许多共同语言,爱情、家庭、两性、艺术,无所不谈。然而,尽管他们能够彼此坦诚相待,却无法完全了解对

---

① [英]弗吉尼亚·吴尔夫:《远航》,黄宜思译,人民文学出版社2003年版,第85页。
② 同上书,第88页。
③ 同上书,第105页。

方。对此，作者作了许多或直接或间接的描述。首先是雷切尔觉得自己完全不了解特伦斯的感情，一开始，他在她眼里是一尊神，后来也仍然是"万丈光芒的中心"，并且充满了"神奇的力量"①。当她反思他们的关系的时候，她意识到了他的权威与霸道。他的思想似乎有一种巨大的威慑力，常常令她不作推断地加以接受，并对她产生影响，如作品所述："……她看见那代表特伦斯观点的一幅图画，它越过房间，来到她的旁边。这种房间的穿越产生了一种身体的震撼，但这震撼究竟意味着什么，她却不知道。"② 所以，有一天晚上，在花园里，她对特伦斯说："我们把自己最糟的一面都相互暴露出来——我们不能一起生活。"③ 受安布罗斯夫妇婚姻的启发，特伦斯开始思索雷切尔话中的含义。他突然觉得，自己一向以来所赞赏并尊重的安布罗斯夫妇的婚姻不过是一种妥协，安布罗斯夫人总是附和、屈从她的先生，在他面前，她常常丧失了自我。这也许是雷切尔反对婚姻的缘由。于是，他觉得自己也并不真正地了解雷切尔，作品写道："当他与她在一起的时候，他很难分析她的性格，因为他好像总是本能地什么都知道似的，但是当他和她分开的时候，他又觉得自己对她根本一无所知。"④ 他们出于本能地互相吸引，在感情上彼此需要，但在理智上却隔着一段距离，无法沟通。如小说所描写的那样，"她说话的时候，和他那样近，他们之间似乎没有距离，可不一会儿他们就又相距遥远了"，以致她痛心地意识到："这将是一场战斗。⑤"

订婚后，特伦斯进一步意识到他们彼此都无法满足对方，他们

---

① [英] 弗吉尼亚·吴尔夫：《远航》，黄宜思译，人民文学出版社 2003 年版，第 256 页。
② 同上。
③ 同上书，第 278 页。
④ 同上。
⑤ 同上书，第 320 页。

第二章 伍尔夫精神创伤的文本投射

的爱情是有局限性的。"我没能像你满足我一样满足你",特伦斯说,"有的东西是我不能从你那儿得到的。你需要我并不像我需要你那么强烈,——你总是正在想要另外的什么东西"①。"也许我的要求太高了",接着,他又抱怨雷切尔,"也许我想要的东西根本不可能得到。男人和女人太不一样了。你不能理解——你不理解——"。② 雷切尔默然接受特伦斯的看法。对于性的畏怯,使得她无法让他得到完全的满足。而对于她自己,除了爱情,她确实还需要别的东西,比如说自由、独立,总之,"……比一个男人的爱要多得多——海,天空。……她怎么能只简单地要一个人呢"③。爱情不是人生的全部。雷切尔追求爱情的同时,也追求完整的自我人格和独立的个性,最后对特伦斯失望,在失望中染病夭折。

小说带有浓重的自传色彩。不少评论家认为,作者就是在叙说她自己早年的经历。确实,年少的弗吉尼亚曾经有过想要完成一次航海旅行的愿望,并且把它写了下来:"它在过去许多年里一直在我脑子里转动着。这就是我……一定要进行长途航行……我在急切的思考后已经做好了为这次航行所必须的一切精神准备。"④ 作品里的许多其他素材也源于弗吉尼亚的现实生活,雷切尔其实就是弗吉尼亚的自画像。她们都是在维多利亚时代封闭的家庭环境里成长,幼年丧母,没有去学校接受过正规的教育,且生性敏感,不擅于社交生活,也同样渴望独立、自主。

特别引人注意的是,与弗吉尼亚一样,雷切尔也渴望爱情和婚姻,但又充满了对性与婚姻的畏怯。

---

① [英] 弗吉尼亚·吴尔夫:《远航》,黄宜思译,人民文学出版社 2003 年版,第 343 页。
② 同上书,第 343—344 页。
③ 同上书,第 344 页。
④ 参见 [英] 林德尔·戈登《弗吉尼亚·伍尔夫:一个作家的生命历程》,伍厚恺译,四川人民出版社 2000 年版,第 139 页。

旅行中，达洛维先生吸引了雷切尔的视线，可他的亲密举动把她吓坏了，那天晚上躺在床上时，连她的生理反应也似乎被冻结了，"她一动不动冰冷地躺在那里，像死了一样……"①，甚至梦中出现了关于猥琐男人的情境。这里，不由让人联想起作者的同母异父兄长对她施行的猥亵。他习惯戴上那副亲善的面罩，趁黑夜时分悄悄进入她的房间，然后朝她猛扑过去。被吓傻的弗吉尼亚不敢大声喊叫，只好静静地扮演着死亡。这种早年形成的性恐惧笼罩着她的一生，严重地影响了她婚后的性生活。这样的损害性后果也直接体现在作品的女主人公身上。从热恋到订婚前后，雷切尔与特伦斯几乎没有过肉体上的亲密接触。可是实际上，特伦斯对雷切尔的爱情也使得她作出了躯体上的呼应，产生过要与对方合为一体的生理欲望，小说写道："……一种奇特的占有欲占据了她，促使她渴望抚摸他；她伸出手来轻轻地摸了摸他的脸颊。"② 然而，仅此而已，符合自然人性和爱情发展逻辑的性爱却没能如期而至。特伦斯也有过把握时机的主动意识，力图跟雷切尔实现身心交融的结合。有一次，当他察觉到自己与雷切尔同时迸发的性欲冲动时，他赶紧说："……我之所以喜欢你的脸，是因为它能让人猜想那正在你头脑中盘踞的魔鬼——它让我也想要那样——"③ 可是，雷切尔缩回了身子，本应发生的一次激情荡漾的男女交欢退格成为一场普通游戏：她假装站在悬崖边，他把她推入海水中。他又一次机灵地抓住了她的胳膊，然后将她按倒在地板上，她激动得气喘吁吁，却高声求饶："游戏到此结束吧。"④每当激情来临，雷切尔就畏惧、退缩了，由此受到特伦斯的埋怨与指责。后来，她患上了热病，特伦斯吻她时，眼前再次出现恐怖幻

---

① ［英］弗吉尼亚·吴尔夫：《远航》，黄宜思译，人民文学出版社2003年版，第82页。
② 同上书，第321页。
③ 同上书，第338页。
④ 同上书，第339页。

第二章 伍尔夫精神创伤的文本投射

象,似乎"一个老妇正在用一把刀切下一个男人的头"①。这种有情有欲却无性的关系,无疑是作者与丈夫夫妻关系的真实影射。如同弗吉尼亚,雷切尔始终没能摆脱对性的恐惧与厌恶。在特伦斯的回忆里,感觉"在他们的幸福中总有一些瑕疵存在,有一些他们想要但却不能得到的东西"②,明显流露出伍尔夫对婚姻生活的遗憾,对未能走出早年所受性创伤阴影的无奈。

除了对性的畏惧,雷切尔也不敢靠近婚姻的门槛。她早先对谈婚论嫁一事之反感,一定程度上是由于其无知造成的。后来,她与特伦斯相恋时所表现出来的对婚姻的迟疑,则有更深刻的缘由:她感觉与特伦斯结合不利于自己保持完整、独立的个性。雷切尔这种对待婚姻的态度也是作者本人生活经验的艺术投射。如前所述,青年时期的伍尔夫对男女之情不屑一顾,年近三十才小心谨慎地选择结婚,而且婚后一段时间里对婚姻抱有反感甚至畏惧。1912年5月1日,伍尔夫在写给丈夫的信里,对他们将要举行的订婚仪式依然表现得犹疑不决。她承认婚姻对她具有某种通常的吸引力,但又表明:"我要说上帝作证,我将不会把婚姻当作一种职业。"③她担心婚姻生活有损自己人格的独立与完整。尽管后来接受了伦纳德的求婚,她在给朋友瓦奥莱特的书信中却说:"不过这不会是一件恐怖的事情吗?如果……我如此有前途的个性最后被毁坏在婚姻里。"④伍尔夫对婚姻的此种顾虑,无疑也源自她对男性专制社会的不满。父亲的专制与母亲默默无私的奉献,尤其是伍尔夫自身所接受的传统女性教育,都使她意识到沦为传统家庭女性角色之危害。

---

① [英]弗吉尼亚·吴尔夫:《远航》,黄宜思译,人民文学出版社2003年版,第382页。

② 同上书,第388页。

③ Nigel Nicolson and Joanne Trautmann, eds., *The Letters of Virginia Woolf*, Vol. 1 (1888—1912), New York: Harcourt Brace Jovanovich, 1975, p. 496.

④ Ibid., p. 505.

遭遇了性别创伤的刺激后,在布鲁姆斯伯里集团的熏陶下,弗吉尼亚滋长出自由、平等、独立的思想,形成了对于爱情、婚姻的新观念。《远航》中的南美世界与弗吉尼亚所在的布鲁姆斯伯里集团相对应,雷切尔的心灵发展历程与弗吉尼亚的成长过程相类似。南美是一个迥异于维多利亚时代上流社会的环境,在这里,雷切尔不仅对爱情有了更深刻的认识,而且追求一种独立自由的理想婚姻。这是女作者在作出深入思考后,对自身所受性别伤害的艺术化总结。

二 对传统妇女教育的憎恨

在传统社会里,女孩不能像男孩一样接受正规的学校教育这一事实,为伍尔夫所深恶痛绝。她曾经愤慨地指出,直到19世纪初为止,除了少数贵族妇女能够出类拔萃,大多数中产阶级妇女都是默默无闻的。多少年以来,女子不能享有与男子平等的教育权利。大多数女子只能待在家里接受家庭教师的施舍,学习音乐、绘画等艺术,但学不到算术、地理、历史、哲学和语法等学科知识,而男子可以接受广博的学校教育。伍尔夫认为,中产阶级男子接受的不菲教育往往是以牺牲他们姐妹们的受教育权利为代价的。在《三枚旧金币》中,她说:"从13世纪至今,所有受过教育的家庭都为之付了钱。它是个贪婪的无底洞。无论在哪儿,只要儿子们要受教育,家庭就得花大力气去填这个洞。"[①]

伍尔夫把中产阶级妇女所受到的不完全教育称为"消极教育",它的目的是培养所谓的女性气质,不利于女性个性的发展:"它不是告诉你应该做什么,而是规定你不准做什么,它是束缚、阻碍人的自然发展的教育。"[②] 伍尔夫还在作品中塑造了一系列的女性形象,

---

[①] [英]弗吉尼亚·伍尔芙:《三枚旧金币》,载[英]弗吉尼亚·伍尔芙《伍尔芙随笔全集》(Ⅲ),王斌等译,中国社会科学出版社2001年版,第1025页。
[②] [英]弗吉尼亚·伍尔芙:《两位女性》,载[英]弗吉尼亚·伍尔芙《伍尔芙随笔全集》(Ⅱ),王义国等译,中国社会科学出版社2001年版,第773页。

第二章 伍尔夫精神创伤的文本投射

揭示这种教育给妇女带来的危害,即要么愚昧无知,要么失去女性自我,充分体现出她对传统女性教育的反感和憎恶。

《远航》里的雷切尔,受传统家庭教育影响,对社会、生活、人生,特别是两性关系懵懂无知。尽管24岁了,可是在海伦眼里,"真应该只有六岁"①。雷切尔在不少方面都显得幼稚、枯燥乏味、麻木,甚至让人怀疑她是否"真的能学会思考、感觉、笑或者表现自己"②。海伦在给朋友的书信中这样评价雷切尔:"这个女孩,虽然已经二十四岁,却从来没听说过男人需要女人的这类事情。并且,直到我向她解释之前,她还不知道孩子是怎么出生的。她在其他方面的无知也同样严重。"③ 雷切尔的这种状况,主要由父亲威洛比·温雷克造成,他对女儿实施"英国贵妇人"式的教育:"我想完全按照她母亲的愿望把她带大"④,"使她真正成为一个女人,一个她母亲所希望的女人"⑤。实际上,与其说是雷切尔母亲黛丽莎的愿望,不如说是他自己的。他对妻子非常粗暴,用"完美女主人"的标准要求她,她的早逝无不与此相关。尤甚的是,在妻子死后,他又将她对女儿的真实愿望进行曲解,把成为一个好女人的自私要求重新强加给女儿。伍尔夫借助海伦之口对这种教育及其所造成的严重后果进行了无情的嘲讽,对妇女们遭受不幸甚至失足的根源进行了揭示:"在我看来,就这么把一个女孩带大不仅仅愚蠢,而且是犯罪。更不用说这对她们的危害,这就是女人为什么处在她们现在样子的原因……","让人变得无知的做法,当然只能适得其反,这样当她们开始理解事理时,就会把这些事情看得太严重"⑥。与"愚蠢"教

---

① [英]弗吉尼亚·吴尔夫:《远航》,黄宜思译,人民文学出版社2003年版,第19页。
② 同上。
③ 同上书,第105页。
④ 同上书,第93页。
⑤ 同上书,第94页。
⑥ 同上书,第105页。

育相对照，海伦在执行教育方案时，把雷切尔带离文明的英国男权社会，来到南美洲这片落后而充满野性的土地上，与不同的人接触，尤其强调跟异性的相处。在海伦的悉心引导下，雷切尔逐渐成长起来。由海伦的书信可以获悉："到现在为止，尽管她还仍然常抱有偏见，并有夸大的倾向，她已经差不多是一个正常人了。"[1] 后来，由于某种机缘，海伦嘱托特伦斯接管了对雷切尔实施继续教育的任务。在同特伦斯的交往中，雷切尔对爱情有了更深刻的理解，并从中发现了自我，终于真正长大成人。伍尔夫有意借助雷切尔的性格转变和个性觉醒，否定了传统女性教育。

伍尔夫小说中，还活跃着一群维多利亚时代的贤妻良母。她们有共同的素质和情趣，富有同样的"女性魅力"：温顺贤淑、热衷家庭生活、纯洁高雅，且失去了自己的个性。伍尔夫把这类女性叫作"房中天使"：

> 她相当惹人喜爱，有无穷的魅力，一点也不自私，在家庭生活这门难度极高的学科中出类拔萃。每天，她都在牺牲自己。如果餐桌上有一只鸡，她拿的是脚，如果屋里有穿堂风，她准坐在那儿挡着。——简而言之，她就是这样一个人：从来没有自己的想法、愿望，别人的见解和意愿她总是更愿意赞同。……她纯洁无瑕……具有极其优雅的气质。在那些日子里——维多利亚女王统治的最后几年——每间房子里都有它的天使。[2]

《远航》里的达洛维夫人，作为贵族社会保守妇女的典型代表，

---

[1] ［英］弗吉尼亚·吴尔夫：《远航》，黄宜思译，人民文学出版社 2003 年版，第 105 页。

[2] ［英］弗吉尼亚·伍尔芙：《女人的职业》，载［英］弗吉尼亚·伍尔芙《伍尔芙随笔全集》（Ⅲ），王斌等译，中国社会科学出版社 2001 年版，第 1367 页。

第二章 伍尔夫精神创伤的文本投射

为家庭中的男性服务是她唯一的人生目的。对于诸如有关妇女选举权的政治、社会问题,她从来没有自己的思想,缺乏主见,总是满足现状或顺从别人的观点。

《达洛维太太》中的克拉丽莎·达洛维,是遵循上流社会道德的典范。她一度与彼得相互倾慕、心心相印。但为了过上舒适安逸的上层生活,她最终选择了自己不爱、也不了解自己的理查德,成为地道的家庭主妇。克拉丽莎自小所受传统教育以及婚后家庭生活的单调,使她什么也不懂,"不懂语言,不懂历史"[①],甚至"对性爱一点都不懂,对于社会问题也一无所知"[②]。她总是为丈夫的应酬忙忙碌碌,在举办晚会中迷失自我,沦为举行宴会的机器。小说写道:"她并没有感到快乐……只感觉自己是根木桩,钉在楼梯之上。每次她举办晚会都感觉失去了自己的个性……"[③] 尽管她照镜子时噘起嘴唇,发现自己的脸出现一个凸起的地方,那就是"她的自我"——"尖尖的,像个飞镖,十分清晰"[④],然而,只有她自己才知道,在平时,"她的生命、她的自我飘散得何等遥远"[⑤]。她有自己的观点和愿望,却惧怕与他人一起分享,反而常常附和别人的意见。她内心孤独、空虚,却常常借助虚假的繁荣和表面的坚强聊以自慰,在那样的社会里,一个女性能向谁透露心声呢?向丈夫诉说会被认为是愚蠢的多话的妇人。正是自我的缺失,使她对生活满怀畏惧,"每当她观看那些过往的出租车时,总有只身在外、漂泊海上的感觉;她总觉得日子难挨,危机四伏"[⑥]。克拉丽莎的境遇代表了大部分上层女性的孤寂与无奈。

---

① [英] 弗吉尼亚·吴尔夫:《达洛维太太》,谷启楠译,人民文学出版社2003年版,第6页。
② 同上书,第30页。
③ 同上书,第162页。
④ 同上书,第34页。
⑤ 同上书,第7页。
⑥ 同上书,第6页。

《到灯塔去》里的拉姆齐夫人，也扮演着男权社会"房中天使"的角色。她美丽纯洁、气质高雅，认同且维护传统女性身份，以关爱家人和亲友为中心，甚至纵容丈夫的专制与暴政。可是，在内心深处，拉姆齐夫人与克拉丽莎一样，怀有对生活的畏惧感和空虚感。她精心准备了一次晚餐聚会，本来一心希望获得大家的赞许。可是刚上餐桌时，她却暗自思忖："我在生活中究竟得到了什么？"① 看着丈夫颓然的神情，她甚至不明白自己怎么会对他产生依恋或爱慕的情感。宴会结束时，她站在门槛上回头凝望，感觉刚才所发生的一切都已成为过去。她显然意识到了自己生活表象之下的某种空洞，欢聚过后的某种虚无。拉姆齐夫人也时常揣摩生活，觉得自己一直在与生活进行角斗，感到"她称之为生活的这个东西狰狞可怖、虎视眈眈，只要一有机会就会猛扑过来"②。她不愿意她最疼爱的两个孩子詹姆斯和卡姆长大，不愿意他们面对生活中的种种苦难，希望他们永远是淘气的小鬼或快乐的天使。她对拉姆齐先生说："他们为什么要长大而失去这一切？他们再也不会像现在这么幸福了。"③ 同克拉丽莎一样，拉姆齐夫人对生活的畏惧感和空虚感也来自我的缺失。她一生都在奉行服务男性的职责，将身边所有异性置于自己的精心庇护下。她尤其膜拜丈夫，对拉姆齐先生无条件地顺从、奉献，把他当作生命依托和精神支柱，任何时候都不希望自己胜过丈夫。拉姆齐夫人心甘情愿地认同了世俗，把束缚女性的传统内化为自己的标准。也像克拉丽莎一样，她唯有在独坐默想或夜深人静时，才能真实感受到自我的存在：

    所有那些蔓延的、发光的、有声的存在和行为，现在都已

---

① [英] 弗吉尼亚·吴尔夫：《到灯塔去》，马爱农译，人民文学出版社2003年版，第73页。
② 同上书，第53页。
③ 同上书，第52页。

第二章 伍尔夫精神创伤的文本投射

消散;她在抽缩,带着一种庄重的感觉,缩成真的自我,黑暗中的一个楔形的内核,而别人是看不见的……这个自我摆脱了所有身外之物,自由地去探险、猎奇。①

在后期小说《岁月》中,伍尔夫通过埃布尔·帕吉特上校的女儿们,更为直接地揭示了封闭的家庭生活以及缺少正规教育给女性带来的灾难性后果。埃莉诺是帕吉特家的长女,具有维多利亚时代贵族女性的许多优点:聪明能干,多才多艺,富有同情心和自我牺牲精神。母亲生病期间,她就开始主动承担起管理家庭的重任,用心照顾年迈的父亲和年幼的弟弟妹妹们。她把全部精力都耗费在了家务上,以致终生未嫁,是又一个缺乏真实自我的女性形象。堂妹玛吉幸福的婚姻生活,唤起了她因错失青春妙龄所引起的挫败感,她不由"怨恨起时光的流逝和人生的无常,因为它们把她扫地出门了——从这种种机遇中清除了"②。随着年岁的增长,这种感觉越发强烈:"我的生活一直就是别人的生活……我父亲的生活,莫里斯的生活;朋友们的生活;尼古拉斯的生活……"③ 当侄女佩吉要求她说说她的青年时代时,她不无怅惘和羡慕地说:"但你们的生活比我们有趣得多④。"尽管她曾努力地想要挣脱维多利亚传统,寻求真正属于自己的生活,但毕竟青春已逝,错过了的人生已无可挽回。此外,小说还描述了米莉和玛吉的愚昧无知以及吉蒂对于自我的抛弃。作者将这一切都归之于沉闷的家庭生活和封闭的女性教育方式,她通过埃莉诺的意识之流表明了这一点:"她们在家待的时间太多,她

---

① [英] 弗吉尼亚·吴尔夫:《到灯塔去》,马爱农译,人民文学出版社2003年版,第55页。
② [英] 弗吉尼亚·吴尔夫:《岁月》,蒲隆译,人民文学出版社2003年版,第258页。
③ 同上书,第320页。
④ 同上书,第287页。

想；她们从来没有看见自家圈子外面的任何人。她们囿于樊笼，日复一日……因此她说，'穷人日子过得比我们快活'。"①

维多利亚时期的妇女生活状况和女性教育是伍尔夫关注的首要问题，也是她写作的重要主题。除了在系列小说中的表现，在散文《自己的一间屋》中，伍尔夫借助莎士比亚与他妹妹的比方，同样辛辣地讽刺了当时不公平的两性教育。在另一篇散文《三枚旧金币》中，伍尔夫也尖锐地指出亚瑟教育基金具有强烈的性别色彩。作为女性，伍尔夫从小被排除在学校教育的大门之外，她一生对此耿耿于怀。基于自身经验，伍尔夫深刻地认识到，不平等的受教育权利是导致男女两性社会地位悬殊的根源。在英国，尽管中产阶级男性在经济上不是很富裕，但正是良好的教育背景使他们获得了优越的社会地位。在《倾斜之塔》中，伍尔夫说："所有的作家，只有屈指可数的几个例外……他们全都出身于中产阶级家庭；他们都受过良好的（至少是花费昂贵的）教育。"② 而女性所接受的滞后教育，严重地影响了她们的发展，使她们不能从事正式的社会工作，不能赚到供养自己的薪酬，只能依靠施展自己的"女性的魅力"，最终在家庭事务中丧失女性自我和主体性，沦为男人的附属和奴隶。

伍尔夫对妇女所受教育状况的描述，对传统女性教育方式的揭示与否定，对传统女性的批判，无不源于她从小被剥夺了学校教育权利、只能接受封闭的家庭教育的创伤性体验，或者说，是她对这种创伤体验的一种隐含表达、哀悼与发泄。

三 对女性情谊的认同

前面已经论及，弗吉尼亚自小所遭受的重重性别伤害使得她对

---

① [英]弗吉尼亚·吴尔夫：《岁月》，蒲隆译，人民文学出版社2003年版，第25页。
② [英]弗吉尼亚·伍尔芙：《倾斜之塔》，载[英]弗吉尼亚·伍尔芙《伍尔芙随笔全集》（Ⅱ），王义国等译，中国社会科学出版社2001年版，第715页。

第二章 伍尔夫精神创伤的文本投射

男性霸权滋生出强烈的不满情绪,于是转而向同性寻求精神慰藉。她曾坦率地说:"同女人的友谊引起我的兴趣。"① 在《自己的一间屋》里,她也坦承,"不要吃惊,不要脸红。容我们在私下的社交圈子里承认,这些事情有时是会发生的。有时女人确实喜欢女人"②。一生中,伍尔夫与数名女性建立了异常亲密的关系。这是她对自己所受性别创伤的一种日常释放与应对,也成了她文学作品的重要内容。1924年11月1日,她在日记里表明:"假如能与女性友好,那是一件多么令人高兴的事情——同与男人的关系相比,那种关系是如此私密而隐蔽。为什么不写写它呢?真实地写?"③ 在伍尔夫这里,对女性情谊的肯定一定程度上意味着对异性间关系的否定,而这种否定正源于她的性别创伤体验。所以说,她笔下的同性恋书写实质上是对其性别创伤体验的一种曲折的艺术化表达。

首先,弗吉尼亚把自己与姐姐瓦尼莎的日常关系写入了《远航》中。现实中的弗吉尼亚感情外向,对生活充满强烈兴趣,凡事喜欢刨根问底。瓦尼莎热衷艺术,怯于流露情感,勇于挑战传统,有些玩世不恭。当丈夫与妹妹调情时,在没有离婚的情况下,她公然与邓肯·格兰特(Duncan Grant)同居到死,同时,也与她的初恋情人罗杰·弗莱保持来往。受瓦尼莎影响,弗吉尼亚也走向了个性自由。与弗吉尼亚相似,小说中的雷切尔在南美的环境里认识、理解了爱情和生活,向往自由平等的婚姻和人生,海伦对她的这种转变起了重要的引导作用。对此,林德尔·戈登早有论断:"在《出航》里,弗吉尼亚·斯蒂芬在一定程度上把她同瓦

---

① 参见伍厚恺《弗吉尼亚·伍尔夫:存在的瞬间》,四川人民出版社1999年版,第271页。

② [英]弗吉尼亚·伍尔芙:《自己的一间屋》,载[英]弗吉尼亚·伍尔芙《伍尔芙随笔全集》(Ⅱ),王义国等译,中国社会科学出版社2001年版,第562页。

③ Anne Olivier Bell ed., *The Diary of Virginia Woolf*, Vol. 2 (1920—1924), New York: Harcourt Brace Jovanovich, 1980, p. 320.

尼莎的关系融入到了好奇的雷切尔同她具有自由思想的舅母海伦·安布罗斯的关系之中。"①

《远航》中，海伦总是细心地观察、精心地呵护着雷切尔，雷切尔也把海伦当作知己，对她无话不谈。雷切尔被理查德吻过后，精神萎靡不振，在海伦的打探下，她如实说出了事情的原委，而且表现出被吓坏了的神情。海伦赶忙安慰她，说男人亲吻女人，好比男人娶女人，是生活中最"平常"不过的事儿，没有必要为此担惊受怕。接下来，海伦又告诫她，务必做一个"明理"的人，注意认清理查德的本来面目，即要能够辨别"政治和喜爱亲吻的政治家"②；而且，要靠自己去发现，从而成为"有自主行为能力"③ 的人。海伦的谆谆善诱，在雷切尔身上产生了立竿见影的效果："她的那种对自我的看法，把自己视为一件真实的永存的东西，不同于其他东西，不与任何东西相融，就像海或者风一样，吹进了雷切尔的脑袋；现在她对生活的态度变得异常冲动。"④ 正是在海伦对雷切尔实施教育的过程中，她们彼此认同，关系融洽，尽管年岁相距甚远。作品有非常明晰的表述：

"不管怎么说，雷切尔，"她（海伦）把话题转开说，"固执地认为我们之间有二十岁的年龄差距就不能像正常人一样交流，这是很愚蠢的"。

"我当然不这样认为；因为我们彼此喜欢，"雷切尔说。

"是啊，"安布罗斯太太表示同意。⑤

---

① ［英］林德尔·戈登：《弗吉尼亚·伍尔夫：一个作家的生命历程》，伍厚恺译，四川人民出版社2000年版，第183页。
② ［英］弗吉尼亚·吴尔夫：《远航》，黄宜思译，人民文学出版社2003年版，第90页。
③ 同上书，第91页。
④ 同上。
⑤ 同上书，第92页。

第二章 伍尔夫精神创伤的文本投射

随着雷切尔的不断成长,她与海伦的感情越来越深厚。作者从海伦的意识视角呈现出这一点:

> 她已开始越来越对她的外甥女感兴趣,而且喜爱她了;当然,她身上还有很多东西让她讨厌,有些东西让她觉得可笑;但她对她整体上的感觉是,如果她还算不上一个人的话,那至少是一个正在尝试人生的生命,有时不太走运,但是她有某种力量,有相当的感觉;而在她自己内心深处,她感到自己和雷切尔有某种不可言喻却又无法了断的性关系。①

不难看出,雷切尔与海伦的关系具有女同性恋的性质,不同于一般的女性关系,无疑是弗吉尼亚与瓦尼莎姐妹俩亲昵关系的表征。

《达洛维太太》中,伍尔夫以克拉丽莎与理查德·达洛维有明显缺陷的婚姻关系作为背景,描写了克拉丽莎·达洛维与萨莉之间的女性"恋爱"关系。克拉丽莎与理查德表面上相敬如宾,精神上却形同陌路。即使在家里,克拉丽莎也时常感到孤单。她独自睡在一间房子里,每次躺在床上翻书时,"总排除不掉从生孩子时起保留下来的那种贞洁感,它像床单一样紧裹着她"。② 她无法克服性冷淡的毛病,厌恶与理查德的性生活,却时常被成年女子的魅力吸引。作者细致地描述、对比了克拉丽莎的这两种感受:

> 她明白自己缺少什么。不是美貌,也不是智慧。而是一种从中心向四周渗透的东西,一种温暖的东西,它冲破表层并在男女之间或女人之间的冰冷接触中掀起微波。因为她能够朦胧地感觉

---

① [英]弗吉尼亚·吴尔夫:《远航》,黄宜思译,人民文学出版社2003年版,第231页。
② [英]弗吉尼亚·吴尔夫:《达洛维太太》,谷启楠译,人民文学出版社2003年版,第28页。

到那种东西。她讨厌它,对它有一种老天爷才知道是从哪里学来的顾忌,或者像她感觉的那样,来源于大自然(大自然总是明智的);然而她有时却不由自主地屈服于妇人的而不是姑娘的魅力……不过那只是一瞬间,但已足够了。那是一种顿悟,有几分像一个人脸上的羞红,你力图掩饰它,但当它扩散时,只好由它去扩散,你跑到最远的角落,在那里发抖,觉得整个世界向你逼来,充满了某种令人惊讶的意义、某种狂喜的压力,这种意义和压力崩裂世界那薄薄的表皮喷涌而出,以一种格外的轻松流过龟裂处和红肿处。然后,在那一瞬间,她看到了一束光;一根火柴在一棵番红花上燃烧;一种内在的意义几乎表达了出来。①

"可是这个爱情问题……这个与女人恋爱的问题",克拉丽莎思忖着"爱情","以萨莉·西顿为例,她与萨莉·西顿旧日的关系。不管怎么说,那难道不是恋爱吗?"② 从克拉丽莎的意识流动里,可以读出她曾与萨莉相处时不一般的感觉。萨莉是一位时代女性,不受社会习俗束缚,大胆泼辣,敢说敢为,喜爱撒野。克拉丽莎时常为萨莉的这种性格魅力所倾倒,感到无法抗拒。有一次,她与萨莉约会前,激动得全身发抖,抱着暖水袋站在顶楼的房间里不能自持:"她就在这个屋檐下面……她就在这个屋檐下面!"③ 她把自己打扮得很精致,朝楼下走去,一股幸福感迅速漫遍了全身:"如果现在就死去,现在就是最幸福。"④ 这里,伍尔夫将克拉丽莎所感受到的幸福与莎翁笔下女主人公苔丝狄蒙娜在恋人奥瑟罗身上激发的情感反应相媲美。人们常说,情人眼里出西施。萨莉的出现,令其他人侧

---

① [英]弗吉尼亚·吴尔夫:《达洛维太太》,谷启楠译,人民文学出版社 2003 年版,第 28—29 页。
② 同上书,第 29 页。
③ 同上书,第 31 页。
④ 同上书,第 32 页。

第二章 伍尔夫精神创伤的文本投射

目。可是在克拉丽莎眼里,萨莉像一只小鸟,体态轻盈,声音悦耳,说话如同亲吻。散步的时候,萨莉停下来,吻了吻克拉丽莎的嘴唇。克拉丽莎瞬间觉得天旋地转,仿佛全世界只有她俩存在,并且以为,这是自己一生中"最最美好的时刻"①。作者把这一场会见写得心醉神迷,一点也不逊于现今热恋男女间缠绵、浪漫的幽会。许多年以后,萨莉又出现在克拉丽莎举办的晚会上,想起过去,克拉丽莎仍然无比激动和欣喜,甚至似乎有种触电的感觉"燃烧"着她的全身。

如前所述,小说中萨莉的原型是弗吉尼亚的好朋友玛奇,克拉丽莎被萨莉唤起的激情也源自弗吉尼亚对玛奇发生的心灵感应。作者曾在《自己的一间屋》里表明:"我经常是喜欢女人的。我喜欢她们的不从习俗。"② 由此,具有独特个性、不与世俗苟同的萨莉对克拉丽莎产生的吸引力,也对应着敢于挑战传统的瓦尼莎之类的女性对弗吉尼亚发生的影响力。通过写作《达洛维太太》,女作者又一次真实地抒写了自己与同性密友"幽秘而隐蔽"的关系。

《到灯塔去》中,拉姆齐夫人与女画家莉莉·布里斯科也建立了深厚的情谊,且带有"爱情"成分。她俩经常坐在一起,莉莉惯于用双臂紧紧搂住夫人的膝盖,促膝而谈、彼此安慰。莉莉一心仰慕夫人的精神力量,恨不得跟她融于一体:

> 用什么样的办法才能和崇拜对象成为一体,就像水倒进一只茶壶一样不可分离?身体能这样融合吗?纠缠在头脑里的错综复杂的通道之中的意识,能这样融合吗?或者,心灵与心灵之间,能这样融合吗?人们所谓的爱情能否使她和拉姆齐夫人成为一体?因为她渴望的不是知识,而是合而为一……而是亲

---

① [英]弗吉尼亚·吴尔夫:《达洛维太太》,谷启楠译,人民文学出版社2003年版,第32页。
② [英]弗吉尼亚·伍尔芙:《自己的一间屋》,载 [英]弗吉尼亚·伍尔芙《伍尔芙随笔全集》(Ⅱ),王义国等译,中国社会科学出版社2001年版,第592页。

密本身……①

　　拉姆齐夫人也被莉莉吸引住了，觉察到她身上具有某种气质，"一种灵气；一种惟她独有的东西……"②，表示非常欣赏，尽管它并不为男性所喜欢。

　　夫人过世以后，莉莉无法排遣对她的深切思念。时隔十年，拉姆齐夫人的幻象还时常出现在她眼前，甚至感觉两人肩并肩坐在海滩上。有时，她禁不住大声呼喊："拉姆齐夫人！"③好像她听到呼唤就会回来似的。奇迹不会发生，莉莉眼泪双流，越发痛苦。直到拉姆齐先生一行到达灯塔时，莉莉才顺利完成拉姆齐夫人画像的末笔，终于如释重负。许多年以来，莉莉一直把给夫人画像视为经营一项事业。灯塔旅程不付诸实践，她的画作也没法完成。在夫人人格力量的巨大感召下，灯塔之行终于达成。莉莉也在画作中将夫人铸为永恒。

　　伍尔夫不仅在小说创作中着力表现女性之间的相互理解和彼此信任，而且，还在散文《自己的一间屋》里对传统小说进行了批评，认为传统小说中的女性特质主要是通过男性的眼光呈现出来的，在男性世界的审视下，她们不是"圣女"，就是"恶魔"：

> 直到简·奥斯汀的时代之前，小说里的所有伟大女性不仅是由男性来予以理解，而且还只是由与男性的关系来予以理解。而那又是一个女人生活中的一个多么小的部分，而当一个男人透过性区别戴在他鼻子上的黑色的或者玫瑰色的眼睛来予以观察时，他对那个部分的了解又是多么之少。因而也许这就

---

① ［英］弗吉尼亚·吴尔夫：《到灯塔去》，马爱农译，人民文学出版社2003年版，第45页。
② 同上书，第92页。
③ 同上书，第160页。

第二章　伍尔夫精神创伤的文本投射

是小说里的女人的独特性质,她的美和可怕都极端得令人吃惊,不是善良得超凡入圣,就是堕落得穷凶极恶——因为一个情人就是依照他爱情的升降沉浮,成功和不幸来这样看待女人。①

女性在男性社会中的不平等地位,促使伍尔夫对两性关系进行深入思考。在她看来,男女两性的不公,导致了男人对女人的认识是"极其受限制的和偏颇的"②,言下之意,只有女人才能真正认识和理解女人。伍尔夫凭借笔下人物克拉丽莎之口,高度评价自己所拥有的同性感情:它"纯洁""完美""彻底无私","它跟对一个男人的感情不同",此外,"它只存在于女性之间"③。伍尔夫对女性间情谊的认同和书写,意味着她对异性恋情的质疑与否定。这种性别思想和创作思想,无疑是男性以及男性社会在她心灵深处打下的创伤烙印的曲折隐现。

第三节　战争创伤在文本中的投射

伍尔夫一生亲历了第一次世界大战和第二次世界大战的爆发,她的主要创作也都发表于这一时期。细读这些文本,不难发现,有许多内容与战争相关联。作为女人,伍尔夫虽然没有参战的直接经验,但自己在伦敦的住宅和霍加思出版社被德军炸毁,许多亲人、朋友死于战场,许多家庭随之破碎等事实残酷地横陈在她面前,给她造成了摧毁性的打击,形成了强烈的创伤感。她依赖自己对于战

---

① [英]弗吉尼亚·伍尔芙:《自己的一间屋》,载[英]弗吉尼亚·伍尔芙《伍尔芙随笔全集》(Ⅱ),王义国等译,中国社会科学出版社2001年版,第563—564页。
② 同上书,第562页。
③ [英]弗吉尼亚·吴尔夫:《达洛维太太》,谷启楠译,人民文学出版社2003年版,第31页。

争的敏锐感受,致力于书写战争给自己留下的种种创伤性体验和记忆:摧毁年青一代,破坏家庭,毁灭城市。

一 摧毁年青一代

伍尔夫的外甥朱利安年纪轻轻死于西班牙内战,好朋友鲁伯特也在风华正茂的年龄亡命沙场,最让她痛彻心扉。在创作中,她将战争作为一种冷冰冰的、非人性的机械力量进行描述,着力揭露它对参战士兵年轻生命的无情扼杀,对他们身心健康的严重摧残,以及对于他们信念、前程和事业的残酷摧毁。

《雅各的房间》是一部具有明显反战色彩的小说。主人公雅各的原型除了索比之外,还有鲁伯特。鲁伯特是一位战争诗人,常常从古希腊文学中汲取战斗勇气,提取诗歌素材,获得作诗的灵感。死后,英国人民更加景仰他的诗歌,把他奉为具有古希腊勇士气质的高贵英雄。

与鲁伯特一样,雅各是剑桥的学生,深爱知识和艺术。作品有多处写到他如何在剑桥和伦敦的住所里,在大英博物馆里阅读和讨论柏拉图、莎士比亚和斯宾诺莎等古代文化名人,如何在古希腊和古罗马的废墟上苦苦探求和思索古典文化。他希望自己能够成为古代文明的继承者,作品写道:

> 是不是为了接受往昔的这一赠礼,那个年轻人才走到窗户边并站在那儿,往外望着院子?这就是雅各。他站在那儿抽着他的烟斗,而时钟最后的敲击声正轻柔地围绕着他颤动……钟声带给他(或许吧)一种古老建筑和时光的感觉,而他自己则是继承者……①

---

① [英]弗吉尼亚·吴尔夫:《雅各的房间》,蒲隆译,人民文学出版社2003年版,第142页。

第二章　伍尔夫精神创伤的文本投射

同鲁伯特一样，雅各尤其崇尚古希腊精神。作品第十二章叙述了他的希腊之行：他站在奥林匹亚的山顶上，俯瞰希腊古国的半壁江山；他坐在采石场里，想起希腊人曾在这儿切割用于修建剧院的大理石；他来到曾经矗立过雅典娜雕像的地方，陷入沉思冥想；他站在雅典卫城的帕台农神庙上，思考文明问题，认为古希腊人解决得非常出色；他爬上了庞特力寇斯山，还在雅典卫城上眺望马拉松平原……他发现自己原来对建筑"情有独钟"，"喜欢雕像胜过喜欢绘画"①。他给朋友博纳米写信说，有生之年，他会每年都去希腊。

也如同鲁伯特一样，雅各满怀爱国热情，并且时常把爱国主义与古希腊精神相联系，希望自己能够像古希腊英雄一样为国奉献。然而，这样一个人类文明的优秀继承者、爱国者和潜在创造者还没来得及释放自己生命的能量，却成为战争的牺牲品。作者虽然没有直接描述雅各的参战经历，也没有明确提及他的死因，但作品处处有所暗示：他的姓"弗兰德斯"就寓指战争，它取自一个地名，即法国北部和比利时东西部交界的一个地方，"一次"大战的战场之一，有无数年轻的无辜生命牺牲于此。此外，作品多次提及在雅各的希腊文辞典中夹有罂粟花，而罂粟花是纪念战死弗兰德斯战场士兵的象征物。伍厚恺对伍尔夫的这种写法及其意义的评价非常精辟，他说：

> 弗吉尼亚·伍尔夫在抨击战争罪恶时却不落他人窠臼，总是独辟蹊径。她几乎没有对雅各的参战经历作任何描写，甚至没有明确揭示雅各战死的结局，而是呈现雅各年轻生命的价值与期望，透过人类文明历史的视野来加以审视，从而揭示战争

---

① ［英］弗吉尼亚·吴尔夫：《雅各的房间》，蒲隆译，人民文学出版社 2003 年版，第 146 页。

的毁灭性罪恶。①

在《达洛维太太》中,伍尔夫继续揭露战争给年轻人带来的摧毁性后果。她借彼得之口谴责道:"丰富多彩的、不甘寂寞的生命则被放到满是纪念碑和花圈的人行道底下,并被纪律麻醉成一具虽僵挺但仍在凝视的尸首。"② 除了描写死亡,伍尔夫更侧重反映由战争引起的创伤性后遗症及其所导致的残酷后果。

主要人物塞普蒂莫斯·沃伦·史密斯是一名退伍士兵。从军以前,他积极进取、富有理想、热爱生活。第一次世界大战爆发后,为了保家卫国,他自愿报名参战,在战场上勇敢杀敌,得到了晋升,但同时也受了刺激。原来,他的好友埃文斯在战场上牺牲时,他表现得毫不在乎。战争结束后,他为此内疚不已,觉得那是自己最大的罪过,内心充满恐惧感与幻灭感,以致精神崩溃,眼前出现幻觉,仿佛"死者"时常来看望他。后来,霍姆斯大夫宣布他没有任何病。的确,"他什么病都没有,只有那罪恶——他的麻木不仁,为此,人性已判处他死刑,……埃文斯牺牲时他一点都不在乎,那是最糟糕的事"。③

可见,塞普蒂莫斯的精神崩溃是由战争的毁灭性打击造成的,精神崩溃中见到的是"疯狂的真理"。他仿佛听到埃文斯从九泉之下传来话语:"不要砍树,要告诉首相。博爱:世界之意义。"④ 他听到麻雀在对他歌唱,树木在朝他挥手,他决心"改变这个世界,再也不要有人出于仇恨而杀人"⑤。他大声呼唤人们停止战争、珍爱生

---

① 伍厚恺:《弗吉尼亚·伍尔夫:存在的瞬间》,四川人民出版社1999年版,第159页。
② [英]弗吉尼亚·吴尔夫:《达洛维太太》,谷启楠译,人民文学出版社2003年版,第48页。
③ 同上书,第86页。
④ 同上书,第140页。
⑤ 同上书,第141页。

第二章 伍尔夫精神创伤的文本投射

命，呼唤人间失去的爱。可是，人们反把他当成疯子看待，对他实施隔离治疗。孤独、绝望中，他选择了自杀，以死表达自己对社会体制的抗议。

给塞普蒂莫斯看病的威廉·布拉德肖（William Bradshaw）之流就是这种社会体制的象征，也是整个英国资本主义社会规则的制定者、执行者甚至是强制执行者的代表。实际上，塞普蒂莫斯内心的惊恐、不安都与他认为自己有罪有关。如果用弗洛伊德所倡导的"宣泄法"，让病人将内心的症结倾吐出来，是有利于恢复病人心态稳定的。可是，给塞普蒂莫斯治病的两位声望极高的医生，不只是不听病人谈自己的病情，甚至不让病人与家属说话。每当塞普蒂莫斯想说出自己内心的负罪感，说出自己人性的犯罪时，布拉德肖总会打断他，并善意地规劝他，把一切托付给医生，尽可能少操心。布拉德肖给塞普蒂莫斯开出的药方是，他必须离开妻子和亲人，到自己所开的乡下的疗养院去静养。最有发言权的病人被最为权威的医生剥夺了话语权，他对所有病人都如此。作品写道：

> 威廉爵士靠崇拜均衡不仅自己发家致富，而且使英国繁荣昌盛，他隔离了英国的精神病人，禁止他们生育，宣布绝望也算犯罪，不让病人宣扬自己的观点，直到他们也获得了他的均衡感——如果病人是男人，得到的就是他的均衡感，如果病人是女人，得到的就是布拉德肖夫人的均衡感……[①]

可以看出，伍尔夫把医生对病人的这种绝对权威引申到了英国的社会关系之中，让我们看到这不过是英国社会的一个缩影。上层人、社会规则的制定者们是自由的，能控制一切，而被执行者们则

[①] ［英］弗吉尼亚·吴尔夫：《达洛维太太》，谷启楠译，人民文学出版社2003年版，第94页。

不能掌握自己的命运，甚至连说话的权利都没有。

塞普蒂莫斯由于战争造成的创伤而疯狂，因为战后疯狂所遭致的迫害而自杀。统治者不仅是战争规则的制定者和战争行为的发起者，也是战后社会规则的制定者和受益者。事实上，当时的英国政府对战争进行了大肆宣传，使得许多像塞普蒂莫斯一样的热血青年充满了爱国主义激情，并且在这种情绪的鼓动下勇赴战场。而统治者完全从自己的利益出发，视年轻生命如草芥。不仅如此，他们还从幸存的战争受害者身上进一步搜刮财富。当塞普蒂莫斯与妻子离开布拉德肖的诊所，看到他的住宅门前停着他那辆灰色的高级轿车，车身低，功率高，车身的嵌板上刻着他的姓名的缩写，这本身就是他的财富的象征。塞普蒂莫斯对妻子说：光保养那辆汽车就得耗费不少钱吧。当然，他们有的是钱过奢侈的生活，布拉德肖夫人穿着鸵鸟毛装饰的画像就挂在壁炉之上的墙上，而威廉·布拉德肖先生的收入呢，一年差不多有12000英镑。统治者为所欲为，从战争和社会体制中获取利益，而塞普蒂莫斯这样的下层人们连基本的话语权都被剥夺了，只能顺服地接受统治者的统治，成为他们继续敛财的对象与工具，最终被逼上绝路。伍尔夫对这些政府的作为非常反感，为年轻生命的无辜牺牲感到无比痛惜。

在《达洛维太太》里，尽管伍尔夫还是没有直接描述战争场景，但把塞普蒂莫斯退伍后陷入疯狂、走上自杀之路的过程写得极其悲催，不仅深刻揭示出战争给人们带来的持久而深重的心理创伤，而且进一步揭露了战争背后支撑战争行动和支配人们生活的社会机制。

二　破坏家庭

战争是人类历史上最惨无人道的行为，一旦发生，便不可避免地会给爱情、婚姻和家庭带来不幸。它以各种方式剥夺人们的性命，给幸存者造成失去亲人的巨大创痛。它也导致爱情的破裂、婚姻的

第二章 伍尔夫精神创伤的文本投射

离散，例如丈夫服役期间妻子遭遇婚外情，或者由于士兵在战场上受到刺激、伤害，出现身体、心理问题甚至性机能失常，让妻子承受一切。这些悲剧在许多作家的笔下都得到了表现。伍尔夫在揭示战争与家庭问题时，则侧重通过女性的感受反映战争给家庭带来损害的深重罪孽，这无疑与她的性别思想有着千丝万缕的联系。

《达洛维太太》开篇，在克拉丽莎的意识流动中就闪现了这样一幕：

> 战争已经结束，但对福克斯克罗夫特太太这样的人例外。昨晚她在大使馆心事重重，十分悲痛，因为她的好儿子战死了……又如贝克斯伯拉勋爵夫人，听说她在主持慈善义卖开幕式的时候手里拿着电报，她最心爱的儿子约翰战死了。①

还有，佛兰德斯太太的兄弟杳无音信，死于沉船或是落在土著手里。在彼得·沃尔什的视角中，也出现了一个寻找儿子的凄惨而无奈的母亲形象：

> 在那里，一个上了年纪的女人走到门口，手遮在眼睛上方，举着双手，白色的围裙随风飘荡，可能是在企盼他回家；她好像（这个衰弱的人是如此强有力）要穿过沙漠去寻找一个失散的儿子，去寻觅一个被害的骑者；她仿佛是一个母亲的形象，她的儿子们都已在世界的多次战斗中阵亡。②

战争夺走了平民的儿子，也夺走了贵族勋爵的儿子，给各个阶

---

① ［英］弗吉尼亚·吴尔夫：《达洛维太太》，谷启楠译，人民文学出版社 2003 年版，第 2—3 页。
② 同上书，第 54 页。

层的家庭和人们都带来了痛苦,尤其是给无数母亲造成了无法弥补的精神裂痕。有些人们,虽然没有受到直接的战争伤害,但也深受其累。克拉丽莎为战争的结束而暗自感叹:"战争毕竟结束了,感谢老天爷,终于结束了。"① 她还回忆起她的老威廉叔父,他曾说:"我已经活够了"②,就在战争期间的某一天早上卧床自杀。

作品所着力展现的,还有塞普蒂莫斯的妻子利西娅·沃伦·史密斯的痛苦感受。她是意大利米兰一家旅店老板的小女儿,长着艺术家的纤细手指,心灵手巧,最擅长做帽子。结婚以前,是一位活泼可爱的姑娘。"一次"大战结束以后,塞普蒂莫斯跟随部队借宿在利西娅家的旅店。在将死者安葬完后的某个晚上,一阵阵恐惧感朝他袭来,他失去了感知能力。然而,当他推开房门,制帽子的意大利姑娘们正有说有笑,使他得到了抚慰,获得了安全感。在他的请求下,年纪较小的利西娅与他结了婚。对他来说,找到了一个庇护所;对她而言,却意味着步入了痛苦的深渊。

塞普蒂莫斯时常处于疯狂与麻木的状态中。"他能够论理,他能够很轻松地阅读例如但丁的作品……他能够计算账单;他的脑子是完好的;那么他的麻木不仁一定是这个世界的过错了。"③ "世界的过错"在于战争。战争使他产生强烈的负罪感,深陷其中,不能自拔。他将战争遗留下来的痛苦转移给了妻子。利西娅不得不陪他聊天,宽慰他,带他看医生,盼望他早日康复。然而,任何治疗似乎都不起作用。丈夫因为战争而陷入疯狂状态,妻子作为活生生的年轻女人也不得不承受着丈夫的罪孽。作品通过利西娅大段大段的意识流动,揭示了战争是如何摧毁了她的幸福生活:

---

① [英]弗吉尼亚·吴尔夫:《达洛维太太》,谷启楠译,人民文学出版社2003年版,第3页。
② 同上书,第9页。
③ 同上书,第83页。

第二章　伍尔夫精神创伤的文本投射

　　她再也忍受不下去了。霍姆斯医生也许会说没有什么大不了的事。她恨不得丈夫现在就去死！她不能总坐在他身边看着他瞪眼出神而对她不屑一顾并把一切搅得乱七八糟……他很自私。男人都自私。因为他没有病。霍姆斯医生说他没有什么大不了的事。她摊开一只手。看！她的结婚戒指松动了——她瘦多了。受苦的是她自己，但是她无人诉说。①

日子一天天过去，利西娅为自己的不幸懊恼不已，不由怨恨命运的不公：

　　她并没有做过什么错事；她曾爱过塞普蒂莫斯；她曾很幸福；她曾有过一个漂亮的家，至今她的姐妹们还住在那里，还在做帽子。为什么单单她就得受苦呢？……当时她为什么不留在米兰呢？她为什么受到折磨呢？为什么？②

孤独、寂寞之时，利西娅也非常想要孩子，因为没有孩子而抽泣，塞普蒂莫斯却表现得无动于衷。尽管作品没有明言，但读者未尝不可推断，塞普蒂莫斯完全丧失了感觉能力，连吃东西也尝不出味道，由此，他也不可能像正常人一样产生性的兴奋与冲动，这就把渴望孩子的利西娅推向了绝望的境地。作品如此描述："他的妻子在哭泣，而他却无动于衷；只是她如此强烈、无言、绝望地每哭一次，他就向深渊迈下一步。"③ 正是战争的惨无人道，影响了这对夫妻的正常生活，使得利西娅作为女人的最基本愿望也难以实现。

　　利西娅与塞普蒂莫斯婚后少有的幸福时刻，就是她织帽子的时

---

① ［英］弗吉尼亚·吴尔夫：《达洛维太太》，谷启楠译，人民文学出版社 2003 年版，第 20 页。
② 同上书，第 61—62 页。
③ 同上书，第 85—86 页。

候。那一次,塞普蒂莫斯的眼前又出现了幻象,利西娅告诉他不过是一个梦,他变得安静了,其实她自己也被他吓坏了。她一边缝帽子,一边叹气。在他听来,"她的叹气声轻柔而愉悦,好似晚间外面树林里的风"①。看着她忙碌的样子,他似乎又回到了他们初次相见时做帽子的场景中,他又重新获得了安全感,狂躁的情绪进一步平复,理智也复归正常,"奇迹、启示、痛苦、孤独感都掉进了大海,掉呀,掉进火焰里,一切都被烧毁了,因为当他看着利西娅为彼得斯太太修整草帽时有一种绣花床罩的感觉"②。他评价说,那顶帽子太小,不适合彼得斯太太。他与妻子有了正常的沟通与交流。在利西娅听来,这是多长时间以来他第一次像往常那样与她说话。她非常高兴,"已经有好几个星期了,他们没有这样一起放声大笑过,没有像结了婚的人那样私下开玩笑……她从来没有这么幸福过!一生当中从来没有过!"③她也恢复了她对丈夫的第一感觉:"她想什么就能说什么。"④她幸福地想起了他们初次见面的情形,她喜欢他漂亮的肤色、他的大鼻子、他的明亮的眼睛,还有他的温柔。在她的回忆里,关于丈夫以及他们之间的相恋是美好的:

> 她从来没见过他胡闹或酩酊大醉,只见过他有时因那场可怕的战争而感到痛苦,但即便如此,在她进来时,他总会把那一切抛开。她对他无话不谈:世界上的一切事情、她工作中的一切小问题以及她突然想要说的一切,她都要告诉他,而他立刻就能理解。连她自己的家人也做不到这一点。由于他比她年长而且是那么聪明——他是多么认真啊,想让她读莎士比亚的

---

① [英]弗吉尼亚·吴尔夫:《达洛维太太》,谷启楠译,人民文学出版社2003年版,第134页。
② 同上书,第135页。
③ 同上。
④ 同上书,第138页。

第二章 伍尔夫精神创伤的文本投射

著作,可她连英文的儿童故事还读不懂呢!——由于他是那么见多识广,他能帮助她。当然她也能帮助他。①

现在,在她的帮助下,塞普蒂莫斯回到了正常状态,他们之间重新充满了默契与幸福:

> 她把双手放在头上,等着他说是否喜欢这顶帽子;就在她坐着等待并向下看的时候,他能感触到她的思绪,像小鸟似的从一根树枝到另一根树枝,总是飞落得十分准确;他能跟踪她的思绪,当她坐在那里很自然地做出一种无拘无束、漫不经心的姿态时;而且只要他一说话,她就立刻报以微笑,犹如一只小鸟飞落下来,用所有的爪子牢牢地抓住树枝。②

塞普蒂莫斯夫妇在分享着幸福回归的喜悦,可是,另一面,在潜意识里,却难以摆脱布拉德肖爵士的阴影。塞普蒂莫斯想起布拉德肖曾经说过,在生病的时候,他必须学会休息,而且他必须与利西娅分开,因为病人最喜欢的人往往不适合照顾病人。他感觉自己处于医生的控制下了:"霍姆斯和布拉德肖在向他进攻!"③果然,幸福是短暂的。霍姆斯上楼来了,丝毫不顾利西娅的阻挡。塞普蒂莫斯坐到了窗台上,当霍姆斯来到门口,他跳了下去。其实,他不想死。他死前的念头是:"生活是美好的。阳光是火热的。"④

塞普蒂莫斯纵身一跃,一了百了。可是,对于利西娅来说,却

---

① [英] 弗吉尼亚·吴尔夫:《达洛维太太》,谷启楠译,人民文学出版社 2003 年版,第 139 页。
② 同上。
③ 同上书,第 139—140 页。
④ 同上书,第 141—142 页。

是很不公平的。作为妻子,她在整个婚姻生活中承担着丈夫的痛苦与不幸,从没有享受过安然的家庭生活;作为女人,也从没有过成为母亲的喜悦;最后,还只能在孤独中度过余生。

伍尔夫通过许许多多有关女性的故事与女性的感受告诉我们:战争使男人不幸,也使女人不幸,虽然她们没有亲自冲锋陷阵,但她们与男人一样承受着巨大的战争痛苦;战争殃及男男女女、老老少少,是损毁婚姻、破坏家庭的罪魁祸首。

三 损毁城市

英国是最早的资本主义国家,19世纪后半期,随着资本主义大发展,成为一个庞大的殖民帝国。伦敦也发展为世界上最大的城市、金融资本和贸易中心。但在第一次世界大战中,英国虽然没有直接参战,却也遭受重创,作为帝国的统治根基被动摇,从此无可避免地走向衰落。伍尔夫对帝国的衰落感到无限惋惜,在小说中无情地批判了殖民战争给帝国带来的负面影响。透过她的描述,世界文明的中心——伦敦城,在战争阴影的笼罩下,也是堕落与"伟大"并存。

《雅各的房间》写到,第一次世界大战结束以后,伦敦上空混杂着许多声音,"愤怒的、淫荡的、绝望的、热烈的,和夜间笼中困兽的声音相差无几"[①]。伦敦"这座苍老的城,古老破旧,罪孽深重……这座城市热爱自己的娼妓"[②]。很多妇女在战争中失去了亲人,被迫出卖肉体,作者满怀同情地写道:

> 一位瞎眼老妇人坐在一把轻便折凳上,背对着伦敦联合济贫

---

① [英]弗吉尼亚·吴尔夫:《雅各的房间》,蒲隆译,人民文学出版社2003年版,第77页。

② 同上书,第62—63页。

第二章　伍尔夫精神创伤的文本投射

院和史密斯银行的墙根，怀里紧紧地搂着一个棕色混血女孩……她那颗罪孽深重的、鞣制过的心——因为那个紧贴在她怀里的孩子就是她罪孽的果实……①

《达洛维太太》里，塞普蒂莫斯精神崩溃后，他的妻子利西娅处于孤立无援、担惊受怕的境地。小说写道，"她像一只小鸟，躲在一片树叶形成的薄薄空间里，当这片树叶摇动时她对着阳光眨眼睛，而当一根干枝断裂时她又大吃一惊。她得不到任何保护"。② 伍尔夫从人道主义出发，对于城市下层人们生活贫困、生存没有安全感的悲惨状况进行了如实描绘，深刻地揭示出战争的罪恶。

20 世纪 30 年代，在欧洲经济危机的冲击下，再加上第二次世界大战的迫近，英国处于风雨飘摇、岌岌可危的状态。伍尔夫对帝国前景几近绝望，多次精神崩溃。1937 年，她完成了《岁月》的写作。这是一部挽歌式的作品，以伦敦为核心，勾勒出了大英帝国的衰落图景。作品描写了种种不祥之兆：伦敦城的上空，不时传来警报器的悲鸣声、空袭的军号声、沉闷的爆炸声；疾病、风暴、诅咒、死亡、骚乱和暴力等充斥于各处，混乱不堪。"一个喇叭在嘟嘟地叫，一声汽笛在河上哀鸣"③，泰晤士河成了地球灾难的策源地，大英帝国的冒险家们曾经从这里出发去远征世界，而现在纷争无尽。因此，大英帝国的中心就是黑暗的深渊，"那些遥远的声音，它们引起的对这个世界漠然置之的其他世界的暗示，对深夜里在黑暗的中心劳苦的人们的暗示……"④ 在这样一个充满苦难的世界里，佩吉不由问自

---

① ［英］弗吉尼亚·吴尔夫：《雅各的房间》，蒲隆译，人民文学出版社 2003 年版，第 62 页。
② ［英］弗吉尼亚·吴尔夫：《达洛维太太》，谷启楠译，人民文学出版社 2003 年版，第 62 页。
③ ［英］弗吉尼亚·吴尔夫：《岁月》，蒲隆译，人民文学出版社 2003 年版，第 339 页。
④ 同上。

己:"一个人怎么能快乐呢?每个街头的每张报纸上都是死亡,或者更有甚者——专制;残暴;折磨;文明的没落;自由的终结",她感觉自己靠一片树叶庇护,可是"它也难逃毁灭的厄运"①。在萨拉看来,伦敦是"污秽的城市,没有信仰的城市、死鱼和破锅的城市"②。置身于这样的时代,欧也妮也不由感叹:"人们好苦啊!"③

以上种种关于伦敦的描写,表现了作者对帝国主义的殖民主义战争和霸权的指责,体现出一种人道主义思想和深刻的文化批判精神。

第二次世界大战期间,法西斯德国对英国连续实施"海狮行动计划"和"月光奏鸣曲"行动,伦敦被轮番轰炸,遭到摧毁性的打击,数万民众伤亡,数幢房屋被夷为平地。目睹自己深爱的城市惨遭蹂躏,伍尔夫异常痛心。伦敦是大英帝国的文化中心,留存着她所钟爱的许多文化哲人的足迹,却变得满目疮痍。1940年,伍尔夫写给埃塞尔·史密斯:"我生命的激情,就是伦敦城——看到它被全部炸毁,太刺痛我的心了。"④

伍尔夫的许多作品都遵循了意识流的创作理念,主要从人物的内在视角出发反映和揭示战争的罪孽,对于战争给城市造成的摧毁性打击的直接描写并不多见,但透过以上描述,我们完全可以充分感受到战后伦敦精神的贫瘠、荒芜和昔日繁荣景象的消逝。

伍尔夫从自身遭遇和内在体验出发,书写战争罪孽,在表达自己浓重的创伤情绪的同时,揭示出战争给世人、给社会造成的普遍创伤,从而使其郁积已久的战争创伤情结得到更好的释放和缓解。

---

① [英]弗吉尼亚·吴尔夫:《岁月》,蒲隆译,人民文学出版社2003年版,第339页。
② 同上书,第294页。
③ 同上书,第101页。
④ Nigel Nicolson and Joanne Trautmann, eds., *The Letters of Virginia Woolf*, Vol. 4 (1936—1941), New York: Harcourt Brace Jovanovich, 1982, p.431.

第二章 伍尔夫精神创伤的文本投射

小 结

　　历经创伤的伍尔夫，作为一位知识女性，深深地懂得，不幸与痛苦不能长期积蓄在心，需要及时排解。在日常生活中，她以同性恋、性冷淡和自杀等经典的女性形式调解张力，释放压抑与紧张情绪。不仅如此，她还选择在文学的世界里表达创伤。她把自己的创伤经历和创伤感应或直接或间接地投射在了文学事件和文学人物上，从而构筑出充溢着创伤情愫的文学内容。依据弗洛伊德的"宣泄说"以及其后兴起的治疗理论，受害者把创伤事件讲述出来，就是对创伤的抚慰与疗治。伍尔夫凭借自己的写作天赋，在虚构的文学世界里反复述说创伤的情愫，这种述说无疑对其具有舒缓、消解创伤的积极意义。

第三章 伍尔夫精神创伤的美学呈现

关于艺术家的个体经验与艺术技巧或表达形式之间的关系,马克思早有论述:"谁要是经常听到周围居民因贫困压在头上而发出的呼声,他就容易失去美学家那种善于用最优美最谦恭的方式来表达思想的技巧。"① 也就是说,个人在感受到某种不幸时,这种感受会改变他表达思想的方式。这就说明,经验能够影响技巧,影响形式的表达。在文学批评史上,许多批评家也注意到了作家的个体经验与文学作品之间的关系,但大多把注意力放在作家经验对于作品内容的影响方面,却忽略了经验与技巧的关系问题。弗洛伊德就曾明言说,他在理论上只关注艺术的内容,而不考虑艺术形式,他的心理分析学说"对于美没有什么可说的,不及对其他许多事物那样",还说,"外行人可能对于心理分析求之过苛……必须承认,它根本没有他也许最感兴趣的两个问题。它无法说明艺术才能的性质,也不能理解艺术家的工作方法即艺术技巧"。② 但近年来,中国学界补充、论及了这一盲点,有学者阐述:

---

① 《马克思恩格斯全集》第 1 卷,中共中央马克思恩格斯列宁斯大林著作编译局编译,人民出版社 1956 年版,第 206 页。
② [奥]西格蒙德·弗洛伊德:《弗洛伊德后期著作选》,林尘等译,上海译文出版社 1986 年版,第 73 页。

第三章 伍尔夫精神创伤的美学呈现

经验是从某种特定的环境、特定的角度来观察、感受对象的过程和结果。在此过程中,个体或经验者不仅仅得到"信息",也得到一种特定的接收信息的方法。或者说,经验本身就既包含对象的内容,也包含经验对象的方法。由此,艺术家在创作活动中,就不单单把所经验的内容转化为作品的内容,同时也包含着这一过程,即把经验过程中的观察、感受对象的方法表现在作品中。①

把握了经验本身的性质,就不难理解艺术家的经验不但影响作品内容,也会影响作品技巧或形式这一点了。

作家的一切经验,都会对其作品的形式技巧产生或多或少的影响。其中,创伤性经验对形式的影响显得更为突出。相比于普通经验,创伤性经验是一种更加特殊、更为个性化、私密化的经验,这种经验的性质决定了它很难通过已有的形式技巧进行表现。所以,遭遇了创伤事件的作家们,在书写创伤经验时,不得不努力探索出一种最适于表达自己创伤情感的艺术形式。事实上,在中外文学史上,对于文学作品的艺术形式有过杰出贡献的,往往是那些具有强烈的创伤经历的作家,例如,国外的欧内斯特·海明威(Ernest Hemingway)、卡夫卡(Kafka)、尤金·奥尼尔(Eugene O'Neil)、安东尼·伯吉斯(Anthony Burgess)和中国的屈原、曹雪芹、鲁迅等人。

精神创伤不仅给伍尔夫提供了创作的素材,影响了其文学内容,也影响了其艺术形式。在本章,笔者将与伍尔夫精神创伤有紧密关联的且颇为突出的写作技艺主要概括为三点:第一,伍尔夫从创伤体验出发,塑造了具有深层象征含义的文学意象,包括"钟声""房间""伦敦""海洋"等,以寄寓自己对现代社会死亡、性别、战争等问题的思考;第二,在一些主要作品中,伍尔夫创造性地运用了

---

① 唐晓敏:《精神创伤与艺术创作》,百花文艺出版社1991年版,第108页。

现代主义的意识流技法构筑作品，内心独白、时空蒙太奇等是描写人的潜意识的最直接的艺术手段，也成为伍尔夫表达自身乃至全部现代西方人的内心感受和心灵创伤的重要方式；第三，伍尔夫对传统文学艺术形式进行了一系列的继承、改革和创新，其晚期作品更呈现出融合传统与现实的、具有多种文体特征的、综合化的审美艺术风格，从自身创伤体验出发，真实地揭示现代西方人普遍的精神危机和创伤情怀，也是伍尔夫进行这种新的小说艺术实践的内在动因。

第一节 复杂多样的创伤性意象

"意象"是心理学研究的范畴，也是文学研究的对象。在心理学领域，"意象"指心中回忆或重现的与往昔有关的某种知觉或感受上的经验，这种知觉或感受是视觉上的，也可以是听觉、味觉、嗅觉或联觉上的。在文学创作中，"意象"则表现为一种用象征、隐喻创造的表意性艺术形象或文学形象。心理学家认为，在创伤性事件的影响或反复影响下，通常，人内心中会形成概括性的消极意象。伍尔夫也不例外，在经历了多重创伤事件的打击后，对现代生活、生命、两性、人生看得极其透彻，不由悲从中来，心头无可避免地为一些创伤性意象所缠绕，于是将其诉诸笔端，成为承载她创伤体验的美学载体。但伍尔夫并非没有理想和追求，正是这份理想与追求使她能够克服浓重的悲观情绪的影响，好比穿过茫茫雾霭的太阳发射出光芒，因而她笔下的某些意象又具有了积极的内涵，从而形成复杂的、具有悖论意义的创伤性文学意象。

本节选取伍尔夫作品中的几组重要意象，包括房间、钟声、伦敦和海洋，集中探讨它们的复杂寓意及其与伍尔夫创伤经验的关联，由此透视她对人生困境的深切感受与独特思考，并指出它们对于伍

第三章 伍尔夫精神创伤的美学呈现

尔夫的创伤治疗意义。

一 钟声：死亡的象征

关于时间与生死问题的讨论，是文学作品的永恒主题。钟声往往代表时间，钟声的滴答作响宣告着每一时刻的来临，也意味着时间的渐行渐远。"钟声"在伍尔夫作品《雅各的房间》、《达洛维太太》和《岁月》中被反复提及，它提示人们，虚华的物质生活终究会随时间的流逝而结束，让生活在现代都市里的人们感受到一种非同寻常的幻灭感。钟声作为描绘时间的重要意象，在《达洛维太太》中体现得最为明显，象征着死亡。

作者在《达洛维太太》中提到了多种时钟，包括伦敦议院大楼的大本钟、圣玛格丽特教堂的钟、牛津街的广告钟和哈利街的钟。时钟报时的声音贯穿了作品始终。小说开篇，克拉丽莎在大街上行走，大本钟的钟声使她感到莫名的惆怅。对克拉丽莎来说，钟声意味着时光的流逝和生命的消逝："听！那深沉洪亮的钟声响了。先是前奏，旋律优美；然后报时，铿锵有力。那深沉的音波逐渐消逝在空中。我们是如此愚蠢，……"① 钟声使克拉丽莎想到了死亡事件，福克斯克罗夫特太太和贝克斯伯拉勋爵夫人的儿子们都战死在第一次世界大战的战场上，她不由感叹生命的无常，庆幸战争终于结束了。钟声也使克拉丽莎想起了少女时期与恋人彼得的争论与决裂，光阴似箭，日月如梭，如今他们之间的恋情已荡然无存，一种强烈的失落感袭上心头。音波的消逝意味着时间的流逝，走在邦德街上时，她意识到自己的生命将不可避免地终结。她还想起了她的老威廉叔父的死亡，战争期间，他觉得自己已经活够了，在一天早上卧床自杀。当她回到家里，又一次响起了大本钟的声音，"现在是十二

---

① [英]弗吉尼亚·吴尔夫：《达洛维太太》，谷启楠译，人民文学出版社2003年版，第2页。

点整,大本钟报时十二点整,那钟声随风飘荡在伦敦北部上空,与其他钟声汇合在一起,轻飘飘地融入云彩和缕缕烟雾之中,最后消逝在天上的鸥群里……"① 当大本钟敲响半点的时候,克拉丽莎注意到她的老邻居——一位老妇人,在她自己的卧室里,行动迟缓,步履蹒跚。在克拉丽莎的想象中,钟声与老妇人有着千丝万缕的联系:"那钟声迫使老妇人挪动,迫使她行走——但是走向哪儿呢?"② 钟声使老妇人衰老,钟声也将促使她走向另一个世界。可见,钟摆的滴答声总是触动克拉丽莎怅惘、感伤的情绪,似乎在不时地警告她时光易逝、生命短促,也使她痛苦地意识到自己的生命正在逐渐地结束,她总觉得,哪怕再活一天也是极其危险的。

钟声也触动塞普蒂莫斯的神经,使他感慨万千。在摄政公园里,当钟声响起,利西娅提到时间时,塞普蒂莫斯便陷入了狂想状态:

"时间"这个词撕开自己的外壳,把财富倾泻到他的身上;于是许许多多的词语,难懂的、白色的、不朽的词语,自动地从他的嘴唇里飞落下来,像无数贝壳,像无数刨花,它们用不着他安排就自动地飞到应在的位置,组成了一曲时间的颂歌;那是一曲不朽的时间颂歌。他唱了起来。埃文斯在那棵大树后面应答着。死者都在色萨利,躺在幽兰花丛里,埃文斯唱道。他们在那里等待大战结束,而现在那些死者,现在埃文斯自己——③。

塞普蒂莫斯脑海中浮现的是刚刚结束的世界大战和遇难的战友。正当他与灰衣死者说话的时候,时钟又敲响了十二点差一刻。时间

---

① [英]弗吉尼亚·吴尔夫:《达洛维太太》,谷启楠译,人民文学出版社2003年版,第89页。
② 同上书,第121页。
③ 同上书,第66页。

第三章 伍尔夫精神创伤的美学呈现

对于塞普蒂莫斯来说,具有神秘意义,它在塞普蒂莫斯身上唤起的是对于战争与死亡的回忆,显示出他现时的焦虑与恐惧。然而,与克拉丽莎不同的是,塞普蒂莫斯并不惋惜时间的快速流逝,相反,钟声让他产生了要尽早放弃生命的想法,使他鼓起勇气去拥抱死亡。

巨大深沉的钟声的余音也在彼得的耳边回荡。圣玛格丽特教堂报时的钟声唤起了彼得对往昔与克拉丽莎一起度过的美好岁月的回忆,一股巨大的幸福感油然而生,可是当钟声逐渐减弱时,他立即想起了克拉丽莎的疾病,也想到了死亡:"她一直有病,这阵钟声表达了衰弱和痛苦。她有心脏病,他想起来了;那突然加大的最后一响是报丧的钟声,死神在生命的中途骤然而至,克拉丽莎就在她站着的地方倒下了,在她的客厅里。"① 对彼得来说,钟声也与死亡相关联,让人不寒而栗。

钟声唤起了小说主要人物对往事的回忆以及对当前处境的忧虑,体现了不同阶层人物对死亡的共同体验。在此意义上,钟声是死亡的象征。钟声的这一象征意义与伍尔夫本人对时间与生命、死亡的体验有密切的关系。如前所述,伍尔夫从小就经历了一系列死亡事件的打击,成人后又目睹了身边的许多亲友死于战场。接着,又有许多朋友相继离世,而这时伍尔夫本人也已年届四十,感觉到时光的快速流逝,不由思考生命与死亡这一宏大的人生课题,产生出一种日趋强烈的生命焦虑感。1922—1923 年间,她时常在日记里提及自己的年龄,经常记下自己对于岁月飞逝的强烈感受:"我觉得时间飞逝,就像电影院里放映的电影一样。我设法阻止它。我用自己的笔戳着它。我试图把它压住。"② 她还说:"我的理论是一个人在四

---

① [英]弗吉尼亚·吴尔夫:《达洛维太太》,谷启楠译,人民文学出版社 2003 年版,第 47 页。

② Anne Olivier Bell ed., *The Diary of Virginia Woolf*, Vol. 2 (1920—1924), New York: Harcourt Brace Jovanovich, 1980, p. 158.

十岁时要么加快步伐,要么放慢脚步。"① 在伍尔夫看来,40岁是人生的转折点,要么积极奋进,要么消极地等待衰老和死亡。《达洛维太太》中象征死亡的钟声意象就是伍尔夫在目睹了多次死亡事件、人到中年时对于时间与死亡的一次深入思索。通过钟声意象的重复出现,伍尔夫将自己长期郁结的死亡创伤体验巧妙地表达出来,同时将一个普遍而深刻的哲理问题呈现在读者面前。

二 房间:指向男权社会的一个隐喻

"房间"是伍尔夫多部小说中反复出现的重要意象,它的内涵十分丰富,备受学界关注。本书将"房间"意象与伍尔夫的创伤体验结合起来进行探究,认为它是指向男权社会的一个隐喻。在小说《到灯塔去》中,伍尔夫将处于家庭男性专制统治下的"房中天使"——拉姆齐夫人宣判为死刑,而在散文《自己的一间屋》里,又把"自己的一间屋"作为衡量女性自由、独立的尺度。在她笔下,房间既是家庭和婚姻牢笼的象征,又是实现女性自我的象征,具有悖论意义。

(一)家庭和婚姻牢笼的象征

自有女性主义思想的萌芽,家庭和婚姻就成为禁锢女性牢笼的代名词。19世纪"房中天使"称谓的诞生,更密切了房子、家庭与女性的联系,进一步加强了房子是女性牢笼的隐喻意义。《简·爱》《阁楼里的疯女人》等经典女性主义作品的发表也印证了房子与牢笼之间千丝万缕的联系。在中国女性文学史上,也有许多作品创造了"房间"意象,从封建时期文学中的宫院、闺阁和织房,到五四文学中的幽灵塔和傀儡之家,都被赋予了女性牢笼的含义。出生于维多利亚时代男权社会的伍尔夫,对父权制度极其不满,

---

① Anne Olivier Bell ed., *The Diary of Virginia Woolf*, Vol. 2 (1920—1924), New York: Harcourt Brace Jovanovich, 1980, p. 259.

第三章 伍尔夫精神创伤的美学呈现

她从自身的体验出发,在许多作品中也构筑了牢笼,束缚女性身心自由的牢笼。

伍尔夫从小生活在幽僻安静的海德公园门22号,作为维多利亚时代中产阶级家庭的女儿,除了与家里众多的兄弟姐妹打交道,很少与外界有接触,几乎可以说过着一种与世隔绝的生活。然而,哪怕是早期狭隘的家庭圈子也给她幼小的心灵抹上了一层浓重的阴影。父亲的自私与专制,母亲作为"房中天使"的角色与无谓牺牲,母亲过世后异父姐姐斯特拉的家庭奴隶地位,从小患有神经症的异母姐姐劳拉的被囚禁与大吵大闹,以及她与姐姐瓦尼莎循规蹈矩的生活方式,都使伍尔夫萌生了家庭是女性牢笼的意识。尤其是伍尔夫本人从6岁开始所遭受的两个异父兄长的频繁的性猥亵,发生在家里的多个地方,包括保育室、学习室和厨房,更使伍尔夫在潜意识里将房间与家庭牢笼相联系。

伍尔夫在《三枚旧金币》中对维多利亚时代的贵族女儿的生活表达了强烈的不满:"我们这些受过教育的人的女儿们夹在恶魔和深海之间。我们身后是家长制;是闺房,无聊、不人道、虚伪、充满奴性……把我们像奴隶一样关在闺房里……"① 伍尔夫小说中的诸多女性也都过着这样的闺中生活,她们生活在父亲的房子里,接受传统的女性教育,为父亲的事务忙忙碌碌,一切都遵循着传统道德规范和价值标准的要求。《远航》中的雷切尔在出门旅行前,一直在家庭的小天地里过着宁静的生活,按照父亲的要求,成天弹奏钢琴,犹如一只笼中小鸟,24岁了,对世事依然一无所知。《夜与日》里的凯瑟琳·希尔伯里小姐是出身于名门望族的大家闺秀,在典型的传统贵族家庭环境中成长。按照希尔伯里夫妇和他们所属的社会阶层的观念,在父母的家庭中生活,从事家庭所需要的各种活动,是

---

① [英]弗吉尼亚·伍尔芙:《三枚旧金币》,载[英]弗吉尼亚·伍尔芙《伍尔芙随笔全集》(Ⅲ),王斌等译,中国社会科学出版社2001年版,第1099页。

未婚女性最适当的生活方式。因而,每天上午,她必须为父亲清理书桌,整理书信、文件和材料,还要接待家里的宾客,帮母亲撰写诗人传记、做些小事,傍晚时分再为父母读一些文学名著。《岁月》里的埃布尔家的姑娘们,从小被剥夺了受教育的权利,过着封闭、沉闷的家庭生活,长大后由于缺乏正式的职业,更加深了受禁锢的灾难。埃莉诺为了照顾年迈的父亲和年幼的弟弟妹妹们,牺牲了自己的青春和爱情幸福,是一个缺乏自我、缺乏真实生命的女性形象。吉蒂本来对农业感兴趣,但最终在父母关于上流社会妇女观念的诱导和禁锢下,放弃了自己的爱好,成为贵夫人。封闭的家庭生活也使米莉和玛吉变得愚昧无知,使埃莉诺和萝丝养成了隐匿自己真情实感的习惯,她们彼此间甚至陷于狭隘和嫉妒。

当贵族女儿到了谈婚论嫁的年龄,通常,从父亲的房子中走出来,又得走进丈夫的房子,继而在丈夫的房子中扮演"房中天使"的角色,重新为婚姻牢笼所囚禁。伍尔夫代表作《达洛维太太》中的克拉丽莎·达洛维太太和《到灯塔去》中的拉姆齐夫人就是两个非常典型的例子。表面看来,克拉丽莎拥有一桩成功的婚姻,过着体面、优越的贵族生活,可是她的内心深处常常为孤独感和空虚感所缠绕,找不到自身存在的价值与意义。除了打点家务,她的任务就是协助丈夫搞好社交,举办宴会、款待宾客成为她生活的中心。她唯恐宴会失败,去花店买花,缝补衣裙,精心布置客厅,都是为了让宴会取得成功。每次宴会,她都光彩照人,是一个"坐在自家客厅里成为聚会焦点的女人"[①]。然而,当她离开客厅,一阵阵空虚、落寞感就会猛然袭来,感觉不到自我的存在。如果说克拉丽莎对自己的笼中生活和家庭奴隶地位还有所省悟和不满,拉姆齐夫人则不仅在行为上表现出奴隶的属性,在思想上同样奴性十足,心甘情愿

---

① [英]弗吉尼亚·吴尔夫:《达洛维太太》,谷启楠译,人民文学出版社2003年版,第34页。

第三章 伍尔夫精神创伤的美学呈现

地服从于她所从属的男性社会,完全认同并维护自己"房中天使"的传统女性身份。在她眼里,丈夫与她是一种主仆关系,全力伺候丈夫并且博得他的欢心和赞扬是自己的职责和生命价值之所在。她仰慕他,崇拜他。在家庭生活中,完全听命于他。她操持家务,教育孩子,照顾丈夫的身体,支持丈夫的事业,并且在他神情沮丧的时候,还要竭尽所能抚慰他,同情他。拉姆齐夫人在支撑丈夫和家庭事务中丧失了自我,最终因心力交瘁而死去。对于她的死,作品写道:

> 一个阴霾的早晨,拉姆齐先生沿着小路踉跄走来,他张开双臂,可是拉姆齐夫人已于前一天夜里溘然去世,没有人投入他张开的怀抱。[1]

一位在家庭生活中起着重要作用的女性,却死得悄无声息。对于她的死讯,作品只是一笔带过,而且还是在拉姆齐先生的感受中予以附带交代的。这就更加象征性地说明了拉姆齐夫人的家庭从属地位和奴隶式身份。正如伍尔夫在《自己的一间屋》里所写:

> 这样一来,一种非常奇怪的复合人就出现了。在想象中,她最为重要,而实际上,她则完全无足轻重。从始至终她都遍布在诗歌之中,但她又几乎完全缺席于历史。在虚构作品中,她主宰了国王和征服者的生活,而实际上,只要父母把戒指硬戴在她手上。她就是任何一个男孩的奴隶。[2]

伍尔夫清醒地意识到,在父权制统治下,女性为获得社会认同,

---

[1] [英]弗吉尼亚·吴尔夫:《到灯塔去》,马爱农译,人民文学出版社2003年版,第115页。
[2] [英]弗吉尼亚·伍芙:《自己的一间屋》,载[英]弗吉尼亚·伍芙《伍尔芙随笔全集》(Ⅱ),王义国等译,中国社会科学出版社2001年版,第528页。

必须坚守大家闺秀和贤妻良母的传统角色，终其一生在父亲或丈夫的房子里忙碌操劳。她们没有自由，没有自我发展的空间，缺乏真实自我的存在。在此意义上，房子是"男权的樊篱"，是女性牢笼的互换指代词。

(二) 实现女性自我的象征

女性要获得自由、实现自我，必须走出牢笼，进入属于自己的空间。具有强烈女性意识的伍尔夫在《自己的一间屋》里，强调了房子对于女性的重要性："一个女人如果要写小说的话，她就必须有钱和自己的一间屋……"① 在伍尔夫看来，屋子不只是一个容身处所，更是实现女性自我的象征。女性有了自己的房子，就拥有了独立、自由的心理空间。

在这里，她可以避开家庭的索求或暴虐，随心所欲地审视自己、回忆过去、憧憬未来，或从事自己所喜爱的任何活动和工作，如"用来读书、写作和完成她每日必需的大脑与心的交谈"②。伍尔夫小说中的许多女性，都渴望摆脱牢笼般的家庭生活，得到一个独立的私人空间，或者在已有的私人空间里寄寓心灵、寻找慰藉、潜心于自己的喜好。

《远航》中，安布罗斯太太承诺给雷切尔一个这样的房间："……她可以独自住在一个和大房子隔绝的宽敞房间里——在这里她可以弹琴、读书、考虑问题、跳出世界，这里既是一个堡垒，又是一个圣所。"③ 她明白，"对于一个二十四岁的女孩来说，一个房间倒更像是一个世界"。④ 一点也不出乎她的意料，雷切尔在这个"堡垒"

---

① [英] 弗吉尼亚·伍尔芙：《自己的一间屋》，载 [英] 弗吉尼亚·伍尔芙《伍尔芙随笔全集》(Ⅱ)，王义国等译，中国社会科学出版社 2001 年版，第 488 页。

② 罗婷：《女性主义文学批评在西方与中国》，中国社会科学出版社 2004 年版，第 205 页。

③ [英] 弗吉尼亚·吴尔夫：《远航》，黄宜思译，人民文学出版社 2003 年版，第 137 页。

④ 同上。

第三章 伍尔夫精神创伤的美学呈现

与"圣所"里拥有了完全的自由,只要关上房门,"她就进入了一个充满魔力的地方,诗人在这里唱歌,所有的东西都变得无比和谐。有很多夜晚,在观察完宾馆的夜景以后,她都会独自坐在扶手椅里,读着有红色亮丽书皮的《易卜生选集》。一本乐谱在钢琴上打开着,在地板上还不整齐地放着两大摞音乐书籍……"① 自此,她的生活不再单调乏味,她的精神世界也不再孤独寂寞,她的心理也日趋成熟。通过阅读易卜生(Henrik Ibsen)等人的文学作品,她开始思索爱情、女人以及女人的生活等复杂的问题,她的女性意识的萌生就受启于易卜生笔下娜拉的叛逆行动。所以,对雷切尔而言,"远航"既是一次到南美的旅行,也是她从自闭的环境中走入知识的"堡垒"和实现自我成长的"圣所"的一次航程。

《夜与日》里,凯瑟琳虽然成长于传统的贵族家庭环境,却具有现代女性意识,渴望摆脱父权制束缚。她的世界分为白天和晚上,过着双重生活。白天忙于父母的安排,晚上追求自己的真爱——数学和天文学。由于有悖于家庭传统,她的学习只能偷偷地进行。作品写道:"如果谁有魔法,不但能看到她表面上做的这些事情,而且还能想象得到她有时偷偷在干着与表面截然不同的事情"②,"在楼上她自己的房间里,她每天早起晚睡……攻读数学。这一事实,世界上没有任何力量可以使她招供。她在攻读数学时,行动隐秘,像夜间活动的动物一样。她还特意从父亲书房里偷来一部厚厚的希腊语辞典,只要一听到楼梯上有脚步声,就把练习纸都夹进辞典里。确实,只有在夜间,她才能安然地不受惊扰,她的注意力才能高度集中"③。正是在自己的房间里,趁黑夜来临时,凯瑟琳能够无所顾

---

① [英]弗吉尼亚·吴尔夫:《远航》,黄宜思译,人民文学出版社2003年版,第137页。

② [英]弗吉尼亚·吴尔夫:《夜与日》,唐伊译,人民文学出版社2003年版,第37页。

③ 同上书,第38页。

忌地释放那些在白天里被传统社会规范所规训的种种想法和念头，能够自如地思考和学习，回归到真正的"本我"。自由独立的房间以它的隐密性为凯瑟琳的自我追求提供了一个安全的场所，也为她叛逆思想的滋生和自我成长提供了一个静谧的空间。日益强烈的女性意识使她深刻地认识到，假借别人安排的无爱婚姻终将是折腾人的桎梏。为了获得真正的爱情，她冲破各种观念的樊篱，顶着巨大的压力取消了与青年诗人罗德尼的婚约，最后寻找到了意中人和真正属于自己的幸福生活。

《达洛维太太》中的克拉丽莎将自己的青春投掷于家中客厅。为了宴会的成功，她不得不隐藏起自己的个性和真实愿望，强颜欢笑、故作坚强、附和夫君和他人。每当宴会散去，她都会为"飘散"的自我感到无比失落。所幸的是，除了客厅这一家庭公共空间，她拥有完全属于自己的一间斗室。那是她生病以后，理查德为了让她睡觉不受干扰而特意安排的阁楼上的一个房间。房间虽小，但温馨、舒适，洋溢着浓浓的女性气息，是克拉丽莎逃脱男权暴虐和人世喧嚣的避难所，也是她彻夜阅读、反省自我、寻求抚慰、思考人生的理想"圣所"。作者用一句话非常精当地描述出这个自由独立的空间对于克拉丽莎非同寻常的意义，当她向楼上走去的时候，"像个修女回屋歇息，或像个孩子探索塔楼"①。作品对于克拉丽莎在房间里的秘密活动也有多处描写。当克拉丽莎知道布鲁顿夫人邀请理查德，而没有邀请自己参加午餐聚会的那天，她有一种被抛弃的感觉，走上顶楼，关上房门，独自咀嚼孤独的滋味。当旧日情人彼得来访时，克拉丽莎也正躲在房子里从事自己所喜爱的女性活动——缝补衣裙，而这本应是女仆露西的职责，但她将其婉然拒绝。听到敲门声时，她非常警觉地将衣裙藏起来，"犹如一个处女保护自己的贞操，因为

---

① [英]弗吉尼亚·吴尔夫：《达洛维太太》，谷启楠译，人民文学出版社 2003 年版，第 28 页。

第三章 伍尔夫精神创伤的美学呈现

她尊重自己的隐私权"①。克拉丽莎按照丈夫和医生的盼咐,每天午饭后在自己的房间里休息一小时,可以摆脱一切约束,使身心获得完全的自由,"……她躺在沙发上,像隐居在修道院里,无须承担任何责任"②。正是在这样的时刻,她能够冷静地反省自我,思考人生,终于领悟到了举办晚会与生活意义之间的关联。她下定决心去"奉献",以宴会的方式将战争期间离散了的亲朋好友团聚在一起,重建和谐的人际关系,而不再认为自己是一架举办晚会的机器。在自己的一间屋里,克拉丽莎终于找回了曾经失落的自我,实现了自我超越。

《岁月》里,生活在父权房子里的女主人公们也希望拥有自己的房间,钟爱属于自己的房间。只有在自己的房间里,她们才能真正感觉到身心自由、无所羁绊。哪怕是年幼的佩吉也有这种强烈的感觉。作品关于佩吉与父母关系的叙述并不多见,但依据仅有的几个细节,读者就可以发现,佩吉对母亲西莉娅的严厉管束以及烦琐的礼节要求甚为反感,而又不得不顺从。可是,一旦回到自己的房间,她就马上获得了解放:

> 她走进自己的房间,脱下衣服。窗户全部开着,她听见花园里树木飒飒。天依然很热,她穿着睡袍躺在床上,只盖一条被单。身边桌子上的蜡烛燃烧着它那梨形的小小灯苗。她躺着,朦朦胧胧地倾听着花园里的树声;看着一只在屋子里撞来撞去的飞蛾的影子。我要么得起来关上窗子,要么把蜡烛吹灭,她昏昏欲睡地想。她一件都不想干。她只想静静地躺着。谈过话,打过牌之后,在半明半暗中躺着真是一种解脱。③

---

① [英]弗吉尼亚·吴尔夫:《达洛维太太》,谷启楠译,人民文学出版社2003年版,第37页。
② 同上书,第115页。
③ [英]弗吉尼亚·吴尔夫:《岁月》,蒲隆译,人民文学出版社2003年版,第180—181页。

为家庭奉献了一生的埃莉诺在父亲去世后，卖掉了在阿伯康街的房子，尽管那座房子以及房子里的一切曾"构成了她的整个世界"①，但她对它并无多少留恋。她迫不及待地住进了里士满的一个单人房间。房间很小，但非常舒适，且位于楼顶背面。不难推测，许多年以前她就渴望拥有一个独立的房间，一个不受任何干扰的空间。

伍尔夫小说中的系列女性对私人空间的向往与喜爱，体现出她们对传统体制与观念统治下的家庭牢笼的反叛，对独立、自由、自我生命价值的追求，也是伍尔夫本人女性意识的流露与表达。在她看来，拥有自己的一间屋子，是实现女性自我的第一步。有了自己的屋子，女性就可以摆脱外界干扰，用心学习、思考，致力于自己的理想追求，做真正的自己。伍尔夫从小爱好读书和写作，但生活在一个有八个孩子的复杂的大家庭里，没能拥有单独的房间。她和姐姐瓦尼莎合住在家中四楼的一个房间里，光线很差，还时常受到异父兄长们的骚扰。当异父姐姐斯特拉由于结婚的缘故打算从海德公园搬出去时，伍尔夫所能想到的唯一好处就是她能拥有自己的一间屋，这样，她就可以自由地读书和写作。所以，拥有一间自己的屋子是伍尔夫儿时的愿望，正像她在《自己的一间屋》里倾诉的那样："如果给她一间自己的屋子……如果让她把她自己的想法说出来并且把她现在已写进去的东西删掉一半，那么有一天她就会写出一本更好的书来……她就会成为一位诗人。"② 在小说创作中，伍尔夫以塑造意象的方式将这一愿望加以曲折的表达，从而赋予了"房间"以女性意识和实现女性自我价值的象征寓意。

---

① [英] 弗吉尼亚·吴尔夫：《岁月》，蒲隆译，人民文学出版社2003年版，第185页。
② [英] 弗吉尼亚·伍尔芙：《自己的一间屋》，载 [英] 弗吉尼亚·伍尔芙《伍尔芙随笔全集》（Ⅱ），王义国等译，中国社会科学出版社2001年版，第575页。

第三章　伍尔夫精神创伤的美学呈现

伍尔夫对小说中房间意象的塑造，显然融合了她自身的体验、思想与情感。自孩提时代给她留下了诸多创伤印迹的家，就是一个看不见的笼子，而她所处的时代与社会环境，是一个更大的无形的牢笼。如同一只笼中的小鸟，伍尔夫渴望走出笼子，获取一片自由、独立的天空。一间单独的屋子，就成为她理想中独立空间的隐喻。所以，伍尔夫笔下的房间意象，具有了双重悖论意义。伍尔夫意在揭示英国维多利亚时代至19世纪早期几代女性的生存困境与理想追求，其实也在表达她自己的女性经验及其对男性社会的不满与谴责。正是自身的性别创伤体验，演变成了对于女性命运、两性关系的思考与表现。因而，房间是女性牢笼的象征，也是女性自我意识的象征。这一具有悖论意义的文学意象，承载着伍尔夫的伤痛，也承载着她的期冀，她正是借此发泄自己遭受男性社会压抑而形成的欲望，使自己的心理获得平衡。

三　伦敦：战争阴影下的帝国象征

每一个人都会与自己所在城市的某一部分密切相连，对于城市的印象必然沉淀在记忆中。许多作家习惯于从他们生命中的城市选取创作题材，城市不仅是他们的生活之源，也成为他们的创作之泉。在他们笔下，城市常常被凝练为意象，意味深长。乔伊斯小说中的都柏林，波德莱尔、普鲁斯特作品里的巴黎都是凝聚了作者主观情感的经典的文学形象。伦敦这座大都会，同样成为作家们竞相书写的对象。艾略特在《荒原》中用伦敦城传达出现代西方城市和现代西方文明的衰朽、败落，伦敦成为精神荒原的象征。狄更斯与伦敦有斩不断的关系，在许多小说中着力描述伦敦，描写伦敦的大雾、垃圾场、泰晤士河、高等法院、监狱等，伦敦是贫困与罪恶的象征。同其他英国作家一样，伦敦也是伍尔夫笔下描述的中心，是她魂牵梦绕的精神家园。她在日记里写道："伦敦不断地吸引着我、刺激着我，提供给我一出戏，或者一个故事，或者一首诗，除了穿过大街时必须迈动双腿之外，没有任何麻烦。"[①] 她的长篇小说，大都以两次世界大战期间的伦敦为背景。她的小说如果不写伦敦的街景与建筑、繁华与喧嚣、衰败与颓废，不写形形色色的伦敦人流，是难以想象的。伍尔夫在多篇散文和随笔中也写到伦敦，最为突出的，是她应英国杂志《好管家》（*Good Housekeeping*）的约请，于1931年到1932年间创作了一组有关伦敦生活和景象的散文，包括《伦敦码头》《牛津街之潮》《伟人故居》《西敏寺和圣保罗大教堂》《这是国会下议院》《一个伦敦人的肖像》，后来被结集命名为《伦敦风景》。在一系列作品中，伍尔夫运用象征手法，特别引人注目地描绘了伦敦的多重景象，塑造出一个立体、多元的都市形象。它既是大英帝国与世界文明的象征，又是现代西方精神荒原的象征。这一具有悖论意义的意象塑造体现出伍尔夫对伦敦极其矛盾的情感态度，无疑与她的创伤经验与记忆有关。

（一）大英帝国与世界文明的象征

伦敦城是金融、贸易中心。地理上，被划分成五个区：伦敦城、伦敦东区、伦敦南区、伦敦西区和港口区。伦敦城以西是伦敦西区，东南临近泰晤士河的区域被称为威斯敏斯特区，是英国王宫、首相官邸、议会和政府各部门集中的地方。因而，威斯敏斯特区被人们看作英国的神经中枢。威斯敏斯特以北，是伦敦最繁华的商业区和文化区，有国家大剧院、国家美术馆、大英博物馆等。威斯敏斯特以西是连绵成片的公园绿地，以海德公园最为著名。公园周围是高级住宅区。由于西区位于伦敦的上风处，不受工业废气污染，居住环境好，所以这里的住宅区为贵族和中产阶级所独享。伦敦城以东为伦敦东区，是传统的工业区和工人住宅区，以小企业和家庭工业

[①] Anne Olivier Bell ed., *The Diary of Virginia Woolf*, Vol. 3 (1925—1930), New York: Harcourt Brace Jovanovich, 1981, p. 186.

第三章 伍尔夫精神创伤的美学呈现

为主，居民住房条件差。伦敦城以南是伦敦南区，即泰晤士河南岸，是工商业和住宅混合区。泰晤士河两岸，从伦敦桥以下至河口为伦敦港口区，是工业原料、食物进口与工业产品出口的门户。伍尔夫出生在伦敦西区一个中产阶级的高雅住宅区——肯辛顿的海德公园门，在这里生活了长达22年之久，所以伦敦西区是她描述最多的地方。

伍尔夫深爱着伦敦，她一生中的绝大部分时间在伦敦度过，与伦敦在生活及精神上的联系非常紧密。伦敦的花花草草、街街道道、空气与河流都成为她小说的构成材料，倾诉着她对伦敦的深情。她对伦敦的一切是如此熟悉和敏感，以致滑铁卢桥附近的水面都未能逃离她敏锐的眼睛，她在《远航》里写道，"西敏寺的房舍、教堂和旅馆就像薄雾中君士坦丁堡的轮廓一样，河水的颜色有时是深紫色，有时是泥色，有时又是波光粼粼的海蓝色"，而且，在她看来，站在桥面上静静地凝视这种建筑物的倒影与河水颜色的变化实在不失为一件有意义的事情，"不论什么时候驻足俯视这里究竟在发生着什么都是值得的"①。伍尔夫对伦敦的季节变化也了如指掌，尤其喜爱伦敦的春天，它美丽、热闹、充满活力、具有无穷的吸引力。伍尔夫在《夜与日》里如此描述：

> 早春的伦敦，百花争妍，有的苞蕾初绽，有的花瓣盛开，白色的，紫色的，红色的，应有尽有。繁华的班德街及其周围街道上敞开的大门，就是城市盛开的花瓣，招引着人们去看图画，听交响乐或跻身于喧哗激动、五颜六色的人群之中。②

---

① ［英］弗吉尼亚·吴尔夫：《远航》，黄宜思译，人民文学出版社2003年版，第2页。
② ［英］弗吉尼亚·吴尔夫：《夜与日》，唐伊译，人民文学出版社2003年版，第349页。

《达洛维太太》有着"伦敦小说"的美誉,对伦敦更是作了全景式的描写,让我们领略到了伍尔夫对伦敦城区的礼赞。早晨清新的空气、烟雾缭绕的树丛、芳香的紫罗兰……是如此令人迷醉。庄严的国会大厦、华丽高贵的皇室、灯火辉煌的贵族府邸、盛大壮观的贵族宴会、"坚实巨大"又裹着"广博思想"的大英博物馆、威严的白金汉宫、神圣肃穆的圣保罗大教堂……表征着大英帝国的威严、强盛与文明。热闹的维多利亚大街、繁忙的班德街和牛津街、美丽的海德公园、熙熙攘攘的人流、公园里嬉戏的孩童、商店橱窗里的琳琅满目……无不显示着这个国际大都市的现代气息:摩登、动感与活力。同伍尔夫本人一样,在这种景观的召唤下,她小说中的许多人物也纷纷漫步街头。《夜与日》里的凯瑟琳从闺房来到街上:

> 汽车、马车像滚滚洪流,沿着国王路一泻而过;两边人行道上来往的行人也络绎不绝。她站在街角上,迷住了。低沉的轰鸣声在她耳旁回响;生活是丰富多彩的,这嘈杂多变的场面表现出来的迷人之处是无法用语言表达的,生活无时无刻不在奔腾向前,它有目的,而这种目的,据她观察,似乎也就是那构成生活的正常目的;生活对于个体是全然不顾的,它吞没了个体,奔腾向前。①

《达洛维太太》中的克拉丽莎清晨出门买花,穿过维多利亚大街时,听到大本钟优美、铿锵的报时声,感受到伦敦人们对生活的热爱,更增添了她对伦敦的喜爱之情:

> 在人们的目光里,在疾走、漂泊和跋涉中,在轰鸣声和喧

---

① [英]弗吉尼亚·吴尔夫:《夜与日》,唐伊译,人民文学出版社2003年版,第426页。

第三章 伍尔夫精神创伤的美学呈现

嚣声中——那些马车、汽车、公共汽车、小货车、身负两块晃动的牌子蹒跚前行的广告夫、铜管乐队、转筒风琴,在欢庆声、铃儿叮当声和天上飞机的奇特呼啸声中有她之所爱:生活、伦敦、六月的良辰。①

碰上老朋友休,她就迫不及待地说:"我喜欢在伦敦散步",因为"比在乡下散步舒服"②。其实,这也是伍尔夫自己心声的流露。在她的小说中,伦敦不再只是一个简单的环境和地理背景,而是繁华、富裕、活力与激情的代名词。

在伍尔夫笔下,伦敦也是大英帝国乃至世界文明的象征。《达洛维太太》里,刚刚回国的彼得对伦敦景象特别着迷,情不自禁地一再赞叹伦敦的高雅文明。他出身于一个久居印度的很有声望的英国人家庭,尽管他并不喜欢帝国与军队,但当他从殖民地印度回到伦敦,与印度对比,认为伦敦与文明相关联,而人类文明像私人财产般宝贵,所以伦敦简直不失为"一种辉煌的成就",霎时"为英格兰,为管家们,为乔乔狗和过着安逸生活的姑娘们感到自豪"。③ 漫步在伦敦大街上,彼得也为伦敦自身的变化感到欣喜若狂,离开五年后再回到英国,他觉得最有趣的是"一切事物都那么显眼,好像以前从来没有见过似的……他还从来没有见过伦敦如此妩媚迷人——那社会差别的和缓、那富裕、那绿化、那文明……"④ 他注意到了街上女人们的变化,并且爱上了他所见到的每一个女人:

她们身上有一种青春活力;就连那些穿得最差的女人也肯

---

① [英]弗吉尼亚·吴尔夫:《达洛维太太》,谷启楠译,人民文学出版社 2003 年版,第 2 页。
② 同上书,第 3 页。
③ 同上书,第 52 页。
④ 同上书,第 67 页。

定比五年前穿得好;在他看来,时装从来没这么合身过;那长长的黑斗篷,那苗条的身材,那高雅的风度,还有那宜人悦目的而且显然已普及了的化妆面部的习惯。……毫无疑问,确实发生了某种变化。①

他更感受到了伦敦的普遍变化:

一九一八到一九二三那五年在某种意义上非常重要,他猜想。人们的模样变了。报纸似乎也变了。比如说,现在有人在一家有声望的周报上公开谈论厕所。十年前你绝不会这样做的——不会在有声望的周报上公开谈论厕所。②

透过彼得的视角,伍尔夫意在告诉人们,仅仅五年的时间,伦敦的文明程度得到了前所未有的提高,其精神面貌焕然一新。在其他作品里,伍尔夫更把伦敦弘扬为世界的中心。《海浪》中,珍妮站在伦敦地铁车站,为伦敦四通八达的交通枢纽感到无比自豪,把它称为"生活的中心"。她说:

所有引人的地方都在这儿相会——皮卡迪里南段,皮卡迪里北段,摄政街,干草市场……无数的车轮正在我的头上驶过,无数的脚步正在我的头上踏过。条条文明的大道在这儿交汇,又伸向四方。我正置身在生活的中心。③

---

① [英]弗吉尼亚·吴尔夫:《达洛维太太》,谷启楠译,人民文学出版社2003年版,第67—68页。
② 同上书,第68页。
③ [英]弗吉尼亚·吴尔夫:《海浪》,吴均燮译,人民文学出版社2003年版,第148—149页。

第三章 伍尔夫精神创伤的美学呈现

在纳维尔眼里,伦敦是人类文明的中心,当火车还未进入伦敦,他就说:"现在我们渐渐开进文明世界的中心了。"①《岁月》里的帕特里克也认为英国是"全世界惟一的一个文明国家"②。

为了凸显伦敦的世界地位,除了正面、直接的描述,伍尔夫在小说中还塑造了许多负面的殖民地"他者"形象,包括美洲、印度和非洲,它们偏僻落后、野蛮、神秘、浑沌,与先进、文明的伦敦、英格兰形成鲜明对照。

《远航》里的主人公雷切尔和黑韦特到达南美后,立刻觉察到这里的景象与英格兰迥然不同:无穷无尽的陆地,险峻的悬崖,突兀的山峰,还有,随处可见的黢黑的野人。可与此同时,在伦敦,在英格兰,到处都是文明的白人。英国血统使他们对眼前这种景象产生敌意。之后,雷切尔一行来到一个小村落,村子里的人们用好奇的目光盯着他们。他们觉得,"好奇中丝毫没有敌意,就像在冬季里爬在身上的苍蝇"③。只见屋子里的女人"敞开她的胸襟,让婴儿的嘴含住她的乳头",屋子里的男人则是:"如果他们说话,那就是一声粗鲁、难以理解的喊叫。"④

对雷切尔和特伦斯来说,哪怕是与漂亮女人的目光相遇,他们也仍然感到阴郁、寒冷。此外,空气中充满了"无意识的野生动物的叫声"⑤。置身此情此景,特伦斯大发感叹:"是啊,伦敦,伦敦是理想的地方。"⑥可见,在作者笔下,南美是一个山高、偏远、远离现代文明的地方。这里,居住着一群尚未开化的人,他们蒙昧、狂野,

---

① [英] 弗吉尼亚·吴尔夫:《海浪》,吴均燮译,人民文学出版社 2003 年版,第 51 页。
② [英] 弗吉尼亚·吴尔夫:《岁月》,蒲隆译,人民文学出版社 2003 年版,第 348—349 页。
③ [英] 弗吉尼亚·吴尔夫:《远航》,黄宜思译,人民文学出版社 2003 年版,第 324 页。
④ 同上。
⑤ 同上书,第 325 页。
⑥ 同上书,第 341 页。

甚至没有语言能力,他们不会说话而只会发出粗鲁的声音,因而让这一群来自"文明世界"的公民感到恐惧。作者有意塑造南美殖民地与殖民地人的形象,对比中鲜明地衬托出伦敦和大英帝国的优越性。

伍尔夫还通过对印度的野蛮化书写,进一步彰显伦敦的世界中心地位。《海浪》中的奈维尔初到伦敦时,非常激动,认为自己来到了"文明世界的中心"。在同学聚会时,伯纳德却这样想象印度:在许多东倒西歪的宝塔之间,有一些被践踏得满街泥泞的弯曲小巷穿行其中;一些"有雉堞的金光闪闪的房屋",显得"脆弱"而"摇摇欲坠",像是在东方博览会上"匆匆搭起来的临时建筑物"①;还有,塔希提岛上的土人常常用灯光捕鱼,狮子在丛莽中跃起,赤身裸体的男人吃生肉……在路易的想象中,一些野人,围成一圈,在篝火边跳舞,一边跳着一边拍着肚皮;火焰照亮他们"涂得五颜六色的面孔"②和他们"从动物身上割下来的血淋淋的肢体"③;他们"野性难驯、残酷无情"④。印度也成为罗达的想象对象:"号角和鼓声响了起来","树叶分开了;牡鹿在丛林深处吼叫。传来跳舞和擂鼓的声音,就好像一些手持标枪、全身赤裸的土人在跳舞擂鼓似的"⑤通过这些描写,我们不难感受,殖民地印度与伦敦也形成鲜明比照,伦敦形象再次在伍尔夫笔下得到彰显。

《岁月》里的许多人都到过非洲,返回英国后,他们也难免将非洲与伦敦作对比。马丁在非洲待过后,回到伦敦,发现跟英国女人谈话会产生一种异常兴奋的感觉。诺思从非洲回来,在伦敦开车感觉挺刺激;就连商店,在他看来,也"妙不可言",堆满了

---

① [英]弗吉尼亚·吴尔夫:《海浪》,吴均燮译,人民文学出版社2003年版,第103页。
② 同上书,第106页。
③ 同上书,第107页。
④ 同上书,第106页。
⑤ 同上。

第三章 伍尔夫精神创伤的美学呈现

水果、鲜花,物品丰富;牛津街上,更是一派"喜气洋洋,五彩缤纷"①的景象。在非洲待过之后,这一切都令他惊奇不已。因为这些年来,他习惯了看到原料、生皮、羊毛,而在伦敦,到处是加工好了的货物。萨拉同诺思一起吃饭时,也提及非洲,认为它实在是一块蛮荒之地,以致任何东西都无法打破它的沉寂。接下来,她们听到了一个名叫阿伯拉罕森的犹太人洗澡时发出的声响,萨拉以充满蔑视的口气断定,第二天浴盆里定会显现出一圈油印。诺思也立刻感到恶心,不由诅咒道:"这个犹太人真该死。"②

伍尔夫从未到过殖民地,仅凭他人的口述对殖民地进行一番随心所欲的描写,表现了对殖民地的各种负面看法。而正是这种随心所欲的殖民地描写,与伍尔夫对伦敦的正面描述相结合,两者相得益彰,使伦敦形象——大英帝国与世界文明的中心得以完美塑造。伍尔夫对伦敦的深情也由此可见一斑。

(二)现代西方精神荒原的象征

20世纪上半叶,在相隔不到三十年的时间里,就爆发了两次惨无人道的世界大战,给人们的肉体和精神造成极大的创伤和影响。一方面,使人们失去了生存的安全感,感觉一切都无所适从,一切都变幻莫测,一切都处于异己力量的恐怖中;另一方面,也动摇了传统的理性文化根基。西方人对于上帝的信仰,对传统的真、善、美观念的膜拜,对自由、平等、博爱的社会理想的追求被残酷的社会现实击得粉碎,人们的精神世界一片混乱,从而形成了资本主义社会中最深刻、最严重的精神危机。人与社会、人与人、人与自我的关系失衡、恶化。虚无、孤寂、恐惧、茫然而不知何去何从,是现代社会普遍的精神特征。现代西方社会就是一座精神的荒原。

---

① [英]弗吉尼亚·吴尔夫:《岁月》,蒲隆译,人民文学出版社2003年版,第265页。
② 同上书,第293页。

在这样一个背景下，西方现代主义文学不可避免地要表现人的寂寞感、失落感和幻灭感，要揭示现代世界精神荒原的本质特征。作为一位感受力极强的作家，伍尔夫无疑感觉到了那个时代的氛围。她的大部分作品都诞生于20世纪二三十年代，并且她最好的作品也出自这一时期。她的长篇小说，除了《到灯塔去》和《幕间》，都以战争阴影笼罩下的伦敦为背景，表现现代社会的冷漠、疏离、精神威压，揭示现代人对现实与生活的恐惧感和危机感。在此意义上，如同艾略特《荒原》中的伦敦，伍尔夫笔下的伦敦也成为现代人精神流浪的大都市，从而被赋予了现代西方社会精神荒原的象征隐喻意义。

作为伍尔夫最有代表性的伦敦小说，《达洛维太太》通过塑造一群都市漫游者的形象，重点揭示了第一次世界大战后西方人们普遍的精神风貌。这些漫游者们尽管身份不同、性别不同、地位不同，但有一点是相同的，在漫游的过程中，他们都把视线投向外部客观世界，心灵却堕入了漫无边际的自我意识中。

最先出场的是达洛维太太。清晨，她从威斯敏斯特的家中出门，经过维多利亚大街来到圣詹姆斯公园门口，驻足观看皮卡德利街上过往的公共汽车。进入公园，遇上老朋友休，从公园出来穿过皮卡德利大街，又走向在邦德街的花店。正在挑花的时候，听到皇室汽车爆胎的声音。在回家的路上，在布鲁克街遭遇拥堵，到家时已是上午11点多钟。达洛维太太走过的是伦敦西区最繁华的商业地带，这里店铺林立、环境舒适，洋溢着浓郁的现代气息。漫游路上，眼之所见，引发出达洛维太太对许多美好的人和事的回忆与思索，然而，在熙熙攘攘的人流中，她却总觉得自己置身于事外，不过是个局外人："她像一把锋利的刀穿入一切事物的内部，与此同时又在外部观望……"①，而且"觉得自己成了隐身人，不为人所见，不被人

---

① ［英］弗吉尼亚·吴尔夫：《达洛维太太》，谷启楠译，人民文学出版社2003年版，第6页。

第三章 伍尔夫精神创伤的美学呈现

所知"①。一阵阵孤独感、恐惧感、空洞感相继袭来,她不由产生"只身在外、漂泊海上的感觉"②,认为"日子难挨,危机四伏"③,还觉得"她的生命,她的自我飘散得何等遥远"④。达洛维太太种种感受的产生离不开现代社会里由于传统文化的失落而导致的人际关系的冷漠,哪怕是在家庭生活中,她与丈夫缺乏感情交流,与女儿没法沟通,甚至连家庭女教师基尔曼也对她心怀怨恨。她有一种强烈的被抛弃的感觉,找不到自身存在的价值与意义。

漫游者史密斯夫妇在邦德街上也看到了首相的汽车,然后来到摄政公园,11点45分离开公园,横过公园门前的马路走上波特兰街,12点整又走到哈利街去见威廉医生,威廉医生说他必须进疗养院静养,他们满怀失望,沮丧地回到家里,晚上6点时,听到霍姆斯大夫走上楼梯的脚步声,塞普蒂莫斯跳窗自杀。漫游路上的所见所闻,在塞普蒂莫斯身上引发的是一种强烈的惶恐不安的情绪。当他见到首相的轿车时,作品写道:"他那双淡褐色的眼睛里流露出恐惧,能使根本不认识他的人也产生恐惧。……似乎一种恐怖的东西很快就要出现,马上就要喷出烈焰,他感到十分恐惧。"⑤ 在公园里看到飞机在天空为太妃糖做广告的情形时,他出现了幻觉,仿佛树木在复活并朝他招手,麻雀反复地叫着他的名字,"一战"中死去的战友埃文斯出现在他面前。穿过马路时,他想起了许多人与往昔的生活,觉得自己被"那长着血红鼻孔的野兽"⑥霍姆斯之流控制,孤身一人,受人"谴责"和"遗弃",如同那些垂死的人;他仿佛听到埃文斯又在与他说话,不由自语,"与人沟通就是健康,与人沟

---

① [英]弗吉尼亚·吴尔夫:《达洛维太太》,谷启楠译,人民文学出版社2003年版,第8页。
② 同上书,第6页。
③ 同上。
④ 同上书,第7页。
⑤ 同上书,第12页。
⑥ 同上书,第88页。

通就是幸福"①。战争使塞普蒂莫斯麻木不仁，上层权威的压制使他得了失语症，他的内心充溢着强烈的恐惧与无助，渴望人与人之间的交流与理解。塞普蒂莫斯的遭遇体现了现代社会里人与社会、人与人关系的异化。塞普蒂莫斯的妻子利西娅一路上也是思绪万千，她远离家乡，远离亲人，没有孩子，担忧丈夫的病情，独自一人承受着煎熬却无人诉说，是漂泊在伦敦城里的又一个孤独、痛苦的灵魂。

漫游者彼得11点半从达洛维太太家走出，在维多利亚大街上陷入对往事的回忆。他先后经过白厅街、特拉法尔加广场、皮卡迪利广场、摄政街，然后穿过牛津街和大波特兰街走入摄政公园，有关克拉丽莎的思绪一直萦绕在他的脑际。走出摄政公园时已是晚上6点，他回到大英博物馆附近的旅馆，感慨万千，吃完晚饭又去赶赴克拉丽莎的晚会，经贝德福特街走进拉塞尔广场，朝克拉丽莎家所在的威斯敏斯特街走去。透过彼得的意识流动，我们知道他感性浪漫，是一个理想主义者，却得不到英国主流社会和他人的认可。他曾经被牛津大学开除，曾经还是个社会主义者，满怀热情的他坚信人类文明的前途把握在年轻人手中。与克拉丽莎分手后，他远赴印度，与一名印度女子相爱并结了婚，却成了鳏夫，事业上也一无所成，被别人看作"失败者"。彼得虽然怀抱美好的理想，但在强大而又残酷的社会秩序面前撞得头破血流，最终找不到立足点，被沦落为"孤独的旅人"②。

由《达洛维太太》里这些城市漫游者的遭遇不难看出，虽然一次大战已经结束，但战争的阴影依然笼罩着伦敦乃至整个英国社会，它给现代人带来了不可估量的负面影响，以往人们可以在其中建功

---

① ［英］弗吉尼亚·吴尔夫：《达洛维太太》，谷启楠译，人民文学出版社2003年版，第88页。
② 同上书，第54页。

第三章 伍尔夫精神创伤的美学呈现

立业、实现远大抱负的社会体系已然崩溃,取而代之的是吞噬个人尊严与价值,人与人之间缺失信任、理解与爱的混乱社会。所以,哪怕是在1923年6月的普通一天中,伦敦城里也处处游荡着孤独、焦虑、惶惑、痛苦、疏离的灵魂。

伍尔夫发表于1931年的《海浪》比以往的作品都要阴郁低沉,它表现了伯纳德、路易、奈维尔、珍妮、罗达和苏珊从童年到老年甚至死亡的全部人生旅程。六个主人公不同程度地感受到了生活的无从把握与生命的无常,被认为是一曲悲叹现代人生空虚的哀歌。

奈维尔中学毕业后上了剑桥大学,后来成为著名诗人和学者。他崇尚理性主义的秩序性、精确性、严格性。自求学时代始,他就徜徉于古罗马文学典籍,从中获取知识和智慧。他追求绝对完美,在他心目中,波西弗就是完美的体现。波西弗在印度坠马而死,对他而言,意味着他的精神支柱的崩溃。他沉浸在巨大的精神痛苦里,霎时觉得"世界的光熄灭了"[①],"我们都是在劫难逃的,我们所有的人"[②]。奈维尔非常执着地渴望波西弗能够复活、重现,他几乎把全部热情倾注于这种渴念。然而奇迹不会出现,他不可避免地成为精神的孤独者,他所取得的学术成就和学术地位也无法给他带来慰藉。到了老年,六个朋友在汉普顿宫举行了第二次聚会。聚会完毕后,奈维尔和珍妮躲藏在杂草丛中,倾吐心声,奈维尔无限悲哀地说,"我们的全部心情都带着黯淡的色彩"[③]。从草丛中出来,他感到异常的精疲力尽,只想"任情地独自去挤出某种苦水,某种同时也带点甜味的毒汁"[④]。

---

① [英]弗吉尼亚·吴尔夫:《海浪》,吴均燮译,人民文学出版社2003年版,第115页。
② 同上书,第116页。
③ 同上书,第180页。
④ 同上。

路易是商人。他本可以像伯纳德和奈维尔一样进入剑桥大学，做个优秀的知识分子，可是由于父亲不幸破产，他只好去商务办事处工作。他自卑、敏感，常常通过武装自己的外表来掩饰内心深处的弱点，同时转而追求世俗的成功，成为一名有为的商人。罗达的爱情是路易获取安慰和精神力量的唯一源泉，但在第二次聚会后，他俩在一个石头墓穴边停留下来，有一种共同的感觉："永远地分道扬镳了。"① 此后，路易的精神世界便无所归依、日趋颓唐了。被铁链拴住的野兽不停地沉重跺脚的声响，是他从小就经常听见的，到伦敦后这种声音仍然在他耳畔反复响起。它是一个重要的人格意象，象征着路易的精神危机。

伯纳德是一名作家。他渴望用辞藻来连缀周围的人和事物。当六个好朋友再次聚首时，却觉得自己非常失败：在三个男性朋友中，他既没有取得奈维尔那样的学术地位与成就，也不如路易富有，只是一味沉溺于用词语去把握世界的想象活动中；除了到罗马度假，他甚至从来没有冒险去过更远的地方。如奈维尔所说，伯纳德的真正成就是一个精神的网，他终身都在编织着，现在大得足以网上一条鲸鱼。聚会结束后，伯纳德朝车站走去，手里紧紧攥着返回滑铁卢火车站的车票，却仿佛置身于睡梦里。

苏珊则喜爱自然，厌恶伦敦。毕业后，便回到了乡村，并且结婚、生子。她的活动空间是农场、花园、厨房，她的工作是烧水、烤面包、做缝纫，主要是照料孩子。她凭本能和天性行事，是三个女性朋友中唯一成家的，是母性和自然生命力的代表。然而，尽管她按照自己喜欢的方式生活，在大自然和家庭生活中实现了所谓的"最高愿望"，但最终对自然、对家庭生活的平淡和琐碎都产生了厌倦之感。她觉得自己的生命仿佛缩小成为了一个蚕蛹："我已不再是

---

① ［英］弗吉尼亚·吴尔夫：《海浪》，吴均燮译，人民文学出版社2003年版，第179页。

第三章 伍尔夫精神创伤的美学呈现

正月,五月或者任何别的季节了,而是全力纺成了一根围绕着摇篮的细线,织成了一个用我自己的血肉做的茧,包裹着我那小宝宝的娇嫩的肢体。"①

珍妮一直向往社交生活,告别中学生涯后,踏入了社会。与苏珊截然不同,在她眼里,伦敦是一个由鲜花、舞会和男人构成的世界。她追求物质和肉体的生活方式,常常从一个情人转向另一个情人,在感官刺激和当下的狂欢中感受生命的存在。但青春期的欢乐是短暂的,尽管她可以把白发辫进黑发里,却掩饰不住因年华逝去而引起的身心忧惧和落寞。

罗达中学毕业后,也踏入了社会,但对生活充满了莫名的恐惧,与社交生活更是格格不入。童年时期,她就被死亡意念纠缠,中学照镜子时老觉得自己的面孔是不真实的,她对自己说:"我没在这儿。我没有面孔。"②聚会时,罗达也觉得朋友们或有声望,或有爱情,或有财富,或有儿女,唯独她没有自己的面目。当别人在享受生活和采取行动的时候,她却在小心翼翼地躲藏和规避着,默然体味生命中的晦暗与幽微。她对伦敦的生活发出如此感叹:"唉,生活啊,我多么害怕你!"③罗达始终沉浸在自己的梦境里,可是在恶俗浅薄的现实面前,她的白日想象总是被毫不留情地击得粉碎,最后因为找不到生活的根基而放弃了生命。罗达是一个厌世者的形象。

六个主人公虽然性格不同,所选择的生活方式也不同,但都经受着深刻的精神危机。童年时代,他们就面临了"性格认同危机",对个人在社会中的角色与地位产生怀疑。成年后,他们都在努力地探索人生的意义,寻求生命价值的实现。虽然奈维尔、路易和伯纳

---

① [英]弗吉尼亚·吴尔夫:《海浪》,吴均燮译,人民文学出版社2003年版,第132页。
② 同上书,第29页。
③ 同上书,第157页。

德获得了事业的成功，苏珊和珍妮在依照自己所喜欢的方式生活，可最终都同一开始就对生活满怀忧虑的罗达一样，对自身的存在价值与社会归属充满疑虑和困惑，没能找到人生意义之所在，未能摆脱孤独、彷徨、哀叹的命运。伍尔夫以伦敦为背景，通过这六个主人公的经历，真实地再现了"一战"后英国社会中普遍存在的"性格认同危机"和弥漫于整个西方世界的浓重的悲观情绪，尤其是青年一代所产生的意识的混乱。

1935年至1936年，伍尔夫创作了她的又一部长篇小说《岁月》，并于1937年出版。其时，第一次世界大战遗留的深刻创伤依然令人记忆犹新，第二次世界大战的阴云又密布天空。伍尔夫在《岁月》中设置了这样一个场景来指代这一时期的社会特征。尼古拉斯在"一战"结束后倡议大家为战后即将出现的"新世界"举杯，可就在致敬酒词时他的酒杯被他带翻，摔得粉碎。这是一个反讽式的场景。1917年他所期待的"新世界"，30年代再次出现在他的敬酒词里。尼古拉斯所期待的"新世界"到底是怎样的呢？

作品的第十章是"一九一八年"，这一章篇幅最短，是在帕吉特家的老仆人克罗斯比的视角中进行叙述的。11月的伦敦气候，极其令人不快。薄雾笼罩着天空，潮湿、阴沉。克罗斯比这位风烛残年的老人已经不能像过去那样干活了，但不得不鼓足劲、跟跟跄跄地走进高街，在一家食品杂货店前排着长队。有人告诉她，第一次世界大战已经结束，但是毫无欢庆的气氛。响彻天空的，是大炮的轰隆声和警报器的哀鸣声。作品反复写到这一场景，暗示着战争其实没有结束。

作品的第十一章即最后一章是"现在"，跳跃到了第二次世界大战前夕。在这一章里，伍尔夫以帕吉特家族几代成员的谈话和家庭聚会为缩影，着重揭示了"二战"前夕的社会状况和精神风貌。其时，法西斯已经在德国和意大利攫取了政权，威胁着欧洲乃至整个

第三章 伍尔夫精神创伤的美学呈现

世界和平。埃莉诺对此义愤填膺,大骂法西斯分子是"该死的"、"恶霸"①。她对侄女佩吉说,即将到来的新的战争,"那就意味着我们所敬重的一切的终结",包括"自由与正义"②。可是,在佩吉看来,这一切早已被第一次世界大战彻底毁掉,现在已经没有什么可以失去的了,而以埃莉诺为代表的长辈们却依旧心怀信仰,觉得他们简直是"不可思议的一代人"③。这次家庭宴会,是从埃莉诺、诺思和佩吉的视角来叙述的。埃莉诺代表老一代,诺思和佩吉代表战后新一代。与佩吉一样,诺思不能理解老一代人的思想,对于他们的话题,或是困惑不解,或是毫无兴趣,或是异常反感,同他们谈话,简直如坐针毡,直想溜走。所以,尽管他置身于家庭聚会中,却感觉比远在几千英里之外的非洲更寂寞、更隔膜。而对于眼前的困苦,年轻的他们又觉得难以忍受。最后,门房的两个小孩进来唱歌,却没有人能够理解歌词的含义。这些场景,都象征性地说明了老年人与年轻人之间、人与人之间无法沟通。

显然,尼古拉斯所期待的"新世界"未能如愿出现,人们依然生活在战争的阴霾和战后的惶惑、迷失中。

伍尔夫对于伦敦的感情是热烈而复杂的。她曾在散文《西敏寺和圣保罗大教堂》中写道,伦敦"是一座处于人类生活大潮和激流之中的城市",然而,伦敦"毕竟是一座坟墓之城"④。从以上分析可以看出,伍尔夫的小说创作对这句话做出了最好的诠释和注解。她通过塑造具有双重悖反意义的伦敦意象来表达这种感情。伦敦富有、繁荣,富于激情,彰显魅力,是英国乃至世界文明的中心。可

---

① [英] 弗吉尼亚·吴尔夫:《岁月》,蒲隆译,人民文学出版社 2003 年版,第 285 页。
② 同上书,第 286 页。
③ 同上书,第 285 页。
④ [英] 弗吉尼亚·伍尔夫:《西敏寺和圣保罗大教堂》,载 [英] 弗吉尼亚·伍尔夫《伦敦风景》,宋德利译,译林出版社 2010 年版,第 53 页。

是，伦敦街上又处处游荡着漂泊不定、无所皈依的灵魂，如同乔伊斯"都柏林小说"中的都柏林是一个瘫痪的精神气质弥散于各个角落的都市，伦敦也是一个现代人精神流浪的大城市。伍尔夫作品中的伦敦深刻地体现了意象的多元性和真实性特征。关于伦敦的悖论性象征内涵与伍尔夫的战争创伤体验直接相关。经历了"一战"的毁灭性打击，西方世界精神萎靡、人性异化。目睹自己所深爱的城市无可挽回地走向没落，伍尔夫几近心碎。她将伦敦昔日的辉煌、奋进与现今的腐朽、颓唐进行并举、对照，表达自己对摧毁人类文明暴力行径的极度愤慨与强烈谴责，也体现出她渴望重建理想伦敦的理想追求。伦敦意象的创造是伍尔夫对于深重的战争创伤体验的一种抚慰和释放。

四　海洋：人世的险恶与变幻莫测

在20世纪六七十年代起的西方文学批评史上，尤其是结构主义将视野局限于文本内部的批评方式，完全忽略甚至否定了文学作品里与人的存在相关联的背景要素，导致了对复杂的文学事实关注的不够。法国当代文论家米歇尔·科罗（Michel Collot）在吸收现象学方法的基础上提出了"风景诗学"，即通过研究文学中的风景把握作者对于自然的感知。这种研究方法有助于我们超越结构主义的局限，在文学批评中将人物、环境与文本密切结合。正是在这种新的研究视域下，笔者注意到了伍尔夫文学中反复出现的海洋描写。

海洋也是文学作品的永恒主题。自古至今，人类对海洋的理解是不断变化的、立体多维的。因此，不同的海洋文学作品，所描述的海洋形象不尽相同，甚至千差万别。大海以纳百川的博大胸怀拥抱所有的溪流、江河，成为一切水系的最终归宿，因而，有人为它大唱颂歌，把它当成生命的归属和理想的寄托地。大海又是变化莫测、无比凶险的，蕴藏着巨大的破坏力，所以有人因此诅咒它，将

第三章 伍尔夫精神创伤的美学呈现

它刻画成险恶、无常、令人生畏的征服者，也有人将他塑造成充满激情与挑衅的人格化力量。例如，在英语文学史上，为人熟知的有柯勒律治的《古舟子咏》，借老水手的罪孽及其得到的拯救宣讲大海的宽广胸怀和神秘莫测的救赎力量。麦尔维尔的《白鲸》，通过人与以大海、白鲸为代表的险恶的自然界折戟沉沙的悲剧抗争，凸显人类的本质力量与尊严。对康拉德而言，大海是个神秘而自由的世界，在他的航海小说《"水仙号"上的黑家伙》《黑暗的心》《吉姆爷》中，大海这一与世隔绝的、残酷的生存空间锻造出独特的坚韧性格、人格意志和权力关系。在中国作家中，舒婷发现大海有"汹涌"的一面，也有"娴静温柔"的一面。海子的海，"面朝大海，春暖花开"，他的海是一幅由沙滩、阳光、帆船和花朵构成的浪漫画卷，是人类精神家园之所在。显然，在中外文学作品里，大海已不再是仅仅被作为自然景物的描写对象而出现的简单的客观存在，而成为一种具有明显人格化特征的寓言式空间，起着象征性作用。

大海，在伍尔夫小说中，也超出了其作为自然客体的平面范畴，是一个重要的象征性意象。它依次出现在伍尔夫的处女作《远航》，中期的创作《雅各的房间》、《达洛维太太》和《到灯塔去》里，在晚期代表小说《海浪》中落幕。在这些作品里，大海被赋予了多重象征意义，甚至在同一部作品中，它的含义也不尽一致。但大海作为现代社会的象征却是始终贯穿于这些作品的。许多主人公命运的意义建构是通过大海这一象征性形象表现出来的，凶险、神秘莫测、充满玄机、无法抗拒是大海与现代社会的共通之处，人物在现代社会中体现出来的脆弱、无奈在与大海的抗争中得到了充分体现。所以，在伍尔夫笔下，反复出现的海洋意象，并非引领读者去认识大海的玄秘无常，征服大海的汹涌险恶，而是暗示读者去深刻体会海洋与现代西方社会及人物命运的关联。

伍尔夫第一部长篇小说《远航》的故事发生地就在行驶于茫茫

大海的船只上。正如书名所昭示的，主人公雷切尔通过一次远航，走出了封闭的自我世界，接触到了各式各样的人与事，跨入了生活的"海洋"，经历了从无知的少女到成熟少妇的成长过程，也经历了从生命的欢乐到死亡的寂灭这样一次人生航程。在文学世界里，作家们将漂洋过海的航程比作漫漫人生旅程是习以为常的事情。雷切尔乘坐父亲的航船"欧佛洛绪涅"号，在黑色海涛中孤独前行，这个与世隔绝的世界"像漂浮在木盆中的一只苹果"[1]，不时遭受风暴的肆虐，它带着一种未知和神秘，似乎在预示着女主人公前景未卜、凶多吉少的命运。每当雷切尔身处危险，总会有海洋意象相伴随。理查德·达洛维与雷切尔强行接吻，并狡辩说"你引诱我"[2] 的时候，海上正掀起猛烈的风暴，让她感到身心俱寒，领略到了人生中的风险。当船只朝目的地驶去，在浩瀚无边的大海中变为微不足道的一个小点，尤其是黑夜来临，它更成为"人生的孤独的象征"[3]，似乎在预告着雷切尔生命历程的结束就如同一艘形单影只的帆船淡然消失于海面。雷切尔病重期间，幻觉中出现的也全都是与海洋有关的场景："除了一个微弱的声音以外，她听不见，也看不见，那声音是海洋膨胀发出的声音，它就在她的头顶上翻滚。当所有给她痛苦的人都认为她死了的时候，她没有死，但是她在海底蜷缩了起来。"[4] 尽管雷切尔在弥留阶段的谵妄状态中依然与"海洋"作着垂死挣扎，但她的一切行为，包括出航、探索和发现都不可避免地以死亡为其代价和终结。伍厚恺认为雷切尔的死亡"是纯真心灵与现实世界之间不可调和的冲突的结果"，并对此作了详尽的阐述："世俗婚姻机制发挥着它的威力。雷切尔发现不可能再维持纯洁的和谐

---

[1] ［英］弗吉尼亚·吴尔夫：《远航》，黄宜思译，人民文学出版社2003年版，第76页。
[2] 同上书，第81页。
[3] 同上书，第95页。
[4] 同上书，第384页。

第三章 伍尔夫精神创伤的美学呈现

感,对爱情与婚姻的事实感到失望,……她那未确定的精神在婚姻里绝不能找到最后归宿,内心的冲突和接踵而至的疾病交织在一起,结果是雷切尔的死亡。"① 20 世纪初期的现代社会里,父权制依然在一定程度上发挥着它的世俗作用,对于以雷切尔为代表的、经历了女性自我成长、追求女性自我的一切女性而言,这个社会无疑犹如充满了凶险的茫茫大海,挣扎其中,随时都有可能被吞没的危险。

小说《雅各的房间》叙述了主人公雅各年轻短促的一生。雅各是一个拜伦式人物,一个有着无数浪漫奇遇的漫游者。大海是贯穿于他生命始终的一个重要意象。童年时代,他就喜欢独自一人在海边的沙滩上玩耍。小说开篇,出现了他在沙滩上捡到一块牛的头骨并把它抱在怀里的图景。这块可怕的头骨是大海吐给人类的礼物。大海吞噬生命,时时处处潜伏着危险。牛的头骨的出现,是大海作为凶险意象的重要表征。它被安放在雅各的房间里,在作品中数次出现,成为雅各短暂人生的点缀。雅各长大成人后,去剑桥求学。在剑桥期间,雅各与同学蒂米·达兰特驾驶小船去达兰特家度假。达兰特家位于康沃尔海边的锡利群岛。当船只经过锡利群岛海域时,雅各注意到:"波涛一个劲地翻滚跳跃,永无休止——在茫茫的海面上翻滚跳跃。时而漂过一缕海草——时而漂过一根木头。"② 这一景象使他不由想起这儿发生过的许多沉船事件,意味着曾有无数人丧命于此。他还注意到了海水颜色在不断变化:

> 锡利群岛水域开始泛蓝;突然间,蓝、紫、绿在海面上涌动;最后留下一片灰色;划出一道条纹,旋即消失了,片刻后,他又立即发现:整个波面蓝白相间,微波荡漾,水纹分明,尽

---

① 伍厚恺:《弗吉尼亚·伍尔夫:存在的瞬间》,四川人民出版社 1999 年版,第 114 页。
② [英] 弗吉尼亚·吴尔夫:《雅各的房间》,蒲隆译,人民文学出版社 2003 年版,第 41 页。

管时不时地出现一片宽阔的紫痕,犹如一块青肿的瘀伤;要么浮现出整块点染着黄色的翡翠。①

面对大海这个变幻莫测的、吃人的"恶魔",雅各不由悲伤和忧郁起来,甚至生发出世界末日即将来临的感受。雅各在希腊旅行期间,从大海那边传来第一次世界大战爆发的讯息,小说对战斗场面进行了象征性的描述:

战舰的光芒射向北海上空,它们严格保持编队的位置。一给信号,万炮一齐对准靶子(主炮手拿着表读秒——读到第六秒时,他把头一抬),靶子腾起烈焰,化为碎片。十二个风华正茂的年轻人个个神色镇定,泰然自若,沉入大海深处;并在那里淡然自逸(尽管娴熟地驾驭着机械)、毫无怨言地一起窒息。②

雅各回到伦敦,整个城市弥漫着浓重的战争氛围。佛兰德斯太太突然听到从海那边传来轰然巨响,分辨不出是大炮的轰鸣还是大海的怒涛,从中获悉的,是正在当兵的儿子雅各死于战争、葬身海底的不幸消息。透过雅各的一生,可见,大海是吞噬生命的象征。

《达洛维太太》的背景在伦敦,远离海洋,但海洋时常出现在人物的意念中,与人物眼前的现实相联结。当克拉丽莎行走在街道上,看着来来往往的出租车时,产生"只身在外,漂泊海上"③的感觉,

---

① [英]弗吉尼亚·吴尔夫:《雅各的房间》,蒲隆译,人民文学出版社2003年版,第42页。
② 同上书,第152页。
③ [英]弗吉尼亚·吴尔夫:《达洛维太太》,谷启楠译,人民文学出版社2003年版,第6页。

第三章　伍尔夫精神创伤的美学呈现

感叹"日子难挨,危机四伏"①。当她独自缝补衣裙时,大海也潜入她的潜意识里:"于是在一个夏日里海浪聚拢起来,失去平衡,然后跌落;聚拢又跌落;整个世界似乎越来越阴沉地说:'完结了',直到躺在沙滩上晒太阳的躯体里的心脏也说'完结了'。"② 无论是置身于热闹繁忙的大街中,还是独处斗室里,克拉丽莎的心灵总是不自觉地被放逐到茫茫大海上,为孤独感、危机感和幻灭感所萦绕。由此我们知道,克拉丽莎虽然被丰厚的物质条件包裹,她的精神世界却并不充裕。经历了战争创伤的塞普蒂莫斯对生活心怀畏惧,这种感受同样是借助大海的意象体现出来的。他把自己想象成一个溺水的船员,沉入了海底,死过去又活过来,正当他"接近生活的海岸"③ 之时,却仿佛"有一种重量压在他身上,是一种恐惧感",预感到某种"重大的事情即将发生"④。接踵而至的,是以霍姆斯和布拉德肖为代表的社会秩序和权威对他施行的精神威压。他们对他具有绝对的统治权,要对他进行隔离治疗,以重获"平稳"。作为被判决和被统治的一方,塞普蒂莫斯毫无反抗之力,只觉得自己被世界遗弃了,孤零零地,"像溺水的船员躺在世界的海岸上"⑤。他把霍姆斯叫作"人性",同时眼前出现关于海洋的幻象。他躺在自家客厅的沙发里,却如同在海里游泳,时而漂浮在波浪上,时而又像溺水的水手,躺在悬崖上。当他从沙发上朝下看时,也产生出"看海"的幻觉。大海,无论对于上层社会的克拉丽莎还是对于平民阶层的塞普蒂莫斯来说,都意味着危险与恐怖。小说正是借助这一意象,映射出第一次世界大战以后的社会混乱及其所导致的现代西方人虚

---

① [英] 弗吉尼亚·吴尔夫:《达洛维太太》,谷启楠译,人民文学出版社 2003 年版,第 6 页。
② 同上书,第 36 页。
③ 同上书,第 65 页。
④ 同上。
⑤ 同上书,第 88 页。

无、惶惑的生存状态。

　　大海在《到灯塔去》中是作为小说人物哀叹命运或思索生活时反复出现的一个意象。它原始狂野、深不可测、反复无常，几乎让生活在赫布里底群岛上的每一个人都对它深怀恐惧。这种恐惧冲撞着拉姆齐先生理智的大脑。尽管他颇具才能、思维敏锐，渴望实现自己的人生理想，然而，在与人类的昏昧无知进行争斗的过程中，却陷入了孤独的状态。每当这时，他总要来到"一片正在被大海吞噬的土地上，像一只孤独的海鸥一样默默站着"，惋叹"大海正在吞噬我们立足的这片土地，而我们却浑然不知"①。在驾船前往灯塔的航程中，面对大海，他不由感慨："我们死去"，"在孤独中死去"，"可是我在波涛汹涌的海底"②。显然，在拉姆齐先生眼里，大海已凌驾于人类的智性之上，掌控着人类的命运。大海造成的恐惧也常常冲击着拉姆齐夫人的本能直觉，尽管她与孩子们在一起时，觉得大海安然有序，具有抚慰人心的精神力量，可是一旦抽身独处、咀嚼生活的时候，就感觉到了来自大海的威胁："那海浪声……像魔鬼的鼓点一样无情地敲击生命的节拍，让人想到小岛即将灭亡，淹没在大海的漩涡里。"③她联想到生活同样"狰狞可怖、虎视眈眈，只要一有机会就会猛扑过来"④。拉姆齐夫人也将大海与生活相比拟。每当她的意识的屏幕上闪现出汹涌的波涛，回荡着海浪的呼啸，她总会把所有的门关紧，似乎要竭尽全力地阻挡这一对于生活具有威胁性的因素。在莉莉的感受中，大海同样是翻滚着的生活波涛的象征："生活不再是由人们日常的一个个零散的小事件拼凑而成，而是卷作一团，变成一个整体，像一个波浪，把人带上浪尖又抛落下来，

---

　　① ［英］弗吉尼亚·吴尔夫：《到灯塔去》，马爱农译，人民文学出版社2003年版，第38页。
　　② 同上书，第147页。
　　③ 同上书，第13页。
　　④ 同上书，第53页。

第三章 伍尔夫精神创伤的美学呈现

猛地推到海滩上。"① 她以一个艺术家的敏锐，觉察到生活就像百舸起航的海洋，充满许多未知的险象，"你悠然滑行，摆动你的风帆……漂流，沉浮，是的，这些水域深不可测。已经有无数生命坠入其中"②。大海的狂暴和反复无常也震慑着孩子们幼小的心灵。拉姆齐家的孩子们来到海滩玩耍，小女儿南希看到海浪气势汹汹地涌来又退去的场面，不由目瞪口呆。她将自己涉足走过的小水坑与无垠的大海相对比，立即强烈地感到"她的身体、她的生命、以及世界上所有人的生命都变得虚无缥缈"，甚至觉得自己"被束缚了手脚，动弹不得"③。她聆听着海浪扑岸的声音，陷入深深的忧思中。随着小说情节的推进，大海的形象越来越暴虐：海浪在声嘶力竭地吼叫，飞溅的碎沫敲击着窗玻璃，并且无情地吞噬着人们脚下的土地，海风也带着潮气侵蚀着一切。暴风雨来了，世界一片黑暗、混乱：杯盘震动碎裂，宴会的客人散了，灯塔之行未能如愿，拉姆齐夫人病逝，儿子安德鲁死于战火，女儿普鲁死于分娩……人们不由向混沌的黑夜提问："是什么？为什么？在什么地方？"④ 人们得不到答案，也无力与混乱的生活抗衡。如同拉姆齐家的仆人麦克耐伯太太那样，她步履蹒跚，像一只在海水中颠簸的船只，抗议这个世界的不公，她的最终感受却是："她认识这个世界将近七十年了，要把生活伺弄得熨帖可不容易。她已经累得直不起腰来。她吱吱嘎嘎跪在床底下掸灰，一边呻吟着，还要多久，她问，还要忍受多久？"⑤ 然而，大海依然在肆虐："在空屋楼上的房间里侧耳倾听（如果有人倾听的话），只能听见混乱的声音夹着道道闪电，在

---

① [英] 弗吉尼亚·吴尔夫：《到灯塔去》，马爱农译，人民文学出版社2003年版，第41页。
② 同上书，第170页。
③ 同上书，第67页。
④ 同上书，第115页。
⑤ 同上书，第117页。

翻滚、颠簸,狂风巨浪尽情嬉戏,像变幻莫测的海怪巨兽,眉宇间从未有过智慧之光的照射,只知道一个叠一个地堆积,不分黑夜和白日(因为日夜纠缠不清,季节杂乱无章)冲杀拼搏,玩着白痴的游戏,最后仿佛整个世界都兽性大发,在穷凶极恶中盲目地搏斗、翻腾。"① 大海的力量似乎益发强大,也越发彰显出人类的软弱无力。显然,伍尔夫在《到灯塔去》中非常成功地将人们所认识到的来自大海的威吓与人们潜意识里对现代生活的恐惧巧妙地联系在了一起。以大海比拟现代生活激流与人类命运,大海呈现出令人可怕、狂暴、凶险的特征,构成人的对立面,隐晦地说明了现代生活是人的一种异己力量的存在。生活在现代社会中,人类的悲剧注定在劫难逃。

  伍尔夫创作《海浪》时,也使用了许多象征性意象,其中最主要的一个就是大海。她把大海置于中心位置,借助它构建背景和情节、深化主题。小说的每章都有引子,以太阳升落为标志,以一天中从早晨到黄昏波谲云诡、涛声不绝、不断变幻的海上景象作为六个主人公人生不同阶段的前导。小说正文贯以"某某说"的方式,由六个人物的意识活动构成,表现他们从童年直到老年不同阶段的印象、感受、想象、冲动、困惑与空虚等。大海的形象撞击着人物意识的浪花,产生强烈的反响。大海成为贯穿于人生的最强音符,回响在六个人物人生的各个阶段。如同《到灯塔去》中的主人公一样,《海浪》中的人物也都不同程度地表现出对大海的恐惧。路易从小就担心自己会被浪涛淹没,想象海边有一只脚戴锁链的巨兽,它"老在不停地蹬脚,蹬脚"②。巨兽虽然被锁住了,但仍然显现着巨大的破坏力。路易终生忙于追求金钱与地位,却始终没能发现人生

---

  ① [英]弗吉尼亚·吴尔夫:《到灯塔去》,马爱农译,人民文学出版社2003年版,第120页。
  ② [英]弗吉尼亚·吴尔夫:《海浪》,吴均燮译,人民文学出版社2003年版,第41页。

第三章 伍尔夫精神创伤的美学呈现

的意义。跺脚的怪兽成为他的人格象征。罗达常常想象自己被卷进波涛里,危机四伏,却孤立无援,她说:

> 让我把自己从波涛里拉出来吧。可是它们向我压过来;它们把我卷在它们那巨大的波峰中间;我头上脚下;我被翻倒了;我四脚朝天,倒在这些长长的光线中,这些长长的波浪里,这些看不见尽头的小路上,有人在背后追呀,追呀①。

生活在阴暗、混乱的生活海洋中,罗达最终不堪重负,选择了去另一个世界。奈维尔乘坐列车到达伦敦时,立即觉得这个"世界文明的中心"好比大海一样令人困惑不安:

> 我自觉微不足道,茫然失措……我要先静静地坐一会儿,再投身到那一片纷乱中去。我还无法料想下一步将会碰到什么。一阵巨大的嗡嗡声传到了我耳鼓里。它就像海里的浪涛那样在玻璃的屋顶下不断回响。②

下了车,他被迅速地卷进了人流,如同大海中的波涛猛然袭来,将他吞没。伯纳德作为一位作家,对人生与社会有许多自己的看法。在他看来,现代西方世界已日趋没落,毫无秩序可言,现代生活就像大海一样深不可测,他和其他五个朋友在生活的浪涛中不过是六条随意让人捕捉的小鱼。所以,他强烈地认识到,在人生的大海中,个人的力量微不足道,人与人之间只有建立相互联系,才能与生活这一洪水猛兽相抗衡;他渴望融入别人的生活,渴望用辞藻连缀事

---

① [英]弗吉尼亚·吴尔夫:《海浪》,吴均燮译,人民文学出版社2003年版,第17页。
② 同上书,第52页。

物，他把他们六个人形容为一朵花，一朵长有六枚花瓣的花。可是，当生活像大海中的滚滚浪潮汹涌而去，留给他的唯有晚年的空寂。在《海浪》中，正是透过这些主人公对于大海的恐惧情绪，伍尔夫又一次成功地赋予了大海以象征意义，将它与现代生活相连接：大海的汹涌与无情象征了现代社会的险恶与变化莫测，也象征了现代人命运的无常与无法掌控。

从以上对伍尔夫小说中大海意象的分析，我们可以看出伍尔夫的用心。她通过在多部小说中重复出现的海洋意象来揭示现代社会和现实生活的本质特征。在危机四伏、险象丛生的现代社会里，西方人失去了对于上帝的信仰，失去了栖居的精神家园，精神世界一片混乱。他们或者为实现个人价值而抗争，或者不去考虑生命的价值，过着浑浑噩噩的生活，但最终都找不到自身的意义，没法摆脱精神上和情感上的虚无感、失落感和幻灭感。大海意象的塑造实际上是伍尔夫对于性别、战争、死亡、专制统治等社会性创伤体验的一种全面释放和安抚，充分体现出一个优秀小说家的别具匠心。

第二节　纷纭散乱的意识之流

在西方文学史上，遭受了重大精神创伤的伍尔夫以追求现代小说艺术形式的革新而著称于世，并且被定位为优秀的意识流小说家。多年来，学术界对她的意识流技巧已经做了许多充分、透辟的研究。她的创伤体验与她的现代小说理论以及意识流小说形式之间的关联，却少有人关注。

伍尔夫是一位敏感的作家，她从自身的体验出发，敏锐地意识到，20世纪初期，西方世界的一切都处于风云变幻的状态中。尤其是第一次世界大战，给西方人带来了普遍而深重的精神创伤，面

第三章 伍尔夫精神创伤的美学呈现

对一个"上帝已死"的社会,人们的精神世界一片纷乱、迷茫,不知何去何从。人与人、人与社会、人与自我的关系异化。在《班奈特先生和布朗太太》的演讲词中,她将现代人的变化称为"人的性格"的变化,并把它定位在1910年12月前后,"人与人之间的一切关系——主仆之间、夫妇之间、父子之间——都变了。人的关系一变,宗教、品行、政治、文学也要变。咱们就假定这变化发生在1910年"。① 既然时代变了,人与人之间的关系变了,人的性格变了,以表现人物为中心的文学也应该随之变化。在传统的现实主义那里,现实主义作家常常致力于塑造典型环境中的典型人物,或者说,根据典型环境去推断生活于其中的人物,把人和人的一切,包括意识活动也当作客体来表现。伍尔夫认为,这种往昔的文学传统虽然极其伟大,但已不能适应西方世界的现状,它由于"老掉牙"而不能"沟通作者与读者",倒反而"成为绊脚石与障碍"。② 伍尔夫还虚构了一个具体的故事来说明现实主义作家是如何处理人物的。她假想,有一天,爱德华时代的作家班奈特、威尔斯、高尔斯华绥同坐一节火车车厢,遇到一位名叫布朗的普通老太太,他们三人都对她进行观察和细致的描写。威尔斯抓住她的外部特征来解释为什么初级中学不能令人满意,并且构想出一个没有布朗太太之流的理想的乌托邦世界;高尔斯华绥会注意她的工作环境和社会地位;班奈特会描述她所乘坐的车厢以及她所佩戴的饰品等。他们关心的都是与人物相关的外部客观世界,而非人物的主观心灵,用伍尔夫自己的话来说即是"他们看工厂、看乌托邦、甚至看车厢里的装饰和陈设,但偏不看她,不看生活、不看人性"③。在《论现代小说》中,伍尔夫表达了同样的观点,即班奈特等传统作家"之所以令我

---

① [英]弗吉尼亚·伍尔芙:《班奈特先生和布朗太太》,载[英]弗吉尼亚·伍尔芙《伍尔芙随笔全集》(Ⅱ),王义国等译,中国社会科学出版社2001年版,第902页。
② 同上书,第916页。
③ 同上书,第912页。

们失望,因为他们关心的是躯体而不是心灵"①。显然,在伍尔夫看来,传统现实主义遵循以物或外部世界为中心的写法,关注的是人物的躯体以及与之相关的物质环境,轻视了对人的心灵的表现,这种方法已经过时。在此基础上,她进一步指出,传统作家"缔造了工具、建立了规范以达到自己的目的。但是他们的工具不是我们的工具,他们的目的不是我们的目的。对于我们,这些规范是毁灭,这些工具是死亡"②。既然传统规范已成为一种削弱甚至摧毁表达力量的障碍物,现代主义作家就不可避免地要冲击、破坏它。伍尔夫认为,现代作家所面临的困境,不在于传统的崩溃,而在于缺乏一种作者和读者都能接受的交流方式,"目前我们不是遭受艺术的衰落而正是苦于没有一套作者与读者共同接受的行为规范作为建立更引人入胜的交流的序幕"③。因而,现代文学的当务之急,就是寻求一种能够沟通作者与读者的新的表达方式,以准确地传达现代"生活"和现代"人性"。

作为一位多次遭受精神创伤的女性作家,伍尔夫凭着自己的敏锐感受和对纷繁复杂的现实生活的深刻体验,深深地认识到,现代生活错综复杂、变化多端,现代心灵伤痕累累、混乱不堪。在《狭窄的艺术之桥》中,她表示,理想的小说应该呈现出"那个不协调因素的奇异的混合体——现代心灵——的模式"④。这表明,伍尔夫对小说艺术的探索与她对"现代心灵"的认识与理解是密切相关的。那么,"现代心灵"的模式是怎样的呢?在《论现代小说》中,她写道:

---

① [英]弗吉尼亚·伍尔夫:《论现代小说》,载[英]弗吉尼亚·伍尔夫《论小说与小说家》,瞿世镜译,上海译文出版社1986年版,第4—5页。
② [英]弗吉尼亚·伍尔芙:《班奈特先生和布朗太太》,载[英]弗吉尼亚·伍尔芙《伍尔芙随笔全集》(Ⅱ),王义国等译,中国社会科学出版社2001年版,第912页。
③ 同上书,第916页。
④ [英]弗吉尼亚·伍尔夫:《狭窄的艺术之桥》,载[英]弗吉尼亚·伍尔夫《论小说与小说家》,瞿世镜译,上海译文出版社1986年版,第215页。

第三章 伍尔夫精神创伤的美学呈现

把一个普普通通的人物在普普通通的一天的内心活动考察一下吧。心灵接纳了成千上万个印象——琐碎的、奇异的、倏忽即逝的或者用锋利的钢刀深深铭刻在心头的印象。它们来自四面八方,就象不计其数的原子在不停地簇射……①

接着,伍尔夫重新界定了"生活","生活并不是一副副匀称地装配好的眼镜;生活是一圈明亮的光环,生活是与我们的意识相始终的、包围着我们的一个半透明的封套"②。她所认为的"生活"实际上就是与人的意识相关的内心生活或主观精神活动。她认为,现代小说家不应对这种生活视而不见或无动于衷,应该采取全新的艺术手段去捕捉它、表现它。因而,她提出,小说家的职责就是"把这种变化多端、不可名状、难以界说的内在精神——不论它可能显得多么反常和复杂——用文字表达出来,并且尽可能少羼入一些外部的杂质"③。她号召作家们把丰富的心灵生活作为小说创作的主要题材,她说,"所谓'恰当的小说题材',是不存在的。一切都是恰当的小说题材;我们可以取材于每一种感情、每一种思想、每一种头脑和心灵的特征;没有任何一种知觉和观念是不适用的"④,从而把创作的焦点由传统小说的外部客观世界引向了人的内在精神世界。并且,以此出发,她批判以班奈特为首的物质主义者,认为对于外部世界的描绘使他们游离于生活的本质,"他们写了些无关紧要的事情;他们浪费了无比的技巧和无穷的精力,去使琐屑的、暂时的东西变成貌似真实的、持久的东西"⑤,他们"为了证明作品故事情节

---

① [英]弗吉尼亚·伍尔夫:《论现代小说》,载[英]弗吉尼亚·伍尔夫《论小说与小说家》,瞿世镜译,上海译文出版社1986年版,第7—8页。
② 同上书,第8页。
③ 同上。
④ 同上书,第13页。
⑤ 同上书,第6页。

确实逼真所花的大量劳动,不仅是浪费了精力,而且是把精力用错了地方,以至于遮蔽了思想的光芒"①;她赞赏乔伊斯等精神主义者,也主要是因为他们试图"接近于内心活动的本质"②。可以看出,伍尔夫的小说创作立场是:用一切可能的艺术方法表现心灵本身。她进而提出了小说表现心灵的基本方法,即记录印象的原子,她号召作家:"让我们按照那些原子纷纷坠落到人们心灵上的顺序把它们记录下来;让我们来追踪这种模式。"③

伍尔夫从"现代心灵"和主观意识出发,提出了一整套关于现代小说的理论,还注意将其运用于自己的小说创作中。记录印象的原子,也成为她进行小说艺术实践的一个基本方法,并且由此发展出一系列的意识流小说技巧,从而使其中后期创作具有了一种鲜明的现代特征,她本人也因此而被划入意识流小说家的行列。伍尔夫在1921年出版的短篇小说集《星期一或星期二》和1922年出版的长篇小说《雅各的房间》中开始尝试采用意识流手法,主要体现为运用意识流的基本结构模式,以客观事物的发展为核心,人物的意识由此蔓延开去,再返回、收拢。在短篇小说《墙上的斑点》中,这一手法被运用得更为娴熟。《达洛维太太》和《到灯塔去》是伍尔夫意识流小说的杰作,标志着她的意识流技巧达到了炉火纯青的地步。在这两部作品中,她灵活自如地运用了内心独白、感觉印象、自由联想、多角度叙述、时空蒙太奇等意识流技巧。小说中的一切都通过人物意识的流动来展现,作为全知全能叙述者的作者已完全退居幕后。伍尔夫创作晚期的意识流小说《海浪》几乎没有情节可言,其正文部分全部由人物的内心独白构成,由六个主人公轮流登场,冠以"某某说"的形式,作者退出小说,不对人物和事件作任

---

① [英]弗吉尼亚·伍尔夫:《论现代小说》,载[英]弗吉尼亚·伍尔夫《论小说与小说家》,瞿世镜译,上海译文出版社1986年版,第7页。
② 同上书,第6页。
③ 同上书,第8—9页。

第三章 伍尔夫精神创伤的美学呈现

何客观的描述和交代,使叙述完全内在化了。

在伍尔夫看来,文学的表现对象,最主要的就是现代西方人复杂的情绪体验。因而,在小说实践中,她坚持重灵魂、轻肉体,重主观印象、轻客观事物的艺术原则,把人物视为小说的主体,也将灵魂作为人物的核心。伍尔夫创作视线从客观世界转向主观精神领域必然导致其小说艺术技巧和形式的重大革新。正如有评论家所说的那样:"技术的现代性使人们对叙述形式和主体性的看法发生了改变,伍尔夫在技术上的表现预示了其叙述形式的创新。"[①]意识流小说的形式为伍尔夫创作焦点的转移提供了有效的途径,其小说中的诸种意识流技巧无不服务于表达人物内在精神的需要,成为反映复杂的现代经验和现代意识的载体。这里,笔者主要从情节、结构和叙述方法三个方面探讨伍尔夫意识流小说的形式特征。

在情节上,伍尔夫现代小说大大背离了传统小说创作的规约。这种背离,基于她对英国传统小说的深刻认识和批判。她将英国传统小说比拟为一位陷入困境的女士,历史上曾有许多绅士骑着马力图拯救她,却无补于事。在她看来,英国小说陷入困境的原因在于历代小说家总把它当成宣讲故事的工具,而故事是"文学有机体中最低级的一种"[②];尤甚的是,这些故事都由相似的因素构成,缺乏创意。而在20世纪里,传统的西方文明已然衰落,传统的社会结构也走向解体,社会生活发生了翻天覆地的变化,人与人之间的关系也发生了变化,在动荡不安的社会现实和变幻无常的人生面前,现代西方人产生了一种前所未有的恐惧感、异化感和危机感。如果现

---

① Michael Witworth, "Virginia Woolf and Modernism", in Sue Roe and Susan Sellers, eds., *The Cambridge Companion to Virginia Woolf*, Cambridge: Cambridge University Press, 2000, p. 155.

② [英]弗吉尼亚·伍尔夫:《小说的艺术》,载[英]弗吉尼亚·伍尔夫《论小说与小说家》,瞿世镜译,上海译文出版社1986年版,第226—227页。

代小说家依然沿袭约定俗成的方式来讲故事，显然是不合时宜的；小说家只有从自身体验出发，关注人的幻灭感与危机感，写出来的小说才能够真正反映时代与生活。在《论现代小说》中，伍尔夫明确指出，倘若作家写作时"能够以个人的感受而不是以因袭的传统作为他工作的依据，那么，就不会有约定俗成的那种情节、喜剧、悲剧、爱情的欢乐或灾难，而且也许不会有一粒纽扣是用邦德街的裁缝所惯用的那种方式钉上去的"①。在自己的小说创作中，伍尔夫大胆地探索出没有情节的小说形式。她受印象派绘画通过视光分析，将颜色分解成分子这一原理的启发，将意识拆解为印象的原子，按照原子落入心灵的顺序记录内心生活，其意识流小说的主体都是由无数印象的原子构筑而成。她早期的短篇小说《墙上的斑点》和《邱园纪事》没有传统小说中的人物行动、生活细节和故事情节，只有纷至沓来的意象原子，呈现出强烈的印象主义色彩。其后的长篇小说《达洛维太太》《到灯塔去》《海浪》也都以印象原子的碎片纷呈来摹写纷乱无序的意识流动，故事情节和客观世界的描摹被降低到了最低限度。对于伍尔夫的这种创作实践，中国学者李维屏有过非常精当的评价："充分反映了一种全新的情节观"②，"标志着一种新型的非叙事性小说的诞生"③。

在结构框架方面，伍尔夫的意识流小说也取得了历史性突破。在英国文学史上，自18世纪的亨利·菲尔丁（Henry Fielding）发表小说《汤姆·琼斯》以来，就建立了一种建构框架结构的小说传统。小说的结构通常根据人物性格和事件的发展，以章节来表示，大都有完整的故事情节，包括开端、发展、高潮和结局，有些小说甚至还有序幕和尾声。伍尔夫极力反对这种千篇一律的结构模式，认为

---

① ［英］弗吉尼亚·伍尔夫：《论现代小说》，载［英］弗吉尼亚·伍尔夫《论小说与小说家》，瞿世镜译，上海译文出版社1986年版，第8页。
② 李维屏：《英国小说艺术史》，上海外语教育出版社2003年版，第289页。
③ 同上书，第290页。

第三章 伍尔夫精神创伤的美学呈现

它极大地制约了现代小说家的艺术想象力。她说:"小说像蜘蛛网,也许始终只是轻微地挂靠,但却仍然四个角都依附于生活。"[①] 言下之意,小说应该反映现代生活和现代意识。她明确表示,传统小说的框架结构已经无法真实反映现代人的生活与精神世界。她在对自己的意识流小说进行谋篇布局时,不仅大胆地摈弃传统小说的框形结构,而且在不同的小说中尝试采用不同的富于创新意义的结构方式。例如,《墙上的斑点》运用的是辐射式结构,《达洛维太太》运用的是以一日为框架的结构,《到灯塔去》运用以象征性的一夜为布局的结构,《海浪》运用的是以自然景色隐喻不同人生阶段的象征性结构。

叙述方法上,伍尔夫在中期创作阶段抛弃了传统小说的作者全知全能型叙述。广为人知的是,传统的现实主义作家总是由自己出面介绍小说的一切,解释、评判一切,无所不知、无所不晓、洞悉一切、高高在上。正如有学者所说的那样:"传统的现实主义作家假定自己是先于写作对象而存在的,他超然于他所描述的对象之上而获得了主体性。"[②] 而现代主义作家认为,世界大战、奥斯维辛、希特勒主义等所代表的现代社会的真实状况无法在传统的叙述方式中得到最充分的表达。贝雷尔·兰(Berel Lang)赞成一种不及物的写作方式,即写作者或讲述人不是超然于其所讲述的事件之外来讲述,而是存在于事件当中。深受精神创痛的伍尔夫也无法继续以上帝般的姿态俯看现代人世的种种暴虐行为,她将自身的深切体验融入她笔下的人物身上,通过人物的视角去观察、感受和思考一切。她的许多作品,《墙上的斑点》、《雅各的房间》、《达洛维太太》、《到灯塔去》和《海浪》都采用了这种人物叙事的方式。她说:"在想象

[①] [英] 弗吉尼亚·伍尔夫:《自己的一间屋》,载 [英] 弗吉尼亚·伍尔夫《伍尔芙随笔全集》(Ⅱ),王义国等译,中国社会科学出版社 2001 年版,第 526 页。

[②] 林庆新:《创伤叙事与"不及物写作"》,《国外文学》2008 年第 4 期。

力丰富的文学中,角色为自己说话,作者并不出场,我们总是可以感觉到需要这种声音。"① 这种由小说人物亲自出面讲述的方式,将潜藏在人物心灵深处的潜意识和无意识活动最直接、最真实地呈现在读者面前,使作者、文本、读者之间不存在距离,书写者在直接书写自己,讲述者在直接讲述自己,也就是被贝雷尔·兰所称作的"不及物写作",体现出伍尔夫对现代小说艺术表达效果的执着探索与求新。

伍尔夫从表达自我和现代心灵的需要出发,在小说形式上大大地背离了传统小说的樊篱。《达洛维太太》和《海浪》是她最具革新精神的现代主义作品,也是最深刻地揭示了现代社会异化主题和现代西方人日趋严重的精神危机和创伤情绪的意识流小说。

《达洛维太太》被誉为"是一部充满实验精神的意识流小说,也是英国现代主义小说的上乘之作"②。小说全方位地体现了伍尔夫的革新精神和艺术创造。她本人对这部小说非常满意,她说:"我认为这种设计比我其他任何一部作品的设计更引人注目。"③ 从创作短篇小说开始,经过一段时间的艺术探索,伍尔夫终于找到了她理想中的能够表达现代人主观精神世界的艺术形式。

首先,《达洛维太太》明显背离了现实主义的情节观。它以1923年6月的伦敦为直接背景,描述国会议员的妻子克拉丽莎和平民青年塞普蒂莫斯从早晨到午夜约15小时的见闻经历。克拉丽莎为准备家庭晚会上街买花,一路上遇见许多熟人,看到种种情景。突然,传来汽车爆胎的声音,在大街的另一处,塞普蒂莫斯听到巨响万分恐惧。他在"一战"中受了刺激,得了"弹震症",神经错乱,眼

---

① [英]弗吉尼亚·伍尔芙:《论不懂希腊文》,载[英]弗吉尼亚·伍尔芙《伍尔芙随笔全集》(I),石云龙等译,中国社会科学出版社2001年版,第30页。
② 李维屏:《英国小说艺术史》,上海外语教育出版社2003年版,第290页。
③ Anne Olivier Bell ed., *The Diary of Virginia Woolf*, Vol. 2 (1920—1924), New York: Harcourt Brace Jovanovich, 1980, p. 272.

第三章 伍尔夫精神创伤的美学呈现

前出现种种幻象，在妻子的陪同下，来到公园喃喃自语。克拉丽莎回到家中，昔日的情人彼得来访，两人重叙旧事。最后，在晚宴上，传来了塞普蒂莫斯自杀的消息，克拉丽莎感慨万千。小说的故事情节非常简单，甚至微不足道，即便如此，这一故事情节也只有通过梳理人物的意识活动才能勾勒出来。充斥于作品各处的，是人物纷繁复杂的印象和意识碎片。小说明显地体现出淡化情节的倾向。

其次，《达洛维太太》运用了以一日为框架的结构模式来反映现代人的异化感和灾难感。它将克拉丽莎、塞普蒂莫斯和彼得三个主要人物行走在伦敦街头时的一天的内心活动作为主要内容加以表现。开头部分，作者就把笔触伸向了主人公克拉丽莎的意识深处，通过她在一天中的十几个小时的意识流动，唤回了她从18岁到52岁这34年间的生活体验，包括她对英国上流社会的评价、对伦敦的爱憎喜恶以及个人的感情纠葛，还有，对未来的遐想。此外，通过人物意识之流，读者也了解到了另外两个主要人物彼得和塞普蒂莫斯的生存境况和情感世界。作者通过延展由人物意识流动所构成的心理时间，弱化物理时间的作用的方法，将人物的复杂经历浓缩在一天中的十几个小时内，随着人物视角的转换，三股意识交错而行，共同揭示出"一战"后西方社会各阶层人们彷徨、焦虑、恐惧和希冀等各种心态。

最后，伍尔夫运用了间接内心独白、自由联想和蒙太奇等意识流技巧来展现人物的意识活动。

内心独白是意识流小说创作中最为重要的一种表现手法，分为直接内心独白和间接内心独白。直接内心独白，是在没有假设听众的情况下，将人物的显意识或潜意识按照原本状态自然地流露出来，作者绝不进行控制和修饰，这种独白使用第一人称。乔伊斯《尤利西斯》的最后一章中，莫莉的内心独白就是直接内心独白的典范。

相对于直接内心独白，间接内心独白用第三人称书写，有作者的介入，但作者不去解释、评价人物的所思所想，只是起着场上指挥的作用，引导读者的阅读，读者感受到的仍然是人物的自我意识。罗伯特·汉弗莱（Robert Humphrey）说："一位无所不知的作者在其间展示着一些未及于言表的素材，好象它们是直接从人物的意识中流出来的一样；作者则通过评论和描述来为读者阅读独白提供向导。……作者总是介入人物的意识与读者之间，对于读者，作者是一位场上指挥。"① 这两种内心独白都使意识流小说摆脱了传统文学中作家全知全能的视角，不再由作家出面介绍时间、地点、事件以及人物的内心世界并进行评判，而是让人物的意识成为一种自在自为的存在，真实自然地流淌于读者面前。伍尔夫不满于乔伊斯小说中时常采用的第一人称叙述，认为它"不免自负得令人讨厌"②。她在自己的小说创作中使用了间接内心独白的手法。在《达洛维太太》中，她尤其对这种手法进行了独创性运用。她借助于人称代词"她"来展开叙述，看上去似乎是作者在叙述，实际上作者并未介入，叙述的内容是人物的意识流。伍尔夫还使用不定人称代词"人家"（one），这一不定代词既指人物的个人意识，由于它的指称是不固定的，又便于作者调转笔锋，在不同人物的意识流之间自由转换。这正是伍尔夫意识流小说的独创之处。梅尔文·弗里德曼（Melvin Friedemann）评价道：

> 《达罗威夫人》的结构，在很大程度上是凭借作者的能耐而从一个人的意识转到另一个人的，并不明显地改变她的风格或方法。这的确部分地说明了弗吉尼亚·伍尔夫不愿意用那个在

---

① ［美］罗伯特·汉弗莱：《现代小说中的意识流》，程爱民、王正文译，湖南人民出版社1987年版，第37页。

② ［英］弗吉尼亚·伍尔芙：《班奈特先生和布朗太太》，载［英］弗吉尼亚·伍尔芙《伍尔芙随笔全集》（Ⅱ），王义国等译，中国社会科学出版社2001年版，第901页。

第三章 伍尔夫精神创伤的美学呈现

沉思冥想中习惯使用的"我";她几乎全用含糊的代词,有时用"她",有时用"人家"。其效果是经常从脑子里的图像转变为一群人的图像,然后又转回去,在风格上并无突变。①

瞿世镜还注意到了《达洛维太太》中间接内心独白的另一个独特技巧,即关联词"for"的使用。伍尔夫利用它的语气转折的功能,赋予它以特殊的作用,即将笔锋从外部客观世界转向人物的内心独白。

在《达洛维太太》中,伍尔夫也将意识流小说的自由联想技巧加以充分运用,真实地表现人物的意识活动。我们知道,意识从来都不是静止的,总是处于运动状态。意识活动的焦点不可能长时间停留于某一事物,而会从一事物转移到另一事物,且不受时空限制。这种能力,即从一事物到其他事物的联想能力,为意识本身所提供。因而,自由联想在确定人物的意识活动过程方面发挥着至关重要的作用。意识流小说以人物的意识活动作为主要描写对象,运用心理自由联想过程来引导人物的意识流向是意识流作家们的必然选择。伍尔夫处理自由联想的方式与乔伊斯极为相似,即拒绝对人物的自由联想作任何解释、说明,让各种印象与念头任意结合,自由闪现。她的自由联想技巧在塞普蒂莫斯身上发挥得最为出色。作为一位遭受战争创伤的精神病人,他对周围的一切都极为敏感,很平常的事物也会让他产生种种与战争有关的恐怖幻想。例如,他坐在摄政公园时,飞机在天空为太妃糖做广告,保姆的拼读声"刺激着他的脊柱",且"传入他的大脑"②,于是眼前出现了幻觉,仿佛被砍伐的树木复活了,向他招手。他产

---

① [美]梅尔文·弗里德曼:《理查森与伍尔夫:意识流在英国》,载瞿世镜编选《伍尔夫研究》,上海文艺出版社1988年版,第35页。

② [英]弗吉尼亚·吴尔夫:《达洛维太太》,谷启楠译,人民文学出版社2003年版,第19页。

生了"人不应该砍树"①的念头,并由此想到,"要改变这个世界。别再有人因仇恨而残杀"。②他又仿佛听到栖息在对面栏杆上的麻雀在叫着他的名字,然后尖声唱着希腊文,似乎向他诉说人世间如何没有罪恶。可是,就在栏杆后面,他感到"有些白乎乎的东西正在聚拢"③,他不敢看,因为埃文斯就在栏杆的后面。显然,塞普蒂莫斯由"砍树"联想到发生在战场上的厮杀,并且认为世界的改变在于停止杀戮,由麻雀的尖叫声而展望一个没有罪恶的世界,然而,幻觉中却出现了"白乎乎的东西",不由令他想起在战场上遇难的战友埃文斯。表面看来,树木、麻雀的叫声这些外部事物与人物的主观幻想场景毫不相干,但对于塞普蒂莫斯这样一位亲历了战场暴虐的退伍士兵来说,这些关联又在情理之中。作者正是通过这些随意的联想,揭示战争给主人公带来的精神戕害,读来真实、自然。

《达洛维太太》也是伍尔夫运用蒙太奇技巧的范例。意识流小说家在运用自由联想时,常常借鉴电影艺术中的蒙太奇手法来表现这种漫无中心的意识运动。因为蒙太奇的主要功能是表现运动和共存现象,刚好有助于意识流作家实现自己的根本目的,即"表现人类生活的双重性——内心生活与外部生活同时并存"④。蒙太奇又分为时间蒙太奇和空间蒙太奇。伍尔夫在《达洛维太太》中不仅挥洒自如地运用这两种蒙太奇,并且还巧妙地把它们交织在一起。达洛维太太从早上到午夜的意识活动是贯穿全文的主线,作者采用时间蒙太奇的手法来呈现一切,用十几个小时的心理时间取代了几十年的物理时间,其间,又穿插着空间蒙太奇,利用汽车、飞机等媒介物

---

① [英]弗吉尼亚·吴尔夫:《达洛维太太》,谷启楠译,人民文学出版社2003年版,第21页。
② 同上。
③ 同上书,第22页。
④ [美]梅尔文·弗里德曼:《意识流:文学手法研究》,程爱民、王正文译,湖南人民出版社1987年版,第64页。

第三章　伍尔夫精神创伤的美学呈现

把克拉丽莎与塞普蒂莫斯、彼得等主要人物的意识扭结在一起。这样，使得两者相辅相成，共同折射出不同阶层人物纷繁复杂的心理活动。

由以上分析，《达洛维太太》是一部新型小说，其淡化情节的倾向，一日式的结构框架，以及间接内心独白、自由联想和时空蒙太奇等现代主义技巧的运用无不体现出作者力图真实反映自我情绪和现代人复杂精神世界的努力。

《海浪》是伍尔夫又一部实验性极强的意识流小说。梅尔文·弗里德曼认为它是伍尔夫所有著作中"在意识流里扎根最牢靠的"[①]。因为此书的正文部分几乎没有情节可言，全部由人物的内心独白构成。透过人物此起彼伏的意识的波涛，我们知道，作品主要记录的是六个主人公从童年到老年内心活动的轨迹。如前所述，尽管他们的经历不同，性格不一，但都面临着严重的精神危机，对混乱无序的现代社会表现得茫然不知所措，在现代生活中找不到自身存在的价值与意义。小说没有明确的背景，没有实际意义的生活画面，没有戏剧性冲突，没有具体行动，没有外貌描写，甚至连人物的身份和年龄也只是顺便提及，一切都很朦胧、模糊。显而易见，伍尔夫在这部作品中同样摒弃了传统的"物质主义"的小说形式，将人物的情绪反应作为表现的核心。小说的结构形式也别具匠心。每章正文前都有一个描述自然景色的抒情引子，展示太阳、海浪和花草的变化，在语言风格和句法结构上也与正文大相径庭，但又与正文相辅相成，分别对应主人公从童年、青年到老年的各个人生阶段，暗示人生的进程。这样，把六个人物几十年的人生经历仅仅框定在从日出到日落或者说从黎明到黄昏一个白昼的物理时间之内。关于这一富有象征意义的结构形式，李维屏曾指出，"伍尔夫凭借这种艺术

[①] ［美］梅尔文·弗里德曼：《意识流：文学手法研究》，申里平等译，华东师范大学出版社1992年版，第18页。

形式深刻地揭示了自我与存在的关系，生动地表现了战后英国人的精神危机"①。在这部小说中，伍尔夫塑造人物形象的手法也不同一般。不同于典型的意识流，六个人物内心独白的形式非常相似，词语、句式和句子的长度都体现出雷同的倾向，它们随着独白者进入不同的人生阶段而变化，而不是随着独白者的个人气质而变化。这些独白是程式化的，这些人物也缺乏鲜明生动的个性意识。读者所体会到的，是他们对时间流逝与动荡社会所作出的共同的心理反应，一种为恐惧感和危机感所缠绕的共性意识。《海浪》无论在情节处理、结构构架还是人物塑造方面都体现出抽象、朦胧、模糊的特征，是伍尔夫所有小说中最晦涩的一部。她曾在日记里写道："在我的一生中，从未处理过如此模糊而又精巧的布局；在任何我做有标记的情况下，我不得不考虑它与其他许多因素之间的关系……我总要不时地停下来考虑小说的整体效果。"②伍尔夫有意发展这样一种艺术形式来照应黑暗、混沌的现代社会，来表达现代人们纷纭散乱的意识流动和情感体验。

伍尔夫作品具有独特的审美艺术特征，她采用现代主义的意识流手法构筑作品，表达自身乃至全部现代西方人的内心感受和心灵创伤。从本质上讲，内心独白、时空蒙太奇等艺术形式的描写对象都是人的潜意识，也可以说，它们是描写人的潜意识的最直接的表达方式，而人生中的痛苦经验常常根植于潜意识的深处。因而，伍尔夫表达潜意识深处的创伤经验时，也引入了与之相应的艺术方法。相比于传统的现实主义手段，伍尔夫的创伤情感乃至全部现代西方人的创伤感受在现代主义艺术形式中获得了更充分、更深刻的表述。也正是在这种表述中，伍尔夫的创伤心灵获得了更彻底的释放和宣泄。

---

① 李维屏：《英国小说艺术史》，上海外语教育出版社2003年版，第309页。
② Anne Olivier Bell ed., *The Diary of Virginia Woolf*, Vol. 3 (1925—1930), New York: Harcourt Brace Jovanovich, 1981, p. 259.

第三章　伍尔夫精神创伤的美学呈现

第三节　多元融合的文体叙事

伍尔夫一生都在致力于探求文学艺术形式的创新,尽管她在创作中为寻求适合表现现代人心灵模式而成功地探索出意识流小说的形式与技巧,并且由此奠定了意识流小说大师的地位,可她并不满足、停留于此。在创作晚期,她依然从自身创伤体验出发,探讨社会与人生,传达西方人的普遍感受,但更致力于寻求另一种新颖的表达形式,其作品呈现出多种文体因素并置、融合的形式特征。

阅读伍尔夫日记时,我们也不难发现,的确,在伍尔夫一生的创作实践中,始终贯穿着一种大胆的实验探索精神和对于崭新艺术形式的执着追求。在日记中,她将自己的作品命名为"心理学诗篇""随笔小说""挽歌""戏剧诗""传记""自传"等,这些名称不同一般。她也尝试发明一种崭新的戏剧形式,它是自由而又集中的,它是散文,是小说,也是戏剧,还富有诗意。她也试图把讽刺、喜剧、诗歌、叙事各种因素融合起来,从而创造出一种表达现代思想观念的新的艺术形式。在《狭窄的艺术之桥》中,她对未来小说的理想形式进行了专门的论述:"它将用散文写成,但那是一种具有许多诗歌特征的散文。它将具有诗歌的某种凝炼,但更多地接近于散文的平凡。它将带有戏剧性,然而它又不是戏剧。它将被人阅读,而不是被人演出。"[①] 可见,伍尔夫心目中的理想小说是一种将不同文体融于一体的、综合化的艺术形式,是诗歌、散文、戏剧和历史的结合,具有诗化、戏剧化的特征。这种大胆的艺术构想,明显背离了传统文学的规约。

值得我们特别注意的是,在探讨伍尔夫富于创意的、综合化的

[①] [英] 弗吉尼亚·伍尔夫:《狭窄的艺术之桥》,载 [英] 弗吉尼亚·伍尔夫《论小说与小说家》,瞿世镜译,上海译文出版社1986年版,第214页。

艺术形式时，千万不能忽略她与文学传统的联系，不能忽略她作品中的传统元素。人们大多根据她的"在1910年12月左右人的性格变了"① 这一论断，从社会历史的角度论析她如何否定传统，如何探求新的小说艺术，对于她继承传统的一面，则讳莫如深。

事实上，伍尔夫极其尊重传统。她虽然生活在与传统决裂的时代，但自幼成长在一个具有浓郁的传统文化氛围的家庭环境中。她对传统文学有过许多客观、公允的评价。她极力推崇托尔斯泰等优秀的古典作家，将他们的小说称为伟大的作品，尤其称颂他们以塑造人物为中心来反映世界的写法。1924年5月，她在剑桥大学发表了一场名为《班奈特先生和布朗太太》的演讲，她说：

> 假如你回想一下你认为是伟大的那些小说——《战争与和平》、《名利场》、《垂斯川·项狄》、《包法利夫人》、《傲慢与偏见》、《卡斯特桥市长》、《维莱特》——你想到这些书你立刻就会想到某个人物，他对于你是那么具有现实性（我的意思不是说跟生活一样），他足以使你不但想起他本身而且还通过他的眼睛去认识各种各样的事情——宗教、爱情、战争、和平、家庭生活、省城的舞会、日落、月亮的升起、灵魂的不灭。我看，人类经验中没有一点不是包括在《战争与和平》里。在这些作品中，伟大的作家都是使我们通过某人物去看他所要我们看到的事物。②

伍尔夫将艾略特和乔伊斯（James Joyce）等现代主义作家称为乔治时代的作家，认为他们破坏了文学传统，认为真正的小说大师

---

① [英] 弗吉尼亚·伍尔芙：《班奈特先生和布朗太太》，载 [英] 弗吉尼亚·伍尔芙《伍尔芙随笔全集》（Ⅱ），王义国等译，中国社会科学出版社2001年版，第901页。
② 同上书，第907页。

第三章 伍尔夫精神创伤的美学呈现

是第二代的托尔斯泰（Leo Tolstoy）而不是第三代的乔伊斯。她提醒她的读者回忆莎士比亚（William Shakespeare）、济慈（John Keats）、奥斯汀（Jane Austen）、萨克雷（W. M. Thackeray）、狄更斯（Dickens）等古典作家的辉煌成就，对比传统文学与现代文学。这样，他们就会体会到古典文学中的优美的旋律，而意识到乔治时代"土崩瓦解、倒塌、毁灭的声音"①。在《论现代小说》中，她明确地指出了乔治时代处于试验阶段的现代主义作家的创作不如前辈作家：

> 在以往几个世纪中，虽然在机器制造方面我们已经学会了不少东西，在文学创作方面我们是否有所长进，可还是个疑问。我们并未比前人写得更为高明……回顾那些比我们更幸福的战士，他们的仗已经打赢，他们的战果如此辉煌……②

从小说实践来看，伍尔夫最初也是以沿袭传统的小说形式登上文坛的。她的早期小说《远航》和《夜与日》属于传统小说，具有19世纪小说的特征。在叙述方法上，它们都采用传统现实主义的叙述模式，由作者担任全知全能的叙述者，处于无所不知、无所不能的主宰地位。这两部作品也都运用了传统小说的结构框架，都有按照客观时间顺序、围绕主要人物命运而展开的完整的故事情节，人物性格也非常鲜明。虽然《远航》的主题具有象征意味，蕴含着革新的因子，但总体看来，传统的现实主义风格仍居于主导地位。

其实，哪怕是伍尔夫对于现代小说的理论探讨与其意识流小说的形式创新，虽然大大背离了传统文学规范，但也并非横空出世，

---

① ［英］弗吉尼亚·伍尔芙：《班奈特先生和布朗太太》，载［英］弗吉尼亚·伍尔芙《伍尔芙随笔全集》（Ⅱ），王义国等译，中国社会科学出版社2001年版，第915页。
② ［英］弗吉尼亚·伍尔夫：《论现代小说》，载［英］弗吉尼亚·伍尔夫《论小说与小说家》，瞿世镜译，上海译文出版社1986年版，第3—4页。

一切都可以从传统文学中找到渊源。她所提出的关于现代小说要以表现现代心灵为核心的建议,并没有脱离西方小说以塑造人物为中心的模式。她对于人类心灵的重视以及为此而探索出来的意识流小说技法,也离不开她对传统文学的感悟。她广泛地阅读了英、法、俄、美、古希腊的众多作品,从俄国文学传统中获得了要抓住人物灵魂的启示,从古希腊文学传统中获得了凭直觉感知生命的写作方式,从美国心理小说家亨利·詹姆斯(Henry James)那儿发现了由外在世界转向活动的心灵的新的透视法,从法国作家蒙田的随笔散文中学会了如何描绘心灵的变幻莫测的方法。这些影响都可以从伍尔夫本人的随笔中得到验证。

同样,伍尔夫所提出的关于不同文体因素融合的、综合化的小说艺术形式的建议及其写作实践也得益于传统文学的影响。她十分欣赏伊丽莎白时代的诗剧,她说:"我的'更高层次的生活',差不多完全是伊丽莎白时代的戏剧。"① 她从伊丽莎白时代的诗剧中继承了富有诗意的思想,不提供具体生活细节而着意于挖掘人物心理深度、自由表达自己思想感情的写法。她也从感伤主义小说家斯特恩(Sterne)的名作《特立斯顿·香弟》受到启发,并且从中汲取了许多因素:小说结构建立在情感性而非逻辑性的基础上,情节发展不遵守线性的时空顺序;弃置细节的真实;诗意的想象和幻想;散文与诗歌之间的自由转换,等等。伍尔夫还十分推崇艾米莉·勃朗特的非个人化倾向,认为她的作品贯穿着普泛的思想观念,"通过她的人物来倾诉的不仅仅是'我爱'或'我恨',而是'我们,整个人类'和'你们,永恒的力量'……"② 如果没有对于传统文学的深刻把握与借鉴吸收,很难想象伍尔夫多元融合的、综合化的文体叙

---

① Anne Olivier Bell ed., *The Diary of Virginia Woolf*, Vol. 5 (1936—1941), New York: Harcourt Brace Jovanovich, 1985, p. 356.

② [英]弗吉尼亚·伍尔夫:《〈简·爱〉与〈呼啸山庄〉》,载[英]弗吉尼亚·伍尔夫《论小说与小说家》,瞿世镜译,上海译文出版社1986年版,第34页。

第三章 伍尔夫精神创伤的美学呈现

事理想能否得以实现。

可见，伍尔夫的多文体叙事主张与创作风格固然是对文学艺术传统的突破与发展，但也在一定程度上对其有所吸收和继承。而她对待文学艺术传统的这种取舍、突破和发展的态度，与其独特的创伤经验又有着密切的联系，这一点则更鲜有人关注和论及。

如前所述，我们强调作家的经验会对其作品形式产生影响，但还须强调的是，在考虑作家经验与作品形式的关系时，不能把经验和形式直接联系在一起，因为经验并不能自动地转化为形式。作品的艺术形式首先是作家长期学习前人艺术实践的结果。作家在把自己的经验变成一部有意识的艺术作品时，必然要汲取和运用传统的文学技巧和形式。如果作家所运用的技巧和形式全是纯粹个人的现象，就不能为别人所理解，更谈不上欣赏。也就是说，形式必须具有社会性，因而形式也必然受到文学传统的影响。所以，如果仅根据个体经验来解释文学形式是有失偏颇的，不能忽视文学传统的因素。我们只有在结合文学传统的基础上，才能更全面地理解作家所运用的文学形式与其个体经验之间的关系。任何作家都不能脱离文学传统，但也都不可能兼收并蓄，而会对文学传统作出取舍，这种取舍自然离不开作家自身的经历和体验。也可以这样说，作家在选择艺术形式的时候，往往会从自身经验出发，选择、接受传统。在此基础上，作家也会根据自身经验，丰富、突破传统。人们常常习惯于从文学作品史的角度，去梳理某种文学形式本身发展、演变的过程，如果同时考察作家的经验，就会发现，文学形式的发展与演变其实与作家的个体经验有着不可分割的联系。作家在表达自己独特的经验时，往往会遇到这样的情况，即传统的形式、技巧无法满足情感表露的需要，他们就会探求新的表现形式，而新的形式的获得又离不开作家经验所造成的独特的认知方式。对于作家所用文学形式与其个体经验之间的这种关系，中国学者有专门的论述：

> 艺术家在把自己的经验变成艺术作品时，他必须应用在历史的过程中形成的技巧；这种形式代表着社会的文化遗产，因此，当艺术家的经验适应于技巧的要求时，他就赋予了他的显然是独特的情感以社会意义，并且使这种情感和人类的经验发生了联系。另一方面，艺术家在选择技巧时又总是基于表现情感的实际需要，他的独特、生动、鲜活的情感不可能完全被安放在前人技巧的框架中，因而他必须为自己的情感表现找到一种独特的方式，他的独特的情感因此而转化为作品的新鲜的、具有活力的内容时，这种情感——技巧的凝结体才溶入人类的普遍经验之中，"构成世界的一部分——即成为'普遍的'"。①

上述文学形式与作家个体经验之间的关系无疑也鲜明地体现在伍尔夫身上。在《狭窄的艺术之桥》中，伍尔夫勾勒出了未来小说的轮廓以后，进一步阐述了未来小说的范畴和性质：

> 它将会象诗歌一样，只提供生活的轮廓，而不是它的细节。它将很少使用作为小说的标志之一的那种令人惊异的写实能力。它将很少告诉我们关于它的人物的住房、收入、职业等情况；它和那种社会小说和环境小说几乎没有什么血缘关系。带着这些局限性，它将密切地、生动地表达人物的思想感情，然而这是从一个不同的角度来表达。它将不会象迄今为止的小说那样，仅仅或主要是描述人与人之间的相互关系，以及他们的共同活动；它将表达个人的心灵和普通的观念之间的关系，以及人物

---

① 唐晓敏：《精神创伤与艺术创作》，百花文艺出版社1991年版，第115页。

第三章 伍尔夫精神创伤的美学呈现

在沉默状态中的内心独白。……我们渴望某些更加非个人的关系。我们渴望着理想、梦幻、想象和诗意。①

显而易见,伍尔夫所追求的多文体艺术形式的服务宗旨就是要尽可能"密切地、生动地"表现现代人的心灵与情感体验。不可置否,伍尔夫对传统文学艺术的继承与革新,及其综合化叙事主张的形成,与她本人的创伤经验有着千丝万缕的联系。她从自我经历出发,随着个人感受的不断深入和视野的不断开阔,其个人体验中就包含了对于整个人类处境和命运的关注与思考,这时,个人的创伤体验与人类的生存等问题相结合,就具有了普遍人性的性质。因而,其综合性的艺术形式也就上升到了表现人类普遍命运和创伤情怀的高度。她的晚期作品《岁月》和《幕间》就是成功运用这种艺术形式的典范之作。

伦纳德曾经回忆说,当伍尔夫写作最后第二部小说时,她认为自己已经能够成功地把各种文学样式融合于同一部作品中。《岁月》是她的最后第二本小说,具有较多的传统小说的特征,将散文诗和历史融于其中。

《岁月》体现出对现实主义小说形式的回归倾向。伍尔夫自己也曾在日记中表示:"理所当然会发生的是,自1919年以来对《夜与日》一类小说的禁绝。真正地,为了换换口味,我发现自己对于事实极感兴趣……"②《夜与日》的"禁绝",实际上就是指传统的小说形式。因为自从1917年发表《夜与日》后,直至30年代初期,伍尔夫都在意识流小说的园地里辛勤开拓。十多年后,她又产生了要回归现实主义的念头,体现出她对传统文学的钟爱。《岁月》对于

---

① [英]弗吉尼亚·伍尔夫:《狭窄的艺术之桥》,载[英]弗吉尼亚·伍尔夫《论小说与小说家》,瞿世镜译,上海译文出版社1986年版,第214—215页。
② Anne Olivier Bell ed., *The Diary of Virginia Woolf*, Vol. 4 (1931—1935), New York: Harcourt Brace Jovanovich, 1983, p. 129.

传统的回归主要体现在题材和叙述方式上。伍尔夫在这部小说中吸收了许多事实，力图从整体上来把握现代生活。我们可以从她的日记里找到根据：

> 它将是一部散文小说，称为《帕吉特家族》——它将包括一切问题，性别、教育、人生等；从1880年到此时此地，它要像羚羊一样，越过绝壁断崖，最强有力地、而又轻捷地向前跃进……为了换换口味，我发现自己对于事实极感兴趣，对于拥有难以数计的大量事实极感兴趣……①

> 我认为我开始抓住了整体。在这部书的结尾，日常的正常生活中的那种压力将会继续存在。它将有许许多多的思想观念，而不是说教，包括历史、政治、女权运动、艺术、文学——简而言之，它将概括我所知道的、感受到的、嘲笑的、蔑视的、喜欢的、仰慕的、憎恨的，等等。②

小说的故事从埃布尔·帕吉特上校的家庭写起，始于1880年春天的一日，终于20世纪30年代。作者把大量事实纳入其中，主要叙述了帕吉特家族祖孙三代的出世、事业、家庭和死亡等。全书总共十一章，按照先后顺序，每章冠以一个年份，从"一八八〇年"直到"现在"。每一章分别代表日常生活中的一个部分，首先交代时间、气候以及社会政治状况等，然后集中讲述帕吉特家族的具体情况。关于这个家族生活史的表现，主要是通过作者的全知叙述或作品人物对话来实现的，而非人物独白。这种具有时序性、超然客观

---

① Anne Olivier Bell ed., *The Diary of Virginia Woolf*, Vol. 4 (1931—1935), New York: Harcourt Brace Jovanovich, 1983, p. 129.
② Ibid., p. 152.

第三章 伍尔夫精神创伤的美学呈现

的叙事，与伍尔夫意识流小说断裂、碎片式的讲述形成鲜明对比。我们认为，这种叙述方式表明作者在晚期创作阶段能够以一个旁观者的身份讲述现代人的故事，与作者本人从意识流的讲述中得到一定程度的宣泄、恢复有很大联系。

《岁月》中的历史性因素，主要体现为采用了编年史的结构形式。伍尔夫在《论现代小说》中说："如果我们是作家的话，能够表达我们想要表达的内容的任何方式，都是对的；如果我们是读者的话，能够使我们更接近于小说家的意图的任何方式，也都不错。"[①]以时间为背景，表现现代人的心理状态，是伍尔夫孜孜以求的。她在《岁月》中选用编年史的形式，正是为了表达她"想要表达的内容"。伍尔夫早年就对历史充满兴趣，而且形成了自己独特的历史观。在她看来，历史并不只是由重大事件构成，普通人的普通生活和他们的思想情感也是构成历史的一部分，并且是必不可少的一部分，因而，人们在关注重要人物和重大事件的同时，更应该关注为数众多的小人物。正是基于这样的认识，伍尔夫强调将所谓的重大事件置于历史记录的边缘，更应该关注历史本身的连续性，而构成连续性的必然是普通人的普通生活与情感。因而，伍尔夫抛弃了以某个人物或事件为核心的传统写法而采用编年史的结构形式。关于这种形式在《岁月》中的运用及其意义，在这部小说的序言里，有学者作了专门的论述：

> 编年史的结构形式决定了时间是小说的基本主题，它不但把帕吉特家族的三代人串联了起来，又通过家族的连续性把维多利亚时代和现代英国生活联系了起来，充分反映了作者对历史连续性的理解。这样既避免了传统叙事中中心人物和中心事

[①] ［英］弗吉尼亚·伍尔夫：《论现代小说》，载［英］弗吉尼亚·伍尔夫《论小说与小说家》，瞿世镜译，上海译文出版社1986年版，第10页。

件过分挤占篇幅，影响作家对生活细节的展现和人物内心精神的捕捉；同时真实的时间场景（小说中的时间跨度近五十年），又可以免去对历史背景做过多的交代，使注意力充分放在对众多的人物（而非某一个中心人物）生命瞬间的把握上。①

由此，《岁月》结构框架的采用也源于伍尔夫表达现代人内在精神生活的目的，也充分体现出伍尔夫在艺术构思上的匠心独运。

伍尔夫还将散文诗融入小说的各个章节之间。在每一章的前面，都有一段引子，比正文部分囊括了更多的信息，包括背景描述，也包括具体的人物、事件和细节，是一段说明性的文字，为正文部分叙述帕吉特家族的情感经历提供框架。例如，在第三章的引子中，作者叙述了在1907年的一个仲夏夜，天气炎热，伦敦街上洒满了月光，一片喧嚣。迪格比、欧仁妮和玛吉坐马车去参加舞会。正文具体写他们参加舞会归来后，玛吉向因病躺在床上而不能参加舞会的妹妹萨拉讲述了舞会的情景，欧仁妮还为两位女儿跳了华尔兹舞。作者选取这样一个月光皎洁的仲夏夜晚，通过描写迪格比及其家人的舞会经历，表现了"一次"大战前夕伦敦人们空虚的情感生活。

《幕间》是伍尔夫最后一部已完成的小说。在写作这部小说时，"二战"已经爆发。显然，在写作过程中，伍尔夫是满怀创伤情愫的。在叙事技巧上，她综合了现实主义传统与先前的意识流先锋派倾向，将传统小说的情节、结构、叙述方法与现代主义小说技巧以及诗歌、戏剧的表现手法融为一体。

《幕间》讲述的故事发生在1939年6月的某一天，地点是英格兰中部一个有五百多年历史的小村庄。作品有传统的故事情节和叙

---

① ［英］弗吉尼亚·吴尔夫：《岁月》，蒲隆译，人民文学出版社2003年版，第2—3页。

第三章　伍尔夫精神创伤的美学呈现

事结构,分为两条线索,一条讲述乡村地主巴塞罗缪·奥利弗家的故事,另一条记叙在拉特鲁布女士的指导下,村民演出露天历史剧的事情。其中,奥利弗家的生活是在历史剧演出的几次幕间休息时被断断续续地展现的。人生的画面被镶嵌在戏剧的框架中,形成立体交叉结构。作者正是通过这种方法,把历史与现实、艺术与人生、舞台戏剧与人生戏剧巧妙地结合在一起。

《幕间》的一个较为引人注目的艺术特色,是作者将传统的全知叙述与人物的意识流巧妙地结合在一起。例如,小说中有一个场景,贾尔斯、伊莎贝拉和威廉·道奇等人一起坐在波因茨宅外面欣赏美景,同时等待观看露天戏剧。当曼瑞萨太太与伊莎贝拉谈起写剧本的话题时,她一边扮鬼脸,一边装作写字的样子,然后看到了威廉放咖啡杯的动作,猜想他写字也会有同样的技巧。威廉觉察到别人都看着他,连忙把手放进口袋。这一切都是作者的全知叙述。随之,伊莎贝拉的意识流突然插了进来:

> 伊莎贝拉在猜测贾尔斯刚才没说出口的那个词。唔,如果威廉真如那个词所形容的那样,又有什么过错呢?为什么要相互评价呢?我们相互了解吗?不是在此时,不是在此地。而是在别的地方,这朵云彩、这个外壳、这个疑虑、这粒尘埃——她等着韵脚蹦出来,但没有等到;可是在某个地方有一个太阳放光,毫无疑问,一切都会清楚的。①

接下来,作者笔锋一转,以全知全能的客观叙述,重新回到当前的现实:

---

① [英]弗吉尼亚·吴尔夫:《幕间》,谷启楠译,人民文学出版社2003年版,第49页。

她的身子突然动了一下。笑声又向她飘来了。

"我感觉听见他们的声音了",她说,"他们在做准备,正在灌木丛里换衣服呢"。①

在这个例子中,作者将人物意识穿插在全知叙述中,且过渡自如。伍尔夫此前作品中大段的、持续不断的内心独白不见了,取而代之的是简短的意识流。这样的情况在作品中出现了多处。将传统叙述与意识流技法相结合,体现出伍尔夫小说技巧的新发展。

为了塑造人物性格,伍尔夫进一步探索了现代主义叙事技法。作品有多处运用简短的内心独白来展现人物内心世界,让人物自我塑形,前面已有提及,这里不再赘述。更值得注意的是,作者赋予了主要人物非个人化的特征。作者曾在日记里透露出创作这部小说的意图:

为什么《波因茨邸宅》不能有一个明确的中心呢?把真实的、渺小的、不和谐的生活中的幽默与文学结合起来探讨;还有进入我头脑中的任何事物;但是要排除"我",代之以"我们":最后它是否应该向"我们"求助?"我们"……是由很多不同因素组成的……我们是所有的生命、所有的艺术、所有被社会抛弃的流浪儿——一个散漫的、善变的、然而又是统一的整体……②

瞿世镜据此得出结论说:

不仅此书的叙述主体是非个人化的,它所表现的对象(即

---

① [英]弗吉尼亚·吴尔夫:《幕间》,谷启楠译,人民文学出版社2003年版,第49页。

② Anne Olivier Bell ed., *The Diary of Virginia Woolf*, Vol. 5 (1936—1941), New York: Harcourt Brace Jovanovich, 1985, p. 135.

第三章 伍尔夫精神创伤的美学呈现

书中的主体）也是非个人化的。此书的主角不是"我"而是"我们",是全体英国人,是全人类,是芸芸众生。书中气象万千的历史场面,是"召唤"由诸多因素构成的"我们"的一种手段。①

确实,书中的主要人物代表着个人,又代表人类这个多元复杂整体中的某一方面,从而具有两重身份,成为一个象征。例如,贾尔斯性格外向、务实。他关心欧洲局势的变化,心中充满危机感,他的看法是:"地上竖满枪刺,空中悬着战机。每时每刻,大炮都会把那片田地犁出沟壑,飞机都会把博尔尼教堂炸得粉碎,还会炸掉霍格本的怪楼。"② 他身边的人对战争威胁的漠然态度,让他极为愤慨。同时,作品又赋予他以象征性的个性色彩。他把一条蛇及其口中的癞蛤蟆踩得稀巴烂。在第二次世界大战的背景下,这一情节既象征着贾尔斯以暴制暴的愿望,也隐喻人类使用暴力的野蛮行径。通过这一细节,作者意在警告世人,人类的暴虐不仅导致了人与人之间关系的恶化,也造成了人与自然关系的异化,人类文明正在倒退。此外,贾尔斯常常被潜在的性欲望支配,这是男性社会里男权中心的体现。他无视妻子伊莎贝拉浪漫、细腻的情感世界,却被曼瑞萨夫人的性感吸引,背地里与她打得火热。伊莎贝拉则与丈夫有着截然不同的个性,她很有文化素养,内向而耽于幻想。她极其厌恶现实社会的混乱、庸俗、冷漠和虚伪,向往一个没有痛苦、人们心灵相通、充满自由和真理的理想世界。她与丈夫关系不好,她的罗曼蒂克幻想和艺术才华甚至得不到丈夫的理解与支持。为了不被丈夫发现,她偷偷地写诗,不得不把诗稿装订成账簿的样子。她也

---

① 瞿世镜:《意识流小说家伍尔夫》,上海文艺出版社1989年版,第185—186页。
② [英] 弗吉尼亚·吴尔夫:《幕间》,谷启楠译,人民文学出版社2003年版,第42页。

注意到了丈夫与曼瑞萨太太的调情,感情受到极大挫折。她转而暗恋一位乡绅农场主,却又不可能有结果。伊莎贝拉与丈夫的隔膜,正是现代人无法沟通、感情疏离的体现。饶有意思的是,书中的故事发生于 1939 年,伊莎贝拉正好 39 岁,她与本世纪同岁,显然,作者赋予这个人物以混乱时代的象征含义。

伍尔夫的另一个创新之举,就是以历史剧作为结构框架。这出历史剧共有五幕,通过表现英国文学史上的几个重要时代,追溯了英国的全部历史。在这一框架中,作者将诗歌韵律、散文的语言以及戏剧的具体角色相结合,从而把历史、戏剧、诗歌和散文元素都引入小说中。例如,第二幕是伊丽莎白时代,运用了有格律的韵文,即伊丽莎白时代的诗剧语言。第三幕是安妮时代,舞台角色模仿查理二世王政复辟时期的喜剧,使用了 18 世纪时期高雅的抒情散文。

伍尔夫写作《幕间》前,曾在日记里设想:"《此时此地》① 的经验教训,是一位作家可以在同一本书中运用所有的'形式'。因此,下一部作品很可能是诗、现实、喜剧、戏剧、叙述、心理学,全部因素融为一体。"②

写完《幕间》后,伍尔夫又在日记中自述:

> 对于这本书,我有点儿洋洋得意。我认为,在新方法的运用上,它是一种颇有意思的尝试。在我看来,它比其他书更典型。它提取了更多的精华。它是一种更为丰富的模式,与可怜的《岁月》相比,当然是一种更为新颖的模式。③

---

① 《此时此地》即《岁月》,是作者最初想用的书名。
② Anne Olivier Bell ed., *The Diary of Virginia Woolf*, Vol. 4 (1931—1935), New York: Harcourt Brace Jovanovich, 1983, p. 238.
③ Anne Olivier Bell ed., *The Diary of Virginia Woolf*, Vol. 5 (1936—1941), New York: Harcourt Brace Jovanovich, 1985, p. 340.

第三章 伍尔夫精神创伤的美学呈现

显而易见,较之《岁月》,伍尔夫在《幕间》里设计了一种更为综合性的小说形式,实现了小说的诗化、戏剧化和非个人化,从而从一种最为宏观的视野来表现现代人生,揭示现代人的思想与情感。伍尔夫本人的创伤感受也在这种宏大的艺术视野中得到更好的释放、升华。

由以上分析、论述,对于伍尔夫精神创伤与多种文体因素融合的、综合化的叙事艺术,我们可以作出如下两点归纳。

第一,伍尔夫关于小说的诗化、戏剧化、非个人化的理论观点和创作实践并非无源之水,都是在对某种传统因素进行继承、改革或创新的基础上发展而来的。

第二,从自身创伤体验出发,真实地揭示现代西方人普遍的精神危机是伍尔夫进行新的小说艺术实践的内在动因。因此,她对传统文学艺术的继承、改革和创新都是出于表达现代西方人内心复杂的创伤情绪的需要。瞿世镜对此曾有过专门的表述:

> 对于文学传统,她并非不分青红皂白一概继承;她的改革创新,亦非随心所欲地标新立异。……在她的心目中,最主要的文学内容,就是现代西方人特殊的内心感受。因此,她在各种文学传统中寻找并且继承适合于表现这种内容的因素,扬弃和改造不适于表现这种内容的因素,从而为创造新的传统开辟了道路。继承、改革、创新,这三者围绕着一个中心、一个目标:力求更加真实地把现代西方人的内心世界反映出来。[①]

小 结

在创伤经验的驱动下,作为作家的伍尔夫不可避免地产生出将

---

① 瞿世镜:《意识流小说家伍尔夫》,上海文艺出版社1989年版,第249页。

创伤情感付诸艺术形式的渴求和冲动。再加上她天资聪颖，勇于探索，擅长学习和继承，从而具有了赋予情感以形式的能力。复杂多样的创伤性意象，现代主义的意识流技巧，多文体、多因素相混合的叙事形式成为她创伤情绪的主要美学载体。否则，创伤滞留在心底深处，成为永远的痛，无论多么激烈，也无法被升华为艺术作品。与此相联系的是，情绪由于被物化、升华为艺术作品而使艺术家得到解脱、释放，而且，情绪表达得越充分，也就释放得越彻底。伍尔夫的创痛体验正是在她所孜孜不倦地探求的艺术形式中得到的最充分的表达和最彻底的释放。

第四章 伍尔夫精神创伤的艺术超越

在创伤体验的驱动下进行文学创作，是文学界存在的普遍现象。因而，从创作缘起看，创伤文学往往是作家个人经历与体验的表达，但随着作家体验的不断深化及其创作视野的不断拓展，作家的个人体验中就会包含对于人类普遍问题的思考，这时，个人的创伤体验与人类的普遍命运相结合，从而使关于个人创伤体验的文学书写具有了反映人类普遍经验的性质，传达出人类共同关心的基本问题。同时，创伤体验的表达还要求与之相应的艺术形式。作家们往往在继承、改革和创新文学艺术传统中表达创伤主题，形成自己的艺术风格。这样，个人的创伤体验经过普遍化与形式化被升华为艺术。也正是在这一艺术升华的过程中，作为创作主体的作家实现了释放创伤情绪的目的。伍尔夫也从自身独特的创伤体验出发，在借鉴前人已有艺术成就的基础上，构筑文学叙事，塑造象征性文学意象，孜孜不倦地选取和探索从现实主义到现代主义乃至综合化的艺术形式，力求真实、准确地传达现代西方人普遍存在的内心感受和主观精神，表现出对两性、生死、战争等关乎人类普遍命运的重大问题的关心与思考。不同于书写创伤体验的其他作家的是，伍尔夫在文学艺术的世界中揭示现代人的生存困境、矛盾与焦虑，表达、宣泄自己愿望的同时，也致力于寻求和设计解决问题的方案，从而实现对自我、对创伤的超越。尤其在中后期创作中，伍尔夫在书写种种不幸的同时，更是越过创痛，张扬和谐与爱的、普遍的社会理想。因而，在前文的基础上，笔者要进一步探讨的是伍尔夫如何在文学书写中超越性别、死亡和战争创伤。

第一节　向死而生、超越死亡的生命主旋律

生与死，是人类无可回避的话题。只要人类存在一天，就不得不面对生与死的考验，不得不经受生与死的洗礼。自古以来，它们困惑着人类，也促使人们进行深入的探讨。表面看来，生与死是完全不同、截然对立的两极，实际上，它们如影随形，无法分开来思考。日本美学家今道友信认为："思索存在的人，而且思索人的人，不能不思索死。"① 死意味着生的终止，它使人生变得有限，成为一个不可逆转的短暂过程。然而，正因为人固有一死，人们才会思考人为什么活着以及应该怎样活着的问题，才会产生光阴荏苒、时不再来的紧迫感，才会萌生对于生活的热爱与眷恋。简而言之，因为死，人生才有了意义。我们思考死，实际上是思考死对于人生的意义问题。如今道友信所说，"在死亡的面前，我们要思量的不是生命的空虚，而是它的重要性"，"死亡乃另一个生命之延长"②。

在西方社会，现代科技进步、工业文明的发展以及随之而来的世界大战使人们不再相信上帝的存在，不再相信来世与永生。他们知道，生命是有限的，人生没有神圣性，从前那些支配人生的超自然的神圣意义都是虚幻缥缈的。没有了上帝，没有了永生，支撑着现代西方人的人生观和价值观的根基便不复存在。人们丧失了所有的精神信仰，

---

① ［日］今道友信：《存在主义美学》，崔相录、王生平译，辽宁人民出版社1987年版，第21页。
② ［日］芥川龙之介：《生与死的思索》，余沁华编译，台北：长春树书坊1976年版，第155页。

第四章 伍尔夫精神创伤的艺术超越

陷入了虚无主义的困境,不知何去何从,犹如奥尼尔在《毛猿》中绝望的呼喊:"我到哪里去?哪里是我安身的地方?人的地位和归宿在哪里?"而人生毕竟需要有意义,尤其当它是有限的时候。现代人们关于生死问题的讨论正是围绕这一困境展开的,目的是寻求一种在有限人生的现实背景中仍然能够超越生死的可能的人生态度。

对生与死的探讨从来也是作家表达自己对世界、对人生看法的主题之一。"人类只有那么两三个故事,可它们却颠来倒去地一再重复,仿佛它们从来就不曾发生过似的,就像这里的云雀,几千年来一直唱着同样的五个音符。"① 曾获诺贝尔文学奖的苏联著名作家帕斯捷尔纳克认为,"艺术从来只有两项任务,一是坚持不懈地探讨死的问题,二是通过探讨死的问题以求生"。② 直面死亡,生命有何价值?人生的意义到底是什么?自幼年开始,便经受着死亡事件打击的伍尔夫,以死亡为背景,致力于探求生命的价值和人生的本真意义,其小说作品中回荡的"向死而生、超越死亡"的生命主旋律,强烈地震撼着后世人们的心灵。

一 向死而生

"向死而生"是存在哲学中的重要概念。存在主义哲学家指出,对于现存的人,死亡是一种确切的结局,人终有一死,谁也逃离不了;但死亡又具有不确定性,因为任何人都无法确切地知道自己或他人会在什么时候死亡。"死亡作为存在的终结乃是存在最本几的,无所关联的,确知的,而作为其本身则是不确定的,超不过的可能性。死亡作为存在的终结存在在这一存在者向其终结的存在之中。"③

---

① [美]威拉·凯瑟:《啊,拓荒者》,曹明伦译,生活·读书·新知三联书店1997年版,第224页。
② 参见张文初《死之默想》,海南出版社1994年版,第7—8页。
③ [德]马丁·海德格尔:《存在与时间》,陈嘉映、王庆节译,生活·读书·新知三联书店1987年版,第310页。

马丁·海德格尔（Martin Heidegger）把死亡与存在放在同一个层次上来考察，把死亡当作一种特殊的生命现象和生存方式来考虑。正是在这个意义上，把存在称为"向死的存在"（Sein Zum Tode）。但更为重要的是，他透过人必定要走向死亡的冷酷事实，发掘出一种傲然的向死而生的人生姿态：人的生在本质上就是一种向着死的生，生命的意义与现存的价值建立在彻底领悟死亡的基础之上；只要人们勇于正视死亡，就会懂得珍惜有限的生命时光，从而创造出生命的辉煌。海德格尔把认识死亡理解为认识人生的前提，他的思想代表了许多西方思想家对生死难题的一种理解，与中国古代儒家文化中"未知生，焉知死"的重生轻死观念截然不同。

伍尔夫是一位深切关注人的存在的作家，疾病和社会动荡带给人类的磨难与死亡令她痛心疾首。如同她在《奥兰多》里所说："了解真情，我们就完蛋了。生活就是一场梦。梦醒之后，我们就会死去。夺走我们的梦想，等于夺走我们的生命……"① 亲人们的早逝，多位朋友的相继离世，促使她苦苦思索生与死的问题。她借助奥兰多之口表述道："死是万物之归宿②。"奥兰多死而复生后，她感叹道：

> 会不会是死的愤怒必得时不时地遮蔽生的喧嚣，免得它把我们撕成碎片？会不会我们天生必得每天一小口一小口地品尝死亡的滋味，否则就无法继续存活？……死的本质是什么？生的本质又是什么？③

在她看来，万物终有一死，生命的发展正是建立在体味死亡的基础上，人只有在思索死亡的刺激下才能体会到人生的真谛。伍尔

---

① ［英］弗吉尼亚·吴尔夫：《奥兰多》，林燕译，人民文学出版社 2003 年版，第 117 页。
② 同上书，第 21 页。
③ 同上书，第 34—35 页。

第四章 伍尔夫精神创伤的艺术超越

夫虽然没有可能受到生活于其后的海德格尔"向死而生"哲学思想的影响,但也继承了西方哲学"未知死,焉知生"的向死而生的哲学理念,从死亡出发,关注人的现实存在。

伍尔夫在她的作品里,描写了各式各样的死亡。《夜与日》中,雷切尔死于热病。《到灯塔去》中,普鲁死于难产,安德鲁死于第一次世界大战的战火中,拉姆齐夫人因心力交瘁而去世。《达洛维太太》中,塞普蒂莫斯在战争的打击下,丧失了人格尊严,跳楼自毁。《雅各的房间》中,雅各年轻的生命在烽火硝烟中逝去。《海浪》中,波西弗在印度骑马夭折,罗达跳海自杀。《岁月》中,帕特尔太太由于病魔缠身而死去。《奥兰多》中,奥兰多在君士坦丁堡遭遇了一场大火,却神奇地死而复生,并且由男变女。伍尔夫致力于通过书写死亡,抒发对已故亲友的悼念之情。对于大量死亡事件的描写,使其作品充满了浓重的死亡气息,死亡成了挥之不去的阴影。然而,最可贵的是,女作者笔下的死亡描写所表达的并非"我在"的懦弱,而是与现实抗争中人要成为强有力存在的愿望。"死亡渗透整个生命,迫使个体回归自我,更加关注自己的理想自我,由此表现了个体的责任感与奋斗精神。"① 这句话非常适合用于概括伍尔夫对死亡的见解,它深刻、独特、具有积极意义。对死亡的这种解读在《达洛维太太》和《海浪》里表现得最为充分和深刻。

在《达洛维太太》中,战争的毁灭性导致了塞普蒂莫斯的精神崩溃。尽管战争已经结束了5年,但他仍然无法摆脱笼罩在心头的阴影,无法摆脱对死去战友的负罪感,以致达到了自我憎恨的地步,认为"人性"已把他宣判为死刑,自己应该死亡。继之,他由自身的罪孽而推想到了人世的普遍罪恶。在他看来,整个人类都在堕落,人世间没有友爱、没有仁慈、没有信念。然后得出结论,世界本身

---

① 杨大春:《沉沦与拯救——克尔凯戈尔的精神哲学研究》,人民出版社1995年版,第81页。

就没有意义。正是出于对人世的极度厌恶，他的内心充满强烈的死亡意念，他会突然在妻子面前提议："现在我们要自杀了。"① 然而，他内心深处仍然满怀信念，执着于生命的真理。疯狂中，他仿佛听到埃文斯从九泉之下传来话语："博爱：世界之意义。"② 他决心改变这个世界，于是呼唤人们珍惜生命，终止战争，再也不要因为仇恨而出现杀戮行为。

可是，在人们眼里，他反倒成了不正常的狂人、疯子。由于他的言行对社会体制构成了威胁，所以布拉德肖之流借助隔离治疗的名义，干脆把他监禁起来。这样，塞普蒂莫斯陷入了孤立无援的状态。但他哪怕对现实满怀绝望之际，也能坚守自己的精神，而不自甘沉沦，最终以放弃生命的方式维护自我尊严。因而，在这里，小说对死亡的描写，并不表现为一种"我在"的懦弱，而是表达主人公对现实的反叛、对社会压制与迫害的抗议，以保持和捍卫自己的心灵以及作为人的本色。

小说女主人公达洛维太太虽然生活幸福，但也常常被笼罩在死亡的阴影中。她同塞普蒂莫斯一样，有着对刚结束的战争的思索和对自身的不满足："走向邦德街时她问着自己，她的生命必须不可避免地终止，这要紧吗？所有这一切在没有她的情况下必须继续存在，她对此生气吗？相信死亡绝对是个终结难道不令人感到欣慰吗？"③ 当她看到那些过往的出租车时，"总有只身在外，漂泊海上的感觉；她总觉得日子难挨，危机四伏"。④ 她有时甚至会想到："如果现在就死去，现在就是最幸福。"⑤ 尽管她和塞普蒂莫斯存在天地之别，

---

① ［英］弗吉尼亚·吴尔夫：《达洛维太太》，谷启楠译，人民文学出版社2003年版，第62页。
② 同上书，第140页。
③ 同上书，第6—7页。
④ 同上书，第6页。
⑤ 同上书，第32页。

第四章 伍尔夫精神创伤的艺术超越

她属于上层阶级、精神健全,他则属于平民阶层、患有精神病,且两人素昧平生,但他们的心理状态极其相似,都存在强烈的死亡意念。因此,当塞普蒂莫斯自杀的消息传来时,在达洛维太太的心中引起了强烈的反响,她独自走进空无一人的小房间,华宴的光辉幻灭了,内心充满恐惧,真切地感受到了死亡的逼近,迅速体验到那个陌生青年死亡时的感觉:纵身一跃,只觉得地面一闪;生了锈的围栏尖头戳穿身体,遍体鳞伤;头脑中发出强烈的砰击声,之后在漆黑中窒息。

达洛维太太不禁深思:

> 她有一次曾把一先令硬币扔进蛇形湖中,以后再没有抛弃过别的东西。但是他把自己的生命抛弃了。他们继续活着(她得回去;那些屋子里仍挤满了人;客人还在不断地来)他们(一整天她都想着伯尔顿,想着彼得,想着萨利),他们会变老的。有一种东西是重要的;这种东西被闲聊所环绕、外观被损坏,在她的生活中很少见,人们每天都在腐败、谎言和闲聊中将它一点一滴地丢掉。这种东西他却保留了。死亡就是反抗。死亡就是一种与人交流的努力,因为人们感觉到要到达中心是不可能的,这中心神奇地躲着他们;亲近的分离了,狂喜消退了,只剩下孤独的一个人。死亡之中有拥抱。①

从塞普蒂莫斯的自杀中,达洛维太太解悟到了"生"的虚假与"死"的真实:自己的生命消耗在身着晚礼服的宴会上,它空虚、无聊,虽生犹死,而那个青年在纵身自杀中反而把握住了生命的"中心"。

---

① [英]弗吉尼亚·吴尔夫:《达洛维太太》,谷启楠译,人民文学出版社2003年版,第176页。

直面死亡，达洛维太太清楚地认识到，正是在威廉爵士之流的威压下，生活变得让人难以忍受，进而产生对"生"的无能为力的恐惧感。如果不是经常在丈夫阅读《泰晤士报》时获取了极大的快乐，她早就死了，"她逃避了死亡。可是那个年轻人却自杀了"。① 她觉得，某种意义上，塞普蒂莫斯的自杀正是自己的"灾难"和"耻辱"。她也曾干过许多不光彩的事情，"她曾使过诡计，她曾偷过小东西。她从来就不是完美的令人爱慕的人"。② 塞普蒂莫斯因为难以释怀的内心负疚而疯狂，由于不堪忍受的社会压制而自杀。她与他何其相似！她揣测："这个自杀的青年——他是不是抱着他最宝贵的东西跳下去的呢？"③ 显然，在达洛维太太看来，塞普蒂莫斯自杀是为了维护人格尊严，而自己缺乏的正是这种精神。或者说，塞普蒂莫斯帮助她重新认识了自己，发现了自我人格的缺失。她的心中不由再次涌现出那个念头："如果现在就死去，现在就是最幸福。"④

接着，伍尔夫却并没有让达洛维太太一味沉迷于死亡或者让她就此死去，而是笔锋一转，让她回复到过去的真实"生命"中。她的心头涌现出对青年时代伯尔顿生活的回忆，她明白自己再也不曾像当年那样幸福了。只是依旧保持了曾经瞭望天空的习惯，她走到窗前，望着天空，生发出一种全新的体验。过街对面的屋子里，那位老太太与她对望着。达洛维太太为此情此景所痴迷：一边是客厅里传来的说笑声，一边是孤独的老太太安静地独自上床，而正在此时，报时的钟声也响了起来。"生"的欢快压倒了"死"的阴郁！就在这一瞬间，达洛维太太不再绝望，也不再怜悯那个自杀的年轻人了。尽管老太太熄灯了，整个屋子漆黑一团，

---

① ［英］弗吉尼亚·吴尔夫：《达洛维太太》，谷启楠译，人民文学出版社2003年版，第177页。
② 同上。
③ 同上书，第176页。
④ 同上。

第四章　伍尔夫精神创伤的艺术超越

但宴会还在继续，象征生命的大本钟的声音依然在回荡。达洛维太太再次吟诵起莎士比亚的诗句："无须再怕骄阳酷暑①。"她下定决心回到宴会中去，回到自己的生活中去。透过达洛维太太的意识视点，作品写道：

> 但这是个多么不寻常的夜晚啊！她不知为什么觉得自己非常像他——那个自杀的年轻人。她为他的离去感到高兴，他抛弃了自己的生命，与此同时他们还在继续生活。时钟正在敲响。那深沉的音波逐渐消逝在空中。可是她必须回去。她必须和客人们在一起。②

真正的生离不开对死的关注，人往往需要理解死以正视生、审视生。透过塞普蒂莫斯的自杀，达洛维太太领悟到了生命的意义，领悟到了生活的义务和责任——一个人要充分利用有限的生命时间去干一些有意义的事情，以担当起自己的生命。与塞普蒂莫斯相比，她觉得自己更有理由活下去。于是，她重新充满了对生活的热爱与勇气，不再被死亡的意念缠绕。因而，她回到客厅，继续竭尽全力地奉献，带给前来参加宴会的客人们无限的爱与温暖。向死而生，使达洛维太太本人的生命也愈加充实、丰盈。

在《海浪》里，六个主人公也都意识到了死亡的必然性。路易认为"死亡是跟紫罗兰交织在一起的"③。罗达也常常把波西弗的死亡与紫罗兰联系在一起，为浓重的死亡意念所缠绕。她鄙视都市生活，在她眼里，牛津街"满是仇恨、嫉妒、匆忙和冷漠，纷纷扰扰

---

① ［英］弗吉尼亚·吴尔夫：《达洛维太太》，谷启楠译，人民文学出版社 2003 年版，第 178 页。
② 同上。
③ ［英］弗吉尼亚·吴尔夫：《海浪》，吴均燮译，人民文学出版社 2003 年版，第 107 页。

显出一副粗野的模样来冒充生活"①。置身于这样的环境中,她觉得自己也被玷污了,丑陋不堪,由此大发感叹:

"唉,生活啊,我多么害怕你!"……"唉,人类啊,我多么憎恨你们!在牛津街上,你们是那么推推搡搡,碍手碍脚,令人讨厌,你们面对面坐在那儿,两眼盯着地下铁道,样子又显得多么猥琐!……我也曾受了你们的沾染而弄脏了身体。……你们是怎样用你们那龌龊的爪子,从我身上夺去了一个钟头与下一个钟头之间的空白,把它们卷成肮脏的一团,扔进了废纸篓里。可是这就是我的生活。"②

她厌倦了生活,憧憬死亡,渴望将自己的身体融入纯净的大自然。她呼唤星星把她烧为灰烬,对水尤其情有独钟,时常想象自己被海水吞没的情形。奈维尔将童年时第一次看到的死亡事件称为"苹果树下的惨死"③,并且由此认识到自己碰到了无法摆脱的障碍,"我没法克服这个不可理解的障碍。别人是摆脱开了。不过我们都逃不过这个劫数,大家都一样,逃不过这棵苹果树,这棵我们都没法摆脱的无情的树"④。波西弗死后,他更是深有感触:"我们都是在劫难逃的,我们所有的人。"⑤

然而,直面死亡这棵"无情的树",向死而生的人绝不会消极逃避,而是敢于担当起自己的命运,向生存的困境和死亡的胁迫挑战,就像罗达所言:"我们要并马驶越那荒凉的山坡,到那燕子在暗沉沉

---

① [英]弗吉尼亚·吴尔夫:《海浪》,吴均燮译,人民文学出版社2003年版,第123页。
② 同上书,第157页。
③ 同上书,第14页。
④ 同上。
⑤ 同上书,第116页。

第四章 伍尔夫精神创伤的艺术超越

的深潭上掠水飞翔、一根根圆柱完整耸立的地方。驶入那拍岸的海浪,驶入那白沫飞溅遍布天涯海角的汹涌大浪。"① 罗达最终跳水自尽,以此表达自己对生存困境的反抗:"从此我要撒手,我要放弃了。从今以后我终于要放松那受到克制、硬加阻遏的欲望,毫不自惜,浪掷此生。"② 如同塞普蒂莫斯一样,在生与死之间,她宁愿选择死,也不愿意放弃自己生存的准则,从而承担起自己的生命。小说临近结尾,伯纳德彻底领悟了生活,作为代言人,对死亡发起了挑战:"我正在向着死亡冲去,平端着我的长矛,头发迎着风向后飘拂。就像一个年轻人,就像当年驰骋在印度的波西弗那样。我用马刺踢着马。哦,死亡啊,我要一直向你猛扑过去,永不服输,永不投降!"③

"死亡是对任何事情都不可能有所作为的可能性,是每一种生存都不可能的可能性。"④ 海德格尔认为,人之作为人就在于他能意识到这种根本的不可能性,一种在被抛入世的沉沦之境生存的先行决心——向死亡而生!"畏惧死亡、逃避毁灭的生命不是精神的生命,精神的生命承受死亡并在死亡中保存自己。只有在彻底崩溃中找到自己,精神才能赢得它的真理。"⑤ 伍尔夫以她笔下的人物向我们深刻地诠释出西方哲学这种力图透过死亡反观人生的积极思想。

二 超越死亡

人类在承认必死、向死而生的同时,希望超越死亡。超越死亡是一种形而上的哲学精神,它坚信生命不受死亡的束缚。柏拉图曾提出:"人的灵魂是不死的,它在一个时候有一个终结称为死亡,在

---

① [英] 弗吉尼亚·吴尔夫:《海浪》,吴均燮译,人民文学出版社2003年版,第126页。
② 同上。
③ 同上书,第232页。
④ [德] 马丁·海德格尔:《存在与时间》,陈嘉映、王庆节译,生活·读书·新知三联书店1987年版,第314页。
⑤ [德] E. 云格:《死论》,林克译,上海三联书店1995年版,第43页。

另一个时候又再生出来，但是永远地不会消亡。"① 在柏拉图死亡哲学的影响下，哲学家和文学家们纷纷对"死亡"进行追问。柏格森（Henri Bergson）的"生命意志论"也表达了这种富于超越性的哲学观念。很多艺术作品中出现的"超死"境界，就是受这种哲学信仰影响的结果。现代主义作家在描写死亡现象时，也不再囿于简单地探讨"死与不死"的问题，而着力挖掘隐藏于表象之下的死亡价值与人生意义，上升到了哲学层面的探索。

泰戈尔（Tagore）说："我将死了又死，以明白生是无穷无竭的。"② 伍尔夫文学中的死亡书写要探究的终极意义，不是人在现代西方社会中的颓废、绝望和沉沦，而是人如何超越现世世界的罪恶，经由死亡以实现生命在形而上意义上的不朽。伍尔夫张扬精神主义，在她看来，人的肉体消失了，人的灵魂和意识却可以超越时空、永恒存在，从而与时间性意义上的生命毁灭相抗衡，使宝贵的精神遗产得以延续。她的作品缺乏对死亡过程的具体描写，更强调死亡的现世价值。

《到灯塔去》里的拉姆齐夫人在第二章"时过境迁"中猝然死去，对此，作者只是在方括号里作了极其简短的交代，但在第三章"灯塔"中，读者却依然能够强烈地感受到她的存在。作为一位典型的贤妻良母、一位具有无我品质的奉献者，拉姆齐夫人的肉体消逝了，她的音容笑貌、敦厚善良、仁爱大度却时常被人们记起，并受其感召。十年以后，为了纪念夫人，拉姆齐先生率领儿女完成了灯塔之旅。行程中，他与儿子互相帮助、彼此关爱、尽释前嫌，而且为灯塔看守人的孩子带去了夫人生前编织的毛袜，这是夫人博爱精神的延续。

作品着力表现的，是莉莉无法排遣的对于拉姆齐夫人的思念之情。她常常回忆拉姆齐夫人的美貌与美德，回忆与她相处的情形，并且依然为她的精神魅力所倾倒，甚至眼前会浮现她的幻象，有时

---

① 北京大学哲学系编：《古希腊罗马哲学》，商务印书馆1961年版，第191页。
② ［印］泰戈尔：《飞鸟集》，郑振铎译，湖南人民出版社1984年版，第67页。

第四章 伍尔夫精神创伤的艺术超越

禁不住高声呼唤:"拉姆齐夫人!""拉姆齐夫人!"① 然而,奇迹不会发生,拉姆齐夫人不可能复活,莉莉潸然泪下。她想要完成十年前未竟的画作,画出夫人与儿子同坐窗前的情形。为了达成这一心愿,她一直在琢磨那幅画的内涵,因为她清楚地知道,绘画的终极目标在于传达某种意义。为此,莉莉努力地想要弄明白拉姆齐夫人的真正面目,可是,她意识到人性很复杂,"人需要五十双眼睛去观察",甚至"五十双眼睛也不足以看透那么一个女人",因而,在这些人中间,"一定有一个人对她的美视而不见"②。莉莉认为,唯有透过拉姆齐夫人的表象,洞悉她的内心世界,才能认清其本质。这样的"一个人",其实就是莉莉本人,她并非完全认同拉姆齐夫人。因为夫人是"房中天使"型的女性典范,并不是莉莉的人生理想。莉莉没有嫁人,没有依照夫人的意愿嫁给威廉·班克斯先生。她热爱自由,听从自己的内心,选择独身。事实上,保罗与明塔的婚姻并不和谐,跟夫人的愿望相反,普鲁也死于难产。所以,莉莉不满意夫人把婚姻强加给女性的善意:"拉姆齐夫人现在隐没、消失了","我们可以藐视她的意愿,篡改她那些有限的、落伍的观念。她离我们越来越远"③。身为艺术家的莉莉,凭着自我独立的精神和敏锐的洞察力,对拉姆齐夫人作出了全面而深刻的评判。正是基于对夫人的此种认识,莉莉难以顺利完成自己的画作。莉莉对夫人关于女性一定要结婚的观点极为反感,因而夫人在莉莉心目中的完美形象也受到影响,她无法将夫人转换成线条和色彩,融洽地展现到画布上。莉莉一直为这个问题所困扰,乃至殚精竭虑。然而,一旦拉姆齐先生一行的船只到达灯塔,她便灵感顿发,旋即转向画布,在画中央添上一笔,感到久违的轻松:"我终于画出了我心中

---

① [英]弗吉尼亚·吴尔夫:《到灯塔去》,马爱农译,人民文学出版社2003年版,第160页。
② 同上书,第175页。
③ 同上书,第155页。

的幻象①。"在莉莉看来,也正是在夫人的精神感召下,拉姆齐先生一行才顺利到达灯塔,并且使夫人的爱心得以传递。这时,在莉莉的心目中,拉姆齐夫人的缺陷显得微不足道,可以忽略不计,其人格力量已然取得了压倒性的胜利。所以,她一挥而就,完成了画作,将拉姆齐夫人及其精神定格为永恒。她坚信,一切终将随岁月流逝而陨灭,唯有艺术以及艺术所传达的意念将永存,"'你'、'我'、'她'都会消亡,化为乌有;没有永恒的事物;一切都在改变;除了文字,除了绘画"②。

伍尔夫笔下的拉姆齐夫人体现出浓重的不死特征,她生存在生者的记忆、感受和承继中,更生存在永恒的艺术画作中。她超越了死亡,虽死犹生,其博爱、无私、宽容的品格永放光芒。

《海浪》里的波西弗也具有不死的特征。他是一个神秘人物,只存在于其他主人公的叙述中,并未真正露面,且中途夭折。但他又是小说的核心人物,具有强大的号召力和向心力,成为六个人物意识流的聚焦点。在伦敦的聚餐会上,伯纳德说:"我们是被一种共同的深刻感情吸引来参加这次圣餐的。"③ "那就是波西弗",路易说,"使我们自己感觉到,当我们像一个肉体、一个灵魂原来彼此孤立的部分又互相会合在一起时,还竭力想说'我是这个,我是那个',是十分荒唐的。……我们曾竭力强调差别。为了渴望孤立,我们故意突出自己的缺点和自己特别的地方。然而我们脚下却正有一根链子在不停环绕、环绕,绕成一个蓝钢色的圆圈"。④ 正是波西弗把他们团聚在一起,使他们体验到一种强烈的共性意识。

---

① [英]弗吉尼亚·吴尔夫:《到灯塔去》,马爱农译,人民文学出版社2003年版,第185页。
② 同上书,第159页。
③ [英]弗吉尼亚·吴尔夫:《海浪》,吴均燮译,人民文学出版社2003年版,第95页。
④ 同上书,第104页。

第四章　伍尔夫精神创伤的艺术超越

波西弗去世后，他们有了第二次聚会，伯纳德说："我们一时间仿佛看见了那个我们无法仿效、但同时却又无法忘掉的人整个儿赤裸裸地呈现在我们的面前。我们看见了我们原可以做到的一切；看见了我们已经错过的一切。"① 所谓"无法仿效、同时又无法忘掉的人"，就是指波西弗。瞿世镜说："他是个体生命聚合而成的整体生命的象征，他是行动和奋斗的集中体现，他对于人生采取一种积极的英雄的姿态。"② 波西弗是个举足轻重的人物，他不仅是六个人之间内聚力的核心，也是衡量他们生活意义的尺度。正是通过这种对比和观照，"这六个人物找到了他们心目中的英雄，找到了他们所憧憬的人生理想"。③

可见，波西弗虽然逝去了，但他依然活在六个朋友的心中，依然发挥着核心灵魂的作用，随意穿越于生者彼此的精神世界，并且成为衡量他们人生价值与意义的标尺，激励他们不懈追求、完善自我，与死亡抗争。

小说结尾处，伯纳德总结说："我不是一个人；我同时是好几个；我简直不知道我究竟是谁，——是珍妮，苏珊，纳维尔，罗达，还是路易，也不知道怎样把我的生活与他们的生活区别开来。"④ 他们的感觉也是相通的，"我额头上感觉到波西弗坠马时受到的打击。我脖子背后感受到珍妮对路易的一吻。我眼睛里满含着苏珊的泪水。我远远望见罗达所见到过的那根像一条金线般闪闪发光的圆柱，而且还感觉到她一跃逝去时所带起的那一阵风"。⑤ 波西弗虽死犹生，他的精神在伯纳德身上得以延续，他已超越了生死，成为一个永恒的象征。

---

① ［英］弗吉尼亚·吴尔夫：《海浪》，吴均燮译，人民文学出版社2003年版，第215页。
② 瞿世镜：《意识流小说家伍尔夫》，上海文艺出版社1989年版，第158页。
③ 同上。
④ ［英］弗吉尼亚·吴尔夫：《海浪》，吴均燮译，人民文学出版社2003年版，第215页。
⑤ 同上书，第225页。

瞿世镜认为，在这部作品中，伍尔夫以海浪来隐喻人生，并且对此进行了具体的阐释："人的个体生命好比是一个昙花一现的浪花，它的浪峰向上涌起，不过是一瞬之间，它随即隐没在浩瀚的大海中。不过，这个浪花中的海水，已经返回到人类整体生命这个大海的怀抱之中，随着汹涌的浪潮，又激起了第二个浪花，循环不已。"① 的确，个体人生犹如波涛汹涌的大海中随意涌现的一个浪花，昙花一现，立时消逝。然而，它又犹如浪花中泛起的海水，马上回归到人类历史的大海里，构成第二个浪花，如此循环，永不止息。既然这样，死亡还有什么令人恐惧的呢？当一切准备妥当后，伍尔夫坦然地朝河中央走去……以实际行动演绎了自己的生命哲学——向死而生、超越死亡。

既然无法选择在恰当的时候出生，就选择在恰当的时候死去。尼采（Friedrich Nietzsche）说："当我愿意死，死就来到。"② 对于一位文化哲人，在什么时候愿意选择死去呢？无疑，就是当他付出了创造性劳动，对自我、他人和世界作出了新的诠释，赋予了新的意义之后。伍尔夫出生、成长于压抑的维多利亚父权制社会，历尽了硝烟四起、弹痕遍地的时代磨难，对尘世感到无奈、绝望之际，将灵魂归依于流水。当她在写作中实现了自我存在的价值以后，将理想付诸行动，在恰当的时候死去。

死亡是对生命起点的回溯，是对生命家园的归返，更是对精神家园的归返。这种归返即是超越。这种超越是指知识的圆满、智慧的妙悟和真理的降临。伍尔夫把毕生精力用于读书、写作，正是通过写作，通过在作品中表现死亡、超越死亡，张扬了自己所提倡的"精神主义"，同时使自我生命价值得以实现。最后，当她

---

① 瞿世镜：《意识流小说家伍尔夫》，上海文艺出版社1989年版，第160—161页。
② ［德］尼采：《查拉斯图如是说》，载［德］尼采《尼采文集》，楚国南等译，海南国际新闻出版中心1996年版，第183页。

第四章 伍尔夫精神创伤的艺术超越

毫不犹豫地投入河水中时,死亡对于她却是一件幸福的事情,她通过选择死亡实现了形而上的生命永恒、灵魂救赎的目的。正如叔本华所指出的,自杀并不是对生命意志的否定,相反,它是生命意志自身的一种强烈的肯定形式。人只有选择死亡才能领悟生存的意义,才能实现人生的最高价值。正如她笔下的人物一样,伍尔夫以死实现了对生死的超越,她的肉体消亡了,她所提倡的精神主义将永放光芒。

第二节 "雌雄同体"理论的提出及文本实践

在《自己的一间屋》中,伍尔夫首次引入了"雌雄同体"这一原本具有浓厚的生物学意义的术语,把它作为理想的人格概念、作家创作时的最佳心理状态以及女性主义文学批评的重要标准,使其成为文学批评史上重要的诗学理论。本书作者主要从性别创伤的角度出发,追溯伍尔夫"雌雄同体"观的成因,认为它的实质在于倡导一种自由、平等、和谐的两性关系,并且在她的传记体小说《奥兰多》中对这一构想进行了诠释。无论是理论的提出还是文本的实践,都意味着伍尔夫在虚构的世界里对于性别创伤体验的超越。

一 伍尔夫"雌雄同体"观的提出及其精神实质

"雌雄同体"是伍尔夫女性主义思想的重要组成部分,它基于伍尔夫长期以来对女性性别身份的深刻思索。如肖瓦尔特所说:"弗吉尼亚·伍尔夫从生命之初就发现,找到一种有条理的、感觉自在的性别身份是个迫切的问题。"[①] 细心的读者能够发现,伍尔夫从创作第一部小说《远航》开始,就关注着"如何做女人"的问题。在其

---

① [美]伊莱恩·肖瓦尔特:《她们自己的文学》,韩敏中译,浙江大学出版社2012年版,第247页。

后的作品中,她塑造了一系列的"新女性"形象,这些"新女性"既有女性的人格特征,也兼具男性的人格特征。1928年,她在剑桥大学以"妇女与小说"为题所作的两次演讲中,提出了"雌雄同体"的理论主张,随后被一并公开发表在1929年出版的《自己的一间屋》里。追根溯源,伍尔夫"雌雄同体"观的提出源于她的成长环境及其童年时代便开始遭受的性别创伤体验等。

伍尔夫既遗传了父系斯蒂芬家族理性而脆弱的性格特质,也遗传了母系帕特尔家族的诗意与想象。伍尔夫本人常常以性别两极化的方式看待自己。传记家和批评家们也把她的个性割裂为男、女两种性别形象。昆汀·贝尔说:"一到了能思考这种问题的年龄,弗吉尼娅就认为自己是两种极不相同,而且其实相互对立的传统的女继承人;实际上她想的更多,她认为这两股对抗的溪流冲撞在一起,在她的血液里混乱但和谐地流淌着。"① 他还在另一处重复道:"弗吉尼娅的继承就具有两面性,不管怎样,这种继承在她的想像中是足够真实的。为父系和母系方面各自贴上标签不是件难事;判断力和感受力、散文和诗歌、文学和艺术,或说得更简单些,阳性的和阴性的。"② 肖瓦尔特也指出:"男性特性和女性特性仿佛像两种不同的准则,弗吉尼亚渐渐把它们同自己个性中的两个极端联系起来。"③ 伍尔夫的母亲是维多利亚时代的理想女性典范,在无私奉献中默默死亡。母亲的悲剧说明,做纯粹的女性只能走向自我毁灭,女性只有获得男性自我实现的机会,将男性元素和女性元素融为一体,才能成为真正的自我。

布鲁姆斯伯里文化圈是最先践行两性同体生活方式的地方。卡洛琳·海尔布伦(Carolyn G. Heilbrun)对此有所描述,她还要求人

---

① [英]昆汀·贝尔:《伍尔夫传》,萧易译,江苏教育出版社2005年版,第21页。
② 同上书,第23页。
③ [美]伊莱恩·肖瓦尔特:《她们自己的文学》,韩敏中译,浙江大学出版社2012年版,第247页。

第四章 伍尔夫精神创伤的艺术超越

们认识到,布鲁姆斯伯里成员"都令人惊奇地具有爱的能力,在他们的圈子里色欲是令人愉悦的情感,嫉妒和支配欲望在他们的生活经验中则惊人地少见"[①]。在这样一个圈子里,女性能够同时追求、表现男性特质和女性特质。自然,伍尔夫也使她天性中的男性气质和女性气质都得到了发展,并且通过小说创作演绎她的"雌雄同体"视像。1925年前后,她为兼具男女双性人格的维塔所深深吸引,并且与维塔产生了一段同性友情。显然,布鲁姆斯伯里生活圈催生了伍尔夫的双性恋取向。

伍尔夫自小所受到的种种性别创伤经历,使她潜意识里注入了对男性社会的深深反感,尤其是受教育权利的被剥夺,使她渴望获得男人的特权。婚后,伦纳德又剥夺了她的生育生活,让她一直觉得自己身为女人是有缺陷的,在内心深处,她时常与由此产生的内疚感作斗争,尤其是与儿女成群的瓦尼莎相比时,这种感觉更为强烈。20世纪30年代中期,伍尔夫经受着绝经的过程,这种情绪更加强烈。1936年5月,她在日记里描述了她的症状:"今天又出现了旧症状……无法摆脱——鼓起的血管——产生强烈的刺痛感;古怪的坠落感;绝望感。大脑供血不足。时而闷热,时而寒冷。"[②]伍尔夫无法得到男性的专权,身为女人的功能也被剥夺了,她轮番体验了没有男性特征或丧失女性特质的痛苦,于是渴望寻求"雌雄同体"的整体。

显然,伍尔夫的"雌雄同体"观并非空穴来风。当然,它的产生不仅仅与伍尔夫的创伤性女性经验有关,不可忽略的是,还与当时的历史语境——女性主义运动密不可分。西方女性运动大致经历了三个阶段。第一阶段为19世纪中期至20世纪20年代妇女获得选

[①] Carolyn G. Heilbrun, *Toward a Recognition of Androgyny*, New York: Knopf, 1973, p. 123.

[②] Anne Olivier Bell ed., *The Diary of Virginia Woolf*, Vol. 5 (1936—1941), New York: Harcourt Brace Jovanovich, 1985, p. 35.

举权，西方工业国的妇女高呼"女权也是人权"的口号，抗议男权社会对妇女的压迫，力主将自由主义"天赋人权"原则的适用范围扩大到女性，争取妇女在政治、经济、教育等方面享有与男子平等的权利。实际上，这一阶段的女性主义是以男性价值标准为自己定位，无形中认同了男性中心的价值体系。第二阶段为20世纪六七十年代，此时，西方女性主义者不再满足于单纯地争取女权，其目标由妇女在政治、经济、教育等领域的权益转向了对妇女本质的探究，强调妇女自身价值，主张性别解放，确立一种不同于男性的女性价值标准来取代现存的男性价值体系。这一阶段的女性主义，承认两性的差异，肯定女性的价值，但以女性为中心排斥男性，以女性为标准审视男性文明，性别等级、二元对立仍然存在，打破了男性中心却又建立了一个女性中心。第三阶段为20世纪80年代后期。女性主义者注重女权、女性与女人的统一，但反对形而上学的男女二分法，不再强调男女的对立或一元论，从而使女人不再成为与男人对立的准男人，从以女性中心代替男性中心的困境中摆脱出来。伍尔夫作为生长在英国女权运动风起云涌时代的精英知识分子，不能不受女性主义思潮的影响，并且促使她进行深入思考，提出了以"雌雄同体"为代表的理论主张，由此成为女性运动的中坚力量。她的女性思想既继承了前期女权运动的精神，坚持女性应享有与男性平等的法律权利，尤其强调女性必须彻底摆脱父权制价值观念的束缚，发展自身的特质，发出不同于男性的声音；同时，主张消弭男女两性的二元对立，以两性互补为原则，以人的全面发展为目标，提倡一种融合了女性特质和男性特质的双性人格，这是伍尔夫第一次站在女性的立场上，第一次鲜明地提倡一种同时蕴涵了男性和女性优秀素质的理想人格的"人"的概念，预示了未来女性主义的发展方向，为其进一步发展提供了理论主张。

《自己的一间屋》是伍尔夫表述自己女性思想的重要论著。她同

第四章 伍尔夫精神创伤的艺术超越

其他女性主义者一样,关注女人的本质与如何做女人。首先,她认为女人应该摆脱从属于男性的地位,取得经济和政治上的自由,成为独立自主的自由人。她提出的具体方案是,女人"必须有钱和自己的一间屋"①。"金钱"意味着经济自主,"房间"隐喻独立的女性生存空间,象征政治上的自由。伍尔夫还意识到,有了经济、政治的自由,女性还要进行自我革命,即挣脱对父权制文化的屈从和自觉认同,校正"第二性"的性别身份,因为男性的优越感既源于他们对女性的鄙视,也来自女性的自轻自贱。伍尔夫令人信服地写道:

> 几百年来,女人一直被用作镜子,那镜子具有把男人的外形以其自然大小两倍的方式给照出来的似魔术而又令人愉快的力量。……不管镜子在文明化的社会里会有什么用途,对于一切暴力和英勇的行动来说都是绝对必要的。这就是为什么拿破仑和墨索里尼两人都如此强调地认为女人低劣,因为如果女人不低劣的话,他们也就不能再自我扩张了。②

她进一步分析道,女性的自贱实际上是"模糊的男性情结"③的体现,它"对妇女的行动产生了十分巨大的影响;那是一种根深蒂固的欲望,与其说是希望她低人一等,毋宁说是希望他高人一等"④。她的言下之意,女人"第二性"的性别身份由漫长的父权制文化形成,而非天生造就。西蒙娜·德·波伏娃(Simone de Beauvoir)的观点与此如出一辙:"一个人之为女人,与其说是'天生'

---

① [英]弗吉尼亚·伍尔芙:《自己的一间屋》,载[英]弗吉尼亚·伍尔芙《伍尔芙随笔全集》(Ⅱ),王义国等译,中国社会科学出版社2001年版,第488页。
② 同上书,第520—521页。
③ 同上书,第538页。
④ 同上。

的，不如说是'形成'的。"①

　　女性一旦实现了物质、法律和精神的独立，成为"自由人"，还将解决如何与异性相处，即如何做女人的问题。正如有学者所论述的那样："女性之于男性，'独立'是否意味着'对立'？'自主'又是否代表着'不合作'？"② 对此，伍尔夫有着自己独特的看法，她认为，女性不应在反抗男权中成为男性的对立面，更不应以自我为核心，凌驾于男性之上。她说："使一个性别与另一个性别相斗、使一种性质与另一种性质相斗，所有这种自命为优越而中伤他人为低劣的行径，都属于人类生存中的私立学校的阶段……"③ 伍尔夫进而认为，融合与互补才是两性相处的理想境界。在《自己的一间屋》的最后一章，她描述了一男一女走到一起，钻进一辆出租车，然后由此图景展开了大胆的设想：

　　　　当我看见那两个人钻进出租车时，头脑的感觉就好像是在被分离开之后，又在一种自然的融合之中再次聚在一起。其明显的原因就是，两性之间进行合作是自然的事情。人们具有一种深刻的、如果说是非理性的本能，那本能赞成下述理论，即男人和女人的结合有助于造成最大的满足，造成最完美的幸福。不过看见那两个人钻进出租车，以及这景象所给我带来的满足，使我又提出了一个问题，是否在头脑里也存在着相当于身体上的两性的两种性别，而且是否头脑里的两性也需要结合起来，以便获得完全的满足和幸福？于是我继而外行地画出了一张灵魂的图案，这样一来在我们每一个人当中都有两种力量在统辖

---

① ［法］西蒙·波伏娃：《第二性——女人》，桑竹影等译，湖南文艺出版社1986年版，第23页。
② 袁素华：《试论伍尔夫的"雌雄同体"观》，《外国文学评论》2007年第1期。
③ ［英］弗吉尼亚·伍尔芙：《自己的一间屋》，载［英］弗吉尼亚·伍尔芙《伍尔芙随笔全集》（Ⅱ），王义国等译，中国社会科学出版社2001年版，第586页。

第四章　伍尔夫精神创伤的艺术超越

着，一种是男性的，一种是女性的；在男人的头脑里，男人胜过女人，在女人的头脑里，女人胜过男人。正常而又舒适的存在状态，就是在这二者共同和谐地生活、从精神上进行合作之时。如果一个人是个男人，那么头脑中的那个女人的部分也仍然一定具有影响；而一个女人也一定和她头脑中的男人有着交流。柯勒律治说，伟大的脑子是雌雄同体的，他这话大概就是这个意思。①

伍尔夫由男女两性身体上的结合而想到头脑的结合，通过借助柯勒律治（Samuel Taylor Coleridge）的说法阐述自己"雌雄同体"的主张，她的构想体现出双性和谐统一的理想。她还以作家创作为例，指出："在头脑中首先须有女人和男人的某种合作，然后创造的艺术才能得以完成。男女之间必须完婚。"② 著名美学家朱光潜在评价黑格尔（G. W. F. Hegel）的辩证法时曾说："他虽承认矛盾冲突斗争是历史发展的推动力，却特别强调妥协调和在解决矛盾中的作用。他从来不承认两对立面斗争中有甲消灭乙或乙消灭甲的可能，而是认为甲和乙各有所长也各有所短，截长补短才有上升的发展。"③"他明确地说过矛盾的解决就是调和。"④ 显然，伍尔夫深刻地认识到了男女两性矛盾对立却又互为补充的辩证关系，因而提倡两性间的互补、协作，实现两个性别的完美融合。

伍尔夫的"雌雄同体"理论颠覆了传统的性别二元对立模式，是对历史上以男性价值为仲裁者的单一价值标准的反叛，如灯塔般为争取彻底解放的妇女们的心灵深处指出了登达彼岸的方向。她从

---

① ［英］弗吉尼亚·伍尔芙：《自己的一间屋》，载［英］弗吉尼亚·伍尔芙《伍尔芙随笔全集》（Ⅱ），王义国等译，中国社会科学出版社2001年版，第578页。
② 同上书，第585页。
③ ［德］黑格尔：《美学》第3卷下册，朱光潜译，商务印书馆1981年版，第340页。
④ 同上书，第341页。

女性主义视角出发,最终超出了性别因素,认为女人应该同时具备男女两性的特质,成为具有男子气的女性;男人也同样应该兼备双性特征,成为具有女子气的男人。

  伍尔夫在出版了《自己的一间屋》以后,其"雌雄同体"观在当代女性主义批评界产生了强烈反响,引起了激烈的论争。需要特别注意的是,伍尔夫的"雌雄同体"到底是否主张消除性别差异?反对者认为,它消抹了性别差别。肖瓦尔特在《她们自己的文学》中,就竭力证明伍尔夫的"雌雄同体"论"是个神话","帮助她逃避使自己感到痛苦的女性本质,不与之正面碰撞,并且使她能堵住自己的愤怒和雄心,把它们压抑下去"①。肖瓦尔特担心的是,伍尔夫实质上在压抑、逃避自己的女性气质和女性经验,这样,双性同体不过是一个假象,被掩盖于其中的是纯粹的男性气质,这对于标举差异的女性主义十分不利。认同"雌雄同体"的女性主义者则认为,伍尔夫的"雌雄同体"思想既消解了对立,也高扬差异,男女两性中的任何一性都不会排斥另一性;它不是自我抹杀,也不同于一性吞并另一性。《美杜莎的笑声》是法国女权主义理论家埃莱娜·西苏的著作,它对伍尔夫的"雌雄同体"进行了诠释,"双性即:每个人在自身中找到两性的存在,这种存在依据男女个人,其明显与坚决的程度是多种多样的,既不排除差别也不排除其中一性"。② 中国学者也肯定,"伍尔夫的'雌雄同体'观虽然主张消除对立的性别意识,但她并不是提倡消除性别差别,相反,她强调差别,主张做女人就应该像个女人"。③ 笔者倾向于认同后一种说法。确实,伍尔夫特别关注女性气质和复杂的女性体验,认为这是男性特质所无法

---

① [美]伊莱恩·肖瓦尔特:《她们自己的文学》,韩敏中译,浙江大学出版社2012年版,第246页。
② [法]埃莱娜·西苏:《美杜莎的笑声》,载张京媛主编《当代女性主义文学批评》,北京大学出版社1992年版,第199页。
③ 袁素华:《试论伍尔夫的"雌雄同体"观》,《外国文学评论》2007年第1期。

第四章 伍尔夫精神创伤的艺术超越

替代的。她依然以写作为例，写道："倘若女人写作像男人、生活像男人、长得像男人的话，那会是遗憾之至，因为如果两种性别都不太够格，那么考虑到世界的巨大和多样性，我们要是只有一种性别又怎能应付得了？"① 诚然，伍尔夫又主张在写作中应忘掉性别："任何一个从事写作的人，若是想到自己的性别那就是毁灭性的。"② 她还主张现代女作家要像她虚构的女作家玛丽·卡迈克尔那样："她像一个女人那样写作，但又是像一个忘记了自己是女人的女人那样写作……"③ 其实，伍尔夫主张忘记性别，却是为了更好地凸显性别差异，她说，当玛丽·卡迈克尔这样写作时，"结果她的书里充满了那种只有在性别并未意识到自身时才出现的奇特的性别特征"④。西苏（Elena Sisu）也指出，伍尔夫的双性"并不消灭差别，而是鼓动差别，追求差别，并增大其数量"⑤。

综上所述，伍尔夫"雌雄同体"理论的精神实质是倡导男女平等，坚决反对性别霸权；在承认两性差别的基础上，倡导两性和谐共处、互补融合，或者说，实现差异的整合。只有这样，才能共建和谐社会和人类文明。正如1914年6月，阿拉伯妇女解放运动的先驱、埃及女作家梅·齐亚黛在一篇演讲词中所提出的构想："未来的文明不是男性或女性单一的文明，而是整个人类的文明。只靠单一性别构建的畸形文明并非实现理想未来文明的模式。"⑥ 过去表明，"没有两性的合作，决没有真正的文明。但两性之间没有对于异点的互相接受，对于不同的天性的互相尊重，也便没有真正的两

---

① ［英］弗吉尼亚·伍尔芙：《自己的一间屋》，载［英］弗吉尼亚·伍尔芙《伍尔芙随笔全集》（Ⅱ），王义国等译，中国社会科学出版社2001年版，第569页。
② 同上书，第584页。
③ 同上书，第574页。
④ 同上。
⑤ ［法］埃莱娜·西苏：《美杜莎的笑声》，载张京媛主编《当代女性主义文学批评》，北京大学出版社1992年版，第199页。
⑥ ［埃及］梅·齐雅黛：《女人与文明》，转引自林丰民《哈黛·萨曼的女性主义思考："从女人中解放出来"》，《国外文学》1998年第2期。

性合作"。① 当然，在伍尔夫时代要达到这种理想的境界是不现实的。然而，伍尔夫所提倡的这一思想无疑具有极大的开拓性。事实上，社会发展到今天，男女两性大致相当的经济地位和社会地位，给两性提供了平等协作、互相交流的契机，意味着双性融合的时代已经到来。

二 伍尔夫"雌雄同体"的文本实践：奥兰多

《奥兰多》是一部传记体小说，主要记叙了同名主人公奥兰多经过数日昏睡，由一位翩翩少年变为妙龄女子的神奇的变性过程，有"变性狂想曲"之称，怪诞、滑稽的虚构情节中流露出伍尔夫对两性关系的严肃思考。在女性运动此起彼伏的年代里，如同《自己的房间》，它也成了张扬女性思想的重要作品。林德尔·戈登写道："在写作《奥兰多》和《自己的房间》时，弗吉尼亚·伍尔夫玩味着关于对立性别的理想结合物的观念。"②

作品通过奥兰多变性前后不同的人生遭际来否定、抨击单一的男性价值标准，嘲讽父权社会对男女性别身份的不公正认定。奥兰多初次出现时，是一位16岁的少年，正对着悬在梁上的一颗摩尔人的头颅劈刺过去。他的父辈们曾经驰骋沙场，砍下无数的头颅，把它们带回来挂在梁上。他发誓要追随父辈的事业，因为他是男儿，在父权制教育中，他的使命就是凭借刀剑征服世界。被伊丽莎白女王召入宫廷后，奥兰多成为王室宠臣，又以大使身份出使土耳其；并且肆意周旋于情场，在女王宫廷拈花惹草，甚至与妓女往来，一些王室女眷都希冀着能得到他的青睐，任由他挑选；遇上俄罗斯公主萨莎后，他不惜背弃此前的婚约，堕入情网。可是，奥兰

---

① [法]安德烈·莫罗阿：《人生五大问题》，傅雷译，生活·读书·新知三联书店1986年版，第26页。

② [英]林德尔·戈登：《弗吉尼亚·伍尔夫：一个作家的生命历程》，伍厚恺译，四川人民出版社2000年版，第267页。

第四章　伍尔夫精神创伤的艺术超越

多一旦变为女人,却只得离开官场,混迹于吉卜赛人中间。回到英国后,身为女人的她又能做些什么呢?一路上,她不由思忖自己的未来:

>……我再不能猛击某人的头顶,再不能戳穿他的诡计,再不能把剑刺穿他的身体,再不能拔剑坐在贵族中间,再不能头戴小王冠,再不能走在队列中,再不能判处某人死刑,再不能统领军队,再不能雄赳赳气昂昂地骑马走过白厅,也再不能胸前佩戴七十二只不同的勋章。一旦踏上英格兰的土地,我惟一能做的就是给老爷端茶倒水,察言观色。要放糖吗?要放奶油吗?①

不出所料,她成为了上流社会的贵妇名媛,成天忙于梳妆打扮、周旋于社交场所,接待蒲伯、艾迪生、斯威夫特等一流文人的来访,设宴款待他们,替他们斟茶,并且沉醉在这种虚荣里。几个月后,她就对社交生活产生厌倦、提出质疑,"情人她有一大摞,而生活呢?从某一角度看,生活毕竟很重要,而生活却从她身边溜走了……她问……'难道这就是人们所谓的生活?'"② 成为女人的奥兰多也不敢像以前一样随意写作,而变得格外谨慎,常常小心翼翼地藏起自己的手稿,把它揣在怀里,生怕被人发现。因为在父权文化里,男人才可以主宰文本。回国不久,奥兰多就遭到了法律的指控,因为依照法律,她能否再拥有财产还是一个问题,其中,一个重要的原因,就是其性别的转变。她领略到:"面对铁面无私的法律,激情的作用是多么微不足道;法律之坚,胜过伦敦桥的岩石,法律之严,胜过大炮的炮口。"③ 奥兰多还得不时考虑自己应依附于

---

① [英]弗吉尼亚·吴尔夫:《奥兰多》,林燕译,人民文学出版社2003年版,第88—89页。
② 同上书,第111页。
③ 同上书,第95页。

谁，因为婚姻是时代的需求，身为女人，若不适时地嫁人，就会与时代精神格格不入。嫁给一位海船船长后，按照传统标准，她不得不坚守操行，"因为女性道德行为的大厦，就建筑在这一基石之上。贞洁是女性的财富、女性最引人注目的品行，女性会狂热地捍卫自身的贞洁不遭劫掠，甚至情愿舍身一死"。① 这就表明，在父权社会的熏染下，女性已将男性强加的价值标准内化于自身。变为女儿身的奥兰多不由感慨："他们可真能哄骗我们啊，我们又有多傻!"② 比照奥兰多变性前后的经历，真可谓泾渭分明。男人可以随心所欲、为所欲为，女人却受制于男人制定的种种法律和道德准则，体现出男性秩序的自私与无情。

奥兰多由男人变为女人、实现两性因素完美地融为一体的过程完整地体现出伍尔夫关于男女差异整合的"雌雄同体"观念。作品这样描述奥兰多的变性："奥兰多已经变为女子，这一点确定无疑，但在其他所有方面，奥兰多均与过去别无二致。性别的改变，改变了他的前途，却丝毫没有改变他的特性。"③ 可见，奥兰多改变的只是性别，她仍然保留着男性的特性，但从此增添了女性特质，作者写道：

> 她写作时的谨慎、她对自己身体的虚荣、她对自己安全的担心，所有这一切似乎都暗示了一条，即我们不久前所说的，奥兰多作为女子与男子没什么两样，已经不再完全正确。她正在变得如女人那样……④

---

① [英] 弗吉尼亚·吴尔夫：《奥兰多》，林燕译，人民文学出版社2003年版，第86页。
② 同上书，第89页。
③ 同上书，第77页。
④ 同上书，第106页。

第四章　伍尔夫精神创伤的艺术超越

对于两性特质在奥兰多身上的融合，作者并没有一挥而就，而是让两种性别因素经历了一个此消彼长的磨合阶段。变性之初，奥兰多生活在吉卜赛部落当中，而吉卜赛男女并没有显示出人们通常具有的那种强烈的性别意识，"吉卜赛女子，除了一两个重要的特例外，与吉卜赛男子别无二致"。① 因而，此时的奥兰多对于两性差异还没有多少体会。当她登上驶往英国的船只时，立刻大吃一惊，"意识到自己所处地位的得失"②。

此后，两种性别意识在她身上同时发挥作用，彼此较量，时而是男性意识占优势，时而是女性意识占据主导地位，"正因为她身上的这种男女两性的混合，一时为男，一时为女，她的行为举止才往往发生意想不到的转变"③。两种性别因素的混合和摇摆不定是奥兰多走向"雌雄同体"融合状态的前奏。正是在这一阶段，奥兰多可以在不同性别角色之间随意转换：

> 上午，穿一件分不清男女的中国袍子，在书中徜徉；……此后，到花园里给坚果树剪枝，这时穿齐膝的短裤很方便；然后换一件塔夫绸花衣，这最适合乘车去里奇蒙德，听取某位尊贵的贵族的求婚；然后回到城里，穿一件律师的黄褐色袍子，到法院去听她的案子有何进展，……；最后，夜幕降临，她多半会从头到脚变成一个彻头彻尾的贵族，到街上去冒险。④

凭借极其频繁的性别变化，奥兰多还"轮番享受两性的爱"⑤，通

---

① ［英］弗吉尼亚·吴尔夫：《奥兰多》，林燕译，人民文学出版社2003年版，第86页。
② 同上。
③ 同上书，第108页。
④ 同上书，第127—128页。
⑤ 同上书，第127页。

过不同的性别体验,获得了对于男女两性异同的深刻认识。伍尔夫借此为女性的处境和受压迫地位鸣不平。如同她所概括的那样:

> 对男性奥兰多的画像与女性奥兰多的画像加以比较,我们会看到,他们无疑是同一个人,但依然有某些变化。男子的手可以自由自在地握剑,而女子的手必须扶住缎子衣衫……男子可以直面世界,仿佛世界为他所用,由他任意塑造。女子则小心翼翼,甚至疑虑重重地斜视着这个世界。①

英国批评家苏珊·迪克(Susan Dick)提出,伍尔夫在奥兰多变性前后的叙述语气并不相同,当奥兰多还是男性的时候,叙述的角度是一种远距离的讽刺性的,而在奥兰多成为女性之后,叙述者则更多的是从女性的角度来看问题。② 这样的叙述在小说中俯拾皆是。例如,奥兰多刚变为女子时,就立马意识到,女性要获取快乐,不得不屈服于异性制定的价值标准。伍尔夫借助奥兰多的视角揭示了异性间的截然对立:"她记起当年自己身为青年男子时,坚持认为女性必须顺从、贞洁、浑身散发香气、衣着优雅",可实际上,"女人并非天生"如此,她们是被强迫依照做女人的职责,"通过最单调乏味的磨炼,才能获得这些魅力"。③ 随着女性体验的不断增加和深入,奥兰多很清楚,男人打心底里瞧不起女人,如果男人之间哪怕只是有一个小秘密,他们也会尽量压低声音,传授给儿子,并告诫他"切不可泄漏天机",因为"女人不过是群大孩子……聪明

---

① [英]弗吉尼亚·吴尔夫:《奥兰多》,林燕译,人民文学出版社2003年版,第107页。
② Susan Dick, "Literary Realism in Mrs Dalloway, To the Lighthouse, Orlando and The Waves", in Sue Roe and Susan Sellers, eds., *The Cambridge Companion Virginia Woolf*, Shanghai: Shanghai Foreign Language Education Press, 2001, pp. 64–65.
③ [英]弗吉尼亚·吴尔夫:《奥兰多》,林燕译,人民文学出版社2003年版,第88页。

第四章　伍尔夫精神创伤的艺术超越

男人只是陪她们玩玩儿，奉承她们，哄她们开心"；而女人自己也明白："才子虽然送诗来请她过目，征求她的意见，喝她的茶，但这绝不表示他尊重她的意见，欣赏她的理解。"① 此种叙述，不一而足。我们应该认识到的是，尽管伍尔夫的叙述视角和叙述立场倾向女性，但她并没有走向女性沙文主义，没有忽略男性因素，而是强调了男性因素在"雌雄同体"的奥兰多身上的重要性。奥兰多变性前的男性特质始终存在，从他与情人夏尔见面时的情形中可以窥见：

"你是女人，夏尔！"她喊道。
"你是男人，奥兰多！"他喊道。②

同时，这一场景也表明，与奥兰多相似又相反的是，夏尔是一个有着女性气质的男人。正因如此，他才能够真正理解作为女人的奥兰多。所以，与夏尔的结合，促成了奥兰多女性特性的完全实现。订婚后，她无限感慨地说："我是女人了"，"我终于是一个真正的女人了"。③ 这就说明，奥兰多有了女性的情感体验，能够与头脑中的男性平等对话，意味着差别的整合，达到了超越于两性之上的"雌雄同体"的理想境界。

"雌雄同体"的奥兰多最终完成了她的长诗《橡树》，并成为获奖诗人。吕洪灵说："奥兰多最终是以女性的身份获得艺术上的成功，但这并不意味着某个性别的胜利或失败，相反，它恰恰是两性合作达到和谐状态的体现。任何结果的取得都有赖于过程的积累，也就是说，和没有当前的女性经验一样，倘若没有以前男性经验的

---

① ［英］弗吉尼亚·吴尔夫：《奥兰多》，林燕译，人民文学出版社 2003 年版，第 123 页。
② 同上书，第 146 页。
③ 同上书，第 147 页。

体会，此时的奥兰多也不会取得现在的成就。"① 的确，奥兰多早在少年时期，就体现出对文学的钟爱，此后，她对于文学的追求可以说是矢志不渝的。《橡树》的创作几乎贯穿于她生活的4个世纪，不论何时何地，她都把它带在身边。当她处于单一的男性状态或纯粹的女性状态时，长诗总是难以顺利进展。而她经历了无数次性别的两极摇摆和对于性别的严肃思考之后，一旦实现了"雌雄同体"的理想状态，《橡树》也顺利完成，并且大获成功。奥兰多的成功说明，只有当男性特质与女性特质完美融合之时，头脑才会产生巨大的创造力。

奥兰多的变性故事，体现出伍尔夫对两性关系的密切关注和深入思索。她让两种不同的性别因素同时并存于奥兰多一人身上，经过多次交锋、转化和磨合，最后彼此交融。这样，既肯定了两性的差异，又提倡了两性的协调、合作，形成了一种在尊重两性差异的基础上，你中有我、我中有你的平等、和谐的性别合作关系。

《奥兰多》是伍尔夫对自己"雌雄同体"观所作出的生动的艺术演绎。理论阐释与文本实践互为佐证、相得益彰，共同表明：经受了多次性别创伤的伍尔夫克服了个体乃至全部女性的恩怨愤恨，以开阔的胸襟和富于超越性的视野，突破了传统意义上的两性对立的思维模式，追求性别差异的整合。在20世纪的初期乃至各种性别歧视依然存在的今天，其"雌雄同体"主张始终不失为解决性别对抗、实现和谐社会的重要策略，具有非同寻常的现实意义。

---

① 吕洪灵：《〈奥兰多〉中的时代精神及双性同体思想》，《外国文学研究》2002年第1期。

第四章 伍尔夫精神创伤的艺术超越

第三节 灯塔之光：充满爱与和谐的乌托邦境界

在被海德格尔称为"技术主义的行星时代"的20世纪里，物质文明高度发达，人性却走向异化和堕落，引发出重重灾难（比如两次世界大战）。肩负时代使命的现代主义作家致力于探求人类的前途与命运，探索人类走出危机的途径。出于对机械文明和传统理性的失望，他们不再像现实主义作家那样寄希望于社会制度的改革和社会关系的改善，转而将目光投向人的内心世界。他们以人的潜意识、无意识、情感、意志、梦幻、直觉和本能等为主要描写对象，从内在的、非理性的自我中挖掘精神能量，为拯救危机中的现代人类提供新的出路。然而，剥开现代主义的非理性表壳，许多现代主义作品呈现出建构新理性和新信念的精神，体现出现代主义作家力图重建社会秩序和社会理想的努力。艾略特重新将目光投向上帝，祈望在宗教的世界里获得拯救。超现实主义作家虽然寻求梦幻、神秘性境界，但其最终目的是要实现生命的和谐与人性的超越。意识流小说家们一方面注意到了人的内心的阴郁、猥琐、黑暗，另一方面也致力于在混乱不堪中发掘人性的光辉。例如，福克纳在《喧哗与骚动》中，无情揭示和批判了美国旧南方庄园主贵族阶级的崩溃和堕落，然后从具有宽容、仁慈、博爱精神的黑人女佣的视角总结全书，暗示了人类获取精神救赎的途径。表现主义大师奥尼尔和卡夫卡主张在生存困境中恢复个人尊严，坚守道德正义。存在主义文学从人的荒诞处境出发，强调人的个体生命价值，萨特提出了"自由选择"的生存准则，加缪确立了西西弗斯式的将生存意义付诸不断努力的人生姿态。

同许多的现代主义作家一样，伍尔夫着眼于人类的普遍境遇，对人性深感失望，深刻地认识到现代社会迫切需要一种终极信念来充当精神支柱。这与她对"一战"以后的创伤思考不无紧密联系。

战争的残酷极大地挑战着启蒙运动以来关于理想人的概念，人们丧失了对于传统的信仰，成为精神的流浪儿，整个西方社会也成为一座精神的荒原。爱的缺失，则是精神荒原的根本成因。因而，作为意识流小说作家，伍尔夫也依然将注意力聚焦于"人"自身，在人性深处发掘出亮点，包括爱、同情、理解等。它们犹如一道道闪耀的灯塔之光，穿透幽暗与混沌，开辟出一片温馨的、充满爱与和谐的精神空间，折射出女作者竭力为人类寻求自救、逾越创伤的乌托邦理想。

本节将从两个层面，主要阐析伍尔夫小说《达洛维太太》《到灯塔去》《海浪》中的"灯塔"境界。

一　爱的奉献与构建和谐

有学者论及，人类走出精神困境的"唯一有效的治愈方法最终还是精神上的"①，"而打开这精神困境的钥匙便是仁厚博爱、清静澄明的好心"②。爱，可以消解人与人之间的一切矛盾纠纷，有助于构建和谐的人际关系和社会环境，从而使人们超越一切创痛，生活幸福和美。伍尔夫在她的小说里，常常将核心人物塑造为爱的聚光点，他们关爱他人、懂得奉献、向往和谐，如高高矗立的灯塔，以万丈光芒辐射周边世界。

塞普蒂莫斯是一位富于爱心和同情心的青年。他热爱祖国，满怀拯救英国的热情加入了志愿入伍者行列。在战场上，也正是凭着一腔狂热的爱国热情勇敢杀敌，立下大功。可是，激情过后，和平来临时，他却终日笼罩在为战争所折磨的恐怖阴影中，眼前老是出现有关好友埃文斯的幻觉。这时，他已为战场上的杀人如麻和无动于衷而深感不安，说明他的人性已经复苏，他的本质是善良的。在良心

---

① ［日］池田大作、［英］汤因比：《展望二十一世纪：汤因比与池田大作对话录》，荀春生等译，国际文化出版公司1985年版，第149页。
② 鲁枢元：《生态批评的空间》，华东师范大学出版社2006年版，第17页。

第四章 伍尔夫精神创伤的艺术超越

的折腾下,他甚至为自己的罪过而发疯发狂。成为狂人的他,提出了世界上最普遍、最深奥的真理。首先,他认为人类应该热爱大自然,不应该随意砍伐树木,希望"树木都活着"①,因为树木是有生命的。他觉得自己与树木息息相通、血脉相连,人与自然是一体的:

> 它们在向他招手;树叶充满活力,树木充满活力。由于那些树叶通过千百万条纤维与座位上的他,与他自己的身体相联接,它们煽动着他的身体,使其随之上下起伏。当树枝伸展的时候,他也伸展肢体以示赞同。那些扑打着翅膀飞起来又落到锯齿形喷泉上的麻雀是整个景象的一个组成部分;白色与蓝色的背景,饰以由黑色树枝构成的条纹。各种声音与预谋形成和声;声音的间歇与声音本身同样有意义。②

其次,在他看来,要改变这个世界,必须消除暴力:"别再有人因仇恨而残杀"③,"不存在罪恶"④。最后,他宣扬博爱:"爱,普天之下的爱⑤。"人们常以为,疯子是传播真理的先知。伍尔夫也写道:"只他一个人……先于大众被召去聆听真理,去了解意义。"⑥ 无疑,伍尔夫是要借助这个常人眼中的狂人来表述自己改变现状的乌托邦构想:爱可以消弭战争和暴力,爱可以创建和谐、统一的新秩序。

如果说,塞普蒂莫斯只是伍尔夫表达自己理想的传声筒,《达洛维太太》中的另一主人公达洛维太太则是这一理想的践行者。她充满活力,热爱生活,珍视爱情,关爱家人、仆人、朋友等。正是因

---

① [英]弗吉尼亚·吴尔夫:《达洛维太太》,谷启楠译,人民文学出版社2003年版,第64页。
② 同上书,第19—20页。
③ 同上书,第21页。
④ 同上书,第64页。
⑤ 同上。
⑥ 同上书,第63页。

为她的存在，使得小说尽管时时为疯狂与死亡的阴郁气氛所笼罩，但最终被爱以及由此带来的生命的欢快、和谐所压倒。

作品开端，达洛维太太出门买花，早晨清新的空气，热闹的街道，与朋友的相见，触发了她对生活的热爱：

> 六月已给树木披上绿装。宾里科一带的母亲们在给婴儿喂奶。新闻从舰队街传送到海军部。繁忙的阿灵顿街和皮卡德利街好像温暖了公园里的空气并使树叶发热发亮，使它们升腾于神圣活力的气浪之上，这活力是克拉丽莎所热爱的。去跳舞，去骑马，她一向喜爱这些活动。[①]

在彼得的意识流中，我们也可以知道达洛维太太对生活具有极强的感受力，任何细节都可以引发她对生活的感触：

> 她充分享受着生活的乐趣。享受乐趣是她的本性……她几乎从任何事物中都能得到乐趣。如果你和她一起去海德公园散步，一会儿是一花坛郁金香，一会儿是童车里的小孩，一会儿是她即兴编出的荒唐小故事，都能使她快乐。[②]

热爱生活的人，必然懂得珍视其生命中的一切。正是这份热爱，使达洛维太太回想起曾经的种种往事，油然生发出对家乡的眷恋、感激之情：

> 她确信她是家乡树丛的一部分，是家乡那座确实丑陋、凌

[①] ［英］弗吉尼亚·吴尔夫：《达洛维太太》，谷启楠译，人民文学出版社2003年版，第4—5页。
[②] 同上书，第74页。

第四章　伍尔夫精神创伤的艺术超越

乱、颓败的房屋的一部分,是从未谋面的家族亲人的一部分;她像薄雾飘散在她最熟悉的人们中间,他们用自己的枝杈将她扩散,正如她曾见树木散开薄雾一般……①

透过意识的流动,不难感受到贵为议员夫人的达洛维太太仍然与家乡存在血脉联系,对亲人满怀挚爱。

也正是出于对生活的敏锐感受和热爱,达洛维太太懂得感恩,决心回报:

> 达洛维太太举起一只手伸向眼睛,她听见女仆露西关门时裙子沙沙作响……厨师在厨房里吹着口哨。她听见打字机的啪啪声。这就是她的生活,她在大厅的桌子前低下头,受这种神圣氛围的影响而弯下身子,感觉得到了祝福和净化。她拿起记录电话留言的拍纸簿时,自言自语道:这样的时刻多么像生命之树上的花蕾啊,它们是黑暗中的花朵,她想……一面拿起拍纸簿,她在日常生活中更应做出回报,对仆人们,是啊,对小狗和金丝雀,最重要的是对她的丈夫理查德,他是这一切——欢快的声音、绿色的灯光、甚至会吹口哨的厨师(因为沃克夫人是爱尔兰人,整天吹口哨)——的基础;你必须用这些秘密贮存的美妙时刻去回报……②

少女时期,她亲眼看见自己的妹妹被一棵大树砸死,此后便不再那么乐观,但也使她对生活有了更深刻的思索与感悟,并且形成了自己的人生信仰:"为了拥有美德而行善③。"在这种信仰的指导

---

① [英]弗吉尼亚·吴尔夫:《达洛维太太》,谷启楠译,人民文学出版社 2003 年版,第 7 页。
② 同上书,第 26 页。
③ 同上书,第 74 页。

下,她更加坚定了要广施仁爱、惠及众人的决心。

早在伯尔顿时,彼得就管达洛维太太叫"完美的女主人",说她是"当完美女主人的材料"①。成为议员夫人后,她承担的正是这样的角色。宴会、丈夫、女儿成为她婚姻生活的关键词。彼得再见到她后,对她的印象是:

她浪费了许多时间去参加午餐会,参加宴会,举办这些无休止的晚会,谈些毫无意义的事,说些言不由衷的话……她常坐在餐桌一头的主座上费尽心机招待一个也许会对达洛维有用的老家伙——他们认识全欧洲最令人憎恶的人——要不就是伊丽莎白走进来,然后一切都必须让位于她。②

为了把每次宴会都举办得很成功,达洛维太太不得不将每个细节都考虑得很周到,为此耗费了许多时间和精力,以致理查德担心她的身心健康,劝慰她若是为这些晚会过度操劳的话,以后就不让她举办了。但达洛维太太把它当成自己的职责,当作辅佐丈夫事业的重要手段。尽管她年轻时与彼得有过一段刻骨铭心的感情,最终选择与理查德结婚不排除有势利的一面,但她屡次用心经营家庭晚会,把它作为自己生活的核心,自然包含了对丈夫、对家庭的一份情意。

达洛维太太对女儿伊丽莎白的关爱,主要是通过她与家庭女教师基尔曼的争斗体现出来的。基尔曼是一位虔诚的基督徒,而达洛维太太是一个无神论者,不相信神的存在。因而,她们俩宿怨很深。基尔曼打心里瞧不起达洛维太太,想要在精神领域树立起自己的权

---

① [英]弗吉尼亚·吴尔夫:《达洛维太太》,谷启楠译,人民文学出版社2003年版,第5页。
② 同上书,第74页。

第四章　伍尔夫精神创伤的艺术超越

威。看到达洛维太太精力充沛、打扮入时的样子,她想道:

> 傻瓜!笨蛋!你这个既不懂悲伤又不懂快乐的人,你这个随随便便浪费自己生命的人!她心里油然生出一种征服的欲望,要战胜她,要撕破她的假面。如果她早能把她打倒在地,她早就安心了。但她想降服的,想置于自己统治之下的不是她的身体,而是她的灵魂及其假象。如果她能让她哭,让她破产,羞辱她,让她跪下喊:你是正确的,那该多好!①

而达洛维太太对宗教极为反感,认为它是"世界上最残酷的东西",它"笨拙、激动、专制、虚伪、偷听、嫉妒、无限残酷"②。她自己从未劝别人改变自己的信仰,希望"每个人都保持自己的个性"③。基尔曼却力图让伊丽莎白接受基督教。当伊丽莎白跟随基尔曼走出家门时,达洛维太太极为愤慨和痛苦,感到"这个女人正在夺走她的女儿"④。在百货商场吃茶点时,基尔曼对伊丽莎白的控制欲达到了顶峰,这种念头如此强烈,以致她自己感到异常痛苦,简直要"粉身碎骨"了,"如果她能抓住她,如果她能紧紧抱住她,如果她能绝对地、永远地拥有她,然后再死,那该多好;那是她最大的愿望"⑤。她阻止伊丽莎白参加她母亲的晚会,因为那会耗费她的精力。然而,伊丽莎白终于冲出了商店,摆脱了基尔曼的控制,按时出现在宴会上。这就表明,达洛维太太取得了对于基尔曼的胜利,彰显出母爱力量的无比强大。

---

① [英]弗吉尼亚·吴尔夫:《达洛维太太》,谷启楠译,人民文学出版社2003年版,第118—119页。
② 同上书,第120页。
③ 同上。
④ 同上书,第119页。
⑤ 同上书,第125页。

达洛维太太对仆人、朋友乃至陌生人也满怀爱心和怜悯之心。宴会前夕，她亲自缝补自己的晚礼服。作者把这一场景写得十分感人。女仆露西略带羞涩地问达洛维太太是否要自己帮着补衣裙，达洛维太太表示不用她管，因为她要做的事情实在很多。作品是这样描述的：

"但还是谢谢你，露西，啊，谢谢你"，达洛维太太说，谢谢你，谢谢你，她继续说（同时坐在沙发上，把那件衣裙放在膝头，还有剪刀、丝绸），谢谢你，谢谢你，她继续说着，笼统地感谢所有的仆人帮助她成为现在这个样子，成为她自己理想的样子，温柔，宽大为怀。①

达洛维太太还帮助过花店的皮姆小姐。她的朋友休·惠特布雷德的妻子伊夫琳身体很不好，她曾多次前往疗养院探望。买花的那天早上，她一出门就碰上了休，得知伊夫琳又生病了，这次进城是专程来看医生的。她顿生同情，"多讨厌的病啊！"同时，"像小妹妹似的意识到自己头上的帽子"②。与休告别后，她一路上还在设想着如何给伊夫琳送去快乐：

这里有乔洛克斯的《野游和欢乐》，有《皂沫海绵》，有阿斯圭斯夫人的《回忆录》，还有《尼日利亚狩猎记》，这些书都是打开的。这里总有那么多书，可是似乎没有一本适合带给住疗养院的伊夫琳·惠特布雷德。没有任何东西能使她快乐，没有任何东西能使那个瘦小枯槁得无法形容的女人在克拉丽莎进

---

① ［英］弗吉尼亚·吴尔夫：《达洛维太太》，谷启楠译，人民文学出版社2003年版，第36页。
② 同上书，第4页。

第四章　伍尔夫精神创伤的艺术超越

门时哪怕表现出一瞬间的热情友好，在她们坐下开始谈论妇女的疾病这一无尽无休的老话题之前。①

达洛维太太毫不吝啬地将自己的同情与爱意施与周边的人们，在战火纷飞的年代里，期冀着能给人们带来抚慰和欢乐，制造安详与和谐，如她行走在大街上时所想的那样："她多么希望在她进门时人们会显得愉快些，克拉丽莎想着②。"事实上，她的普施仁爱也取得了理想的效果，创建出一派和谐景象。

达洛维夫妇的关系一度并不协调，因为理查德的刻板与感情淡漠，也由于克拉丽莎的性冷淡。平时，理查德忙于工作事务，很少想起妻子。在布鲁顿夫人的午餐会上，提起彼得曾经热恋过克拉丽莎时，他对妻子油然生发出一种深情。他仿佛"看见她就在午餐会上，看见自己和克拉丽莎，看见他们一起的生活"③。他猛然意识到，宴会是他们生活中必不可少的一部分，妻子为此做出了不少努力。于是，从布鲁顿夫人家出来，与休告别后，他买了一大束玫瑰花，准备献给妻子，并直截了当地用许多话说"我爱你"。以往，他从未表达过自己的感情，从未与妻子谈论过他们之间的感情，"这是世界上最大的错误"④。回家后，他举着鲜花，依然无法用许多暧昧的语言表白自己对妻子的爱慕与感激。但克拉丽莎也能理解，她一面接过鲜花，一面夸赞花很可爱。接下来，他们促膝交谈，理查德握着克拉丽莎的手，他想："这就是幸福，这就是幸福⑤。"他对妻子无比体贴，建议她以后可以不要举办晚会。克拉丽莎甚至对自己当初

---

① ［英］弗吉尼亚·吴尔夫：《达洛维太太》，谷启楠译，人民文学出版社 2003 年版，第 7 页。
② 同上书，第 7—8 页。
③ 同上书，第 108 页。
④ 同上书，第 109 页。
⑤ 同上书，第 113 页。

想要嫁给彼得的念头表示怀疑。这是作品此前没有出现过的关于达洛维夫妇的幸福生活场景。克拉丽莎以举办宴会的方式回报丈夫，而她也赢得了丈夫的尊重和关爱。显然，夫妻俩不再隔膜，达成了谅解与默契。

克拉丽莎温柔、宽容、谦和的美德也使仆人们备感温暖，并且得到了他们由衷的敬重。露西感到她与太太之间存在默契，在她眼里，太太"是最可爱的——拥有银器、亚麻制品和瓷器的女主人"①。她对克拉丽莎的喜爱从补裙子的一幕可见一斑："露西抱着靠垫在客厅门旁停了下来，脸有些红，非常羞涩地问，能不能让她帮着补衣裙？"② 得到过克拉丽莎帮助的皮姆小姐也认为她非常仁慈，对她的到来表示热烈的欢迎。作者把两人一起挑选鲜花的情形也写得尤其温馨、动人。在此过程中，克拉丽莎感受到皮姆小姐对她的好感和信任犹如一阵海浪，冲刷着她的全身，净化着她的灵魂，将她内心原本充溢着的仇恨情绪彻底征服、驱逐干净。

克拉丽莎时时处处注意播撒爱心，在爱的感召下，许多人围拢在她的周围，如同行星围绕恒星旋转一样。彼得评价道：

> 无论到哪里她都能创造自己的天地。她走进一个房间；她站在门口，周围有许许多多的人，正如他经常所见。但是你能记住的却是克拉丽莎。并不是因为她长得出众，她一点儿都不漂亮，身上也没有任何不寻常的地方；她从来没有说过特别聪明的话；然而她却很显眼，十分显眼。③

---

① ［英］弗吉尼亚·吴尔夫：《达洛维太太》，谷启楠译，人民文学出版社 2003 年版，第 35 页。
② 同上书，第 36 页。
③ 同上书，第 72 页。

第四章 伍尔夫精神创伤的艺术超越

第一次世界大战后,人们四处离散,生活在孤独、恐惧中。曾经对此深有感受的克拉丽莎渴望凭借自己的博爱胸怀驱除寂寞,消除人与人之间的隔阂,创建和谐、团结的局面。她一想起在各地独自生活的人们,就不由同情他们,觉得"那是多大的浪费啊,是多大的遗憾啊","若能把他们聚集到一起该有多么好啊"①。这种思考使她对宴会有了新的认识,而此前她抱怨过自己在设宴中费尽心思,失去了自我。她决定采用举办宴会的形式把孤独的人们聚集起来,并且认为,"这是一种奉献;去联合,去创造"②。她的晚会举办得非常成功,首相来了,朋友们从不同的地方赶来了,旧日情人彼得来了,伊丽莎白也回来了……克拉丽莎重新回到人群中。尽管作品到此结束,没有再描述晚会图景,但不难想象,克拉丽莎继续全力奉献着,晚会被推向高潮,和谐、统一的氛围也到达顶峰。

拉姆齐夫人是伍尔夫笔下又一位爱的化身,将自己的爱默默播撒给身边的亲人、朋友,甚至从未与之谋面的陌生人。她像宗教中的圣母,俯瞰人世间的阴晴冷暖,向生活于世界各地的艰辛跋涉、身心疲惫的人们及时伸出爱之援手。她身心纯净、无私奉献,为了对抗黑暗与混乱,达成幸福与和谐,燃尽了自己,却照亮了别人。作者将她比拟为一束永恒的灯塔之光:

> 每当一切归于这种平和,这种安逸,这种永恒时,她总要情不自禁地为战胜了生活而感叹;这时她的思绪停顿了一下,她往外望去,看见灯塔的闪光,稳定而悠长,是三道闪光的最后一道,那是她的闪光;在此时此刻,带着这样一种心情凝视

---

① [英]弗吉尼亚·吴尔夫:《达洛维太太》,谷启楠译,人民文学出版社2003年版,第116页。
② 同上。

它们，总会不由自主地让自己依附于某种东西，尤其是眼里看到的某种东西；而这个东西，这道稳定而悠长的闪光，就是她的闪光。①

一定程度上，拉姆齐夫人的爱与同情是丈夫摆脱孤独与绝望的庇护所，也是他实现事业上升的重要保障，如作品所述："只要他绝对信任她，就没有什么能够伤害他；无论他钻得多深或攀得多高，也不会有片刻发现她不在身边。"② 拉姆齐先生渴望获得伟大的成就，但因对人生抱有深刻的怀疑论和不可知论而不时陷入精神痛苦，总是担心他枯燥、刻板的理性可能遭受失败而成天唉声叹气，内心深处郁结着深重的失败感，由此失去自信。他最需要的是得到别人的同情、鼓励和安慰。妻子无疑是他最可靠的求助对象和力量源泉。他一次又一次说自己是个失败者，每逢其时，拉姆齐夫人便会毫不犹豫地释放自己的爱与生命能量。对此，作品有非常形象的描述：

> 拉姆齐夫人……全身放松地坐着，这时振作起精神，半转过身体，似乎努力想站起来，同时猛地向空中喷射出一阵精力的雨露、一股水雾，整个人顿时显得神采奕奕、生气勃勃，好像她全部的精力正在化为力量，燃烧着，发出光芒（尽管她仍然静静地坐着，重新拿起那只袜子），那个注定缺乏生命力的男性深深投入到这种丰美的生命力的喷泉和水雾之中，像一只空虚的、光秃秃的铜嘴壶。他想得到同情。③

---

① ［英］弗吉尼亚·吴尔夫：《到灯塔去》，马爱农译，人民文学出版社2003年版，第56页。
② 同上书，第33页。
③ 同上书，第32页。

第四章　伍尔夫精神创伤的艺术超越

尽管拉姆齐夫人的这种付出过程异常艰难，乃至殚精竭虑，但她心甘情愿、毫无怨尤，因为：

> 查尔斯·坦斯利认为他是当今最伟大的玄学家，她说。但是他必须得到更多的东西，他必须得到同情。他必须被人肯定，他也置身于生活的中心；也被需要；不仅在这里，而且在世界各地都有人需要他。她晃动着钢针，沉着，坦然，她布置了客厅和厨房，使它们都光彩照人；她吩咐他放心待着，进出自便，只要他快乐就行。她欢笑，她编织。①

她懂得，丈夫在哲学领域所取得的成就已获得世人的肯定，他是构筑精神文化的一分子，人类文明需要他。由此看来，她为丈夫的付出具有了积极的社会意义，她对丈夫的爱也包含着她对全人类的爱。在她的爱心沐浴下，丈夫精神抖擞，获得重生。"她的话令他满足。如同一个孩子满意地睡去，他终于带着谦卑的感激之情，重新振作起来……"② 她却筋疲力尽，陷于瘫软状态，她的力气"仅够用手指在格林童话书页上移动"，但她又深感自己的体内"搏动着创造成功的狂喜"，仿如"一股泉水的节奏"，"似乎这个节奏的每一次搏动，都把她和她丈夫圈在其中，使他们给对方以快乐，是两个不同的音调——一个高亢、一个低沉——达到共鸣、融为一体时给对方的快乐"。③

显然，拉姆齐先生的抽象思维已为夫人的爱所暖化，并且与之融为一体。拉姆齐夫人的爱心彰显出极大的功能，它把一贯以来互相对立的男性世界的理性与女性世界的感性中和起来，营造出两性

---

① ［英］弗吉尼亚·吴尔夫：《到灯塔去》，马爱农译，人民文学出版社 2003 年版，第 32 页。
② 同上书，第 33 页。
③ 同上书，第 33—34 页。

和谐相处的理想境界,从另一个角度表述了伍尔夫"雌雄同体"的性别和谐观念。

拉姆齐夫人对孩子的爱集中体现于两件事情:一是安抚未能实现去灯塔愿望的小儿子詹姆斯;二是消除詹姆斯与卡姆之间的矛盾。当拉姆齐先生刻薄地断言第二天天气不会好这一事实后,詹姆斯对父亲极为反感,恨不得手头有一把锐器把他击毙。坦斯利先生也反复唠叨第二天去不了灯塔。对此,拉姆齐夫人甚是抱怨。她知道,这对于年幼的詹姆斯是一个不小的打击,已经严重地挫伤了他的情绪。他是所有孩子中最为敏感的一个,他将一辈子都会记住这件事儿。她抱着极大的同情,温柔地抚摸着詹姆斯的头说:"说不定啊,你一觉醒来,会发现太阳升起来了,小鸟儿在歌唱","明天没准儿是个大晴天"①。她又放下别的想法,将精力放在给儿子讲述《渔夫和他的妻子》的故事上,以转移他的注意力,平息他的情绪。并且向他保证,天一放晴就去灯塔。她用母爱及时地为脆弱的孩童世界支起了一片晴空。拉姆齐夫人向来憎恨人与人之间的意见分歧,她悲叹道:"斗嘴,闹意见,搞分裂,刻骨入髓的偏见歧视,唉,他们居然小小年纪就学会了这些……人与人之间的分歧本来就够多的了,还要人为地制造分歧。真正的分歧……已经够多、实在够多的了。"②她非常善于调解孩子们的争吵纠纷,注重将和谐、融合的观念输入他们稚嫩的心房。孩子们的房间里挂着一副头骨。詹姆斯喜欢它,不准任何人碰它,更不让取走,否则就会大吵大嚷。卡姆胆子小,觉得它满屋子晃动,对她张牙舞爪,害怕得睡不着觉。不管是否将头骨取走,都会伤害其中的一个孩子。拉姆齐夫人解下披肩,将它缠在头骨上,巧妙地化解了这场矛盾。她对卡姆说,"现在它看起来

---

① [英]弗吉尼亚·吴尔夫:《到灯塔去》,马爱农译,人民文学出版社2003年版,第12页。
② 同上书,第6页。

第四章 伍尔夫精神创伤的艺术超越

多么可爱;仙女见了也会喜欢的;它就像一个鸟窝;像一座她在国外见过的那种美丽的山峰,溪水潺潺,花儿朵朵,鸟儿唱着歌,铃儿响丁当,小羊欢跳,羚羊漫步……"① 卡姆在母亲诗意般的念叨中进入了甜蜜的梦乡。拉姆齐夫人又朝詹姆斯的床走去,对他说,头骨依然在那儿,且安然无损。这样,詹姆斯心里也踏实了。拉姆齐夫人的解决办法可谓两全其美,既尊重了卡姆的感官直觉,也保全了詹姆斯对客观现实的本能爱好。拉姆齐夫人的爱与理解,又一次使分属于两种性别的、彼此对立的理性特质和感性特质走向统一。同时,也暗示出一个道理,只要有了爱、理解与同情,人世间的纷争都可以采取折中的办法达成和解,使哪怕具有迥异观念的人们也能和睦相处。

除了家人,拉姆齐夫人也关心她身边的其他人。她经常在夜间走进女佣们的卧室,看她们的门是否关着,窗户是否开着,以保证房间里有新鲜空气。得知瑞士姑娘玛丽的父亲患了喉癌,便不再忍心责骂她不会铺床、不会开窗,而是耐心地给她示范。她同情奥古斯塔斯·卡迈克尔先生的遭遇,他被老婆赶出了家门,一副穷酸、落魄的样子。她把一间向阳的屋子让给了他,每次去上街,总会亲切地问他是否需要邮票、信纸和烟草等。坦斯利先生一向受人冷落,拉姆齐夫人却与他娓娓道来、无话不谈,令他十分宽慰,顿感精神振作。她也关心莉莉的婚事,认为"一个不结婚的女人错过了人生最美好的东西"②。她希望莉莉与班克斯先生结婚,也极力撮合保罗与明塔结合。她还耗费精力给灯塔看守人的孩子编织袜子,为他们准备日常用品。拉姆齐夫人对陌生人也常常流露出怜悯之情。她看到一个失去了左臂的男人站在一架高高的梯子上贴广告,不由惊叹

---

① [英] 弗吉尼亚·吴尔夫:《到灯塔去》,马爱农译,人民文学出版社2003年版,第102页。
② 同上书,第43页。

这是一件非常危险的工作。她也热心慈善事业，到附近村子去探访患病的女人。赫布里底群岛没有一家医院，牛奶也全部受到污染，所以办一家模范牛奶厂和一家医院是她最想做而且愿意亲自去做的事情。她的爱与同情令人感动不已，无论走到哪里，都能得到人们的拥戴，如作品所述："她曾经走进坐满送葬人的屋子，泪水因她的出现而流淌。男人，还有女人，向她倾诉各种各样的心事，让自己和她一起得到简单质朴的安慰。"①

拉姆齐夫人的爱心给人们带来了温暖，给世间增创了和谐，这种效果在晚餐上体现得最为直接和明显。起初，餐桌上的气氛并不活跃，大家只是自顾自地坐着，似乎彼此没有关系。敏感的拉姆齐夫人又一次感受到了男人言辞的贫瘠。她努力引出各种话题，以协调关系、调动气氛。她先后找班克斯先生、坦斯利先生说话，然后示意莉莉接过话茬，这样，谈话终于有了转机。班克斯先生和坦斯利先生已就某些政治问题展开了自由论争。唯有拉姆齐先生蹙着眉头，目光凶狠，一副生气的样子。拉姆齐夫人立即意识到丈夫对于卡迈克尔先生再要一盘汤的要求表示反感，他讨厌饭后再吃东西的习惯。他本想发作，但为了得到妻子的夸奖，控制住自己的情绪，什么也没有说。卡迈克尔先生为什么就不能再喝汤呢？拉姆齐夫人追问。她满足了卡迈克尔的愿望后，发现丈夫依然绷着脸，于是吩咐孩子们把蜡烛点上，非常及时地转移了众人的注意力，调整了氛围。当所有的蜡烛都被点亮时，和谐的场面立时出现了："餐桌两旁的一张张脸被烛光牵得更近，一起围坐着共享晚宴，刚才黄昏时分却不是这样的情形②。"透过窗户，仿佛窗外被水淹没了，房间如同一块干燥的陆地。"他们的心情立刻起了变化，好像这一切真的发生

---

① ［英］弗吉尼亚·吴尔夫：《到灯塔去》，马爱农译，人民文学出版社2003年版，第36页。

② 同上书，第86页。

第四章 伍尔夫精神创伤的艺术超越

了,他们确实是在一个小岛的洞穴里团结一体;共同对付外面那个液态的世界。"① 经历了艰辛的爱心施予,拉姆齐夫人终于获得了成功,将周边的人们团结在一起,共同抵挡风风雨雨,同渡难关。就连以往并不信任她的卡迈克尔先生也为她的美德所征服,朝她深深鞠躬,表示敬意。这时,所有的人都感受到了融洽的快乐。他们从混乱的内心世界中走出,处处都是鲜花和阳光:"看那月季绽开花瓣/蜜蜂在丛中欢忙采蜜。"② 他们的胸襟被完全打开,一切都释然了:"我们所有的前生,我们所有的来世,都有无数的树叶,枯荣更替③。"向来颓唐的卡迈克尔先生也不由吟诵:

看国王们策马奔驰,
越过雏菊盛开的草地,
带着棕榈叶和雪松枝,
路易安娜·路易里,
……④

拉姆齐夫人完全醉心于自己所创造的美景,希望它能多驻留片刻。可是,人生没有不散的筵席。当她离开房间,转身回望时,一切都已消失。但拉姆齐夫人的精神之光并没有随着宴会的结束而熄灭。她去世后,拉姆齐先生率领儿女完成了"到灯塔去"的行动,并且给在灯塔工作的人们捎去了夫人生前经常带的东西,拉姆齐夫人爱的内在精神和生命本质在这里得到了再现,如同一束恒定的灯塔之光,存在不灭。当拉姆齐等人到达灯塔的一瞬间,莉莉也完成

---

① [英] 弗吉尼亚·吴尔夫:《到灯塔去》,马爱农译,人民文学出版社 2003 年版,第 86 页。
② 同上书,第 98 页。
③ 同上书,第 99 页。
④ 同上书,第 98 页。

了她多年以来未竟的画作。她终于悟出了她一直在思索和寻找的夫人的生命本质，爱——能够创建某种和谐的东西。拉姆齐夫人的生命之光也在莉莉的艺术作品中定格为永恒。

正如许多评论家所认为的那样，拉姆齐夫人就是宗教中的圣母形象，小说所描述的灯塔是其精神光芒普照众人的象征。"永恒之女性，引领我们上升"，是歌德对圣母的歌颂。国内学人也将夫人与圣母相比拟，认为她是"战胜不幸和痛苦、融合敌意和分歧、拯救迷途羔羊的神圣者，导引人们不断向上、向上"，她的死，就好比"飞升到一个天堂境界"，"在这里，像但丁一样，人们终于可以看到宇宙的笑容：'灯塔意象'"。①

二 爱与和谐的最高境界：走向融合

伍尔夫坚信"爱"是创建和谐的重要手段。在《达洛维太太》和《到灯塔去》中，和谐主要体现为消除人与人之间的纷争和隔膜，走向团结、一致。晚期的小说《海浪》同样张扬爱与和谐的主旋律，但上升到了一个更高的层面，和谐表现为不同的个体生命融合成不可分割的整体生命。小说中的波西弗则是促成这种融合的神秘人物。

波西弗并未真正出场，只是若隐若现地存在于其他主人公的意识流动中。在众人眼里，他是一位英雄甚至神，具有一种与生俱来的领袖气质："他那威风凛凛的派头是一个中世纪司令官的派头。在他走过的草地上仿佛留下了一道闪光的脚印。"② 他在印度表现了他的英雄行为。一辆低矮的牛车轮子陷进了车辙，许多土著人围了上来，一个劲儿地议论着，却什么也不干。波西弗来了以后，问题立时得到了解决，"可是瞧，波西弗来了；波西弗骑着匹满身跳蚤的母

---

① 武跃速：《西方现代主义文学的个人乌托邦倾向》，上海社会科学院出版社 2004 年版，第 162 页。
② [英] 弗吉尼亚·吴尔夫：《海浪》，吴均燮译，人民文学出版社 2003 年版，第 25 页。

第四章　伍尔夫精神创伤的艺术超越

马，戴着顶遮阳帽。靠贯彻西方的行为准则，运用了他惯用的粗暴言语，不到五分钟牛车就被扶了起来。东方的难题终于被解决了。他继续骑马上路；人群紧围着他，把他看成——他实际上也是——一位神"。① 除此以外，波西弗再也没有做出什么有影响力的事情。但他具有巨大的感召力和强大的精神凝聚力，他的出现总是让他的朋友们不约而同地感到黑暗与混沌马上就要结束，取而代之的是光明、信念、爱与和谐、团结，从而形成一股向心力，将六个孤独的灵魂融合在一起。与其说波西弗是一个人物，不如说是一个意念，一种象征，一种精神内涵。

为了给波西弗饯行，他们举行了第一次聚餐会。这时，他们都已离开学校，从各地赶来伦敦，在一家饭店翘首等待波西弗。波西弗进来后，他们纷纷表达了自己的感受。奈维尔说："我的树开花了。我的心情振作起来了。一切的烦闷都消失了。一切障碍都扫除了。笼罩着的纷乱气氛结束了。他恢复了正常秩序。"② 伯纳德觉得波西弗"真是个英雄人物"③：

> 我们这些原来像一帮恶狗似的彼此狺狺乱咬的人，现在都显出了一副像士兵在长官面前那样规矩沉着的神气。我们这些人曾经因年轻而各行其是（最大的还不到二十五岁），像急性的鸟儿那样各唱各的调，并且以青春年少时那种残酷无情和不顾一切的自私心理猛磕着我们各自的蜗牛壳，直到把它磕破（我也参与了其事），或者独自高踞在卧室窗外，欢唱着对一只毛羽未丰、嘴黄未退的鸟儿来说特别宝贵的爱情、光荣以及其他种种个人体验，现在，我们都变得彼此比较亲近了；而且当我们

---

① ［英］弗吉尼亚·吴尔夫：《海浪》，吴均燮译，人民文学出版社2003年版，第103页。
② 同上书，第92页。
③ 同上。

坐在这家饭店里时,我们彼此挨得更紧一些,因为在这饭店里人人都各异其趣,车辆行人的络绎不绝老搅得我们分心,同时镶着玻璃的大门不断打开,把千百种诱惑强加给我们,伤害和破坏我们的自信,——在这儿,我们团坐在一起使我们更觉得彼此相亲相爱,而且相信我们能受得住这些诱惑。①

一向自卑的罗达也表达了波西弗对于他们的重要意义:"他总像是一块石头投入池塘,被成群的小鱼所蜂拥围绕",在他面前,大家就像这些小鱼那样,"感到眼前有了一块大石头,就心满意足地起伏回旋着",于是,"一种安宁感悄悄地涌上了我的心头。一道金光射进了我们的血液","心儿在安详、信赖地跳动,沉浸在一种幸福的忘我境界,一种慈祥宽厚的喜悦心情中"。② 对应于拉姆齐夫人的圣母形象,作者实际上是把波西弗当作宗教中的救世主来塑造的。他扫除黑暗、恢复秩序,将淹没于浑浊的现代社会激流中的人们救起。他涤荡人心、净化灵魂,帮助少不更事的少年剔除自私心理、抵制各种诱惑、消除彼此间的隔阂,让他们互相团结、"相亲相爱"。他也如同一座光芒四射的灯塔,制造温馨、安宁与和谐,给奔波于尘世中的人们以巨大的精神慰藉。

波西弗的爱与魅力感染着他周边的人们,反之,他的朋友们也以爱作为回报。伯纳德说:"我们是被一种共同的深刻感情吸引来参加这次圣餐的。我们是不是可以像俗话所说的称它为'爱'呢?我们可不可以叫它作'对波西弗的爱'呢……"③ 正是"对波西弗的爱"把他们团聚在一起。他们回忆往昔,一切都显得那么美好,哪怕是一些在当时看来并不愉快的事情也变得别有味道。六个主人公

---

① [英]弗吉尼亚·吴尔夫:《海浪》,吴均燮译,人民文学出版社2003年版,第93页。
② 同上书,第103—104页。
③ 同上书,第95页。

第四章　伍尔夫精神创伤的艺术超越

对于波西弗的爱，就好比犹太人于他们心中崇仰的上帝。这种爱，使他们具有了强烈的共性意识和认同感，在许多场合，这种共性意识比他们的个性意识更为强烈，进而把他们融合成为一个不可分离的整体。路易说："现在我们在会面时回忆过去"，"就像在从一个缠紧的线团里把一根根线抽出来"①，他明确地意识到，是波西弗使他们感到："当我们像一个肉体、一个灵魂原来彼此孤立的部分又互相会合在一起时，还竭力想说'我是这个，我是那个'，是十分荒唐的"，"我们故意突出自己的缺点和自己特别的地方。然而我们脚下却正有一根链子在不停环绕、环绕，绕成一个铁青色的圈子"。②奈维尔说："当我们拼命争论，嚷着'我是这个，我是那个！'时，说的话都是荒唐的。"③随着回忆的进行，桌子上的红色康乃馨花，本是单纯的一朵，却变成了一朵七边形的花，"一整朵每一只眼睛都曾作了它各自的贡献的花"④。这朵完整的七瓣花，正是他们友谊的结晶，他们走向和谐、融合的象征。

波西弗即将离开时，路易非常担心这种和谐也会随之离去："千万别挪步，别让那弹簧门粉碎了我们所完成的东西，粉碎了就在这儿，在这些灯光、果皮、凌乱的面包屑和来往的人们当中所形成的这片小天地。千万别挪步，别走。把它永远保持下来。"⑤珍妮也想竭力留住波西弗所创造的融合，其中包含了她的青春和美丽："保持住这片由波西弗、由青春和美形成四壁的小天地，还有那深入我们内心的某种东西，今后我们也许再也无法从哪一个人身上再找回这样的时刻了。"⑥每个人都从波西弗倾力打造的和谐、融合中感受到了幸福，并且从

---

① ［英］弗吉尼亚·吴尔夫：《海浪》，吴均燮译，人民文学出版社2003年版，第94页。
② 同上书，第104页。
③ 同上。
④ 同上书，第96页。
⑤ 同上书，第110页。
⑥ 同上。

中得到启示，精神也为之焕发，准备打点自己的人生道路。如伯纳德所总结的那样：

> 这是我们向靠着波西弗创造出来这个美妙得意的时刻所投下的最后也是最明亮的一滴，就仿佛是从天而降的一滴水银。……我们坐着吃饭、谈话的时候，已经证明了我们有能力给时间的宝库增添财富。我们并不是一些奴隶，生来就该弯腰屈背不断忍受无数卑鄙的打击。我们也不是尾随着主人的绵羊。我们是造物者。我们也曾创造了某种东西，可以汇合到古往今来的亿万会众中去。当我们戴上帽子推开了门的时候，我们也并不是跨入一片混沌，而是踏进这样一个世界，在那儿我们自己的力量也能克敌制胜，帮助创造出一条光明而永恒的道路来。①

但波西弗不久就夭折了。奈维尔顿时觉得天旋地转："世界的船帆突然倾倒，正砸在我的头上。什么都完了。世界的光熄灭了。"②罗达的眼前浮现出人世间的重重罪恶：整条街上的房屋似乎都根基太浅，几欲倾倒；汽车横冲直撞、轰隆作响，恶狗般追得人们四处逃命；来来往往的面孔狰狞恐怖、冷漠无情，显示出粗蠢、贪婪、轻浮的品性。她认为这是波西弗死后留下的"遗物"，使她重新感受到了生存的危机："我漂浮在激流狂涛上，会葬身其中，没有人会来救我。"③ 伯纳德也感到无限惋惜，深深地喟叹："戴毡帽的男人和提着口袋的女人啊，我可以老实告诉你们，你们已经丧失了一种本来会对你们是十分宝贵的东西。你们失掉了一位你们本来可以追随的领袖；你们当中的某一个失掉了幸福和孩子。本来会把这些给予

---

① ［英］弗吉尼亚·吴尔夫：《海浪》，吴均燮译，人民文学出版社2003年版，第111页。
② 同上书，第115页。
③ 同上书，第122页。

第四章 伍尔夫精神创伤的艺术超越

你们的那个人已经死去了。"① 但伯纳德并不愿意真正承认这一事实:"可是你总还存在于什么地方吧。你身上总还有什么东西仍旧留了下来吧。比如裁判员身份。这就是说,假如我在我自己身上发现了一种新的气质。我会悄悄地请你来评判。我会问,你的结论是什么?你将仍旧是仲裁人。"② 显然,在朋友们心中,波西弗已成为一种立身处世的标准、衡量人生价值的尺度。肉体的消逝并不意味着精神的陨灭,反之,他们将弥足珍惜,继续在他的精神指引下团结、奋争、前行。

正是在这种意义上,许多年后,他们有了第二次聚会。所有人物的声音都汇合成为一个声音,即伯纳德的声音,由他出面总结。首先,他觉得自己是六种生活方式的融合:"我不是一个人;我同时是好几个;我简直不知道我究竟是谁,——是珍妮,苏珊,奈维尔,罗达,还是路易,也不知道怎样把我的生活与他们的生活区别开来。"③ 其次,他坦言自己是两种性别的融合:"我甚至并不总是知道自己究竟是男是女,是伯纳德,还是奈维尔,路易,苏珊,珍妮或者罗达,——我们全那么奇怪地彼此交融在一起。"④ 最后,他认为自己身上融合了六个人物的各种无意识感觉:

> 如今我自问:"我到底是什么人?"我一直在谈到伯纳德、奈维尔、珍妮、苏珊、罗达和路易。我等于是他们全体合而为一么?我只是其中的一个而且是突出的么?我不知道。我们一起坐在这儿。不过如今波西弗早已死了,罗达也已死了;我们被彼此分开;我们并不聚集在这儿。可是我并没找到任何能把

---

① [英]弗吉尼亚·吴尔夫:《海浪》,吴均燮译,人民文学出版社2003年版,第117页。
② 同上书,第118—119页。
③ 同上书,第215页。
④ 同上书,第219页。

我们分开的障碍。我和他们是分不开的。……我额头上感受到波西弗坠马时受到的打击。我脖子背后感受到珍妮对路易的一吻。我眼睛里满含着苏珊的泪水。我远远望见罗达所见到过的那根像一条金线般闪闪发光的圆柱，而且还感觉到她一跃逝去时所带起的那一阵风。①

在波西弗的精神光照下，六个孤独的灵魂再次全面融合起来。这时，桌上的康乃馨成为一朵完整的六边形花，依然见证着他们对波西弗的爱以及由此带来的友谊、和谐与统一。

集六个人物精神力量于一身的伯纳德变得很坚强，直至老年，面临死亡，还想象自己"就像当年驰骋在印度的波西弗那样"，无所畏惧、视死如归："永不服输，永不投降！"②

在许多人读来，《海浪》是悲观、绝望的，而波西弗的出现给作品增添了希望与光明的色调。这是伍尔夫本人乐观主义人生态度的体现。她坚信，波西弗是不死不灭的，他所代表的爱与和谐精神终将引导人们走出混乱，走向充满幸福的理想境地。

小 结

人们常说，幸福的人不会幻想。正是创伤性经验驱使伍尔夫在幻想的艺术世界里寻求她在现实生活中缺失的东西，寻求设计和解决问题的方案，从而使其文学创作具有了现实超越性。其向死而生的文学主题与文学思想体现出对于死亡的超越；"雌雄同体"的诗学理论及文本演绎体现出对于性别对立的超越；充满爱与和谐的文学理想与文学境界体现出对于战争等社会混乱的超越。伍尔夫以艺术

---

① ［英］弗吉尼亚·吴尔夫：《海浪》，吴均燮译，人民文学出版社 2003 年版，第 225 页。

② 同上书，第 232 页。

第四章　伍尔夫精神创伤的艺术超越

想象的方式越过了死亡、性别与战争创痛，使生活中难以实现的、被压抑的愿望得到满足，其创伤情绪得到进一步宣泄，自我心理疗治也得以继续，最终超越了自我，实现了精神的飞升。她走进乌斯河中央，将现世生命归依于流水，就是她从创伤中走出，对自我、人生、生命产生了新的、积极的、更为深广的认识后所作出的抉择。在她这里，表面看来，跨越创伤与生命终结构成了悖论，实际上决非如此，却恰恰体现了其行动与艺术理想的一致。她以实际行动实践、诠释了自己向死而生、超越死亡的生命观念。她的肉体消亡了，她的精神生命永放光芒！

结语　现代语境中的伍尔夫创伤书写

在现代社会里，社会创伤与社会进步相生相伴。早在启蒙时代，科学技术进步了，启蒙却走向了人性的反面，学者们深刻地指出，"人类没有进入真正的人性状态，反而深深地陷入了野蛮状态"[①]。民族矛盾、种族冲突、性别歧视等，都是与现代理性和人类文明极不相称的现象。尤其是进入 20 世纪，一方面是生产力的快速发展，一方面却是惨无人道的世界大战和种族大屠杀。两次大战，给人们的肉体和精神都造成了极大的影响，人们不仅丧失了对于生活的安定感，也极大地动摇了对于理性的信仰。除了帝国主义的互相排斥与争夺，庞大的资本主义国家机器、各种组织机构甚至家庭都凌驾于个人之上，再加上自然灾害、疾病等因素，更加深了个体人的异化之痛。现代人茫然不知何去何从，西方社会出现了严重的精神危机。英国社会学家安东尼·吉登斯（Anthony Giddens）提出，现代社会的最大问题是人生意义问题，"在现代性背景下，个人的无意义感，即那种觉得生活没有提供任何有价值的东西的感受，成为根本性的心理问题"[②]。

满腹创伤的现代人渴求一个安顿灵魂的精神家园。在 19 世纪，

[①] ［德］马克斯·霍克海默、西奥多·阿道尔诺：《启蒙辩证法：哲学断片》，梁敬东、曹卫东译，上海人民出版社 2003 年版，第 1 页。

[②] ［英］安东尼·吉登斯：《现代性与自我认同》，赵旭东等译，生活·读书·新知三联书店 1998 年版，第 9 页。

结语 现代语境中的伍尔夫创伤书写

曾经负载人类精神的宗教无可避免地走向了衰亡，哲学取代宗教，承担起"文化医生"的职责。雅斯贝尔斯甚至认为，哲学是当时唯一的精神避难所。然而，哲学终究敌不过科学的穷追不舍，叶舒宪认为，科学"摧毁了宗教"，又"假借理性的名义"[1]，淹没了哲学维护心灵健康的功用。20世纪，被宣布为"哲学的终结"时代。甚至哲学家自己，从维特根斯坦到海德格尔，纷纷宣称，哲学遭受了惨败。哲学之局外人士也发现，哲学对于他们自身的社会和思想问题，越来越没有意义。而20世纪以前的哲学已经过时了，与当代人所关心的内容毫不相关，一如人们从前对于宗教权威的信仰，在当前看起来幼稚得不可救药。德国在19世纪产生的哲人数量位居世界第一，可是在20世纪却遭遇了产生法西斯暴徒的灾难，就足以证明这一点。

但是，现代性的病症并非不可救药。许多哲学家、心理学家和学者对"人生意义"这一现代性难题进行了深入的思考和分析，纷纷把注意力转移到了文学领域，提出了自己的"救治"方案。

尼采早在19世纪就预见到了哲学之困窘，并力图重建"治疗哲学"来救治人性痼疾，结果惨遭失败，对现代文化近乎绝望之时，却最先认识到文学形式对于反思现代性具有重要意义。他发现古希腊人正是通过在悲剧中创造一个"梦"与"醉"的幻想世界，从而不为生存的痛苦所击垮，保持了对生命的热爱。

匈牙利哲学家、文学批评家卢卡奇在《小说理论》中，对古典社会与现代社会作出了对比，认为古典社会是一个完整的"总体性"（totality）社会，而现代社会面临重重危机，是破碎、分裂的；现代社会最核心的问题就是心灵的无所归依，用他的话来说，就是"心灵"如何获取与之相应的"形式"问题。[2] 卢卡奇也把注意力投向

---

[1] 叶舒宪：《文学治疗的原理及实践》，《文艺研究》1998年第6期。
[2] ［匈］卢卡奇：《小说理论》，张亮、吴勇立译，南京大学出版社2004年版，第83页。

文学艺术，提出小说是能够充当现代心灵之形式的文学样式，把它称为"罪恶时代的史诗"。不过，他的视野比较狭隘。他否定了史诗和戏剧的承担功能，在他看来，史诗对应的是总体文化时代，已经不适于用作现代心灵的形式；戏剧的本质是将生活强行驱逐或超越于生活之上，也无法承担现代心灵的"形式"使命。

海德格尔在尖锐批判科学理性和哲学理性对"存在的遗忘"之基础上，专注于以荷尔德林为代表的诗性世界，力图从中找回生命的存在之音。他认为，存在的意义就在于进入一种诗意的栖息境界，即"诗意的栖居"。何为"诗意的栖居"，他说：

> 栖居的诗意也不仅仅意味着：诗意以某种方式出现在所有的栖居当中。这个诗句倒是说："……人诗意地栖居……"也即说，作诗才首先让一种栖居成为栖居。作诗是本真的让栖居（Wohnenlassen）。不过，我们何以达到一种栖居呢？通过筑造（Bauen）。作诗，作为让栖居，乃是一种筑造。
>
> 于是，我们面临着一个双重的要求：一方面，我们要根据栖居之本质来思所谓的人之生存；另一方面，我们又要把作诗的本质思为让栖居，一种筑造，甚至也许是这种突出的筑造。如果我们按这里所指出的角度来寻求诗的本质，我们便可达到栖居之本质。①

海德格尔揭示出"诗意的栖居"是诗的本质，也是人的存在的本质。因为"诗意的栖居"是对真理的确立和对人的存在意义的揭示。文学作为"人学"，关注人的生活状态和生存方式，承载着人的本质和存在意义，就是人的一种诗意的存在方式，是人的存在的家

---

① ［德］海德格尔：《……人诗意地栖居……》，载［德］海德格尔《海德格尔选集》（上），孙周兴等译，上海三联书店 1996 年版，第 465 页。

园。海德格尔作为一位伟大的文化哲人，深切地关注人的存在状态，关注现代人无所归依的精神病症，其"诗意的栖居"带有明显的拯救目的。叶舒宪说，海德格尔选择诗性语言而舍弃逻辑语言，使他本人"也因此成为文学治疗的主治医师，在某种意义上就是尼采未能兑现的'作为文化医生的哲学家'"①。

当代中国学者在海德格尔的基础上，对文学的本质作出了更为全面和深刻的表述，认为"文学不仅是人的存在方式，也是人的精神生产方式"②。这里的"精神"是指在文学世界中构筑的一种精神空间，并非黑格尔所说的自我意识或绝对精神。这一空间"穿越历史，不仅确证了人的本质和存在，而且确证了过去、现在与未来的现实与想象空间。正是由于这一空间的存在，才会祛除历史的虚空感和人存在的虚无感，……"③对文学本质的这种认识，更加有力地论证了文学挽救人性的可能性。

自从进入现代社会，现代人承受着数重创伤。文学作为人的一种存在方式和精神生产方式，继宗教和哲学之衰微，抚慰创伤、安顿现代人性，理所当然。因此，置身于罪愆深重、满目疮痍的现代社会，西方作家在写作中释放和排解私怨、疗救自我、实现自我成长的同时，自觉地承担起抚慰、疗救普遍人性和探索人生意义的历史重任，责无旁贷。伍尔夫无疑就是这样一位勇于担当的现代女性作家。

在《奥兰多》里，伍尔夫告诉我们："作家灵魂的每一秘密，作家生活的每一经历，作家思想的每一特征，都栩栩如生地表现在他的著作中……"④许多作家都有着创伤的体验，并且总是不可避免地

---

① 叶舒宪：《文学治疗的原理及实践》，《文艺研究》1998年第6期。
② 胡鹏林：《文学现代性》，中国社会科学出版社2007年版，第240页。
③ 同上。
④ [英]弗吉尼亚·吴尔夫：《奥兰多》，林燕译，人民文学出版社2003年版，第120页。

会在其作品里倾诉自己的创伤故事，或者说，他们的作品往往包含着作者本人的"创伤"讲述。伍尔夫作品就是对其创伤体验的一次又一次成功的艺术升华。

从根本上说，精神创伤是一种个体心理现象。正是在创伤体验的驱动下，伍尔夫笔下反复出现了关于性别、死亡和战争的创伤性情境，表现出精神分析学所提出的"强迫性重复"症状。个体创伤经验的反复表述，是对承受创伤的女作者本人的极大安慰，起着解除压抑、舒缓创伤的治疗作用。然而，尤为重要的是，随着作者体验的不断深化，并且由于其开阔的视界、强烈的社会责任感与博大的情怀，其个人体验中就包含了对于整个人类处境的关注与思考，这时，个人的创伤体验与人类的生存等问题相结合，就具有了普遍人性的性质。

为了准确传达这种富于普遍性的创伤经验，伍尔夫还孜孜不倦地运用、探求种种审美形式，由现实主义出发，到大规模采用现代主义意识流技艺，最后终于摸索出一整套融传统与现实、具有多种文体特征的、综合化的艺术方法。在一定程度上，伍尔夫因为其独特的艺术实践而著称于世。笔者不敢认为伍尔夫艺术上的成就可以完全归功于其创伤体验，但至少可以说，创伤体验不仅是伍尔夫从事文学写作的重要源泉和内驱力之一，也是促使她进行艺术实验的最根本的动力之一。

内容与与之相应的艺术形式有机结合，伍尔夫的创伤叙事也就上升到了表现人类普遍命运的高度，表达了人类共同关心的基本问题，诸如男与女、生与死、战争与和平等。由于"创伤"往往源于黑暗的社会现实或无法掌控的自然力量，创伤讲述则是对不公平社会体制和命运的抱怨、控诉，因而具有了"揭示"的意义。伍尔夫的创伤叙事深刻揭示了一切有碍人类幸福的力量，包括性别专制、法西斯主义的暴虐与战争的残酷、不合理的社会制度、疾病与死亡

结语　现代语境中的伍尔夫创伤书写

等。深刻的"揭示"出于对生命的大爱，正因如此，伍尔夫的作品才产生了一种感染读者、撼动人心的力量。

在文学的世界里，伍尔夫不只是满足于表达创伤、述说创伤，还致力于探讨和设计解决问题、跨越创伤的方案，这是她比许多创伤文学家更为深刻的地方。面对罪孽深重的现代世界和布满创痕、无所归依的现代心灵，伍尔夫曾追问："什么是生命的意义？就是这个问题——非常简单；却多少年来挥之不去。那个伟大的答案从未出现。但在日常生活中不乏小小的奇迹和灵光闪现的一刻，如同在黑夜里不期然地擦亮的一根根火柴……"[①] 尤金·奥尼尔也说："人的伟大在于没有神能拯救他，直到他自己成为神！"[②] 伍尔夫的"伟大"之处正在于她不信神，不希冀神明的启示，而在于她从人自身挖掘人性光辉和精神力量，寻找意义归属。她非常注意捕捉人的"存在的瞬间"（moments of being），从日常生活事件中获得关于生命、人生的体悟。从而，她的创伤叙述中贯穿了对于生命的热爱与尊重。她的向死而生的生命观念，"雌雄同体"理论及文本实践，和谐、融合的生活理想，分别越过了死亡、性别、战争与社会混乱所带来的创痛，无不确立了生命的维度，达到了普爱人类的高度。

伍尔夫从个体创伤经验出发，在自己精心构筑的文学世界里，既尽情地表达创伤，宣泄、消解创伤，又竭力地逾越创伤，最终实现了精神上的超越和成长。她纵身一跃，跳进了乌斯河中，以实际行动实践了自己"向死而生"的人生哲学。她的肉体消亡了，她的精神主义永放光芒。然而，尤为重要的是，伍尔夫在完成自我疗治的同时，也承担起了安抚、疗救现代西方普遍人性的责任。根据文学治疗理论，作家通过文学创作活动治疗创伤，读者则借助阅读活

[①] [英] 弗吉尼亚·吴尔夫：《到灯塔去》，马爱农译，人民文学出版社2003年版，第143页。

[②] [美] 尤金·奥尼尔：《奥尼尔文集》第3集，郭继德译，人民文学出版社2006年版，第197页。

动治疗创伤。读者在选择阅读对象时，常常会从自己的生活经历和心理需求出发，渴望在阅读中与作者的体验相遇，产生共鸣，借此发泄自己被压抑的情绪、欲望，使心灵得到平复、抚慰或满足。伍尔夫正是基于对现代西方文明的反思与现代人性的诊断，在传达个体创伤体验的基础上，上升到人类普遍命运的高度，深刻揭示不合理的社会现象，并且指出了跨越创痛的途径，体现出对生命的爱与关注。生命维度的确立，使其创伤讲述具有了充分而有效地安抚"伤者"的意义，伍尔夫本人也由一名寻求自我疗治的患者转化为一名现代人性的疗救者。

参考文献

一　伍尔夫的原著和译著

Virginia Woolf, *The Voyage Out*, London: Duckworth, 1915.

Virginia Woolf, *Night and Day*, London: Duckworth, 1919.

Virginia Woolf, *Jacob's Room*, London: The Hogarth Press, 1922.

Virginia Woolf, *Mrs Dalloway*, London: The Hogarth Press, 1925.

Virginia Woolf, *The Common Reader*, London: The Hogarth Press, 1925.

Virginia Woolf, *Orlando, A Biography*, London: The Hogarth Press, 1928.

Virginia Woolf, *Between the Acts*, London: The Hogarth Press, 1941.

Virginia Woolf, *The Letters of Virginia Woolf*, Vol. 6, Ed. Nicolson, Nigel, Trautmann, Joanne, New York: Harcourt Brace Jovanovich, 1975.

Virginia Woolf, *Moments of Being*, London: The Hogarth Press, 1976.

Virginia Woolf, *To the Lighthouse*, London: Penguin Books, 1996.

Virginia Woolf, *The Diary of Virginia Woolf*, Vol. 5, Ed. Bell, Anne Olivier, New York: Harcourt Brace Jovanovich, 2000.

Virginia Woolf, *The Waves*, London: Vintage, 2000.

［英］弗吉尼亚·伍尔夫:《论小说与小说家》,瞿世镜译,上海译文出版社 1986 年版。

［英］弗吉尼亚·伍尔芙:《伍尔芙日记选》,戴红珍、宋炳辉译,百花文艺出版社 2009 年版。

［英］弗吉尼亚·伍尔芙:《伍尔芙随笔全集》,石云龙等译,中国社会科学出版社 2001 年版。

［英］弗吉尼亚·伍尔夫:《墙上的斑点》,黄梅译,浙江文艺出版社 2002 年版。

［英］弗吉尼亚·吴尔夫:《奥兰多》,林燕译,人民文学出版社 2003 年版。

［英］弗吉尼亚·吴尔夫:《达洛维太太》,谷启楠译,人民文学出版社 2003 年版。

［英］弗吉尼亚·吴尔夫:《到灯塔去》,马爱农译,人民文学出版社 2003 年版。

［英］弗吉尼亚·吴尔夫:《海浪》,吴均燮译,人民文学出版社 2003 年版。

［英］弗吉尼亚·吴尔夫:《幕间》,谷启楠译,人民文学出版社 2003 年版。

［英］弗吉尼亚·吴尔夫:《岁月》,蒲隆译,人民文学出版社 2003 年版。

［英］弗吉尼亚·吴尔夫:《雅各的房间》,蒲隆译,人民文学出版社 2003 年版。

［英］弗吉尼亚·吴尔夫:《夜与日》,唐伊译,人民文学出版社 2003 年版。

［英］弗吉尼亚·吴尔夫:《远航》,黄宜思译,人民文学出版社 2003 年版。

［英］弗吉尼亚·伍尔夫：《伦敦风景》，宋德利译，译林出版社 2010 年版。

二 英文参考文献

Elizabeth Abel, *Virginia Woolf and the Fictions of Psychoanalysis*, Chicago: University of Chicago Press, 1989.

Jon Allen, *Coping with Trauma: A Guide to Self-Understanding*, Washington: American Psychiatric Press, 1999.

Quentin Bell, *Virginia Woolf: A Biography*, New York: HBJ, 1972.

Cathy Caruth, *Trauma: Explorations in Memory*, Battimore: The Johns Hopkins University Press, 1995.

Cathy Caruth, *Unclaimed Experience: Trauma, Narrative and History*, Baltimore: The Johns Hopkins University Press, 1996.

Lois Cucullu, *Expert Modernists, Matricide, and Modern Culture: Woolf, Forster, Joyce*, New York: Palgrave Macmillan, 2004.

Peter Dally, *Virginia Woolf: The Marriage of Heaven and Hell*, London: Robson Books, 1999.

Marten W. De Vries, *Trauma in Cultural Perspective*, N.Y.: The Guilford Press, 1996.

Dori Laub, *Testimony: Crises of Witnessing in Literature, Psychoanalysis, and History*, New York and London: Rutlede, 1992.

Shoshana Felman, *Writing and Madness*, Palo Alto: Stanford UP, 2003.

Anne Femald, *Virginia Woolf: Feminism and the Reader*, New York: Palgrav Macmillan, 2006.

Sigmund Freud, *A General Introduction to Psychoanalsis*, New York: Boni and a liverinight, 1920.

Jane de Gay, *Virginia Woolf's Novels and the Literary Past*, Edinburgh:

Edinburgh University Press, 2006.

Judith Lewis Herman, *Trauma and Recovery: From Domestic Ability to Political Terror*, London: Pandora, 2001.

Mark Hussey ed., *Virginia Woolf and War: Fiction, Reality, and Myth*, New York: Syracuse University Press, 1991.

E. Ann Kaplan, *Trauma Culture: The Politics of Terror and Loss in Media and Literature*, London: Routledge, 2008.

Dominick La Capra, *Writing History, Writing Trauma*, Baltimore: The Johns Hopkins University Press, 2001.

Dori Laub, *Bearing Witness or the Vicissitudes of Listening*, In Shoshana Felman and Laub and Hermione Lee, *The Novels of Virginia Woolf*, London: Methuen, 1977.

Hermione Lee, *Virginia Woolf*, New York: Alfred A. Knopf, 1998.

Karen L. Levenback, *Virginia Woolf and the Great War*, New York: Syracuse University Press, 1999.

Desalvo Louise, *Virginia Woolf: The Impact of Childfood Sexual Abuse on her Life and Work*, London: Women's Press, 1989.

John Maze, *Virginia Woolf: Feminism, Creativity, and the Unconscious*, Westport: Greenwood Publishing Group, 1997.

John Mepham, *Virginia Woolf: A Literary Life*, Basingstoke: Macmillian, 1991.

Toril Moi, *Sexual/Textual Politics: Feminist Literary Theory*, London: Methuen, 1985.

Nigel Nicolson, Portrait of a Marriage: *V. Sackville-West and Harold Nicolson*, New York: Atheneum, 1990.

Roger Poole, *The Unknown Virginia Woolf*, Cambridge: Cambridge University Press, 1978.

Gina Potts and Lisa Shahriari, eds., *Virginia Woolf's Bloomsbury*, New York: Palgrave Macmillan, 2010.

Grace Radin, *Virginia Woolf's The Years: The Evolution of a Novel*, Knoxville: University of Tennessee Press, 1981.

Paul Roazen, *The Trauma of Freud: Controversies in Psychoanalysis*, New Brunswick and London: Transaction Publishers, 2002.

Sue Roe, *Writing and Gender: Virginia Woolf's Writting Practice*, Cambridge: Cambridge University Press, 2000.

Phyllis Rose, *Woman of Letters*, *A life of Virginia Woolf*, Oxford: Oxford University Press, 1978.

Donald Spencer, *Narrative Truth as Historical Truth*, New York: Norton, 1982.

Ruth Webb, *Virginia Woolf*, Shanghai: Shanghai Foreign Language Education Press, 2009.

Arnold L. Weinstein, *Recovering Your Story: Proust, Joyce, Woolf, Faulkner, Morrison*, New York: Random House, 2006.

Leonard Woolf, *Downhill All the Way: An Autobiography of the Years 1919—1939*, New York: Harcourt, Brace and World, 1967.

三 中文参考文献

（一）著作

［美］尤金·奥尼尔：《奥尼尔文集》第3集，郭继德译，人民文学出版社2006年版。

［法］罗兰·巴特：《罗兰·巴特随笔选》，怀宇译，漓江出版社1997年版。

鲍维娜：《从川端康成到三毛——世界著名作家自杀心理探秘》，陕西旅游出版社1998年版。

［英］昆汀·贝尔:《隐秘的火焰:布鲁姆斯伯里文化圈》,季进译,江苏教育出版社2006年版。

［英］昆汀·贝尔:《伍尔夫传》,萧易译,江苏教育出版社2005年版。

［美］马歇尔·伯曼:《一切坚固的东西都烟消云散了——现代性体验》,徐大建等译,商务印书馆2003年版。

［法］西蒙·波伏娃:《第二性——女人》,桑竹影等译,湖南文艺出版社1986年版。

［美］约翰·布莱伊尔等:《心理创伤的治疗指南》,徐凯文等译,中国轻工业出版社2009年版。

［日］厨川白村:《苦闷的象征》,鲁迅译,北新书局1930年版。

［法］弗朗兹·法农:《黑皮肤,白面具》,万冰译,译林出版社2005年版。

［德］路德维希·费尔巴哈:《费尔巴哈哲学著作选集》上卷,荣震华等译,商务印书馆1984年版。

［美］詹姆斯·费伦、彼得·J.拉比诺维茨:《当代叙事理论指南》,申丹等译,北京大学出版社2007年版。

［法］米歇尔·福柯:《古典时代疯狂史》,林志明译,生活·读书·新知三联书店2005年版。

［法］米歇尔·福柯:《疯癫与文明》,刘北成、杨远婴译,生活·读书·新知三联书店1999年版。

［美］Victoria M. Folleffe & Jacqueline Pistorello:《找到创伤之外的生活》,任娜等译,中国轻工业出版社2009年版。

［英］简·弗里德曼:《女权主义》,雷艳红译,吉林人民出版社2007年版。

［美］梅尔文·弗里德曼:《意识流:文学手法研究》,申里平等译,华东师范大学出版社1992年版。

参考文献

[奥] 西格蒙德·弗洛伊德：《弗洛伊德后期著作选》，林尘等译，上海译文出版社1986年版。

[奥] 西格蒙德·弗洛伊德：《弗洛伊德论美文选》，张唤民、陈伟奇译，知识出版社1987年版。

[奥] 西格蒙德·弗洛伊德：《精神分析导论》，张爱卿译，长春出版社2010年版。

[英] 林德尔·戈登：《弗吉尼亚·伍尔夫：一个作家的生命历程》，伍厚恺译，四川人民出版社2000年版。

[德] 马丁·海德格尔：《存在与时间》，陈嘉映、王庆节译，生活·读书·新知三联书店1987年版。

[德] 马丁·海德格尔：《海德格尔选集》（上），孙周兴等译，上海三联书店1996年版。

[美] 罗伯特·汉弗莱：《现代小说中的意识流》，程爱民、王正文译，湖南人民出版社1987年版。

[美] 朱迪斯·赫尔曼：《创伤与复原》，杨大和译，台北时报文化出版公司1995年版。

[日] 河合隼雄、村上春树：《村上春树拜谒河合隼雄》，（东京）岩波书店1996年版。

[德] 黑格尔：《美学》第3卷，朱光潜译，商务印书馆1981年版。

侯维瑞：《现代英国小说史》，上海外语教育出版社1985年版。

[英] 安妮·怀特海德：《创伤小说》，李敏译，河南大学出版社2011年版。

[英] 艾瑞克·霍尔、卡罗尔·霍尔、帕米拉·斯特拉德琳：《意象治疗——心理咨询中的创造性干预》，邱婧婧等译，中国轻工业出版社2010年版。

[德] 马克斯·霍克海默、西奥多·阿道尔诺：《启蒙辩证法：哲学断片》，梁敬东、曹卫东译，上海人民出版社2003年版。

[美]卡伦·霍妮:《女性心理学》,王怀勇译,上海锦绣文章出版社2009年版。

[英]安东尼·吉登斯:《现代性与自我认同》,赵旭东等译,生活·读书·新知三联书店1998年版。

[美]凯·雷德菲尔德·贾米森:《疯狂天才——躁狂抑郁症与艺术气质》,刘建周等译,上海三联书店2007年版。

[日]芥川龙之介:《生与死的思索》,余沁华编译,台北长春树书坊1976年版。

[日]今道友信:《存在主义美学》,崔相录、王生平译,辽宁人民出版社1987年版。

[瑞典]彼得·费列克斯·凯勒曼、[美]M. K. 赫金斯:《心理剧与创伤——伤痛的行动演出》,陈信昭等译,高等教育出版社2007年版。

[美]威拉·凯瑟:《啊,拓荒者》,曹明伦译,生活·读书·新知三联书店1997年版。

[丹]克尔凯郭尔:《克尔凯郭尔日记选》,晏可佳等译,上海社会科学院出版社1996年版。

[美]玛丽·克劳福德、罗达·昂格尔:《妇女与性别——一本女性主义心理学著作》,许敏敏等译,中华书局2009年版。

李桂荣:《创伤叙事:安东尼·伯吉斯创伤文学作品研究》,知识产权出版社2010年版。

李明、杨广学:《叙事心理治疗导论》,山东人民出版社2005年版。

李思孝、傅正明:《国外精神分析学》,安徽文艺出版社2000年版。

李维屏:《英美意识流小说》,上海外语教育出版社1996年版。

李佑新:《走出现代性道德困境》,人民出版社2006年版。

林玉华:《创伤治疗:精神分析取向》,台北五南图书出版公司2007年版。

参考文献

［匈］卢卡奇：《小说理论》，张亮、吴勇立译，南京大学出版社 2004 年版。

鲁枢元：《生态批评的空间》，华东师范大学出版社 2006 年版。

鲁迅先生纪念委员会：《鲁迅全集》第 13 卷，人民文学出版社 1973 年版。

陆扬、李定清：《伍尔夫是怎样读书写作的》，长江文艺出版社 1998 年版。

［加拿大］S. P. 罗森鲍姆：《岁月与海浪：布鲁姆斯伯里文化圈人物群像》，徐冰译，江苏教育出版社 2006 年版。

［加拿大］S. P. 罗森鲍姆：《回荡的沉默：布鲁姆斯伯里文化圈侧影》，杜争鸣、王杨译，江苏教育出版社 2006 年版。

吕洪灵：《情感与理性：论弗吉尼亚·伍尔夫的妇女写作观》，南京师范大学出版社 2007 年版。

［德］马克思、恩格斯：《马克思恩格斯全集》第 1 卷，中共中央马克思恩格斯列宁斯大林著作编译局编译，人民出版社 1956 年版。

［美］罗洛·梅：《焦虑的意义》，朱侃如译，广西师范大学出版社 2010 年版。

［美］罗洛·梅：《心理学与人类困境》，郭本禹、方红译，中国人民大学出版社 2010 年版。

孟悦、戴锦华：《浮出历史地表》，中国人民大学出版社 2004 年版。

［德］弗里德里希·威廉·尼采：《尼采文集》，楚图南等译，海南国际新闻出版中心 1996 年版。

瞿世镜：《意识流小说家伍尔夫》，上海文艺出版社 1989 年版。

瞿世镜：《伍尔夫研究》，上海文艺出版社 1988 年版。

［瑞士］C. 荣格：《心理学与文学》，冯川、苏克译，生活·读书·新知三联书店 1987 年版。

［瑞士］C. 荣格：《现代灵魂的自我拯救》，黄奇铭译，工人出版社

1987年版。

申丹、韩加明、王丽亚：《英美小说叙事理论研究》，北京大学出版社2005年版。

申丹、王丽亚：《西方叙事学：经典与后经典》，北京大学出版社2010年版。

申富英：《伍尔夫生态思想研究》，山东大学出版社2011年版。

施琪嘉：《创伤心理学》，中国医药科技出版社2006年版。

史铁生：《史铁生作品集》第2卷，中国社会科学出版社1995年版。

[印] 泰戈尔：《飞鸟集》，郑振铎译，湖南人民出版社1984年版。

唐晓敏：《精神创伤与艺术创作》，百花文艺出版社1991年版。

童书：《精神病与心理卫生》，中华书局2007年版。

王岳川、胡鹏林：《文学现代性》，中国社会科学出版社2007年版。

卫岭：《奥尼尔的创伤记忆与悲剧创作》，中国人民大学出版社2009年版。

[英] 吉娜·韦斯克：《伍尔夫：到灯塔去》，宋应财译，大连理工大学出版社2008年版。

伍厚恺：《弗吉尼亚·伍尔夫：存在的瞬间》，四川人民出版社1999年版。

吴立昌：《精神分析与中西文学》，学林出版社1984年版。

吴庆宏：《伍尔夫与女权主义》，中国社会科学出版社2005年版。

武跃速：《西方现代主义文学的个人乌托邦倾向》，上海社会科学院出版社2004年版。

[美] 伊莱恩·肖瓦尔特：《她们自己的文学》，韩敏中译，浙江大学出版社2012年版。

杨莉馨：《20世纪文坛上的英伦百合——弗吉尼亚·伍尔夫在中国》，人民出版社2009年版。

叶舒宪：《文学与治疗》，社会科学文献出版社2003年版。

易晓明：《优美与疯癫：弗吉尼亚·伍尔夫传》，中国文联出版公司 2002 年版。

余凤高：《精神病文化史》，湖南文艺出版社 2006 年版。

[德] E. 云格尔：《死论》，林克译，上海三联书店 1995 年版。

赵稀方：《后殖民理论》，北京大学出版社 2009 年版。

中华医学会精神科学会、南京大学脑科医院：《中国精神疾病分类方案与诊断标准》，东南大学出版社 1995 年版。

（二）学位论文

高奋：《弗吉尼亚·伍尔夫生命诗学研究》，博士学位论文，浙江大学，2009 年。

李红梅：《伍尔夫小说的叙事艺术》，博士学位论文，苏州大学，2006 年。

潘建：《弗吉尼亚·伍尔夫：性别差异与女性写作研究》，博士学位论文，北京语言大学，2007 年。

吴艳梅：《昨日重现：浅析弗吉尼亚·伍尔夫〈幕间〉的创伤主题》，硕士学位论文，上海外国语大学，2010 年。

熊芳：《弗吉尼亚·伍尔夫小说中的水意象研究》，硕士学位论文，暨南大学，2006 年。

周志建：《叙事治疗的理解与实践》，硕士学位论文，台北："国立"台湾师范大学，2002 年。

张信勇：《写作疗伤——表达性写作对创伤后应激反应的影响及其机制》，博士学位论文，华东师范大学，2009 年。

（三）期刊文章

杜娟：《意识的迷宫：伍尔夫作品的现象学美学意义》，《世界文学评论》2010 年第 2 期。

高奋：《记忆：生命的根基——论伍尔夫〈海浪〉中的生命写作》，《外国文学》2008 年第 5 期。

郭晓春：《不懈追求的"圣所"——弗吉尼亚·伍尔夫作品中的"房间"意象研究》，《湖南工程学院学报》2011年第3期。

季广茂：《精神创伤及其叙事》，《山东师范大学学报》（人文社会科学版）2011年第5期。

李俏梅：《作为文化症候的"自我治疗性"写作》，《广州大学学报》（社会科学版）2011年第9期。

李森：《评弗·伍尔夫〈到灯塔去〉的意识流技巧》，《外国文学评论》2000年第1期。

李儒寿：《弗吉尼亚·伍尔夫与剑桥学术传统》，《外国文学研究》2004年第6期。

林丰民：《哈黛·萨曼的女性主义思考："从女人中解放出来"》，《国外文学》1998年第2期。

林庆新：《创伤叙事与"不及物写作"》，《国外文学》2008年第4期。

林树明：《战争阴影下挣扎的弗·伍尔夫》，《外国文学评论》1996年第3期。

吕洪灵：《〈奥兰多〉中的时代精神及双性同体思想》，《外国文学研究》2002年第1期。

潘建：《国外近五年弗吉尼亚·伍尔夫研究述评》，《当代外国文学》2010年第1期。

潘建：《伍尔夫对父权中心体制的批判》，《外国文学评论》2008年第3期。

潘秋子：《〈奥兰多〉中的地理环境因素论》，《世界文学评论》2010年第2期。

盛宁：《关于伍尔夫的"1910年的12月"》，《外国文学评论》2003年第3期。

师彦灵：《再现、记忆、复原——欧美创伤理论研究的三个方面》，《兰州大学学报》（社会科学版）2011年第2期。

陶东风：《文化创伤与见证文学》，《当代文坛》2011年第5期。

王建会：《"创伤"理论与亚裔美国文学批评——以亚裔男性研究为视角》，《当代外国文学》2010年第2期。

魏小梅：《都市、心灵、阶层：〈达洛维夫人〉中的伦敦》，《国外文学》2012年第1期。

武淑莲：《文学治疗作用的理论探讨》，《宁夏社会科学》2007年第1期。

谢江南：《弗吉尼亚·伍尔夫小说中的大英帝国形象》，《外国文学研究》2008年第2期。

杨莉馨：《从历史进入小说的英伦姐妹花——评〈范尼莎与弗吉尼亚〉》，《外国文学动态》2010年第6期。

袁素华：《试论伍尔夫的"雌雄同体"观》，《外国文学评论》2007年第1期。

叶舒宪：《文学与治疗——关于文学功能的人类学研究》，《中国比较文学》1998年第2期。

叶舒宪：《文学治疗的原理及实践》，《文艺研究》1998年第6期。

叶舒宪：《叙事治疗论纲》，《西南民族大学学报》（人文社会科学版）2007年第7期。

曾宏伟：《文学治疗研究十年：回顾与反思》，《学术界》2009年第1期。

赵冬梅：《弗洛伊德和荣格对心理创伤的理解》，《南京师大学报》（社会科学版）2009年第6期。

朱艳阳：《弗吉尼亚·伍尔夫"非个人化"艺术理论及其在〈海浪〉中的应用》，《邵阳学院学报》（社会科学版）2005年第2期。

朱艳阳：《弗吉尼亚·伍尔夫小说中的双重语境》，《苏州大学学报》（哲学社会科学版）2011年第1期。

朱艳阳：《试析弗吉尼亚·伍尔夫小说创作中的生死主题》，《湖南人文科技学院学报》2005年第2期。

致 谢

2011年6月，我申报的课题"心理创伤学视域下的弗吉尼亚·伍尔夫研究"有幸获得了国家社会科学基金立项资助。经过整整6年的苦心研究，在2019年6月顺利通过结项。如今，打量着这部已成形的书稿，心里很踏实、很欣慰，也满是感动与感恩。

回想6年来，从选题到申报书的撰写，从搜集资料到完成书稿，全过程得到了许多师长、同学、同事、朋友以及家人的悉心指教和帮助。

我的硕导麦永雄教授和博导刘洪涛教授都是谦和、睿智、博学、敬业的学者，是他们引导和扶持我走上了伍尔夫研究之路，并鼓励我一直走下去。研究期间，刘洪涛教授还从书稿标题的拟定、结构框架、外文文献的翻译等方面悉心指教，处处把脉，费尽了心血。中南大学文学院的禹建湘教授不仅悉心审阅了我的社科基金申报书，为我指点迷津，还一直关注课题研究的进展，在研究过程中给予巨大的精神鼓励。课题获准立项前后，正是我在北京师范大学求学期间，也得到了周围不少师长的指教，因而，我也要向北京师范大学文学院的刘象愚、曹顺庆、王向远、高建为、李正荣、姚建彬等老师，中国人民大学的曾艳兵教授，南开大学的王立新教授，首都师范大学的易晓明教授表示衷心的感谢！我的博士同学，赵继承、贾

致　谢

燕芹、辛苒、李倩等，还有师兄王泉、师妹方頠玮，给了我方方面面的帮助。没有他们，我的研究或许不会如此顺利地完成。他们的真诚与率直，常常令我感动不已。

书稿撰写期间，我有幸进入剑桥大学英语系任访问学者一年。剑桥大学为我的伍尔夫研究提供了一个高大上的平台，在此，向帮助过我的剑桥师长、国内外剑桥学友和同人表示诚挚的感谢，也向为我出国访学提供经费支持的国家留学基金委和国家社科规划办致以由衷的谢意！

我前后所在的两个单位，吉首大学和湖南人文科技学院的领导和同事们也非常支持我的研究工作。湖南人文科技学院文学院为书稿的成形、出版提供了精神上和经济上的鼓励与支持。尤其曾经在北京大学求学的、吉首大学文学与新闻传播学院的罗琼女士，为我去北大图书馆搜寻伍尔夫研究资料提供了许多便利。在此一并致谢！

多年来，我的公公和婆婆不辞辛苦地替我照顾孩子。我的爱人王洪波先生，一直默默关注我的科研工作。正是有了他们的支持，我才能够静心工作和学习。所以，本书稿的面世，也离不开我的家人——包括父母和儿子的各种帮助和关爱。

书稿完成之际，正是生机盎然、桃红柳绿的阳春三月。远眺窗外，却少了许多平日的热闹与繁华。期待新冠病毒早日销声匿迹，也期待成果的问世能为经历了长达数月疫情考验的人们提供些许心灵创伤之抚慰。书稿肯定有诸多不足，也期待着专家与同人的批评指教！

朱艳阳

2020 年 3 月 18 日